ROBERTA SCHIRA

I FIORI HANNO SEMPRE RAGIONE

Garzanti

Prima edizione: settembre 2023

Per essere informato sulle novità del Gruppo editoriale Mauri Spagnol visita:
www.illibraio.it

ISBN 978-88-11-00800-2

Printed in Italy

www.garzanti.it

I FIORI HANNO SEMPRE RAGIONE

«Quando la tua anima è pronta, allora lo sono anche le cose.»

WILLIAM SHAKESPEARE, *Enrico V*

27 agosto 2003

Il temporale aveva squassato anche l'olmo più imponente e sollevato un odore acre di gesso e foglie marce.

«Dove si sarà cacciata? Quella bambina mi farà impazzire, prima o poi!» Marta si torceva le mani, passando da una finestra all'altra. Scrutava il prato oltre i vetri sferzati dalla pioggia e il lago laggiù in fondo, grigio come una pozzanghera di città.

«E guarda che buio, all'improvviso... Che senso aveva un picnic sotto quel cielo minaccioso? Le altre sono a casa? Sicura di averle chiamate tutte?» Rabbrividiva, si era buttata uno scialle sopra l'abito estivo.

«Sì, sono tutte tornate. Ma stai tranquilla, ora vedrai che Arnaldo ce la riporterà a casa. È solo un brutto temporale di fine agosto.» Ernesta indossò un impermeabile logoro e uscì all'esterno, protetta dalla veranda. In quel modo le sembrava di andare incontro a Eleonora, di affrettare il suo arrivo. Alla fine li vide. La bambina davanti, che marciava sotto la pioggia ormai debole, il mento abbassato, una mano nascosta dietro la schiena. Arnaldo pochi passi dietro. Come si fa quando si protegge qualcuno alle spalle. Ernesta scambiò uno sguardo con il giardiniere e abbracciò Eleonora. Aveva le labbra bluastre, occhi di fulmine, i capelli gocciolanti, la maglietta strappata.

«Tranquillizza la mamma, vai ad asciugarti e poi vieni da me», le disse sottovoce nonna Ernesta, con aria da cospiratrice.

«Eccoti, finalmente! Ci hai fatto stare in pensiero, lo sai? E togliti quelle scarpe inzaccherate», le sbraitò in faccia Marta. Eleonora si stava appunto chiedendo come mai, invece che guardarla negli occhi, sua madre le fissasse i piedi, disgustata.

«Sono qui, mi ero persa nel bosco, ma solo per un momento, poi ho sentito la voce di Arnaldo e...» Non riuscì a finire: Marta le aveva afferrato le braccia e la scrollava come un albero di noci.

«Perché mi fai questo... perché?» Poi la lasciò all'improvviso, scoppiando in un pianto isterico. «Vai subito a farti un bagno caldo.» Mentre Eleonora stava per rispondere, sua madre fece un dietrofront repentino verso le camere e scomparve.

«Comunque sto bene», disse Eleonora, rispondendo tra sé all'unica domanda che avrebbe voluto sentire. Una volta in bagno, portò avanti la mano. Conteneva un miscuglio di funghi e bacche, ammaccati e fradici. Li avvicinò al viso e li tastò con la punta della lingua, poi annusò profondamente, chiuse gli occhi, inclinò il capo all'indietro e un lieve sorriso le distese il volto.

Dopo un'ora Eleonora era al lato opposto del parco, nella cucina della nonna. Che aveva acceso il camino e gettato tra le fiamme alcuni rami di eucalipto. Si udiva qualche nota, sembrava uno strumento antico, forse un'arpa. Eleonora non lo sapeva.

«Facciamo i Crostoni del Pentimento?» propose Eleonora.

«Stavo pensando proprio a quello... E tua madre?»

«A letto.»

«Ti avevamo detto tutti che un picnic con il cielo che minacciava grandine non era una buona idea. Ma tu niente. Sai, è molto bello che tu sia così... così coraggiosa e indipendente, a undici anni. Ma devi sempre calcolare i rischi dei tuoi comportamenti. A volte sei davvero una ragazzina cocciuta.»

Eleonora le diede un bacio sfuggente sui capelli raccolti che profumavano di mimose. Un segno di pace. Andò nella dispensa e tornò con biscotti di miglio e nocciole. Poi prese la pagnotta alle spezie, la confettura di mirtilli e la robiola. Ernesta tagliò le fette di pane tutte dello stesso spessore, meticolosamente. Le fece scaldare vicino al fuoco, con gesti lenti, in silenzio.

«Abbiamo raccolto i gigli della pioggia e poi i funghi di fine estate sotto i castagni all'inizio della radura. Appena si è messo a grandinare, Viola e le altre hanno cominciato a starnazzare come oche e sono scappate via.» Eleonora guardò la nonna con complicità, prese le fette di pane e le rifilò in maniera da dar loro dimensioni identiche. Cominciò a spalmare la robiola, che aveva ammorbidito in una ciotola con un cucchiaio di panna, poi ci grattò su un pizzico di noce moscata e vi fece cadere sopra alcune dense cucchiaiate della composta di mirtillo. La nonna, intanto, aveva preparato uno dei suoi infusi: melissa, tiglio, cardamomo e semi di melograno essiccati. Eleonora intinse un biscotto nel liquido bollente che sapeva di cassetto di drogheria e di Natale.

Eleonora riconosceva ogni aroma immediatamente, e ne provava piacere. Però c'era sempre qualcosa di misterioso che sapeva non avrebbe mai indovinato perché erano ingredienti speciali, avvolti in un alone di mistero. E ogni volta recitava il copione. Era il loro gioco.

«Uhm, cosa ci hai messo nella tisana? Ha un sapore diverso che non riconosco.» Eleonora aggrottava le sopracciglia, annusando la tazza. Fingeva di spremersi le meningi.

«Qualche goccia di Buonsenso e un pizzico di Prudenza. Direi che in questo periodo è quello che ti ci vuole.»

«Ma la bevi anche tu?»

«Certo, chi non ne ha bisogno?» E le fece l'occhiolino. «Tra poco ce ne andiamo a letto. Ho detto a tua madre che stasera dormi qui.»

La musica era terminata. Sedute al tavolo della cucina ascoltavano il crepitio delle fiamme, masticando lentamente. Si resero conto che un arcobaleno stava tuffandosi nel lago e che sino a quel momento nessuno aveva domandato «perché». Lo fece Ernesta.

«Perché sei rimasta là e non sei tornata con le altre?»

«Volevo sentire il sapore del bosco dopo un temporale.»

«E che sapore ha?»

«Sa di ombra e di carezze di luce.»

1.

Per conoscere l'effimero del Presente,
annusa lo zucchero filato:
il suo aroma dura un istante.

Il 20 marzo alle quindici, mentre Eleonora riapriva il suo occhio verde ardesia, Ernesta chiudeva gli occhi per sempre. Nell'istante in cui la nonna lasciava questo mondo, la nipote, ignara di tutto, rinasceva a nuova vita. Gli invisibili fili della sincronicità avevano unito, chissà se mossi da una mano superiore, due eventi in apparenza contrari. Ernesta era stata risoluta nel voler essere dimessa dall'ospedale: doveva dare l'addio alla vita a modo suo, guardando il suo giardino e il lago. E così era stato. A trovarla, la fedele Janira, che le aveva appena preparato una tisana, ordinata pochi minuti prima con voce simile a un soffio. Era seduta nella veranda. Indossava una vestaglia di seta con motivi cachemire e sulle ginocchia era posato un libro: *Memorie di Adriano.* Gli occhiali erano inforcati sulla fronte, come li avesse alzati un attimo per riflettere su una frase dell'amata Yourcenar. All'orizzonte scintillava la distesa del Lario, che avvolgeva il loggiato di luce dorata. Dall'altro capo del filo che univa i due destini, Eleonora avrebbe scoperto con il passare del tempo, affilando le sue doti per ora dormienti, se la nuova vita sarebbe stata migliore o peggiore dei trent'anni già percorsi.

«Se mi capita qualcosa», Eleonora era solita dire a Sara, «non avvisare mia madre, chiama per prima mia nonna Ernesta. Ma devo essere in punto di morte, chiaro? È solo a lei che interessa davvero qualcosa di me.» Sara, il suo punto di interscambio con il mondo da quando aveva aperto Hamlet, il suo ristorante. La si poteva definire ufficio stampa e comunicazione. Si conoscevano sin da bambine, ma dire che erano amiche sarebbe stato eccessivo.

Ma né Sara né altri avrebbero avuto il coraggio di dire a una nonna ultraottantenne ricoverata in ospedale che la giovane nipote aveva avuto un incidente ed era in coma. Nessuno, anche se la signora in questione era una donna fuori dall'ordinario come Ernesta Varsallona Blanck. Poi, però, era stata dimessa e aveva saputo cos'era successo, e non aveva parlato per tre giorni. Annuiva soltanto, o esprimeva un diniego con la mano a Janira, quando le offriva del cibo. La situazione di Eleonora, nel frattempo, pareva grave. Allora Sara aveva chiamato suo padre, con la sicurezza di chi è stato autorizzato e il tono di una governante che ha trovato disordine in salotto e, non potendo redarguire i padroni di casa, fa capire che è seccata. Durante il ricovero, Sara aveva mantenuto con i parenti un atteggiamento cortese ma asciutto, perfetto per farli sentire un pizzico in colpa. Il «reato» dei genitori di Eleonora, ai suoi occhi, ovviamente non era aver causato l'incidente, nel quale non c'entravano nulla. Era non aver mai fatto sentire abbastanza amore alla figlia. Al momento dell'accaduto, Marta, la madre di Eleonora, sotto farmaci per l'ennesima depressione, era troppo fragile per assorbire la notizia. Eugenio, il padre, era a Lucerna per lavoro. «Come sta adesso?» aveva chiesto l'uomo a Sara al telefono, con respiro affannoso.

«Stabile. È in coma vigile.»

«Cosa significa? Ti mando un medico per avere un altro parere?» aveva proposto Eugenio.

«Non servono altri medici, qui sono bravi, non hanno bisogno di lezioni. Vedrà che sua figlia si risveglia», aveva risposto Sara, con il piglio da maestrina che le piaceva tanto.

«Domattina ho un CDA a cui non posso mancare, poi nel pomeriggio prendo un treno per Basilea. Da lì in macchina potrei raggiungere Milano in serata. Dimmi se ci sei, così mi accompagni.»

E non aveva aggiunto altro. Eugenio si era recato diverse volte all'ospedale, perlomeno all'inizio. Poi con una frequenza sempre minore. La madre di Eleonora, ormai conscia dell'accaduto, aveva cominciato a telefonare a Sara per avere notizie della figlia, ma il livello di partecipazione e coinvolgimento era molto basso. Il tono era quello di chi chiede informazioni meteo sul fine settimana. Almeno lei era giustificata perché era emotivamente bloccata. Il padre era arido di natura. Dopo un paio di settimane di ricovero, quando i medici avevano detto che era necessario iniziare un lavoro di riabilitazione motoria, Eugenio aveva fatto finalmente qualcosa per lei. I suoi alleati dicevano che lo faceva per premuroso affetto, i suoi detrattori per timore di eventuali critiche, in ogni caso aveva fatto portare la figlia nella costosa clinica Relaab, a Basilea, uno dei centri più avanzati per quel genere di problemi. Prima di allora i ragazzi della brigata di cucina di Hamlet si erano avvicendati al letto di Eleonora durante la prima settimana di ricovero, poi le visite erano scemate: avevano pensato, giustamente, che Eleonora avrebbe voluto mantenere aperto il ristorante. Qualsiasi cosa accadesse.

Tuttavia, l'unica persona che Eleonora avrebbe voluto sentire, se nell'incoscienza avesse potuto chiedere, era sua nonna, Ernesta. Con lei non aveva segreti: le avrebbe raccontato dell'appartamento lasciato in fretta, la notte dell'incidente, la scoperta deludente. Ancora non sapeva che parlarle era ormai impossibile.

Nessuno se la sentiva di dirle che era morta. Ma la prima cosa che fece Eleonora durante le ore successive al risveglio fu chiedere insistentemente di lei. La psicologa del centro, Anne Farehei, in rappresentanza dell'ospedale, aveva deciso di parlarle ed era entrata in camera preceduta da un alone di disinfettante. Un alone che Eleonora non percepiva.

«Come si sente?» Eleonora sollevò le spalle e le sopracciglia. «Ora le porteranno il pranzo, cerchi di mangiare, i suoi organi devono riprendere le loro funzioni vitali.» Quando l'infermiera le portò il vassoio, chiese di fare da sola, nonostante l'offerta pressante di aiuto.

Era una sorta di minestrone ma leggermente frullato, il piatto più deprimente della sua vita. Ben lontano dalle vellutate punteggiate da erbe odorose che serviva nel suo ristorante o che aveva assaporato a Parigi con Marc. Si avvicinò la ciotola calda alle narici. Niente. Poi ne raccolse una cucchiaiata. Si scottò quasi il palato, colta dalla frenesia di provare, di verificare. Niente. Era cibo da ospedale, certo, ma un aroma avrebbe pur dovuto averlo. Anche un odore sgradevole, un segno di vita olfattiva doveva annidarsi perfino in quel piatto. Riusciva a percepire i minuscoli granuli di legumi, la differente consistenza della patata schiacciata e di qualche chicco di riso, ma null'altro. Prima l'incredulità, poi lo sconforto, poi la paura. Allontanò il vassoio, tornò a sdraiarsi sul letto e chiuse gli occhi ripetendosi come in un mantra: "Passerà, passerà. Tornerà tutto come prima".

Tutto come prima, per Eleonora significava tornare ad avere un olfatto e un senso del gusto fuori dall'ordinario. Significava possedere una sensibilità tale da riuscire ad annusare l'anima di ogni essere vivente. Anche delle cose inanimate. Tutti conoscono il termine orecchio assoluto, una capacità di riconoscere all'istante le note musicali: era la dote di Mozart, Bach e Beethoven. Ebbene, lo stesso dono interessava il senso del gusto di Eleonora.

La psicologa la riportò al presente. «Eleonora, lei ha una forza eccezionale, ma ora deve nutrirsi in modo naturale. È rimasta cinquantatré giorni come addormentata. La sua caduta è stata violenta, il lato destro del suo viso è precipitato proprio sopra un punto sconnesso della pavimentazione, provocandole una ferita. Con un buon fondotinta nessuno si accorgerà di nulla. Suo padre l'ha fatta portare da noi perché siamo specializzati in questo. Qui abbiamo tenuto allenati il suo corpo e la sua mente, sicuri di riportare alla perfetta funzionalità ogni suo organo.»

«Mi sembra di vivere in una bolla», disse Eleonora, e avrebbe voluto aggiungere: "Non riesco a percepire odori e gusti", ma si controllò. In quel momento decise che se quella cosa mostruosa che le stava accadendo fosse durata, se la sarebbe tenuta per sé. Se l'avesse verbalizzata, quella cosa orribile sarebbe diventata vera. Tutte le cose, se le dici, diventano un po' tali.

«È abbastanza comune. E questo torpore mentale potrebbe durare a lungo. Ora è pronta per ricominciare, Eleonora. Tra una settimana potrà riprendere la sua vita normale. Il suo ristorante ha continuato a funzionare, ci hanno detto, e lei tornerà a ricordarsi di ogni cosa. I suoi sensi le sembreranno meno reattivi, non si spaventi, è tutto nella norma. Anche la memoria del corpo deve riattivarsi. Ci vuole soltanto pazienza.»

Avvertì le parole della dottoressa come se provenissero da un'altra stanza. Anche la vista cominciava ad appannarsi, ma contemporaneamente, per rincuorarsi, si diceva che era tutto nella sua mente. Si accorse che la dottoressa ora parlava ma non la guardava più, aveva chinato il viso sulla cartella medica per non incrociare il suo sguardo. Allora capì che il peggio doveva ancora arrivare.

«Prima, però... c'è una cosa che devo dirle. E non è una buona notizia. Sua nonna era stata dimessa dall'ospedale, ma...» Eleonora, che teneva in mano un bicchiere d'acqua, lo appoggiò lentamente sul comodino. Trattenne il fiato e il labbro tremò. Ecco perché Ernesta non l'aveva ancora chiamata, aveva pensato fosse troppo debole per farlo.

«Poi ha avuto una ricaduta e ci ha lasciato. Deve farsi coraggio, Eleonora. Sappiamo quanto era legata a sua nonna. I funerali sono dopodomani pomeriggio, ma lei non è ancora in grado di essere dimessa. Sappiamo che avevate un legame molto forte. Sua nonna in queste settimane chiamava, si informava, e non ha mai dubitato che si risvegliasse.» Eleonora ripeté sottovoce: «Sappiamo quanto era legata a sua nonna», poi pensò: "Cosa ne sapete, voi, di quell'intesa speciale che ci univa?". E guardò la psicologa con durezza.

«Appena terminato questo dolore così forte inizi a pensarla... a parlare di lei. Affioreranno magnifici ricordi che avete vissuto insieme, saranno questi che potranno consolarla.» Questo sì, lo accettava, solo ricordandola poteva farla rivivere.

Dopo averle sfiorato un braccio in segno di vicinanza, la dottoressa Farehei lasciò la stanza. Eleonora si afflosciò sul letto, le braccia abbandonate lungo i fianchi. Aveva mandato via tutti, era rimasta in silenzio per qualche ora, dopo il colloquio con la psicologa. Aveva serrato gli occhi, che avevano appena riscoperto la luce. Da quel momento ebbe un pensiero lucido: era orfana. Era doppiamente orfana. Non aveva più la sua guida e forse aveva perduto anche il suo dono. Scacciò quel pensiero, non voleva neppure immaginare le conseguenze. Da quando aveva coscienza di sé, Eleonora aveva vissuto con la consapevolezza di essere privilegiata: le bastava alzare leggermente il capo per mettere in azione i suoi neuroni olfattivi, le bastava passare la lingua su una superficie per scatenare le sue papille. La nonna le aveva raccontato che da piccolissima aveva sconvolto pediatri e parenti per la sua precocissima curiosità. A soli tre anni si appropriava furtivamente di bastoncini di cannella, acciughe sotto sale, frammenti di gorgonzola e altri cibi proibiti a un esserino alto un soldo di cacio. Di sorprendente non c'era solo il fatto che riuscisse a trafugarli, visto che sgattaiolava sempre in cucina: il fatto curioso era che assaggiava e sgranocchiava ogni cosa con goduriosa curiosità. Anche di fronte al suo primo limone, la sua espressione non aveva denotato disgusto, piuttosto un piglio da sperimentatrice.

Si sarebbe volentieri nascosta ancora per un po' nel sonno oscuro di quella morte apparente. Il padre la chiamò al cellulare per darle la notizia che sapeva già. Si offrì di raggiungerla subito in ospedale.

«È inutile che tu venga, ci vedremo al funerale. Verrà a prendermi Sara.» Lui non insistette. La sera Eleonora fece richiamare la psicologa.

«Dottoressa Farehei, mi faccia preparare tutte le carte, devo firmare per essere dimessa sotto la mia responsabilità. Starò ancora un giorno, poi devo necessariamente uscire.» Ovviamente il personale medico provò a trattenerla, e ovviamente fu inutile. Eleonora era irremovibile. Sembrava invasa da una forza folle e sovrumana.

Sara venne a prenderla per portarla direttamente al funerale civile voluto da Ernesta. Eleonora dormicchiò per tutto il viaggio mentre lei non smise un attimo di parlare. Le aveva portato un soprabito grigio e stivali neri bassi. Eleonora si era legata attorno alla testa una sciarpa di seta cangiante e si era ripromessa che da quel giorno avrebbe portato sempre turbanti e foulard. E mantenne fede al suo giuramento sino a possederne un'intera collezione di tutti i colori e fantasie.

Cominciò a farlo per celare la cicatrice sulla tempia, poi diventò un modo inconscio per nascondere al mondo cosa le era successo, per ricordare a sé stessa il fatto che la sua testa aveva, dopotutto, ancora bisogno di essere coperta, un po' nascosta, medicata. Così come la sua anima.

2.

Per rielaborare la Perdita, rifletti sul burro che cambia stato.
Pur trasformandosi, la sua presenza perdura
rendendo sublime ogni cosa.

La cappella dei Blanck era stata fatta costruire dal secondo marito di Ernesta, Enrico. Di origine svizzera, a trent'anni aveva cercato a lungo il luogo ideale per mettere in piedi la sua attività nel campo del tessile, infine aveva scelto Como. Le famiglie dell'alta borghesia non potevano restare senza una tomba di famiglia, e la loro era di linee eleganti, in marmo di Carrara e alabastro. Ma Eleonora era stata raramente al cimitero e le sembrava di vederla per la prima volta: un luogo sereno, che trasmetteva calore, non il freddo della morte. Lungo il tragitto, Sara non aveva smesso un secondo di parlare. Ogni tanto Eleonora staccava la spina e smetteva di ascoltarla, guardava il suo profilo con il doppio mento appena accennato e le labbra muoversi incessantemente ma senza alcun suono. Durante il viaggio, aveva tenuto in mano il suo vecchio cellulare come in trance; aveva bloccato il numero di Mister Zero, rimanevano 234 messaggi non letti e la casella di posta piena. *Non ora, Eleonora, non adesso.*

«Le cose si rimetteranno a posto, ne sono certa. Oggi a pranzo Hamlet resta chiuso, ma stasera abbiamo delle prenotazioni. I ragazzi sono ansiosi di rivederti e i clienti continuano a chiamare per avere notizie. La versione ufficiale è che hai avuto un incidente e che eri in convalescenza. Ho fatto bene, no?» Eleonora aveva annuito, tanto sapeva che Sara non aspettava mai la risposta.

Una volta al parcheggio, Eleonora si era lasciata trascinare nella sala delle funzioni, dove una massa scura – un capannello di persone – era già riunita per l'ultimo saluto. Una pioggia puntiforme e fitta scendeva ad arte mischiandosi alle lacrime, come in un vecchio film in bianco e nero.

Appena fuori dalla soglia vide Arnaldo, il suo uomo di fiducia, ex giardiniere di famiglia, il suo vecchio platano. Lui aveva sempre avuto la capacità di partecipare stando in disparte. E anche ora ripeteva il suo schema. Aveva sempre fatto così quando andava ad ascoltarla al saggio di fine anno, restando sul fondo della sala. Eleonora si buttò d'istinto tra le sue braccia, poi si accorse che suo padre si era girato, aveva visto la scena e aveva distolto lo sguardo imbarazzato. Così Eleonora si staccò da Arnaldo, che non disse una parola, e andò incontro a Eugenio, ma quello fu un abbraccio diverso. Gli incontri con lui erano radi, al ristorante non veniva mai, preferivano vedersi in altri luoghi. «Se andiamo da te ti distrai continuamente», sosteneva il padre. Eugenio era belloccio, alto, asciutto e brizzolato: una cinquantina abbondante di anni portati decisamente bene. Aveva un paio di occhiali dalla grossa montatura scura che lo faceva assomigliare a un designer berlinese di successo, di quelli che sciamano a Milano durante la settimana del design.

«Questa volta mi hai fatto davvero spaventare, sai? Ma ora sei qui, ora sei tornata. Salutiamo la nonna insieme, per l'ultima volta. Vieni.» Un cugino stava tenendo un discorso commemorativo, ma Eleonora non capì una sola parola. Sarebbe toccato a lei dire qualcosa, ma non ne aveva le forze, non era abbastanza lucida. Salutò, ascoltò, annuì alle parole di conforto, ma dentro di sé aveva solo due desideri: salutare Ernesta da sola e guardare negli occhi i ragazzi di Hamlet. Nozomi pallida, Valeria con gli occhi rossi, Bibo imbronciato, Rosolio piangente, Henry elegantissimo, Simhala: c'era tutta la brigata.

«Prenditi tutto il tempo, chef», «Ti aspettiamo», «Ernesta era una grande donna», «Ci manchi». Le frasi arrivarono tutte insieme, un po' sottovoce. E infine un intenso «Bentornata» sussurrato da Nozomi, socia e fedele sous chef, che le scaldò il cuore.

A quel punto, le parole pronunciate in coro da quella che considerava la sua famiglia, fecero sgorgare il pianto atteso.

Eleonora si sentiva in colpa perché sino a quel momento le lacrime non erano scaturite alla notizia della perdita, le si erano solo raggelate dentro.

Piangeva anche perché nell'abbraccio collettivo dei ragazzi di Hamlet il suo olfatto non aveva riconosciuto neppure una molecola umana. Dal collo di Arnaldo sarebbero dovuti scaturire sentori di trucioli di abete e, sul finire, di sciroppo per la tosse, che in genere circondava persone affidabili. Dall'abbraccio paterno si sarebbe aspettata il consueto costoso profumo muschiato e virile che era diventato negli anni parte di lui, ma lei era sempre riuscita ad avvertire in sottofondo un sapore dolciastro, ben nascosto. Lo aveva riscontrato spesso negli esseri umani dalla doppia vita. Le corone di rose e ranuncoli, gerbere e garofani selvatici deposte sul viale e accanto alla bara avrebbero dovuto raccontarle nel linguaggio dei fiori storie di umani nascoste tra petali e corolle. Da Sara sarebbe dovuto affiorare l'aroma di dolce alla vaniglia e cacao che nascondeva un tocco di infantilismo.

Insomma, l'odore di varia umanità che era il suo nutrimento era scomparso. Sin da bambina aveva l'abitudine di classificare le persone per l'odore che emanavano. E quegli odori erano per lei come una carta d'identità sensoriale. Aveva persino un libretto dalla copertina color amarena dove appuntava tutti gli odori naturali delle persone. Delle amiche e delle maestre, delle amiche della mamma e delle zie che la volevano baciare a tutti i costi pungendole le guance con il mento peloso. Suor Gertrude aveva odore di palude: lo sentiva distintamente quando si avvicinava a lei durante l'intervallo per impedirle di correre. Nella vita lo aveva riconosciuto poche volte ma, quando accadeva, un gelo le saliva da dentro. E provava il desiderio di scappare. «Non dovete sudare o salterete la merenda!» urlava a lei e alle compagne. Così alta che le bambine non riuscivano mai a guardarla negli occhi. Ma la sentivano arrivare alle spalle anticipata da un'ombra, fredda come una calle veneziana. Eleonora sentiva con certezza quando il suo istinto le diceva di allontanarsi o avvicinarsi. Ricordava esattamente l'odore di ogni persona che aveva incrociato. Li percepiva con il naso del ricordo ma non con quello del presente. Nella vita il dono le era servito più volte e le aveva fatto scampare non pochi pericoli. Era diventato naturale, per lei: annusare e decidere di conseguenza. Quelle molecole che avvertiva intorno alle persone la attraevano o la respingevano. E ora, a quale istinto primordiale – se ne esiste uno più primitivo dell'olfatto – poteva chiedere aiuto?

Eleonora percepiva e catalogava mentalmente le persone da quando era bambina, e dopo la prima volta avrebbe potuto riconoscerle bendata. Aveva la capacità di discernere le sfumature di bene e di male in loro. Quasi sempre azzeccava, ma poteva sbagliare nel giudizio come qualsiasi altro essere umano. Era successo con Mister Zero. Aveva presentimenti, questo sì, e partivano sempre da un odore o da un sapore. Invece quel giorno nulla, neppure la puzza asprigna di naftalina sfuggita a un impermeabile tirato fuori dall'armadio al primo temporale di primavera.

La breve cerimonia era finita ed entro pochi minuti avrebbero portato la bara nella cappella di famiglia, e lei capì che doveva farlo subito o si sarebbe odiata per sempre. Cercò con lo sguardo Sara e Arnaldo e li chiamò a sé. «Vi prego, dite agli addetti del cimitero di lasciarmi sola qualche minuto con lei, ora. Chiedete alle persone di uscire.» La bara era già chiusa, ma non avrebbe comunque sopportato di vederla in volto.

Volevo solo salutarti, anche se so bene che qui c'è solo il tuo corpo. Ho bisogno di dirti grazie di esserci stata, grazie di avermi insegnato il buono e il bello, di avermi reso consapevole del piccolo talento che possiedo, di averlo nutrito e fatto crescere. Spero di recuperarlo presto. Tu mi hai insegnato a credere alle cose che non sono spiegabili con la ragione e quindi, per favore, non interromper mai quel filo magico che c'è tra noi. Tu mi hai aiutato quando il resto della famiglia mi ha voltato le spalle. Non so come o quando, ma fammi sentire che avrò ancora un modo per comunicare con te. Mi hai insegnato a legare il cibo e gli odori alle emozioni, anche a quelle meno piacevoli, ma non sono brava come te, ho bisogno ancora del tuo aiuto. Non può spezzarsi così il nostro legame.

Ora ringraziava il cielo di non avere ancora ripreso l'olfatto: quel giorno non avrebbe avvertito il puzzo gelido della morte. In compenso, voleva mantenere dentro di sé il ricordo dell'odore naturale della nonna: Ernesta sapeva di viola e neroli. Gli esseri che ne sono circondati possiedono profondità di pensiero e un pizzico di misticismo. Dopo tanti anni, provava – ora che con orrore si era resa conto che quelli erano momenti perduti per sempre – una nostalgia acuminata per quei riti che aveva quasi dimenticato. Ogni cibo consumato insieme portava dentro di sé significati profondi e sapeva suscitare sentimenti. E sapeva curare. Ancora annebbiata per il ritorno alla realtà così improvviso, fu assalita da immagini sotterrate dal tempo. Lei ragazza ed Ernesta che bevono gli infusi magici, che preparano il ragout della Pace, i biscotti del Perdono o lo sformato della Gelosia. E per chi prepararli, ora, se nessuno parlava quel loro linguaggio segreto? E poi, come fare, se non aveva avuto il tempo necessario per impadronirsene? *Te ne sei andata troppo presto, ma no, semplicemente non ti sono stata accanto abbastanza.* E un'ondata di sensi di colpa la sommerse.

Si era seduta su un basso sgabello e alzandosi ebbe un capogiro. Una volta tornata all'aperto si sentì meglio. Successe una cosa strana: l'angoscia dolorosa che le stringeva il petto, camminando tra le tombe inodori, lasciò lentamente il posto a un senso di sollievo rassegnato, come quello che si prova dopo aver superato un esame, seppur non brillantemente. Si scoprì ad ammirare quasi con imbarazzo le statue di Giuseppe Terragni, Vincenzo Vela e Giuliano Collina. Come se Ernesta – si era immaginata che la potesse vedere e ascoltare – fosse felice di consolarla, avvolgendola nella bellezza e nell'arte, invece di lasciarla nel pianto disperato. Le prime vere lacrime per lei arrivarono molti giorni dopo.

Con gli altri era rimasta in silenzio. Si era limitata a salutare con un cenno del capo anche chi non conosceva, per timore di risultare maleducata; in realtà non ricordava il nome di almeno metà dei pochi presenti. Sua madre al funerale non c'era: la morsa della depressione in quei giorni si era fatta più crudele. Suo padre, che per l'occasione aveva indossato una delle sue maschere da bravo papà, consapevole del forte legame tra la figlia e la nonna, era rimasto stupito nel non vederla disperata. In effetti, era vero, non si sentiva lacerata da una perdita insostituibile, anzi, dopo aver salutato Ernesta si sentiva sollevata, come se la nonna avesse potuto ascoltare le sue parole. Eleonora era come una bambina che tornava a vivere, in lei c'erano tristezza ma anche paura, orrore che le perdite fossero più d'una.

Il giorno ancora nutrito di potente luminosità, una volta tornato il sereno – contrappasso alle tenebre della morte –, era al termine. Forse era una delle magie di Ernesta. Sì, Eleonora ne era sicura. Dal punto dell'universo in cui si trovava sotto forma di entità, la nonna aveva fatto in modo che la nipote non si disperasse per lei. Era riuscita persino a salutare affettuosamente suo padre e a dirgli, con più convinzione del solito: «Ci vediamo presto, magari andiamo insieme a trovare la mamma. Oppure ci facciamo una bella cenetta io e te, il giorno di chiusura di Hamlet, okay?». Entrambi avevano fatto finta di crederci.

Arnaldo era rimasto ad aspettarla, lui l'avrebbe portata a casa, sfidando con uno sguardo Eugenio. In ospedale le avevano detto che la memoria e tutti i sensi sarebbero tornati alla loro piena funzionalità lentamente. Continuava a ripeterselo, ma quel percepire la realtà in maniera ovattata era una naturale conseguenza del dolore e dell'incidente? Voleva crederlo con tutta sé stessa. Una cosa era certa: non ne avrebbe parlato con nessuno. Nemmeno con lui. Si appoggiò al braccio di Arnaldo.

«Chi era quella gente?» gli chiese mentre si avviavano verso l'uscita.

«Non li conosco tutti. C'era Aasin, un ragazzo siriano, con sua moglie. So che Ernesta gli ha pagato gli studi che non era riuscito a completare nel suo paese. Un paio di famiglie in difficoltà, alcune ragazze di un istituto, non ricordo quale, credo vittime di violenza. Lei, prima di ammalarsi, andava a cucinare da loro la domenica. Sono tutte persone che negli anni aveva aiutato. In un modo o nell'altro.»

Eleonora non ne sapeva nulla. In auto si guardò intorno: tutto era uguale, da quanto tempo non ci saliva? Era una trappola rumorosa, ma funzionava ancora. Il plaid scozzese bucherellato sostava sempre sul sedile posteriore, vecchie riviste di giardinaggio sotto i sedili. Rimasero in silenzio per quasi tutto il tragitto, poi Arnaldo parlò di nuovo.

«Sai, lei era sicura che ti saresti svegliata. Non vi siete incrociate per un soffio.»

Lei lo ringraziò per aver portato il discorso più in profondità.

«Non riesco ancora a rendermi conto. Sta succedendo tutto troppo in fretta.»

«Ma fisicamente come ti senti? Dico a Sara di venire a dormire da te? Ce la fai a farti tutte quelle scale per entrare in casa o ti porto a mangiare qualcosa?» le chiese lui con un mezzo sorriso, proprio alla fine, prima di arrivare sotto casa sua.

«No no, domattina si farà sentire comunque. Già abbiamo fatto fatica a seminarla. In realtà, non sento nulla. Soltanto debolezza. Ho solo voglia di restare sola. Per ora sono in una bolla, una bolla asettica. Non preoccuparti, mangerò.»

Richiuse la portiera, lo rassicurò. Finse di entrare nel portone, ma non appena udì la vecchia auto di Arnaldo ripartire scoppiettando, uscì e chiamò un taxi.

3.

Per ricordarti che le persone non sono sempre ciò che sembrano, addenta un magnifico caco acerbo e rifletti.

«Al ristorante Hamlet, alla Darsena», disse una volta seduta. L'autista annuì e cominciò a guidare dentro la notte. Eleonora constatò con piacere che conosceva il suo locale. Come avevano potuto pensare Sara, suo padre, Arnaldo e i ragazzi che se ne sarebbe andata a letto tranquilla quella sera? Non sarebbe riuscita a chiudere occhio e comunque non avrebbe mai potuto farlo senza rivedere il suo ristorante, il frutto di tutti i sacrifici di quegli anni. La folla rallentava la corsa e le impediva di respirare la città intatta nel suo fascino notturno. La Darsena era l'antico porto di Milano, il punto in cui confluivano il Naviglio Grande e il Pavese. Aveva scelto quel posto per il suo locale perché le piaceva pensare alle decine di canali che scorrono sotto le città d'acqua come Venezia, Amsterdam o Manhattan. Aveva sempre pensato che l'acqua avesse un ruolo purificatrice sopra, dentro e anche sotto di lei. Chiuse gli occhi e ripensò al giorno dell'incidente sperando che davvero l'acqua avesse quel potere.

Quella sera, Eleonora era stata presa in giro.

Aveva cominciato a sentirsi a disagio mentre si trovava ancora in camera da letto, in quell'elegante appartamento moderno racchiuso in un guscio liberty. E dopo la sgradita scoperta, la sosta nella cabina armadio era stata velocissima, a rivestirsi non ci aveva messo che una manciata di minuti.

Perché lui non le aveva detto la verità? E come aveva potuto mostrarsi così stupida? Proprio lei, che si vantava di capire ogni cosa di un essere umano al primo colpo d'olfatto.

Nella fase iniziale di una relazione, si comportava sempre come si era comportata sin da bambina di fronte al cibo. Una sequenza velocissima di due azioni: un rapido annusare e poi un morso delicato. In pubblico aveva smesso di farlo a dodici anni, perché era sconveniente, ma nell'intimità d'un abbraccio continuava ad agire così. Assaggiava come fosse un piatto, e da lì capiva se valesse la pena finire il boccone.

Il sapore, l'odore di lui, erano buoni. Ma le sue armi l'avevano ingannata.

Eppure aveva seguito le linee guida: se vuoi conoscere davvero un uomo, mangiaci insieme tutte le volte che puoi. E mangiare insieme a lui era stato eccitante sin dall'inizio. Dopo poco che si è seduti a tavola, le difese si allentano, il corpo si sente libero di usare il suo linguaggio e ciascuno diventa un libro aperto per il commensale che lo sa leggere. Eleonora era maestra in questo. Quante cose si scoprivano a tavola… Che ristorante ha scelto per te? Dove tiene le mani? Ordina al tuo posto o delega? Non si decide mai a prendere un piatto? Guarda il personale dall'alto in basso? Civetta con la cameriera? Divora tutto in un secondo? Parla e ride sguaiatamente? Mastica piano e ogni tanto socchiude gli occhi in un mugolio di piacere? Tenta, meschino, di dividere a metà il conto, oppure offre lui e lascia una mancia generosa?

Di tutto aveva preso nota, e lui era stato promosso. Glielo avevano presentato come un generico imprenditore del settore ristorazione. A dire il vero, come un raffinato gourmet che si occupava di gastronomia a livello internazionale. Tutto quadrava. Durante le settimane trascorse da quando si erano conosciuti, si erano scambiati battute intriganti, argute, e sembravano avere un territorio comune, ma la vita privata era rimasta inesplorata. Quando lei gli parlava del suo lavoro di chef, nel suo ristorante, lui sembrava evasivo e le proponeva di finire insieme la serata, dopo il servizio, in qualche secret bar in cui servivano assenzio e strani intrugli a un'improbabile fauna metropolitana. Luoghi che lei non avrebbe mai frequentato, e la cosa la divertiva. Era quasi sempre sfinita dalla stanchezza, ma dopo un veloce tocco con il copriocchiaie, tirava fuori il suo tubino di rappresentanza insieme con il miglior sorriso. Dopo anni di lutto, aveva appena finito di rielaborare la perdita di Marc, il suo grande amore, e aveva ripreso a uscire. Aveva voglia di socialità, di vita, di trasgressione.

Lui era più grande di Eleonora, ma ci avevano scherzato su, archiviando la faccenda come l'ennesimo complesso edipico mai risolto. Tutti i suoi uomini erano più grandi di lei. Si erano incontrati durante il periodo natalizio a una cena a casa di amici. A dire il vero, non era stato amore a prima vista. All'inizio le era sembrato un po' saccente e presuntuoso, il suo odore di fiori di ibisco avrebbe dovuto metterla in guardia. Poi era finita seduta di fianco a lui in un locale del centro ed era rimasta incantata dal sentore di tè verde e melograno. Una base affidabile, in genere, per Eleonora. Ma solo dopo avrebbe capito che si era lasciata ingannare e il melograno, in realtà, nascondeva aromi riconducibili alla categoria delle colle e dei solventi, indice di doppiezza.

L'avevano sedotta le sue parole, mentre sorseggiavano un bicchiere di Cuvée William Deutz 2008. Lui teneva banco tra gli ospiti: «Conosco quella vigna, è un appezzamento dall'esposizione perfetta. Poi è una grande annata, no? Una produzione limitata di duemilacinquecento bottiglie e grande personalità, per un vino che non può lasciare indifferenti. Proprio come te, Eleonora», aveva detto sollevando il bicchiere e riservando l'ultima frase, sussurrata in un orecchio, solo a lei. Certo che lo sapeva che era un vino raro, era sommelier oltre che chef, e ne aveva di quelle bottiglie al ristorante, ma la Eleonora imprenditrice sapeva anche che quelle si dovevano vendere e non aprire per il suo personale piacere. Lei, che al ritorno da Parigi aveva dovuto contenere la sua passione innata per ristoranti, vini e cibi costosi, aveva ritrovato in sua compagnia gli sfarzi del passato, quelli a cui Marc l'aveva introdotta, ma a cui in seguito aveva dovuto rinunciare.

Fisicamente non le piaceva del tutto: viso largo, mento senza nerbo, sovrappeso, un palese ed eccessivo compiacimento nell'ascoltare la propria voce. Cose che registrava ora per la prima volta. Eppure era attratta dal suo edonismo, quel suo immolarsi all'universo dei sapori e poi quel suo odore complesso.

La fatidica sera erano scappati dalla festa nel momento

preciso in cui di solito le persone cominciano a guardarsi intorno e a chiedersi: «E adesso?». Tutto aveva seguito un copione che esulava dall'ordinario, sino al momento della spiacevole scoperta. Lui era andato via per primo dalla festa, un inutile tentativo di discrezione. Lei l'aveva raggiunto nel suo appartamento. Non ci era mai stata e quando lui le aveva aperto la porta si era trovata immersa di colpo nel suo mondo. Odore di tè verde ancora più accentuato, ma anche di cedro. Forse era il legno della libreria che correva su quasi tutte le pareti e sino al soffitto. Mischiato però all'odore dei libri, la carta vecchia che sa di vaniglia e mandorle.

Sarebbe rimasta giorni a saltabeccare su quegli scaffali, alcune edizioni erano in cima alla lista dei suoi desideri, ma troppo costose per lei, almeno in quel momento. Si fermò davanti alla libreria piegando la testa di lato per leggere i titoli, ma lui aveva altri progetti. I dettagli dell'appartamento erano nero e oro, le luci ambrate, e qua e là fotografie d'autore in bianco e nero – distinse un Lartigue, un Basilico.

Per un attimo si era chiesta cosa avrebbe pensato lui del suo appartamento: sessanta metri quadri al quarto piano senza ascensore. Le era costato caro non chiedere nulla a suo padre. Pochi avevano accesso alla sua dimora e la cosa non la preoccupava più di tanto, perché la sua vita sociale si svolgeva tutta al ristorante, nel suo Hamlet, il luogo dove erano stati convogliati tutti i suoi risparmi in quegli ultimi anni. Una casa piccola, ma vicina a un parco, su questo non aveva mai ceduto. E tutta sua.

Un comune istinto li aveva trascinati verso il loro luogo preferito. Una maestosa cucina nera opaca rétro con maniglie in ottone e sette fuochi. Lui aveva aperto un gigantesco frigorifero, ma non ne era uscito alcun odore particolare, solo un leggero alone agliato. Forse un vasetto di pesto alla genovese chiuso male. I ripiani era quasi tutti ricoperti di barattoli, terrine, contenitori ermetici colorati. Nessun cibo vivo. Del resto, cosa pretendere da un uomo che adorava cenare al ristorante? Troppo evoluto per conservarci formaggi. Per quelli c'era una sorta di dispensa a parte, con umidità controllata. Poi si era voltato con le mani occupate da due oggetti: una bottiglia di Puligny-Montrachet Régnard del 2016 e una scatoletta di caviale da 500 grammi. Sembrava esser stata ordinata apposta per abbinarsi ai colori della casa.

Il caviale era Oscietra e non era pastorizzato, aveva precisato. Quanto tempo che non sentiva quelle palline scure esploderle in bocca! E ripensò alla sua prima volta, a sedici anni, tre settimane di mance finite in una scatoletta da trenta grammi di Calvisius, acquistata con la complicità della nonna. E ora, ne aveva davanti a sé una quantità spropositata. Era pazza di gioia.

Con un cucchiaio di madreperla gliene aveva depositato un po' sul dorso della mano, nella biforcazione tra la base del pollice e l'indice, come si fa tra esperti. Senza lasciare che le labbra toccassero le preziose palline nere, le uova erano state poi risucchiate delicatamente dalla bocca di lui e premute contro il palato con la lingua fino a che non erano scoppiate. Lo stesso aveva fatto Eleonora. Aveva riconosciuto la texture burrosa, gli aromi di frutta secca e una nota iodata sul finale.

A pensarci bene, il suo fiuto non aveva fallito: la serata era stata perfetta, sino a quando lui era uscito dalla camera da letto e si era diretto in cucina. Sarebbe tornato con altro vino e altro cibo. Eleonora si era sentita improvvisamente nuda, senza nemmeno uno spruzzo del suo ultimo profumo, frutto di un viaggio in Oman. Allora era entrata nella cabina armadio e si era messa a cercarlo nella sua pochette di raso. Avrebbe potuto indossare il suo profumo naturale, ma improvvisamente fu colta da una curiosità incontenibile, come un prurito violento. E poi, se doveva iniziare una relazione, non era suo diritto indagare?

Dentro alla cabina armadio, una volta recuperato il profumo, aveva visto una bella cassettiera in foglia d'oro e si era diretta subito lì: biancheria, maglioni, dozzine di fazzoletti con una cifra ricamata tono su tono, FBE. Di chi erano quelle iniziali? Perché si presentava come Jacopo Perdifumo? «È un nome da romanzo», aveva scherzato lei, ingenua, quando i Bertelli glielo avevano presentato. Aveva visto che la cassettiera nascondeva un doppio fondo.

Con il cuore a mille aveva tirato a sé lo sportellino, all'interno una cartella portadocumenti. L'aveva aperta: ritagli di articoli di giornale e due magazine che riportavano un'intervista. Fotografie, e un contratto che portava la data del febbraio di otto anni prima. Aveva scorso velocemente le righe stampate sino alla firma, uno scarabocchio in fondo a destra. Era direttore responsabile di una guida, il logo era inequivocabile. La guida nella quale qualsiasi chef al mondo vorrebbe leggere il nome del proprio ristorante.

Il labbro superiore aveva iniziato a tremarle. Le accadeva sempre quando era agitata, sin da bambina. Poi il tremore si era fermato: aveva capito, e l'enormità della scoperta le era caduta addosso come un vaso di gerani da un terrazzo. Lui era in camera da letto. Uscita dalla cabina armadio, l'aveva trovato con i gamberi e una nuova bottiglia posata sul comodino. E quando lui si accorse degli occhi lucidi e delle guance arrossate di Eleonora, forse si sentì smascherato. Questo lei non lo avrebbe mai saputo. Dopo avrebbe scoperto che lui sapeva già di dover terminare il suo incarico e che presto sarebbe stato sostituito. Poi, solo poi, avrebbe capito che non c'era in lui un desiderio preciso di ingannarla, né voleva qualcosa in particolare da lei, carpire chissà quali segreti, piuttosto una ancora più colpevole superficialità raddoppiata da uno spirito conquistatore, dal ruolo di tombeur de femmes che amava rivestire. Elementi che si erano fatalmente incontrati con la sua ingenuità di quei mesi. Il desiderio di un nuovo amore aveva fatto il resto.

Lasciato il suo appartamento, aveva raggiunto il parcheggio sotterraneo: lei non li amava, le provocavano sempre un senso di inquietudine, soprattutto di notte, con il loro tanfo di lapide, muffa e gerani. Ma quello non era l'unico motivo per cui Eleonora voleva sbrigarsi a uscire da quell'edificio.

Notò qualcosa che luccicava accanto al finestrino, dalla parte del guidatore. Intravide un berretto scuro, un naso aquilino, una cornea brillare nel buio.

«Chi va là?» Le sfuggì una frase stupida, da fumetto: non fosse stata così spaventata ci avrebbe riso sopra. L'ombra l'aveva vista ed era scappata verso l'uscita.

«Ehi tu!» urlò. Non poteva esser sua quella voce resa così stridula dalla paura. Ci era voluto qualche secondo per decidere cosa fare: nascondersi, tornare verso l'ascensore o rincorrere l'ombra. Ci era voluto solo un attimo, però un attimo si rivelò troppo lungo. Un cinturino dei sandali dorati si spezzò, facendola scivolare sul pavimento di cemento liscio, sporco di grasso e segnato dagli pneumatici. Cadde pesantemente sul fianco come un daino in corsa finito da un unico colpo. La mascella contro la torcia abbandonata dall'ombra. Quando la guancia toccò il pavimento, avvertì una staffilata e odore di gasolio – era ancora lucida –, poi dolore lancinante e nebbia. Poi ancora dolore e buio. Quella notte fatale Angel, una escort altrettanto fatale che abitava al terzo piano del palazzo, le aveva salvato la vita. Aveva visto Eleonora accasciata a terra, con un rivolo di sangue che le usciva da un orecchio. Fedele ai doveri di buona cittadina aveva chiamato il 118 chiedendo di mandare un'ambulanza. Un atto di bontà che l'aveva fatta rapidamente rintracciare dalla polizia. Per fortuna era una loro vecchia (e gradita) conoscenza e venne accertato che non era lei l'ombra minacciosa che aveva causato la caduta di Eleonora, un'ombra che sarebbe rimasta per sempre nelle tante cose ignote: la vita non è un romanzo giallo, con la soluzione incorporata.

I ricordi la assalirono. Eleonora sapeva che, da quel preciso istante, nulla era stato più come prima. C'era un'unica persona con cui avrebbe voluto parlare di quello che era accaduto: sua nonna, Ernesta. Ma lei non c'era più. Eppure ora davanti alla Darsena in qualche modo la sentiva presente. Unica vera figura di riferimento per Eleonora, era stata madre, amica, complice, confidente, con l'accortezza di non portarsi dietro la parte più scomoda di ogni ruolo. Raramente la chiamava nonna e sapeva che a lei faceva piacere così. Aveva singolari forme di vanità. Ernesta non amava dire la propria età, anche dopo aver passato i settanta, quando molte donne invece si vantano degli anni, aumentandoli addirittura per vezzo. Carismatica e fascinosa, riusciva a riprodurre esattamente nella realtà la definizione di fascino per Camus, «riuscire a farsi dire di sì senza aver chiesto nulla». Anche se non sempre questo fascino era andato a buon fine. Nata a Como nel 1945, si era fatta dire di sì da due mariti. Dal primo si era allontanata, e tutto faceva pensare a un errore giovanile. Un'ombra le offuscava lo sguardo quando era obbligata a parlarne.

Del secondo era rimasta vedova presto, ed era stato un grande amore. Nonostante le sue doti, a Ernesta erano mancati il puntiglio e la determinazione necessari per rincorrere i suoi obiettivi, o meglio, nessuno di questi era riuscito a impegnarla a lungo, una volta perseguito. Era nata in una famiglia benestante, ma, dopo la morte della madre, chi prese in mano l'eredità sbriciolò la sua fortuna. Insegnante di filosofia, patronne di un bistrot d'avanguardia nell'estremo Levante ligure, gourmet, acquarellista, antiquaria, poi anche manager e infine stilista nell'azienda di famiglia. Troppo sognatrice, idealista, generosa, altruista e priva di senso pratico, Ernesta non aveva saputo trarre profitto imprenditoriale dalle sue iniziative. Semplicemente perché non vi aveva dedicato il tempo necessario. Per fortuna c'era sempre stato il marito che interveniva al punto giusto. Pagando debiti di nascosto per non ferirla, per non metterla di fronte ai suoi piccoli fallimenti, e al contrario indirizzandola sempre verso nuove imprese.

La sua passione più duratura era stata la cucina, la critica gastronomica, il grande mondo della ristorazione. Sino all'ultimo la si poteva incontrare al tramonto in qualche stabilimento balneare di lusso della Costa Azzurra, con uno dei suoi cappelli a larga tesa e un paio di occhiali alla Lina Wertmüller, mentre sorseggiava anisette. Oppure in una strada affollata, in fila per ore davanti a un camioncino che vendeva il miglior fish&chips della città. «Alto e basso», soleva dire, «per avere un buon palato bisogna mischiare alto e basso. Passare dall'alta cucina allo street food, dalla ceramica più fine al cono di carta colmo di fritti comprato da un ambulante.»

Spesso la si poteva veder uscire dalla cucina di ristoranti blasonati con passo da bersagliere. Era una sua abitudine, chiedere di visitare la cucina. Alla fine della visita, prima compariva lei a testa ritta, poi, dopo un metro, emergeva lo chef, scodinzolante o abbacchiato, a seconda dei commenti di Madame.

Ogni città veniva esplorata con lo stesso approccio: andare al mercato, al ristorante, a caccia di locali segnalati dalle guide, quelli erano i piaceri più autentici della sua vita e aveva continuato a coltivarli, prima con Eleonora, poi da sola, sin quasi alla fine dei suoi giorni. Chi la conosceva sapeva che era un rischio chiederle «tutto bene?» dopo che aveva assaggiato un piatto. Era un rischio anche farle visitare la cucina. Il suo sguardo, con due penetranti occhi grigi antracite, scorreva sui ripiani di acciaio e captava l'alone più insignificante, la briciola incuneata negli interstizi, l'impronta di una ditata. Il modello di forno, la tipologia di pentole, il sistema di accensione delle piastre e altri dettagli: non c'erano segreti per lei, esperta del settore anche decenni dopo aver smesso di fare l'imprenditrice. Senza contare il suo naso: riusciva a smascherare un ragazzo di brigata che aveva fumato una sigaretta ore e ore prima del servizio, perché «l'alone di tabacco intorno a te rimane, anche se impercettibile ai più», diceva. Tutti sapevano che la nipote aveva ereditato da lei questa abilità, anche se in Eleonora era presente all'ennesima potenza. Ernesta, però, possedeva un talento in cui Eleonora non l'avrebbe mai superata: sapeva trasformare ogni preparazione in qualcosa di magico, tanto che ogni qual volta Eleonora si cibava di un suo piatto sentiva davvero che stava nutrendo la propria anima. E questo, a differenza delle altre doti, era un segreto tra di loro.

Nessuno conosceva così bene il linguaggio delle emozioni che suscitavano le sue ricette, ma Ernesta soleva dire: «Ogni persona può trasformare un piatto in una ricetta per l'anima. Basta procurarsi gli ingredienti giusti». Si ricordava la prima volta che la nonna, con Eleonora ragazzina che la guardava con le sopracciglia aggrottate, tirò fuori quella faccenda che da adulta avrebbe definito «pensiero simbolico».

«Per fare il nostro gioco dobbiamo pensare che le cose non sono solo quello che sono, ma quello che rappresentano. Ecco perché, quando cuciniamo insieme, gli ingredienti, se lo vuoi, possono significare altro da quello che sono nella realtà.» Spiegazione semplice e chiara, quindi perfetta.

Al diciassettesimo compleanno della nipote, sapendo che Eleonora condivideva la sua passione per i ristoranti, Ernesta l'aveva portata all'Arpège in rue de Varenne 84, dal leggendario Alain Passard, precursore dell'importanza dell'elemento vegetale in cucina a scapito della carne. Ricordava quella sera come la sua cena di formazione, come si dice di un libro che ti cambia la vita. Ernesta sosteneva che tutte le cose più buone al mondo hanno a che fare con la cucina italiana, francese e asiatica. Anzi, il primato della qualità degli ingredienti è dell'Italia, quello della tecnica è della Francia e per la varietà si deve andare in Oriente. E quindi l'educazione culinaria prevedeva molte trasferte Oltralpe.

Da Passard si sentivano due fortunate e felici commensali tra gli ambitissimi coperti a disposizione. Durante la cena, Ernesta si beava con sguardo estasiato della vista della nipote in tubino nero e orecchini scintillanti mentre gustava la sua capasanta con dressing ai fiori di geranio e rape, i ravioli ripieni di verdure di stagione e la famosa tartare di rapa rossa. Per l'eccitazione Eleonora parlava senza posa ed Ernesta le rispondeva dolcemente: «Non distrarti, sei qui anche per imparare». In quell'occasione, l'ammirazione della nipote per la nonna aveva raggiunto l'apice. Seduta a quel tavolo aveva avuto la conferma del potere che regala il suscitare emozioni attraverso il cibo. Cominciava a capire la solennità e *la rigueur* dei francesi e quanto fossero competitivi nei nostri confronti. Ancora non sapeva che si sarebbe innamorata follemente di un famoso chef francese, Marc. Lavorando nella sua cucina avrebbe capito cosa significava quel termine, ma aveva già assimilato quella forma di misticismo che i francesi adottano nei confronti del cibo.

Con il tempo avrebbe poi intuito l'importanza di abbeverarsi del cocktail più potente che esista: disciplina nello studio, talento, ricchezza di vocabolario. Se lo bevi, puoi trarne beneficio in tutti i campi. Davanti a ciascun piatto, perfetto o meno, Ernesta sapeva gratificare lo chef di turno con parole chiare e puntuali. Sapeva trovare sempre un dettaglio in grado di solleticare l'amor proprio di chi lo aveva concepito o preparato. Per lei esistevano due elementi di giudizio diversi: un piatto poteva essere concettualmente indovinato, ma nello stesso tempo deludere il palato. Difficilmente si verificava il contrario. Sapeva esprimere la perfetta via di mezzo tra l'elogio senza adulazione e la critica costruttiva e leale.

Una critica che sottende profonda competenza, aveva imparato in seguito Eleonora, è rara. Qualche commento sfavorevole di Ernesta rendeva lo chef o il ristoratore addirittura felice, per essere stato oggetto d'attenzione da parte di una commensale così preparata. «Ho veramente gradito la cremosità di questo risotto e la scelta della panna acida per la mantecatura, ma non avrebbe ottenuto lo stesso obiettivo utilizzando una crema di porri e yogurt?» E poi: «Le chiedo: non le sembra eccessiva l'affumicatura, se pur di faggio, in questa delicatissima polpa di temolo?». Oppure: «Lei ha messo a dura prova il mio palato con quelle uova di salmerino, che balzo in sapidità! Non è un po' troppo?». E ancora: «Ogni volta che ho terminato un piatto, lei mi chiede se mi è piaciuto. E io non lo sopporto, al punto che il mio giudizio rischia di non essere più oggettivo. E avvicinarsi all'oggettività, come lei dovrebbe sapere, è il traguardo di ogni commensale che si picca di esprimere un giudizio. La critica è il compromesso tra l'io e la realtà. Le dirò come è andata, certo che glielo dirò. Ma soltanto alla fine. E poi, è sicuro di volere la verità o preferisce che le dica ciò che vorrebbe sentirsi dire? Se sceglie la verità, forse ciò che dirò non le piacerà del tutto».

Aneddoti come questi circolavano da anni intorno alla fama di Ernesta. Poteva essere irritante o peccare di eccesso di pignoleria, ma nel vasto mondo della ristorazione la conoscevano e la rispettavano proprio per la sua severità. In fondo, si era esercitata tutta la vita in una passione costosa e avviluppante, pericolosa e adrenalinica: andare al ristorante. Era stata una delle prime a scrivere sul web, in età già matura, le sue cronache culinarie, sotto falso nome: Madame Soufflé. Ma tutti sapevano chi si nascondeva dietro lo pseudonimo che firmava quel seguitissimo blog, che l'aveva resa più potente di Ruth Reichl ai tempi della sua rubrica sul «New York Times». Da lei Eleonora aveva preso la venerazione per il cibo e la cucina, ma non solo: la nonna era la persona più importante della sua vita. Così, quando Eleonora era rientrata da Parigi, l'aveva subito cercata. Ernesta le aveva detto di smetterla di fare la vittima e di lamentarsi dell'infanzia infelice e della tragedia, sia pure intollerabile, che era stata la morte di Marc. Avevano stabilito da tempo, entrambe, che Eleonora non aveva certo beneficiato di genitori esemplari. Eleonora si era sempre stupita per la capacità di Ernesta nell'identificare i limiti di suo figlio. «Tuo padre è narcisista a livello patologico. Punto», aveva sentenziato, quando non voleva che si iscrivesse alla scuola di Losanna. Avrebbe preferito che prendesse in mano un ramo dell'avviatissima azienda di componenti elettronici che aveva fondato nel comasco. Ma così non fu, e per questa scelta lei avrebbe pagato in sofferenza.

Eleonora aveva confidato solo alla nonna il sospetto che suo padre avesse un'amante, dopo che l'aveva sorpreso a cena con una donna in un costoso ristorante. Eugenio aveva finto di non vederla, ma lei si era avvicinata al tavolo spinta dalla curiosità di fiutare il profumo della donna per capire che tipo di persona fosse e con il perfido intento di metterlo in imbarazzo. Lui le aveva allora presentato l'occhialuta e biondastra signora: «È una collega imprenditrice del Canton Ticino». Aveva l'odore sgradevole di bicchieri lasciati a testa in giù in una credenza. Eleonora aveva subito colto lo sguardo di complicità tra quei due. E un attimo prima aveva visto, in un lampo, la mano di lei stringere il polso di lui, quasi a dire: «Attenzione, tua figlia sta venendo qui. Forza, ce la puoi fare».

Eleonora non era certo così ingenua da pensare che il matrimonio dei suoi genitori fosse in piena salute. La sua infanzia era stata funestata proprio da questa certezza. Ma veder lì suo padre, con i capelli sale e pepe e una pochette sgargiante nel taschino, flirtare con «Colpidisolecolormiele» era insopportabile. Di certo indossava un profumo scadente, un surrogato di gelsomino da quattro soldi; una cupola ammorbante e sotto sotto quell'odore di freschino. Lo aveva sentito appena si era avvicinata. La situazione non le dava fastidio solo per la mancanza di rispetto nei confronti di sua madre, o per un residuo di complesso edipico non risolto, ma per il senso del ridicolo che l'intera scena del delitto sembrava emanare. E pensare che lei, sin da bambina, si sentiva dire dalle amiche «Quanto è sexy tuo padre», e che lo aveva idolatrato, sino all'età dell'adolescenza. E temuto. Poi, crescendo, il senso critico nei suoi confronti, esasperato negli adolescenti, non si era mai stemperato.

Comunque, nonna Ernesta era spietata nei confronti di suo figlio. Sembrava ne parlasse come se non fosse un essere partorito da lei, come se si fosse creato autonomamente. Alla presenza della nonna Eleonora doveva la consapevolezza di sé e del proprio valore: non ancora autostima, ma qualcosa che ne gettava le basi. Era stata Ernesta che una sera l'aveva presa sulle ginocchia spiegandole, con parole da lei avvertite come misteriose, il perché dei suoi occhi particolari. Aveva saputo quello che le era successo a scuola: un compagno le aveva scagliato in faccia la frase «Occhi diversi, occhi da strega, tu porti male», e la nonna voleva rassicurare la nipotina, visto che nessuno ci aveva pensato e nessuno si era accorto del suo turbamento. «Si chiama eterocromia, è dovuta a una diversa concentrazione di una sostanza, la melanina, nei tuoi occhi. Vedi quella pallina colorata al centro?» le aveva detto tenendole uno specchio davanti. «È l'iride. Le tue iridi, mia cara Eleonora, hanno colori differenti. Ricordati che è un privilegio delle persone speciali. Sai che anche Alessandro Magno li aveva? Li chiamerei piuttosto occhi da maga: vedrai quanto ti aiuteranno nella vita, ti daranno il potere di cogliere cose che altri non vedono.» Nonna Ernesta le aveva insegnato che la diversità è una scommessa e un'opportunità. Che essere unici è un valore. Le aveva dato forza, insegnato che tutto era possibile, persino i sogni più azzardati. Anche se lei stessa, qualche volta, aveva abbandonato la salita appena prima di raggiungere la cima.

Forse Ernesta non si era soffermata abbastanza sui progetti raggiunti, Eleonora però capiva che la nonna non aveva rimpianti, perché non considerava le sue svolte di carriera delle sconfitte, bensì il normale accumularsi di progetti di una mente fertile dal temperamento artistico.

«Perché, nonna, hai chiuso il tuo locale? Non mi hai mai spiegato il vero motivo, mi avevi detto che andava bene», le aveva chiesto lei una volta, a bruciapelo.

«Ero una perfezionista. Mostravo un piatto ai ragazzi in cucina, glielo facevo fare sino allo sfinimento, lo assaggiavamo in continuazione finché che non era divino. Non mi accontentavo di nulla che non fosse celestiale. Non badavo a spese con i fornitori e loro se ne approfittarono un po'. Non avrei mai usato scampi avanzati dal giorno prima. Ecco, mi mancavano le astuzie dello chef imprenditore. Arrivavo al punto di incaricare miei emissari di ordinare un determinato piatto in una serata di punta, per vedere quanto era distante dalla mia prima versione. Poi ero troppo esigente sulla materia prima, così sbagliavo i calcoli del *food cost.* La mia soddisfazione, però, era tanta: sono stata la prima a portare la *bistronomie* in Italia. Venivano da lontano per assaggiare le mie costolette di agnello con salsa senapata o la tarte tatin di nespole e pepe di Timut. Un pepe allora sconosciuto persino ad Alain Ducasse. Me l'ero fatto mandare da un mio amore trasferitosi nello Sri Lanka. Quando lo feci assaggiare a Gualtiero Marchesi, il Maestro, su una tartare di ricciola, strabuzzò gli occhi. Il mio locale rendeva abbastanza per ripagare i debiti, ma non tanto da ritagliarmi un profitto costante. Alla lunga, sarei andata in perdita. È al locale che ho conosciuto il mio secondo marito, tuo nonno Enrico. Prenotò un tavolo e si presentò con una donna, poi tornò per tre sere di fila. Da solo. Una sera me lo vidi arrivare carico di rose e mi chiese di fuggire con lui. Mi propose due alternative: aprirmi un locale tutto mio vicino al lago, oppure lavorare nella sua nuova azienda tessile a Como in un ruolo prestigioso, "adatto alla tua intelligenza", diceva guardandomi fisso con occhi adoranti. Non potevo dirgli di no, così scelsi di disegnare tessuti e di cambiare mondo. Almeno per un po'.» Eleonora era avida delle storie che la nonna le concedeva a pezzetti, forse per mantenere viva la sua curiosità.

Le luci di Hamlet riportarono Eleonora alla realtà. Non sarebbe entrata, lo avrebbe guardato da lontano come una madre apprensiva osserva un figlio che attraversa la strada per entrare a scuola. E invece era lei a essere tornata, anche se così cambiata. Qualche cliente stava entrando, i ragazzi della brigata erano tutti dentro a lavorare, le pareti trasparenti lasciavano intravedere qualche commensale. Le sarebbe bastato scendere e varcare la soglia per mettere alla prova il suo naso, il suo palato. Si asciugò la guancia. *Non ora Eleonora, non ancora.* E si fece riportare a casa.

4.

Per richiamare con dolcezza il Tempo Perduto,
trova il più ancestrale ricordo di mele e vaniglia
e racchiudilo in un guscio di pasta frolla.

La sera del funerale il breve tragitto in taxi aveva solo allontanato il temuto momento del rientro, della consapevolezza. Al secondo piano si era sentita sfinita, quel maledetto ascensore prima o poi lo avrebbero costruito. Si sedette sull'ultimo gradino prima di arrivare al pianerottolo, cercando un odore familiare: la torta di mele della signora Redi, il deodorante per la casa del single che si irradiava dal terzo piano. Tutto nel suo appartamento le sembrava sconosciuto. L'aveva passato in rassegna sfiorando ogni singolo oggetto con le dita, come a inventariarlo. Doveva pensare, anzi ripensare. Trovò nel frigorifero alcuni vasetti di vetro: erano sughi per condire un ipotetico piatto di pasta, di certo li aveva portati Sara dal ristorante.

Ingurgitò una bottiglietta di kefir che per lei non sapeva di nulla. Non avrebbe mangiato altro. La sua vita nella bolla si stava schiarendo, ma a blocchi. Le mancava la visione fluida dell'esistenza, supportata da un saldo ordine cronologico. Tutto era frammentato, scompaginato. Parigi, Ernesta, Marc, Hamlet, le suore, sue insegnanti alle elementari, poi ancora Milano, Parigi, Como. Ma doveva avere pazienza, tutto si sarebbe ricomposto, così le avevano assicurato a Basilea. Si era distesa sul letto senza togliersi neppure gli stivali, velati dalla polvere del cimitero. Non aveva più fame, ma aveva bisogno di dormire e di attirare a sé pensieri belli. Si era messa subito a pensare al suo grande amore, Marc. Poi le era venuta in mente la prima volta che aveva avuto il coraggio di esprimere a parole il suo sogno. Un sogno trasformato in parole, senza paura di essere derisa, come avevano sempre fatto i suoi.

Erano passati solo cinque anni. Ma il suo mondo era cambiato.

Eleonora era appena tornata da Parigi, a pezzi per la scomparsa di Marc avvenuta due mesi prima. L'ultima sera che lo aveva visto, erano usciti tardi dalla cucina del loro blasonatissimo Élégie. Il giorno dopo Marc doveva essere al tribunale di Digione alle dodici per una firma importante, che avrebbe contribuito a mettere fine alle procedure del suo complicato divorzio. Aveva deciso di prendere il treno, in partenza alle nove dalla Gare Montparnasse, per rilassarsi e dare un'ultima occhiata alle carte. Si era alzato all'alba, era uscito di casa molto in anticipo – aveva sempre avuto paura, fin da ragazzino, di perdere i treni –, ma a Digione non ci era mai arrivato. Non era destino. La sua carrozza era deragliata.

«Hai pianto tanto che i tuoi occhi si sono stinti, come un panno lasciato troppo al sole. Non devi permettere che i tuoi bellissimi occhi si rovinino. Sono unici, ricordalo. Vieni qui, lasciati abbracciare», le aveva detto Ernesta. Dentro quell'abbraccio lei aveva ritrovato il profumo della sua infanzia. L'aveva fatta sorridere, ci riusciva sempre.

«Come stai? Quanto mi sei mancata, nonna.»

La nonna non parlava mai dei suoi mali. Il suo sguardo era sempre rivolto agli altri, all'esterno, con divertita curiosità. Anche quando, alla fine, camminava a fatica, si faceva accompagnare in terrazza per guardare il suo amato lago. Eleonora l'aveva stretta forte sino a sentire tutta la sua fragilità, ma avvertiva una forza sovrumana nello sguardo, la forza che solo la saggezza sedimentata nell'affetto riesce a dare. Il suo odore era sempre di viola e agrumi, a cui invecchiando si era aggiunto un delicato profumo di salvia. Ma lei, solo lei sentiva anche sedimentate tutte le tisane e gli infusi che avevano condiviso. Dopo il loro incontro, Eleonora aveva preso in affitto un piccolo bilocale in periferia. Era rimasta nella grande villa di famiglia a Como solo un paio di settimane, poi era scappata nonostante la presenza di Ernesta la invogliasse a restare.

«Ora sei qui. Ora siamo qui. Cosa vuoi fare?»

«Non lo so, di certo non voglio continuare a piangere fino alla fine dei miei giorni», aveva risposto Eleonora.

«Il dolore passerà, sta già passando. Tutto passa, questo è un bene e un male. Mi è bastato vederti un paio di volte insieme a lui, osservare come vi guardavate, come ti sfiorava un braccio, per capire che eravate come due betulle vicine, con le radici intrecciate. E sai cosa ti dico? Pensa agli anni vissuti insieme nell'amore e nella passione, pensa a tutto quello che ti ha insegnato e che avete sperimentato nel suo magnifico ristorante. Credi che il tuo Marc sarebbe felice se tutto andasse perduto per sempre?»

«No, ma non ho la forza di pensare a un progetto senza di lui. Cucinavamo insieme, ma senza la sua mano la mia trema. Mi sembra di creare piatti banali, senza visione, senza futuro. Ho perso un po' di sicurezza, ma questo credo sia normale. Non posso presentarmi in un ristorante in Italia e dire: "Sono qui, prendetemi, so cucinare benissimo, non fateci caso se sono sempre triste, ho imparato il mestiere dal grande Marc Violin a Parigi, era il mio amore, il mio grandissimo amore, ma ora tutto è finito". Capisci, nonna, mi capisci?» aveva detto, lasciandosi andare in un pianto improvviso, rivelando la sua faccia più fragile.

«Potresti raccontare la prima parte, evitando la seconda. Per esempio: "Sono giovane e sono in gamba, so il fatto mio, ho fatto esperienza dal grande Marc Violin. Mettetemi alla prova". Questo mi aspetto da te. Forza!»

«Ti voglio bene, nonna.» Ernesta le aveva accarezzato il capo.

«Eleonora, ti ricordo il tuo dono, ciò che ti rende unica e speciale, ciò che ti servirà e ti aiuterà in questa rinascita. Il tuo fiuto e il tuo palato. Li hai allenati e coccolati per tutta la vita e ora è il momento di trarne frutto», le aveva detto.

«Li abbiamo addestrati e tu sei stata la mia allenatrice più importante», aveva risposto Eleonora.

«Da bambina mi dicevi sempre che volevi fare la cuoca. Noi due sappiamo bene che questo è il tuo sogno. Mi ricordo i tuoi primi biscotti. Una volta avevi messo troppo miele e fatto impazzire tutti per cercarti semi di cardamomo. Tuo padre aveva dovuto portarteli da Milano, a Como nessuno li vendeva, neppure la drogheria Passini in centro.»

«Ricordo, avevo trovato la ricetta su un quaderno dalle suore. Alla fine, a parte il troppo miele, erano venuti bene, vero?»

«Immangiabili.» E risero insieme. «Se non sbaglio, tutti quelli che vogliono fortemente diventare cuochi a un certo punto hanno un unico sogno dominante: un ristorante tutto loro. Ne parlavi sempre da ragazzina, poi, man mano che il desiderio avrebbe potuto avverarsi, hai smesso di crederci. Non è strano?»

«Non ho smesso, ero così impegnata a lavorare duramente che non ci pensavo. Marc non mi spingeva più di tanto ad aprire qualcosa di mio. Mi diceva che per il momento avrei potuto esprimermi anche sotto la sua, la nostra, insegna. Nel suo ristorante, insomma. Lo diceva per amore, voleva che lavorassimo insieme, per raggiungere obiettivi sempre più importanti. Diceva che non ero ancora pronta. Ma io non avevo intenzione di starmene ferma. Lo avevo accennato ai miei cari genitori. Ma sai com'è, quando sono scappata a Parigi con Marc di certo non li ho resi felici. Non perché abbiano sentito la mia mancanza, anzi, ma perché avevo destabilizzato la loro vita. La mamma vive nel suo mondo, lo sai bene. Papà lo sento nemico, ogni volta che mi guarda è come se avvertissi di averlo deluso. Cosa diavolo voleva da me? Che studiassi Economia e finissi a passare le giornate facendo i conti nella sua azienda? Come può essere così ottuso, tuo figlio? Così egoista da non capire cosa mi rende felice? Quanto è diverso mio padre da te!»

«Non essere così dura con lui. Non pretendere ciò che non può darti.»

«L'avrò sentito tre volte da quando ho lasciato gli studi a Losanna per scapparmene a Parigi. Figurati se ora mi aiuta ad aprire qualcosa di mio. E poi io non glielo chiederei mai. Ho messo da parte qualcosa, mi basterà per un po', senza dipendere da nessuno. Poi mi troverò un lavoro, anche fosse spadellare in una mensa scolastica. Marc mi aveva comprato un bilocale a Parigi, sto pensando di venderlo, per ora è affittato. Avevamo dei progetti, appena fosse riuscito a divorziare volevamo una casa e aprire un nuovo locale. Una volta libero, saremmo stati una coppia a tutti gli effetti, io e lui. Ma Marc non c'è più, il destino è stato crudele.» Questa volta era riuscita a trattenere le lacrime, ma dallo sforzo le pungevano gli occhi.

«Ora non pensare a Marc. Devi trovare un lavoro. Qualcosa che ti renda felice, che poi per te significa cucinare.»

«Farei qualsiasi cosa per essere indipendente, avere un mio ristorante.»

«Prima di tutto devi cercare per bene dentro di te il tuo stile. Che chef vuoi essere? Hai risposto a questa domanda?» disse Ernesta. Eleonora la ascoltava in silenzio, molto turbata. «Trovare il proprio stile per uno chef è complicato. È come trovare la voce per uno scrittore, è come cercare il proprio animale totem. È un esercizio spirituale e soprannaturale. E poi ti sei fatta una vaga idea del locale dei tuoi sogni? Così, per il piacere di sognare a occhi aperti.»

«A dire il vero mi sono già data da fare. Ho intercettato un locale da quaranta-cinquanta coperti, sulla Darsena, a Milano. Anche se ho vissuto a Parigi negli ultimi anni, so che la zona dei Navigli non è adatta al mio genere di ristorante, i locali sono pop, ma in Darsena è diverso, e poi c'è un vecchio ristorante che non riaprirà e la licenza costa poco. In questo momento non posso andare troppo per il sottile. La parte in muratura è sulla terraferma, tutta la parte all'aperto su una palafitta. Questa la voglio ristrutturare con pareti in vetro e lo scheletro del locale in ferro, le cucine a nord e una terrazza ben illuminata con altri venti coperti. Arredi tutti in plexiglass trasparente, come sospesi sull'acqua. Una cucina che mi appartiene: italo-franco-orientale. Ho già in mente una sous chef di talento, Nozomi, una ragazza giapponese che era mia compagna di studi a Losanna. Siamo rimaste in contatto e verrebbe volentieri a Milano. Poi, a regime, vorrei quattro ragazzi in brigata e altrettanti per la sala. Ma comincerei gradualmente. Però ora basta farmi sognare, nonna», aveva concluso tutto d'un fiato, come se un torrente inarrestabile le uscisse dal cuore.

«Mi piace il tuo sogno. Da oggi, ogni volta che ti viene da piangere, ogni volta che ti manca Marc, ogni volta che stai per commiserarti, ogni volta che appoggi la testa sul cuscino e cerchi una collana di pensieri sereni che ti traghettino nel mondo del sonno, ricordati che dovrai pensare al tuo obiettivo, al tuo ristorante. La felicità è il desiderio di raggiungerla. La felicità è avere prospettiva. La felicità è il fare», aveva concluso Ernesta. Poi aveva aperto faticosamente un cassettino e tirato fuori una busta. Nel salotto c'era anche un vaso di peonie, Eleonora lo ricordava bene, unito al profumo agrumato della nonna. Nel fare quel gesto, Ernesta si era girata con fatica, ma quando era tornata a guardare la nipote sembrava avesse ricevuto un'iniezione di vitalità. I suoi occhi parevano più grandi, eccitati, capaci di proiettare intorno lampi di luce.

«Eleonora, eccoti un assegno. Non basterà, ma rappresenta una buona parte dei miei risparmi. Questi soldi ora servono a te. Quando tuo padre scoprirà che l'eredità che gli ho lasciato è più magra di quello che si aspettava, ci rimarrà male. Ma in fondo se lo merita, e i soldi certo non gli mancano. E io, pur volendogli bene, sghignazzerò da lassù. Tuo padre non ha bisogno di assegni, a te i soldi servono adesso, non puoi aspettare. Prendili e spendili bene.»

«Grazie.» L'aveva abbracciata ancora una volta. E aveva aggiunto, con poca convinzione: «Lo sai che potrei fallire in questo progetto, vero?».

«Potresti, ma non fallirai. Hai già pensato come chiamarlo?»

«Ho qualche idea. Ma sono piena di dubbi, a Milano c'è molta concorrenza, e anche il nome conta, forse troppo.»

«Allora, se sei piena di dubbi, il ristorante potresti chiamarlo Hamlet: essere o non essere...»

«Mi piace», disse Eleonora e si aprì in un sorriso.

A pensarci, Eleonora si vergognava tuttora di non aver opposto neppure un timido rifiuto davanti a quel gesto generoso. Eppure non era stata l'avidità a spingerla ad accettare il dono della nonna – benché senza quell'assegno la sua strada sarebbe stata molto più in salita –, quanto il gusto di fare un dispetto a suo padre. La nonna aveva ragione: chissà come avrebbe reagito alla lettura del suo testamento.

Di quel giorno, Eleonora aveva un ricordo acuto. Ripensandoci rivedeva nitidamente il cielo sopra il lago rivestito di arabeschi viola e risentiva tra le labbra il sapore dei biscotti con il burro salato e le mandorle tostate accompagnati dalla bevanda tonificante. Ernesta li aveva preparati per sancire quell' accordo tra di loro. Lei l'aveva sorseggiata e poi le era venuto naturale, dopo tanti anni, ripescare il loro rituale.

«Verbena, tamarindo, un goccio di assenzio, una begonia come decorazione e poi...? C'è qualcosa che non capisco.»

«Due gocce di Consolazione, uno spruzzo di Tenacia. E, nei biscotti, una tazza di Fiducia in te stessa. Ti serviranno per il tuo progetto.»

Avevano bevuto e mangiato di gusto ricordando i vecchi tempi. Eleonora si comportava come aveva sempre fatto da ragazzina, non faceva domande sull'origine di quelle preparazioni misteriose. Era tutto normale: un'occasione speciale richiedeva una ricetta speciale. Allora le sembrava naturale che Ernesta li preparasse a quel modo. Ma ora, cosa non avrebbe dato per aver imparato meglio quelle ricette impossibili! *Perché non sono stata più attenta, perché non ti ho tempestato di domande, perché non ti ho obbligato a scrivere appunti per tramandarmi questo potere curativo: infondere il potere di curare lo spirito a ciò che è commestibile per il corpo?*

Lentamente snocciolava i ricordi. Da bambina, quando cucinavano insieme, non perdeva mai d'occhio la nonna, ma non aveva mai scoperto nulla di strano. Eleonora la immaginava tirar fuori di nascosto una boccetta o uno scatolino contenente gli ingredienti che non si potevano acquistare, gli ingredienti impossibili. Da ragazzina aveva cominciato a capire che «impossibili» significa che non esistono veramente, prendono vita solo nella capacità di ciascuno di infondere potere in essi. Un po' come dare la carica a una vecchia sveglia addormentata da tempo. E poi non sempre i piatti cucinati assieme avevano quelle aggiunte misteriose. Accadeva nelle grandi occasioni. Si tormentava. *Perché, Eleonora, non ti sei fatta spiegare?* Per consolarsi, rispondeva a sé stessa che era solo una ragazzina, anche un po' impaurita da quei rituali, e che, interrompendo la nonna, le sembrava di infrangere un incanto. Come toccare con un dito una bolla di sapone. O forse non c'era proprio nulla da spiegare, forse l'unico segreto era applicare il detto «se ci credi, funziona». Per Ernesta era un credo.

Un anno dopo quella conversazione, il ristorante era stato inaugurato con una grande festa con tanto di fuochi d'artificio. Li aveva pretesi Sara, dopo una discussione con Eleonora, che li considerava pacchiani, non in linea con lo stile milanese e poco ecologici, benché in fondo non avrebbero stonato con l'anima pop dei Navigli. Il ristorante era stato un successo, e per successo si intende che per un anno non si guadagna nulla, si va in pari. Poi, erano cominciate ad arrivare le gratificazioni.

Ernesta non era riuscita a essere presente all'inaugurazione: aveva avuto un problema di salute proprio in quei giorni. Ma prima di allora aveva seguito tutte le fasi della progettazione, con gioia, complicità e competenze da esperta del settore. Scendeva da un taxi e all'improvviso piombava al ristorante. Girava tra gli operai durante i lavori di ristrutturazione e poi la sera ne parlava con Eleonora: «Perché i ripiani della cucina sono così bassi? Vuoi che tutta la brigata diventi gobba per la cervicale?». Oppure: «Con tutti quei vetri, dove la mettiamo la privacy? Due amanti clandestini non verranno mai da te». E allora Eleonora ci ripensava e aveva creato anche piccole alcove rivestendo pannelli con piante ornamentali. A lei avrebbe raccontato tutto, piangendo e disperandosi, sicura che Ernesta le avrebbe fatto tornare la speranza. Ecco, come avrebbe voluto ora avere la ricetta della Speranza, sapersi procurare gli ingredienti. Il turbinio della sua vita negli ultimi dieci anni le aveva impedito di starle più vicino. Aveva sottovalutato quel rituale tra di loro pensando che sarebbe durato in eterno.

Ma adesso dentro Eleonora c'era un vuoto, un dolore inesprimibile, anche se tutto all'esterno sembrava luccicare.

Certo, oggi poteva prendere un taxi e dire «ristorante Hamlet» senza dover nemmeno dare l'indirizzo. Tutti lo conoscevano, a cominciare dalla concorrenza. E questa era una soddisfazione. I risparmi, il contributo di Ernesta, i sogni, le speranze, l'esperienza con Marc, la voglia di riscatto: ogni cosa era stata convogliata in Hamlet. E non avrebbe permesso a niente e nessuno di portarglielo via. Neppure al fato, ciò cui tutti gli umani sono sottomessi.

5.

Per migliorare la Concentrazione,
togli le spine a un cesto di triglie.

Aprì l'occhio sinistro, quello verde ardesia. Lo richiuse. Aprì l'altro, quello viola. Poi li ridusse a fessura entrambi. Come ogni mattino da quando ne aveva memoria, quei pochi secondi di semincoscienza erano indispensabili per pregustare l'inizio di giornata. In qualsiasi luogo del mondo si trovasse, da sempre, caffè e brioche al bar. Nel quartiere in cui abitava aveva i suoi due o tre indirizzi fissi, come Nando, una pasticceria storica dove l'attendeva un caffè espresso bollente, in inverno filtrato, e croissant tiepidi e croccanti che si sfaldavano appena toccavano il palato in un amalgama di burro e retrogusto di nocciola. Pochi istanti di sogno, ora, poi tornò lucida e ripiombò nella realtà. Nessun desiderio di fare colazione. Simultaneamente era costretta a cacciar giù in fondo alla gola il grumo nero che si addensava come uno stormo di corvi. *Eccomi, sono sveglia, anche oggi inizia il combattimento.*

Era riuscita a starsene buona e a riposo solo per qualche giorno. Arnaldo e Sara si arrampicavano al quarto piano a portarle cibo e compagnia. Ma lei li cacciava via quasi subito. *Dovremmo rispettare la solitudine. Perché una persona custodisce lì tutto ciò che non si può raccontare. Tutto ciò che non vuol essere trovato.* Aveva passato ore a rispondere a mail e telefonate di sua madre, della brigata, di conoscenti e fornitori. «Come stai? Sei tornata? Quando ti vediamo?» Lei rispondeva simulando entusiasmi che non provava per il suo risveglio. Aveva trascorso i giorni a cercare un sapore e un odore. E a fingere.

La prima telefonata, come ogni mattino intorno alle nove,

in qualunque luogo lei fosse, era di Sara. Aveva un aspetto gradevole e possedeva delle morbide curve mediterranee che, invece di valorizzare, costringeva in bustini e abiti strizzati. Dedicava molto tempo al suo aspetto e, dentro di sé, nascondeva una profonda insicurezza.

Da come Eleonora rispondeva «pronto», Sara intuiva tutto come nessun altro. Neppure Marc riusciva a farlo così bene. L'umore del giorno, la qualità del sonno, le preoccupazioni... le incrinature della sua voce erano pagine aperte per la sua assistente, eppure ora non riusciva ad aprirsi neanche con lei. Lei che era stata così partecipe all'incidente e alle sue conseguenze. Ma ciò che le stava accadendo era molto più di una nuvola nera nel suo cielo. Sara aveva preso Eleonora sotto la sua ala. Per scelta o per una promessa fatta alla madre e a sé stessa anni prima: non lo aveva mai capito. La vera ragione se l'era dimenticata forse anche Sara stessa, ma in lei c'era una tale ostinazione a volersi prendere cura degli altri da portare allo scoperto il suo egoismo. Rendersi indispensabile era un suo bisogno, non era altruismo. Eleonora era per lei quasi una missione, anche se ben retribuita.

L'atteggiamento materno che le riservava non era dovuto tanto alla differenza di età, quanto alla tenacia di entrambe. Sara, per sentirsi viva, doveva dimostrare di essere insostituibile nelle vite altrui, ed Eleonora, grazie alla sua presenza, poteva dimenticare l'ex bambina ferita con la quale conviveva. In un certo senso, erano complementari. Le telefonate di Sara erano la sua sveglia, non la obbligavano a una vera conversazione. Sara non aspettava quasi mai risposte: le bastava un grugnito, un monosillabo, solo per capire che la sua interlocutrice era ancora viva.

«Come stai? Oggi è una magnifica giornata. Vestiti leggera, la primavera fa capolino, e vieni al ristorante a un orario decente. Ti ricordo che hai un'intervista con Basso, il giornalista di "Newsfood", che non è niente male. Poi, hai una serie di appuntamenti con due fornitori, tra i quali il rappresentante di tovagliato, anche se francamente, fossi in te, investirei in una nuova consolle da mettere all'ingresso. Poi ti puoi rilassare. Il pomeriggio tardi rientri in cucina. Ah, non dimenticare la cena di domani con i quattro simpaticoni food-blogger dei poveri. Quel tavolo da quattro che tu non sopporti, vengono una volta ogni due mesi. Due coppie di gourmet. Da mesi non fanno altro che girare ristoranti e scrivere pseudorecensioni tentando di scroccare la cena. Forse non vale la pena invitarli ancora. Pronto, Eleonora, ci sei?»

«Ci sono, ci sono.»

C'era, ovvero esisteva, almeno esteriormente. Ma dentro era un poco morta. Dal suo ritorno a casa non era passata più di una settimana ed era già rientrata in cucina. A dire il vero per poche ore, in punta di piedi, con cautela e una nuova incertezza che la sua brigata attribuiva al trauma dell'incidente e che lei sapeva essere la sua nuova menomazione. Dal suo risveglio non era passato giorno in cui non avesse messo alla prova il suo naso e il suo palato. L'esito era sempre lo stesso. Da Hamlet si muoveva con circospezione, timorosa di essere smascherata. Stava più che altro in ufficio e alcune sere si aggirava per la sala salutando i clienti più affezionati. Qualsiasi alternativa era utile per stare lontano da quella cucina così asettica e nuda, scarna per le sue papille e il suo naso.

«Hai deciso se andare o no alla trasmissione dove devi giudicare i piatti regionali?» riprese Sara. «Non puoi tergiversare e rifiutare ogni ospitata. In fondo, è già passato del tempo dall'incidente. Come tua assistente ti consiglio vivamente di accettare. C'è chi farebbe carte false per partecipare. La Eleonora che conosco se li mangiava tutti a colazione. Prima o poi mi spiegherai perché all'improvviso non ti piace più andare in TV. Per fortuna il ristorante è prenotato per oltre tre settimane. E dopo quello che ti è successo, consideralo un miracolo. Ciao tesoro.»

Eleonora grugnì e Sara decodificò: *Okay, farò del mio meglio, ma non obbligarmi a pronunciare una parola sino a che non avrò bevuto un vero caffè.* Lo avrebbe bevuto, nonostante tutto. Era stata dipendente dalla caffeina e non ci avrebbe rinunciato. Poi guardò sbadatamente gli appunti sul comodino. La dottoressa Meyer, la psicanalista che la rivoltava ogni mercoledì da quando era mancato Marc, le aveva ordinato di prendere nota di tutti i sogni di cui riusciva a trattenere un lembo. E lei continuava a farlo, anche dopo il risveglio, come esercizio di introspezione. Dura, visto che ultimamente aveva aumentato le dosi di sonnifero. Come avrebbe potuto sognare? E invece, il suo sogno ricorrente sopravviveva anche alle gocce che si era fatta prescrivere per l'insonnia.

Aveva circa sette anni e indossava una veste a palloncino chiara con un bordo di pizzo Sangallo che le piaceva tanto. Forse era giugno, e il viale che portava dal cancello di casa al lago era fiancheggiato da tigli in fiore. Lei era felice, correva e ogni tanto si guardava le ballerine blu impolverate dal ghiaietto color perla. Poi alzava gli occhi verso gli alberi grondanti di fiori a grappoli giallo pallido. Rideva e inspirava a pieni polmoni. Già da allora sapeva riconoscere il bouquet principale del tiglio: verde ed erbaceo, sentori di erba tagliata, menta e un accenno di coriandolo e aneto. Correva felice e la lunga coda di cavallo ondeggiava sulla schiena, correva perché qualcuno – questo lo avvertiva – la aspettava, in fondo al viale. La vedeva, una figura in controluce. Era la mamma, sì, doveva essere la mamma. Correva, ma poi rallentava man mano che si definiva la silhouette e cominciava a delinearsi la fisionomia. Non rideva più. Perché non era la mamma, era qualcuno che non le voleva bene, una persona cattiva, e il cuore cominciava a ballare e la felicità si trasformava in angoscia. Mai era riuscita a riconoscere chi ci fosse ad aspettarla in fondo al viale, si svegliava sempre prima. Non si poteva definire un vero e proprio incubo, era la sequenza breve di un film, un'innocente corsa che si arrestava all'improvviso, ma allora perché la faceva sentire così male? E, sempre, si svegliava con un sapore metallico in bocca e un senso di nausea.

Quella notte, niente sogno ricorrente, niente viale, niente lago, niente tigli. Solo lei che cadeva in un buco nero con le braccia allargate per attutire il colpo, come fanno i neonati se li si lascia andare. Impugnò la matita rossa e scrisse su un foglio «abisso, cadere». Gli occhi erano ormai del tutto aperti e vagavano per la camera da letto, quella camera che solo un anno prima l'aveva colmata di orgoglio. Il suo primo appartamento comprato da sola. Lo sguardo scrutava nella stanza in cerca di cose amiche, di cose dall'anima odorosa. Era un sollievo posare lo sguardo sul cassettone antico della nonna in cedro intarsiato. Sul ripiano di marmo aveva sistemato le foto dei volti a lei cari e le cornici dorate si riflettevano nello specchio a volute anni Cinquanta. Nonostante tutto c'erano i suoi genitori, e ovviamente Marc ed Ernesta. Prese in mano quella che la ritraeva con la nonna, avrà avuto diciassette anni. Amava quella foto. Indossava una delle sue camicette preferite, a quadretti azzurri, ed erano davanti all'insegna di Mère Brazier al 12 di rue Royale, un locale leggendario fondato da Eugénie Brazier nel 1921, un pilastro dell'alta cucina francese. La meta era Lione, in una delle loro spedizioni il cui scopo ufficiale era «migliorare l'educazione culinaria» di Eleonora, la vera ragione una fuga da casa all'insegna di prelibatezze, complicità e insegnamenti. Più che per il gratin di maccheroni, avrebbe ricordato quel viaggio come il momento di non ritorno. Era rimasta colpita dalla storia personale di Eugénie, che in breve tempo diventò la sua fonte di ispirazione. «È considerata la capostipite della moderna cucina francese e Paul Bocuse la adorava. Orfana e quasi analfabeta, Eugénie rimase incinta a diciannove anni, fu cacciata e andò a Lione a fare la bambinaia e la cuoca.»

«E poi?» aveva chiesto alla nonna mentre erano sedute al tavolo.

«E poi con duro lavoro e tenacia è diventata la prima donna a ottenere tre stelle Michelin. E contemporaneamente nei suoi due ristoranti. Ha dimostrato per prima che non solo un uomo può diventare un grande chef. Fu una delle donne che a cavallo dei due secoli, se pur povere, senza istruzione né diritti civili, riuscirono a diventare imprenditrici.»

Quelle parole risonarono a lungo dentro di lei. Ripose la cornice e guardò Marc, ricordi nitidi e commoventi di due persone che non c'erano più.

Per il resto, il suo primo, minuscolo appartamento aveva un arredamento dignitosamente minimalista. La cucina ipermoderna e l'ampio divano di velluto chiaro erano gli unici pezzi di design ed erano stati un cambio merce fruttifero portato a casa da Sara. Su una parete, una libreria vintage conteneva troppi libri e ricettari. Sbirciò fuori dalla portafinestra che dava sul terrazzino, vista Parco Sempione. Adorava quello sbocco sul verde e cercava di ricordarselo ogni volta che vedeva l'addebito del mutuo sul suo conto corrente. Sul terrazzino ci stavano giusto un tavolinetto ovale e una sedia, entrambi in ferro battuto scolorito presi in prestito – e mai restituiti – dal giardino di casa, a Como. L'aveva trasformato in un minuscolo rifugio, adorava sorseggiare la sua tisana tra le erbe aromatiche e il vaso di gelsomino che rampicava sul muro e creava una volta fiorita. Ogni tanto allungava una mano e staccava dal gracile fusto una foglia di menta o di melissa e la immergeva direttamente nell'acqua fumante. Ora, non le dava più gioia guardare il suo terrazzino. Innaffiare le costava fatica, ma non avrebbe mai abbandonato quei vasi, neppure in punto di morte.

Quasi la infastidiva vedere gente radunata a gruppi, le ragazze correre in tuta, le biciclette appoggiate ai tronchi degli alberi. Si immaginava l'odore dei tigli, il fumo di sigaretta dal balcone di sotto, odiava il cinguettio, quel verde così brillante che preannuncia la primavera. Quanta frenesia vitale! Come poteva il mondo ignorare la sua disgrazia? Eleonora provava fastidio anche per tutta quella luce entrata nella stanza all'improvviso. Le sembrava non lasciasse scampo alle parti di sé che voleva tenere in ombra.

Lo specchio le era amico, nulla lasciava trapelare l'angoscia. Ora si piaceva, ora. Sua madre, da sempre ossessionata dalle apparenze anche nei suoi alti e bassi depressivi, era riuscita a farle venire il complesso per quei due occhi di colore diverso, il suo naso alla Callas, e ora invece ne era quasi orgogliosa. Era consapevole dell'effetto ipnotico che causavano negli esseri umani. Niente abito color corallo, il suo trench blu e un paio di pantaloni sarebbero andati benissimo, non ci si poteva fidare del tempo a inizio aprile. Come se poi avessero importanza il colore dell'abito, il latte freddo di frigo che aveva ingurgitato al volo, l'intervista o un acquazzone improvviso. Come se avesse importanza qualsiasi cosa al di fuori di quello che era successo. *Indossa la maschera e vai, Eleonora.*

Il suo appartamentino era abbastanza lontano da Hamlet, ma non era il momento di pensare a traslochi, così scelse un taxi. Vedere la luce, quindi i colori della Darsena cambiare a ogni istante della giornata, era una delle gioie della sua vita, anche se adesso era attenuata. L'acqua emanava riverberi gelidi, nonostante la primavera. Sapeva che aveva odore di alghe e ruggine.

Sara cinguettava qua e là, saltellando sulle punte. Un frusciare di seta a fiori intorno al giornalista dandy trentenne, il volto impassibile nascosto dietro a una spessa montatura quadrata nera. Aveva organizzato lei l'intervista per il mensile di cultura del cibo – secondo Sara uscire su quelle pagine era importantissimo – e gongolava dalla soddisfazione. Prima di raggiungerli si affacciò in cucina: «Ciao ragazzi, sono arrivati gli asparagi?». «Non ancora.» «E Nozomi dov'è?» «Si sta cambiando», le risposero in coro. I primi passi dentro Hamlet erano stati un nubifragio di emozioni: felicità nel ritrovarsi tra le mura così care e poi sconforto nel realizzare che quelle stesse mura erano asettiche e inodori. I ragazzi la circondavano di premure, ma lei li disperdeva con un: «Su su, al lavoro».

Doveva resistere alla tentazione di entrare in cucina, quindi restava a lungo in ufficio e ogni tanto faceva capolino. Uno chef realizzato non cucina quasi più fisicamente: il suo compito è supervisionare i piatti, uscire in sala, fornire consulenze, ma Eleonora non aveva ancora raggiunto quel livello. Non voleva che i ragazzi cominciassero con il coro di: «Eleonora assaggia un po' qui, cosa dici di questa nuova salsa?» o: «Eleonora, lo compriamo un nuovo piccolo abbattitore?» e ancora: «Vedi un po' se questi grissini sono cotti, Valeria dice di no». Avrebbe usato la scusa dell'imminente intervista. E poi, c'era sempre la faccenda dell'incidente e della convalescenza, poteva sfruttarla ancora un po'.

Comunque ci pensò Sara, che la afferrò per un gomito e la spinse in sala.

«Eccoti, finalmente. Sii gentile con il giornalista», la esortò.

«Le faccio portare un caffè?» disse poi rivolgendosi a lui, Enrico Basso. «Poi vi lascio soli, così Eleonora potrà parlare male di me.» Nessuno rise della battuta.

«Attenta, perché Basso è famoso per le interviste pungenti», sussurrò Sara.

Alla fine Eleonora si sedette di fronte a lui al «Luce»: così lo chiamavano i ragazzi di sala per il fatto che quel tavolo rettangolare, di plexiglass trasparente come quasi tutto l'arredo di Hamlet, fosse il meglio illuminato di tutto il locale. Anche nei giorni di foschia, quella capace di fasciare palazzi e tram e richiamare il glorioso passato di Milano, la «capitale della nebbia». Eleonora fece apposta a guardare l'orologio, il messaggio doveva essere chiaro: mio caro giornalista, ho poco tempo da dedicarti. Poi alzò gli occhi su di lui.

Enrico Basso la guardò da sopra le lenti vintage. «Eleonora Blanck, non le farò perdere troppo tempo. Lei ha sempre avuto a che fare con la mia collega Chiara, che non lavora più da noi: si è trasferita a New York. Ora, come saprà, delle novità milanesi mi occupo io.»

«Ma io non sono una novità.»

«Il mio giornale non scrive di lei da qualche anno, e poi tutta Milano parla del suo ritorno alla vita dopo quella spiacevole caduta. Potremmo cominciare dal suo intervento al Forum sulla discriminazione sessuale nei confronti delle donne imprenditrici. Poi torneremo sul suo lavoro a Parigi e vorrei il suo punto di vista sullo stato dell'arte della ristorazione. Se è d'accordo, naturalmente.»

Eleonora lo guardò e, mentre si concentrava sulle domande, ripeteva a sé stessa ossessivamente: "Sii te stessa, ma non farti sfuggire il tuo segreto. Non farti sfuggire che il tuo dono forse si è sgretolato per sempre".

Nei confronti delle donne chef c'era ancora una miriade di luoghi comuni, alimentata dai giornalisti. Eleonora credeva nel merito e non nelle quote rosa: così come ci sono uomini mediocri al posto sbagliato, ci sono anche donne. Era convinta che uomini e donne dovessero avere le stesse possibilità di emergere. Conosceva il pregiudizio secondo il quale fare lo chef è troppo pesante per il mondo femminile. Le donne, in realtà, sono molto più resistenti degli uomini in cucina, e ne erano una prova Nozomi e Valeria – l'esperta di pasta fresca –, tante colleghe e lei stessa, che prima della caduta era soprannominata Wonder Woman dalla sua brigata.

L'unico problema per loro, soprattutto in Italia, è che restare in quel mondo significa rimandare continuamente la maternità. Dopo dodici ore di lavoro, spesso devono occuparsi di quel che resta di un rapporto o di una famiglia. Altro luogo comune: la solidarietà femminile. Non è così diffusa, e spesso invidia e competitività nei confronti delle più giovani vincono su tutti i fronti.

«Sono convinta, in generale, della superiorità del genere femminile, questo è vero», si sentì dire, e con questo chiuse l'argomento.

Poi arrivò la piccola staffilata. Qualcuno sosteneva che, in realtà, lei non aveva mai inventato nulla di originale in cucina, ma si limitava a replicare, più o meno bene, i piatti creati dal suo compagno parigino, il compianto chef blasonato Marc Violin di Élégie. Ma Eleonora fu quasi contenta di quella domanda, le avrebbe permesso di chiarire le idee ai suoi detrattori dalle facili allusioni. Per tre anni Eleonora aveva lavorato al fianco di Marc e non c'era stato un singolo giorno in cui non lo avesse ringraziato per ciò che imparava. Nonostante questo, sapeva che il suo contributo alla crescita del ristorante era stato tangibile.

«I momenti migliori erano a fine servizio, quando l'ultimo cliente e la brigata se ne andavano. Noi ci guardavamo con complicità, senza una parola aprivamo una buona bottiglia di Selosse – non tutte le sere, eh – e insieme ci mettevamo a pensare a possibili piatti nuovi. Da soli, in una cucina linda perché i ragazzi prima di staccare avevano pulito tutto alla perfezione. Noi due, ripeto, ci trovavamo come davanti a una lavagna intonsa, ci venivano le idee migliori. Il risotto con le pere e la cannella e coulis di lampone è nato proprio così, una sera di giugno. Ultima prova alle quattro di mattina. Quindi tutti gli ultimi piatti erano nostri, di coppia, non, come dice lei, del blasonato Marc. Lui mi trattava con severità ma mi dava fiducia. Come sa, ho una validissima sous chef al mio fianco, Nozomi, e una brigata talentuosa, i piatti da oltre un anno sono frutto della squadra. Ciò non toglie che Marc mi abbia insegnato tutto. Proprio tutto. E non solo in cucina», disse Eleonora, guardando il giornalista con aria di sfida.

L'intervista proseguiva, ma quei venti minuti per lei erano stati interminabili, Eleonora fremeva dalla voglia di scappare. Le domande la obbligavano a fare il punto sulla sua esistenza.

«Tornerà a partecipare alle trasmissioni in cui era spesso ospite, come *C'era una volta un piatto* o *Indovina l'ingrediente*? Sono molto seguite, fanno conoscere le basi di una buona cucina al grande pubblico, che magari non andrà mai nei ristoranti di livello, ma intanto si fa una cultura. Mi risulta che lei negli ultimi tempi trovi continue scuse per rimandare», chiese Basso con malizia.

«Dovrò prendere provvedimenti con Sara, non avrebbe dovuto dirglielo. Non ho ancora deciso. Detto tra noi», lo guardò con il tono circospetto di chi sta rivelando chissà cosa, «di vero c'è che mi sono stufata del circo mediatico. I cuochi non sono scimmiette da esibire, ma capisco che non si può sempre dire di no. Se deciderò di partecipare Sara l'avviserà, anche se non vedo che importanza possa rivestire per la nostra intervista, cioè per la visione d'insieme del mio progetto di ristorazione. E non credo che lei si precipiterebbe davanti alla TV per sorbirsi *C'era una volta un piatto* solo perché ci sono io. O mi sbaglio?»

«Non si sbaglia. In ogni caso grazie, Madame Blanck, della sua disponibilità. Le rubo ancora qualche minuto, se me lo concede.»

Basso, alla fine, le aveva chiesto degli ultimissimi piatti, cosa pensasse di alcuni colleghi – Eleonora fu molto diplomatica, sforzandosi di tradire la propria natura –, e dove si sarebbe immaginata dieci anni dopo. Quest'ultima domanda – un classico di Basso, le avrebbe detto Sara non appena concluso il colloquio – le provocò incertezza e una fitta gelida. Ma tenne testa all'intervistatore, rispondendo che si vedeva sempre lì, con Hamlet sempre più sfavillante e forse con un'apertura all'estero, magari proprio a Parigi, dove la sua passione per la cucina aveva preso forma. Tuttavia, quando il giornalista uscì, visibilmente soddisfatto, la Eleonora scoraggiata pensò che probabilmente dieci anni dopo sarebbe stata in mezzo a una strada senza un soldo. Il mondo avrebbe scoperto che lei era un bluff, i clienti sarebbero scemati e Hamlet sarebbe fallito.

24 dicembre 2005

«Allora, quando torni?» Eleonora era in cucina, al telefono con suo padre Eugenio. La radio trasmetteva una hit di Shakira, *Suerte*, preferibile alle canzoni natalizie di Bing Crosby messe a tutto volume dalla mamma. Dalla porta socchiusa si intravedeva un grosso abete con palline rosse e scozzesi.

«Stanotte.»

«Ma non riesci a venire a messa con noi a mezzanotte?»

«Non credo. Ma domani faremo colazione insieme. Vuoi che non passi il Natale con la mia bambina?» Mai una volta che dicesse con la mia famiglia, pensò Eleonora.

«Stiamo preparando un bel pranzo, sai? Io, la mamma e la nonna.»

«Anche la mamma, davvero?»

«Sì.» Non era una vera bugia, perché la mamma avrebbe preparato gli antipasti. E poi non era colpa sua se non amava cucinare. «Sai cosa sto facendo? Il croquembouche.» Eleonora lo aveva ammirato su un grande ricettario francese della nonna.

«Il che cosa?» Il tono cominciava a farsi annoiato.

«Papà, è un dolce famoso, una montagna di bignè riempiti di crema chantilly.» Gli occhi di Eleonora scintillavano di gioia mentre guardava la distesa di palline in choux ancora da riempire e annusava l'aria che sapeva di panna e caramello.

«Eleonora, per favore, non sporcarti di nuovo dalla testa ai piedi. E quando metti giù il telefono puliscilo, è ricoperto di cioccolato. Il papà lo vedrai domani, inutile stare al telefono. Vado di sopra, ho mal di testa. E abbassa quella radio!» Sua madre era passata davanti alla cucina, lei annuì.

«Ti spiego come è fatto, papà?» disse con voce bassa prima di ubbidire alla mamma.

«No, non dirmelo, sarà una sorpresa. Ma non capisco perché non sei andata al centro commerciale come fanno tutte le ragazzine della tua età. Como è splendente di decorazioni natalizie.»

«Mi diverto di più qui. Poi ci saranno panettoni di tre pasticceri diversi», disse d'un fiato Eleonora pensando alla cucina e al giardino, i suoi luoghi preferiti. Intorno a lei c'era molta confusione. Ma entro breve sarebbe arrivata la nonna e avrebbero messo a posto tutto quanto.

«Va bene», rispose Eugenio sbrigativo. «Ma chi mangerà quella montagna di dolci? Lo sai che il papà non vuole ingrassare e tua madre spizzica solo.»

Eleonora sentì l'amaro in bocca, come quando succhiava la foglia di un carciofo. «Li mangeremo tutti io, la nonna e Arnaldo. E ci saranno parenti e amici. Il dottore della mamma, anche lui, verrà nel pomeriggio. E le mie amiche per la merenda.»

«Tu e la nonna siete fortunate, mangiate di tutto e non ingrassate un grammo. Ora dov'è?»

«Arriva tra poco. Ma stanotte, quando torni, vieni a salutarmi?»

«Certo! E vedrai che magnifico regalo ci sarà domani sotto l'albero.»

"L'unico regalo che voglio è un viaggio a Parigi, oppure averti vicino a me per un po'", pensò Eleonora.

«Eccomi.» Era entrata Ernesta, carica di pacchi. Il suo faro era qui, la stanza sembrava più luminosa. E invasa dal profumo di viola e arancio.

«Cibo e doni, cibo e doni per tutti. Vado a cambiarmi e arrivo.» Il rifugio di Eleonora. Era il secondo Natale senza nonno Enrico: la nonna faceva finta di nulla, ma Eleonora sapeva che a lei mancava molto in quei giorni. L'olfatto è il senso dell'immaginazione, più degli altri, lo aveva imparato. Le bastava pensare al nonno per sentire il suo odore: legno e la pelle dei morbidi guanti di capretto. La baciò sulla guancia e tornò in cucina.

Ernesta si era legata dietro la schiena un grembiule candido e, con dolcezza, le disse di non riempire altri bignè: lo avrebbero fatto il mattino dopo, così la delicata pasta di cui erano fatti non si sarebbe bagnata di crema. Eleonora ascoltava e imparava. Infornarono il tacchino con le castagne e completarono la lista delle cose da finire di cuocere il giorno di Natale, poi, sfinite, si sedettero davanti al forno.

«Ce ne stiamo qui al calduccio, a curare la cottura del tacchino. Finiamo domani. Visto che nei prossimi giorni ci abbufferemo, ti va se per cena ci facciamo i biscotti delle feste con una tazza di latte? Ne porteremo anche un vassoio alla mamma.»

«Intendi i nostri biscotti delle feste?» Eleonora la guardava come una cospiratrice.

«Certamente, cara.»

«Hai portato tutti, tutti gli ingredienti?» Eleonora si fece seria, intuiva che sarebbe diventata una sera speciale.

Impastarono la pasta frolla, Ernesta aggiunse mezzo cucchiaino di cannella in polvere, poi tirò fuori una minuscola grattugia e ci passò con gesti regolari la noce moscata e lo zenzero fresco; pestò due chiodi di garofano. Eleonora stava in silenzio beandosi di quegli aromi che al suo naso risultavano come esplosioni.

Stava arrivando il momento. Ernesta estrasse una scatola da una grossa borsa di cuoio marrone. A Eleonora ricordava quella dei medici nei film di cowboy. Nel contenitore di cartone c'erano alcune boccette colorate.

«Voglio aggiungere qualcosa che mi fa bene: un goccio di Consolazione e Bei ricordi.» E li gettò nell'impasto.

«Lo fai per il nonno?»

«Sì. Il ricordo che metto nei biscotti te lo voglio raccontare. Io ero più alta del nonno. Evitavo di mettere i tacchi alti per non ferirlo. Lui mi diceva di non farlo, gli piacevo così, ma continuai a indossare ballerine e scarpe comode. Alla fine, un Natale di tanti anni fa, lo vedo arrivare con la Giulietta sotto casa, mi dice di scendere, che c'era una sorpresa per me dentro al bagagliaio. Sollevai il portellone e lo trovai zeppo di scatole di cartone, dentro c'erano dozzine di scarpe meravigliose di mille colori, tutte con il tacco così, di dodici centimetri.» Risero insieme.

«Aveva indovinato il mio numero, non ne ho scartato nemmeno un paio.» Ora avrebbero lasciato riposare l'impasto al fresco per una mezz'oretta. Poi ciascuna avrebbe dato la propria forma ai biscotti. Poteva trattarsi di una figura geometrica, di una stella o una renna o altro animale. Poteva trattarsi di un demone che avevano dentro e che poi si sarebbero mangiate in un boccone.

«Intanto che aspettiamo, voglio gettare nel lavandino due ingredienti, me ne voglio liberare. Sai cosa c'è qua dentro?» Eleonora fece segno di no con la testa.

«Autocommiserazione e Senso di vuoto.» Aprì le boccette e ne versò un terzo.

«Autocommiserazione vuol dire essere tristi, piangersi addosso?» chiese Eleonora.

«Sì, vuol dire quello.»

«Perché non le hai buttate tutte?»

«Perché potrebbero servirmi in futuro. Per esempio, ogni tanto un pizzico di vittimismo può tornare utile, ma proprio un pizzico. Tu che ingrediente vuoi aggiungere? Vediamo se ce l'ho.»

«Io? Vorrei un pizzico di Felicità.»

«Ah, mia cara, hai scelto quello più prezioso. Credo che di quella polverina ne sia rimasta davvero poca anche a me e poi, te lo avevo detto, questo ingrediente è più impossibile degli altri. Non si può prestare. Funziona solo con chi se lo procura. Anche gli altri funzionano meglio se uno se li procura da solo. Ma questo proprio è tremendo, quello che fa felice me non può fare felice gli altri. Be', ora che ci penso posso prestartene un pizzico perché ci sono molte cose che abbiamo in comune che ci rendono felici . Altra cosa, la fialetta della Felicità scade ogni sei mesi. Non puoi tenerla lì a lungo come le altre. Appena la finisci devi ricominciare a cercarla dappertutto e fortemente sino a che non te ne procuri ancora un po' e la metti via.»

«Hai ragione, nonna.» Eleonora non sembrava delusa, anzi sorrideva. «Comunque un pizzico metticelo lo stesso.»

«Va bene. Prima di finire, dimmi però di quale ingrediente ti vuoi alleggerire: ne teniamo un pochino anche nel tuo caso. Allora, qual è l'ingrediente che vuoi buttare?»

«La Paura.»

6.

Se vuoi imparare a tenere un Segreto,
fai un raviolo e metticelo dentro.

«Arnaldo è inclassificabile, non ha un ruolo preciso eppure è fondamentale. È il padre e il custode di Hamlet.» Non ricordava più quante volte aveva detto quelle parole presentandolo, ed erano totalmente vere. Sulla sessantina, capelli bianchi un po' ingialliti ma lunghi sino alle spalle e folti, pettinati all'indietro e raccolti in una coda, una statura fuori dalla norma. Una ruga in mezzo agli occhi, sopracciglia ingarbugliate, il naso dritto e il gesticolare lento lo facevano sembrare un capo indiano. Per Eleonora bambina, la Eleonora che lo aveva incontrato per la prima volta, era alto come il grande platano che si protendeva sul lago. Per anni, prima di essere lì al suo fianco, era stato il giardiniere della villa di famiglia a Como. C'era lui ad aiutare Eleonora quando cadeva e si sbucciava le ginocchia, quando si rintanava nel casotto degli attrezzi per nascondersi dalle sgridate del padre se prendeva un brutto voto, quando faceva incetta di ranuncoli e rose selvatiche. C'era lui ad assisterla quando si inventava i picnic con le compagne di scuola, cucinando torte di terra e ghiaia. C'era sempre stato.

Negli anni Novanta era un giovane imprenditore in carriera, con una piccola azienda che produceva fertilizzanti. Aveva una bella moglie, una villetta a schiera di proprietà, una adorabile bambina con le trecce di nome Viola e un pastore tedesco che gli scodinzolava incontro ogni volta che rientrava a casa, stanco e felice. Coltivava due passioni, la pesca e il giardinaggio. E aveva dei sogni, come li abbiamo tutti: comprarsi una casa più grande, fare un viaggio importante con la famiglia, risparmiare per mandare Viola in una scuola prestigiosa. Un giorno di novembre aveva ricevuto una telefonata: «Venga subito, presto, sua moglie e sua figlia sono all'ospedale, investite mentre attraversavano la strada sulle strisce pedonali». Dopo due giorni erano morte. Il vecchio ubriaco che le aveva investite se ne sarebbe andato di lì a qualche mese. Neanche il tempo di iniziare un processo.

Quando lo avevano chiamato per il riconoscimento delle salme non aveva detto una parola, si era limitato ad assentire con il capo. L'ultima volta che aveva visto Viola, quel mattino, indossava un piumino giallo. Per anni non sarebbe più riuscito a guardare quel colore.

A quel punto aveva venduto tutto. Casa e azienda. Si era ritirato a vivere in un paesino sopra Como, ma di sera, quasi sempre, scendeva a valle per infilarsi al bar Marina. La sera che aveva conosciuto il padre di Eleonora l'Italia aveva passato il turno ai Mondiali, il bar era pieno. I tifosi, quasi tutti uomini e qualche coppia, esultavano e si abbracciavano. Tranne lui. Eugenio, che era lì per godersi la partita e prendere parte per una volta a un rito collettivo, mischiandosi alla gente, lo aveva notato, con il suo gilet sdrucito, un libro che gli usciva per metà da una tasca, lo sguardo impassibile diretto allo schermo, uno sguardo triste, da statua. Fumava, indifferente a tutto. Ogni tanto portava il braccio destro alle labbra per sorseggiare il vino.

«Ma per chi fa il tifo, quello laggiù?» aveva chiesto Eugenio al barista, che con un solo gesto della mano gli faceva capire di lasciar perdere.

«Ehi, tu, per chi fai il tifo?» gli aveva quindi chiesto, alzando la voce per coprire il trambusto del pubblico.

«Tifo per chi mi lascia in pace.» Il barista lo aveva poi richiamato a sé e gli aveva spiegato: è un tipo strambo, gli è morta la moglie, viene qui spesso, beve un paio di bianchi, legge quasi sempre, non parla con nessuno e non dà fastidio. Non ha un lavoro, per quanto ne so.

Eugenio era rimasto colpito. Aveva iniziato a tornare al bar sempre più spesso, per scappare dagli occhi tristi della moglie, e con fatica era riuscito a scambiare qualche parola, sempre avara di sorrisi, con Arnaldo. Col tempo ne avrebbe apprezzato i silenzi, le brevi frasi penetranti, l'acuta intelligenza, la mole da gigante buono, la barba appena accennata. Lo sguardo di chi ha conosciuto la disperazione. La riservatezza di cui anche lui aveva bisogno.

A un certo punto gli aveva chiesto di occuparsi del giardino della villa e di spostarsi a vivere nella casetta del custode. «Sarò spesso via per lavoro. Mia moglie Marta soffre di ansia e sarei più tranquillo ad avere un uomo di fiducia sempre presente.» Arnaldo non aveva un bisogno impellente di lavorare, ma aveva accettato per distrarsi. Sarebbe diventato il grande protettivo platano umano di Eleonora per i successivi vent'anni, fino a che lei non era fuggita a Parigi. Aveva sostituito il padre in molte circostanze. Quando faceva il saggio di fine anno, lui era sempre in fondo alla sala principale, un po' nascosto da una colonna, con il cappello in mano. Quando Eleonora aveva avuto la sua prima sbronza, fumato la prima sigaretta, dato il primo bacio, sotto una quercia del giardino, sapeva che Arnaldo vegliava su di lei. Persino quando era in coma le sembrava di aver visto un'ombra al capezzale, una sorta di grande angelo bianco che assomigliava proprio a lui.

Poi Ernesta lo aveva richiamato a lavorare a Como, non per il giardino di Eugenio, ma per la sua personale ala del parco, la villetta a nord dove era rimasta a vivere sino agli ultimi giorni, dopo che il padre di Eleonora lo aveva licenziato e lei non sapeva perché. Ma le dava una mano anche a sbrigare faccende burocratiche, del resto aveva mandato avanti con successo la sua azienda. Eugenio pensava che la madre avesse fatto apposta a riassumerlo: in fondo, lui ed Ernesta non avevano fatto altro che scambiarsi dispetti per tutta la vita.

E ora era finito al fianco di Eleonora. Da quando era nato Hamlet, lei lo aveva chiamato per tenere la contabilità e occuparsi del rapporto con i fornitori. «Il tocco poetico di un giardiniere con il talento per far quadrare i conti.» Così amava definirlo la squadra. Ed era un connubio perfetto. Eleonora sapeva che il suo ruolo era quello di esserci, sempre.

Nessuno al ristorante era ancora al corrente della catastrofe che sentiva incombere nella sua vita: gusto e olfatto non tornavano. E lei riusciva a fingere con tutti, tranne che con Arnaldo.

Quella sera aveva voluto rimanere al pass sino all'ultimo dessert, ma si reggeva a malapena in piedi dalla stanchezza. Era ancora debilitata. Conosceva talmente bene le tecniche per manipolare gli ingredienti e i gesti uscivano in modo così automatico dal suo corpo che non le risultava difficile mantenere il segreto sulle vecchie preparazioni. Aveva introiettato un catalogo immenso di sapori e aromi e a quello attingeva per non farsi scoprire. Il problema sarebbe arrivato al momento di creare piatti nuovi, perché era lei che doveva aggiustare gli abbinamenti e trovare l'equilibrio finale. Per fortuna Eleonora aveva sempre coinvolto tutta la brigata nella nascita di una nuova preparazione e quindi aveva intenzione di delegare in attesa di riprendere possesso del suo dono. Quella sera tutto era filato liscio, anche se la concentrazione necessaria l'aveva sfinita. Tanto che Bibo, l'esperto di carni e secondi piatti, a metà servizio le aveva detto: «*Chica, ve a casa*». Ma lei aveva tenuto duro. Alle undici e mezzo andò a cambiarsi. Pensò che le avrebbe fatto bene riposarsi un quarto d'ora sul divanetto nero nel suo studio. Arnaldo la trovò molto più tardi, raggomitolata come un gatto di strada rifugiatosi lì per la notte. La fascia che portava sempre era caduta a terra, scoprendo la piccola cicatrice rossastra. Arnaldo fu colto da un moto di tenerezza. Il primo istinto fu di coprirla con una coperta, poi pensò che doveva essere scomodissima e decise che sarebbe stato meglio accompagnarla a casa.

«Che ore sono?» chiese Eleonora quando lo vide.

«Ora di andare a dormire», disse lui.

La prima cosa che fece prima di cercare di parlarle, proprio perché la conosceva, fu di versarle un bicchiere di Champagne, uno dei piaceri di Eleonora, che ne teneva sempre una nutrita scorta in ufficio. Amava sentire il perlage che le solleticava il palato, persino ora che non riusciva più a percepirne la complessità aromatica. Anche questa predilezione era colpa di Marc, dicevano sempre, scherzando, i ragazzi della sua brigata, che come ogni sera, finito di sistemare la sala, se n'erano tutti andati.

«Cosa c'è? Sei strana. Non hai detto nulla neppure stasera.»
«Tutto a posto.» Eleonora gli toccò il braccio, per rassicurarlo.
«Non ti ho chiesto se è tutto a posto, ti ho chiesto cosa c'è? Cosa ti sta succedendo? O, se preferisci, cosa ti è successo?» Arnaldo era pallido e sembrava ingobbito dalla stanchezza.
«Cosa mi è successo? Vuoi dire a parte perdere una persona che amavo e rimanere in coma due mesi?»
«Ti prendo in braccio e ti sculaccio da trent'anni, non usare il sarcasmo con me, signorina. Sono in grado di fare ancora entrambe le cose, sai che non mento. Preferisco che tu mi dica che non me ne vuoi parlare, piuttosto che dirmi una bugia.»
Arnaldo si parò davanti a Eleonora, che cercava di svicolare in cucina. Era ancora imponente, l'età non aveva piegato i rami del grande platano ombroso. Lei si sentiva in gabbia, era la prima volta che restavano soli dal fatidico giorno. *Signorina.* Sorrise tra sé: anche la nonna la chiamava in quel modo.
Arnaldo continuò e con tono calmo, ma i suoi occhi scagliavano lampi.
«Sono una persona che ti ha visto crescere, un uomo che ti conosce bene. Tu non mi sopporti quando mi preoccupo per te? Bene, e io ti dico che non ti sopporto quando fai la vittima. Ti crogioli nel tuo passato di bambina non amata e giovane donna che ha subìto un trauma. Non sei la prima né l'ultima. La Eleonora che conosco io non si sarebbe fatta travolgere in questo modo dagli eventi. Basta commiserarti. Alza la testa e va' avanti come hai fatto quando sei tornata da Parigi. Non vedi che tutti sono preoccupati per la tua salute e le tue reazioni fuori luogo?»
«No, non lo vedo, e se anche lo vedessi cosa potrei fare? Okay. Ho un brutto carattere, peggiorato dopo l'incidente. Però io non ti pago per farmi la predica ma per il tuo lavoro.» Ora quasi sbraitava, ma la voce risultava tremolante, mentre Arnaldo, abbassando il tono, la manteneva ferma e incisiva.
Subito si pentì, ma lui non poteva sapere che in quel momento parlavano la sua disperazione e la sua paura.

«Sai cosa ti dico? Invece di ripetere a pappagallo che hai diritto di essere insopportabile perché hai subìto quel maledetto incidente, potresti – come succede a chi ha incontrato lo stesso destino – amare di più la vita e ringraziare ogni santo giorno che sei tornata in questo mondo sana. Potresti fare qualcosa di memorabile o vivere ogni giornata come un premio. Per esempio, avverare un sogno, innamorarti, fare un figlio. Tutte quelle cose che chiamiamo vivere.» Arnaldo si accarezzò la guancia, inforcò gli occhiali e fece per uscire, quando Eleonora crollò. Sapeva di potersi fidare di lui come della nonna. Avrebbe voluto dirgli: "Ho perso il mio dono: non sento più gli odori e i sapori". Lui l'avrebbe ascoltata. Era bravo in questo. Poi l'avrebbe convinta che tutto sarebbe tornato come prima.

Come poteva confessare che quando, al suo risveglio dal coma, le chiedevano dettagli su quella notte, e lei rispondeva «Non ricordo», in realtà, mentiva a tutti. Lo sapeva bene cosa era accaduto. Si trovava in casa dell'uomo più temuto e amato dai ristoratori. Una persona molto potente in quell'ambito che con una sola parola poteva trasformarti in una star o gettarti nella depressione: il direttore della guida gastronomica più autorevole al mondo.

Solo che lei, ingenuamente, non se ne era mai accorta. L'aveva scoperto solo quella sera, quando frugando nella sua cabina armadio aveva trovato i documenti che lo smascheravano. Chi le avrebbe creduto? Avrebbero pensato che lo frequentava per trarne beneficio. Non era una donna che si preoccupava del giudizio degli altri, non lo era mai stata. Era fuggita con un uomo e aveva sacrificato tutto per i suoi obiettivi, ma non avrebbe accettato, orgogliosa com'era, di farsi vedere in giro con chi aveva il potere di giudicare il suo ristorante pubblicamente. Era stata ingenua, ma a sua discolpa continuava a ripetersi che lui si presentava in società con un altro nome e una volta diventato direttore aveva fatto eliminare tutte le sue immagini dalla rete. Per obbedire al primo comandamento di un ispettore di guida: l'anonimato assoluto. Le foto rimaste in circolazione risalivano a dieci anni prima, quando pesava dieci chili in meno ed era senza barba. Nessuno lo doveva sapere, neppure la Meyer e, per quanto la riguardava, quel segreto sarebbe morto con lei.

Avrebbe voluto. Invece Eleonora non disse nulla di tutto questo, rimase muta di fronte ad Arnaldo con gli occhi gonfi di lacrime. Poi afferrò il soprabito e scappò via. Ma prima di uscire fece in tempo a udire la sua voce sussurrare: «Non credere che tua nonna ti abbia abbandonato». Era come se le avesse letto dentro.

A casa si sentì ancora più sola di fronte all'orrore della vita senza gusto che l'aspettava.

Quella notte, a letto si lasciò andare ai pensieri più pericolosi, quelli che masochisticamente le facevano più male. Si mise a fare un elenco dei sapori e odori da cui si sentiva in astinenza.

Le mancavano gli aromi della miscela di caffè arabica, scelta nella torrefazione a due isolati da casa.

Le mancava l'odore di pioggia che batteva su eucalipti e gardenie, nel giardino di Como.

Le mancava il sapore-odore di culatello e il suo rimando all'arrosto della domenica e al rosmarino. Vagheggiava l'odore dei mandarini appena staccati dal ramo; il profumo di maggiorana dentro una zucchina ripiena. Un rametto di pino dimenticato in una tasca dopo che si sono spezzati gli aghi; il sorprendente sapore di porcini che vien fuori succhiando la testa dei gamberi di Santa Margherita; l'odore del sesso all'alba impigliato in un letto sfatto dall'amore; il penetrante effluvio di sudore dopo una corsa nel parco; l'odore nella nuvola di vapore che sale dal ragout, il profumo del pane scuro e croccante che si scalda alle fiamme di un camino; il retrogusto di pane tostato nelle bolle di un grande Champagne; il sapore-odore di banana appena dopo averla sbucciata; l'aroma del prosciutto crudo, quando tagli la prima fetta con una Berkel. La focaccia tiepida, unta e salata dopo un sorso di caffè; il gusto della panna sul maritozzo quando incontra la base di pasta; un crostone di pane dopo che ci hai sfregato aglio e un pomodoro maturo.

L'odore ferrigno di Milano bagnata dalla pioggia in agosto; la terra tumida di rugiada in una vigna delle Langhe; gli odori di brioche, di croissant, di burro nocciola; l'odore di burro e di Natale, catturato ficcando il naso in una fetta di pandoro; la fragola matura schiacciata, l'albicocca gonfia e lentigginosa, aperta a metà e tiepida di sole; l'umidità della notte che incontra i castagni, nei viali di Parigi; il profumo di Marc, dietro le orecchie; l'odore di purè bollente dopo che ci hai fatto cadere un tocco di burro di malga.

E ancora: la marmellata di fichi cosparsa su una fetta imburrata di pane di avena caldo; il sapore dei tortellini mangiati crudi; il vento resinoso della Liguria; la torta di mele, cannella e vaniglia; l'aroma di caramello quando giri la tarte tatin.

Gli spaghetti cacio e pepe dell'amico Francesco a Trastevere, li sentiva adagiarsi sul palato dopo essersi avviluppati in volute dense e cremose intorno alla forchetta. Per quelli avrebbe dato un anno di vita.

Eleonora non riusciva a fermare la dolorosa memoria infinita dei sapori e degli odori. Soffriva, è vero, ma se non avesse più recuperato il dono – quel senso del gusto e dell'olfatto infallibili – il ricordo del suo universo olfattivo l'avrebbe salvata. Quel mondo lo doveva fissare nella mente, catalogare, codificare. A quell'archivio avrebbe sempre potuto attingere anche quando avrebbe dovuto creare piatti nuovi, tanto erano nitidi i ricordi. Così masochisticamente continuò.

L'odore di pane, intriso di quel che resta dei pomodori in insalata con olio e aglio; il profumo inebriante che ti avvolge quando ficchi la testa dentro a una forma di Parmigiano, appena aperta a libro; il bruciante profumo degli spaghetti al pomodoro, quando allarghi con la forchetta la matassa fumante; il babà, la peperonata, il baccalà con le olive, il pan brioche caldo con sopra una fetta di foie gras; il sapore dei baci di Marc al mattino; il profumo dei mughetti comprati a maggio da un fioraio del Quartiere Latino; il gusto della torta di rose appena sfornata; i pistilli di zafferano gettati in un risotto che ribolle; i fiori di zucca fritti e ustionanti ripieni di acciuga e mozzarella; il sentore di cannella dentro un Barolo, di fiori d'arancio in una pastiera; il gusto di lamponi farciti di crema chantilly, della crosticina sulle lasagne al forno; il profumo di lavanda nei campi blu di Grasse.

Non riusciva più a fermarsi, precipitava sempre più nell'abisso della consapevolezza di ciò che aveva perduto. Avrebbe dovuto accontentarsi del suo campionario mnemonico? Erano talmente vivi in lei i sapori e gli odori che avrebbe potuto farseli bastare? No. L'incenso nell'aria per le strade di Muscat. Come privarsi dell'odore della sciarpa in cachemire di Marc bagnata di neve; del bucato ritirato da una terrazza sotto il sole estivo di Capri; della prima viola trovata sull'argine di un fosso; della viola candita, sorta di capezzolo sopra un enorme marron glacé; gli odori di mortadella, di burrata tiepida su un gambero crudo, la consistenza dell'insalata russa, il retrogusto della lingua salmistrata? Come vivere senza un'ala croccante e sapida di pollo arrosto, sgranocchiata al volo per poi leccarsi le dita; senza il sentore affumicato di una melanzana cotta alla brace e spalmata insieme con uno svolazzo di brie su una fetta di pane nero?

La nostalgia era persino degli odori definiti sgradevoli: quello forte della cucina, quando dimentichi tre scaglie di branzino in un interstizio; l'odore di cane bagnato, di gorgonzola dimenticato nel frigorifero, della robiola di capra; il sudore dei piedi dopo ore di jogging; l'acqua stagnante tra le canne del lago; l'odore di alghe incagliate intorno alle barche in secca; l'odore di pipì di gatto dentro a un bicchiere di Sauvignon; la puzza del solaio, dove dormono cose abbandonate; il «freschino» dei bicchieri lasciati a testa in giù in una vecchia credenza; l'aria soffocante di una cantina senza finestre; il cumino di un mercato marocchino in estate; l'odore di latte cagliato sul bavaglino di un neonato. Cosa avrebbe pagato, Eleonora, per sentire l'odore di muffa sopra un pezzo di taleggio, di umori adolescenziali, di cimice schiacciata, di ascelle, di feci, di putrefazione. Tutto avrebbe annusato, perché quegli odori erano vita.

Era quasi l'alba quando, sfinita, prese dieci gocce di sonnifero e si addormentò.

7.

Se vuoi comprendere cosa sia l'Unione perfetta,
metti insieme burro e acciughe.

Nonostante la notte passata in bianco, Eleonora si presentò in ufficio in tarda mattinata e restò lì per il resto della giornata. La serata si preannunciava impegnativa. Come aveva detto Sara, due sedicenti critici accompagnati da supponenti titolari di blog e pagine social, ben nutrite di like, avevano prenotato il tavolo «Aria», in veranda, il più visibile anche dalla banchina. Scrivere di cibo e vino continuava a essere uno dei comparti più ambiti. Chi era impreparato pensava che tutto il lavoro si riducesse ad andare per ristoranti gratis. Invece bisognava studiare e investire in viaggi ed esperienze gastronomiche di ogni genere: dal più blasonato all'ambulante che vende porchetta.

«Di cosa ti occupi?» «Lavoro nel campo food», rispondevano, e senza rendersi conto che in quell'ambito ci stavano una miriade di attività. Ogni mattino succedeva che qualcuno si svegliasse dicendo: «Vado spesso al ristorante, leggo articoli dedicati al mondo alimentare, il cibo tira sempre. Quasi quasi faccio il critico gastronomico». Non succedeva quasi mai che qualcuno dicesse: «Vado spesso a teatro, leggo articoli dedicati, il teatro fa radical chic. Quasi quasi mi dedico alla critica teatrale». Eleonora ne parlava spesso con Marc, anche prima che questo fenomeno diventasse tanto evidente, e sapeva quanto le persone, per la maggior parte, ignorino che la critica gastronomica richiede studio, passione, denaro e disciplina. Il tutto ammantato della giusta dose di edonismo. Come ben dimostravano i quattro ospiti della serata.

Uno dei commensali del tavolo «Aria» era una ragazza rossa e molto magra, con vistosi tatuaggi sulle braccia nude, ricoperta da una quantità eccessiva di bigiotteria. Al contrario degli altri tre, non era mai stata da Eleonora.

«Ma è cotto a bassa temperatura?» aveva chiesto eccitata, cincischiando con la forchetta le animelle con tagliata di asparagi.

«No signora, come le dicevo poc'anzi, sono circa due anni che abbiamo deciso di ridurre al minimo quel metodo. Al contrario: cerchiamo di intervenire il meno possibile sulla materia. A meno che non sia necessario per estrarne l'essenza. Stiamo rivalutando cotture più primordiali, direttamente riconducibili ai quattro elementi naturali. Per esempio, il fuoco. C'è un movimento nella ristorazione che sta ridando valore all'uso della fiamma viva. Se è sapientemente dosata, agevola la reazione di Maillard, regalando alle proteine e ai vegetali note caramellate», spiegò pazientemente Henry, il maître e sommelier di Hamlet. Come spesso succede, c'è chi fa domande senza aspettare la risposta: vuole solo ascoltare la propria voce pronunciare un nuovo quesito. «Che ne pensa della fermentazione la chef? Dove è pescato questo rombo? Perché è rombo chiodato, vero? L'ho riconosciuto da questi bitorzoli scuri. Ma come mai la scelta dei pesci è così limitata?» incalzò Rossatatuata. Non mangiava quasi, il poco che inghiottiva era sicuramente ormai freddo. Come i compagni di tavola, non faceva che fotografare i piatti da mille angolazioni, accompagnandoli con gridolini di stupore. Eleonora dalla cucina era informata di tutto e sperava che non la chiamassero subito al tavolo, per avere il tempo di far sbollire la rabbia. Cercava da sempre di stare lontana dalle mode: dalla barbabietola all'aglio nero, dalle fermentazioni spinte sino alla frollatura di carne e pesce. Accoglieva ogni ondata e la sperimentava, ma il suo obiettivo negli anni rimaneva lo stesso: esaltare il più possibile l'essenza di un ingrediente senza mortificarlo per seguire le mode o il proprio egocentrismo.

«Conosciamo i processi di fermentazione, li utilizziamo da quando non erano così diffusi, ma diciamo che Eleonora e Nozomi preferiscono utilizzare tecniche miste. Non ci riforniamo solo al mercato del pesce di Milano, abbiamo piccoli fornitori da altre zone. Sosteniamo la pesca ragionata che rispetta il mare nelle sue pause. Abbiamo una biologa marina che ci fornisce informazioni sulle specie che possiamo trattare con tranquillità. Ci sono molti allevamenti non intensivi e anche specie non conosciute ma invasive che provengono da altre acque e si sono ambientate nei nostri mari, per esempio il granchio blu che sta invadendo le coste italiane e intaccando la biodiversità.»

«E perché questo nome così strano? Chi è Hamlet, il proprietario?» continuava imperterrita la Rossa.

Henry, senza scomporsi: «La chef patronne è Eleonora Blanck. Hamlet è ovviamente una citazione shakespeariana», e si morse la lingua per aver ceduto a quell'ostentato, snobistico, «ovviamente».

«Crediamo non vi siano molte certezze nella vita di un ristorante, tranne un paio: la qualità del prodotto e le emozioni che possiamo suscitare attraverso la stimolazione di tutti i sensi del cliente. Per tutto il resto rimane il dubbio, unico faro della ricerca in cucina. Se resta il dubbio che esista per ciascun ingrediente una maniera differente di trattarlo, una cottura migliore di quella proposta, un processo di trasformazione alternativo, allora siamo sulla giusta strada. Inoltre, c'è un altro motivo che ha portato Eleonora a scegliere questo nome: il dubbio amletico coglie il nostro ospite ogni volta che deve scegliere uno dei nostri menu, o uno dei nostri piatti, che crediamo tutti ugualmente validi.» La Rossatatuata si era zittita e mentre lo ascoltava, con la bocca semiaperta, si concentrò sull'abile gesto della scarpetta nella zuppetta di topinambur, ceci e calamaretti spillo. Finì rivolgendosi ai suoi commensali con un «Comunque il pane è davvero incredibile. Pasta madre? Farine di grani antichi?» Henry fece finta di non sentire e si allontanò verso un altro tavolo.

«Non sono tutti un bluff, quei quattro. Il tipo con il pizzetto è uno che ne capisce», disse Valeria, che trascorreva ogni momento libero smanettando in rete e frequentando parecchi personaggi dell'ambito giro food. Depose un immenso vassoio colmo di bottoni di sfoglia sottilissima, ripieni di purea di carciofi spinosi, che avrebbe servito con un ragout di capesante scottate e conchigliame di mare trasformato in gelatina, per tirare fuori il cellulare dalla tasca del grembiule e mostrare a Eleonora la sua pagina Facebook.

Valeria, la depositaria del sapere nel mondo variegato dei primi piatti. Certo, in una visione internazionale della ristorazione il concetto di primo piatto non esiste. Ma anziché negarlo, come tendono a fare certi patron, Eleonora aveva valorizzato al massimo il concetto di «primo», ben conscia che rappresentasse una ricchezza esclusiva del patrimonio culinario italiano. E che proprio quella categoria, i primi, fosse la più imitata nel mondo. Eleonora aveva in particolar modo sempre amato le paste ripiene. Adorava ripetere che il raviolo era una alchimia, una pasta piena di pensieri. La nonna le aveva insegnato a confezionare i primi tortelli di erbe quando aveva tredici anni e si era presa una bella cotta per un ragazzino allampanato che giocava a basket ma moriva al pensiero che lui lo venisse a sapere.

«Ascoltami bene, lo inviteremo a pranzo e sai cosa gli prepareremo?»

«Filetto in crosta.» Eleonora già amava i grandi classici francesi.

«No. Quando non hai il coraggio di dire qualcosa, oppure quando non puoi dire qualcosa, o quando non vuoi dire qualcosa, allora sai cosa devi fare? Prendi le parole e mettile dentro a un raviolo come se fosse una scatoletta regalo. Il raviolo è un magnifico contenitore, sai. In realtà, tutto il cibo e le bevande possono trasportare dentro di noi emozioni, ma non c'è niente che le faccia viaggiare meglio che i ravioli. Sanno mantenere bene i segreti.»

E un raviolo perfetto era proprio il motivo per cui aveva assunto Valeria, personal chef modenese, uno dei suoi più recenti acquisti, nonostante lei fosse ormai diventata quasi famosa perché sapeva confezionare paste ripiene in una settantina di fogge diverse, più un centinaio di ripieni differenti a base di carne, pesce, soprattutto verdure. Eleonora era rimasta folgorata dai suoi ravioli di coniglio all'ischitana ispirati a un piatto dello chef Nino di Costanzo, noto chef dell'isola, assaggiati a casa di amici. L'aveva subito voluta conoscere. Aveva uno sguardo limpido e stupito, come se il mondo le comunicasse di continuo notizie sorprendenti. E poi, aveva un buon odore: di croissant alle mandorle. Lo sapeva che bisognava fidarsi di quell'odore. Quelle che lo emanano sono persone sincere e generose. Prima di assoldarla l'aveva messa alla prova con una cena nella sua casa milanese, senza farle capire che era una specie di esame.

«Prepara un menu composto da diversi tipi di pasta ripiena e un classico tortellino. Lanciati, esagera, stupisci me e i miei ospiti», le aveva detto. Il giorno programmato, Valeria si era presentata con tutto il necessario. Eleonora aveva assaggiato – anche da crudi, per non farsi condizionare dalle salse o da altri ingredienti del condimento – ravioli ripieni di gelée di origano, foglie di senape e stracciatella oppure tortelli di cavolfiore, lievito disidratato in brodo di miso. L'esperienza si era rivelata paradisiaca, così Eleonora aveva chiesto a Valeria di iniziare immediatamente da Hamlet. Ogni cosa buona che assaggiava, Valeria sapeva trasformarla in un tortello, in un raviolo, in una minuscola treccia, in una coda di rondine, un ventaglio, un francobollo, un tortellino. Tutti di sottile sfoglia e tutti confezionati a mano in un virtuosismo di pizzichi, volute, pieghe e intrecci.

Un'arte sopraffina e infinita, perché nulla sa sorprendere il palato più di un raviolo. Eleonora e Valeria sapevano raccontare per ore del rapporto tra farcia e spessore della sfoglia. Erano capaci di uscire al buio a tarda notte per tornare con un ciuffo di erbe da trasformare in un ripieno indimenticabile. Valeria era insostituibile, anche se aveva una serie di difetti: era irascibile, istintiva, permalosa. Una volta aveva servito alla brigata i suoi bottoni ripieni di baccalà mantecato e – come può capitare – un paio si erano rotti durante la cottura. Qualcuno aveva osato prenderla in giro, il risultato era stato un broncio tenuto per più di un mese. Non faceva che parlare del fidanzato Mario, il quale giocava in seconda squadra nel Parma, ed era gelosissima di lui. Anche se poi in cucina sembrava far coppia fissa con Bibo, il latin lover del gruppo: si piacevano e lo dimostravano a suon di perfide battute.

Poi c'era Nozomi, la sua sous chef.

Anche il successo di quella serata sarebbe dipeso, come sempre, dal suo umore; era come se fosse il diapason, colei che dava il «la» al lavoro della brigata, di quei «suoi ragazzi» che, da quando Eleonora era uscita dal coma, erano sempre presenti, non permettendo mai che lei si stancasse.

Lo aveva imparato da Marc: la ristorazione è un'impresa corale. Conta in egual modo chi va sul palco e chi sta dietro le quinte, conta il protagonista e chi ha parti minori. Lei certo non poteva sottrarsi al suo ruolo di regista, ma gli attori che rendevano possibile quella complessa opera erano i componenti della brigata di cucina e i ragazzi di sala.

E Nozomi, in quel momento, mentre Eleonora sembrava ancora sotto shock o perlomeno assente, era più che mai essenziale. Il suo focus era il pesce, ma la sua esperienza era davvero completa e ogni volta che la chef titolare si assentava dal locale teneva sotto controllo ogni dettaglio in maniera coscienziosa. Tutto ciò che arrivava in tavola era da lei ispezionato scrupolosamente. I suoi occhi erano in grado di intercettare ogni minima imperfezione. Anche se era già stato fatto dagli altri, controllava il bordo di ogni piatto e lo passava con carta assorbente per ripulirlo da aloni e goccioline di salsa ribelli. Con un'occhiata riusciva a contare se in un piatto c'erano più piselli che in un altro. La fiducia di Eleonora in lei era tale che dopo un solo anno di attività le aveva addirittura chiesto se volesse entrare in società. E Nozomi aveva accettato. Non era umorale, era più che altro testarda, severa con sé stessa ma allo stesso tempo carica di immaginazione. Una delle prime sere in cui aveva preso servizio, i ragazzi di brigata l'avevano vista maneggiare per tutto il tempo a mano libera bocconcini di piovra ustionanti, chinata sulla sua teppanyaki rovente. Sapeva bene che non si fa, ma voleva mostrare che aveva una spessa corteccia in cucina, come gli chef maturi che vantano buone callosità sui polpastrelli. Tutta colpa della sua eccitazione nel lavorare con Eleonora, dell'ansia di fare bella figura. Ora delle undici le sue dita erano un'unica piaga, ma quando Bibo le aveva suggerito di metterci sopra qualcosa, lei aveva risposto con un'alzata di spalle: «Nulla può sostituire le dita». Non le era mai più successo: tutti sapevano che, dopo quella notte passata in bianco per le ustioni, aveva imparato a spalmarsi le mani di un unguento misterioso che le proteggeva.

I ricordi dell'alba al mercato del pesce insieme alla sua socia erano pezzetti di vita che Eleonora avrebbe incorniciato. Nozomi guardava le cassette di pesce con attenzione, senza dire una parola e ignorando i fornitori che ne decantavano la freschezza. La sua selezione era durissima.

«Non conta solo la freschezza», soleva dire. «Un pesce non sarà mai abbastanza fresco per me. Un pesce deve essere anche bello. Si può essere belli anche nella morte. Deve trattenere in sé un poco di vita.»

Poi lentamente tornava indietro e indicava con l'indice una cassa di sgombri, di scampi, calamari luccicanti. Eleonora conosceva molto bene gli indizi di freschezza, li ripeteva sotto voce come un mantra ricordando il suo maestro chef di Basilea: l'occhio convesso, la cornea trasparente e la pupilla nera e brillante. Le branchie color corallo vivace e senza mucosità dense; l'odore che si sprigiona dalle branchie e dall'addome che deve ricordare le alghe marine, nulla a che vedere con quell'odoraccio che si respira nei mercati o nelle pescherie in cui si tralascia la pulizia; la pelle dev'essere brillante e le squame aderenti a essa. Ma dentro di sé pensava: "Sono indicazioni che vanno bene per principianti. Io mi fido del mio istinto". Il dettaglio che affascinava lei e Nozomi era la compattezza della carne, la densità, la resistenza, testata affondandovi il pollice. Sapeva che era effetto del rigor mortis, ma paradossalmente quella compattezza la faceva pensare alla vita, non al suo opposto. Nozomi le aveva poi fatto conoscere il *fish aging*, cioè l'arte di frollare il pesce esattamente come veniva fatto con la carne. Era stata a Sydney apposta per conoscere Joshua Niland, uno dei punti di riferimento mondiali sul tema con il suo locale da trentaquattro coperti e la gastronomia Fish Butchery, letteralmente «macelleria di pesce». Nozomi era solita dire: «Per noi orientali non esistono vie di mezzo. Il pesce è fresco quando è vivo. Oppure lo lasciamo maturare. Niente vie di mezzo». E una volta arrivata in Italia, era rimasta un mese a Carloforte, in

Sardegna, per imparare da Luigi, l'ultimo raìs della Tonnara, le antiche tecniche di frollatura. Eleonora però le aveva chiesto di usare questa tecnica con moderazione, secondo la sua filosofia. «Facciamo come per le fermentazioni», diceva alla sua brigata. «Le usiamo quando davvero ne abbiamo bisogno e non per esibire una procedura di moda. Non dobbiamo seguire una tendenza, dobbiamo trovare il nostro stile. Lo stile Hamlet è il frutto di tutte le nostre personalità.»

Dal preciso istante in cui l'aveva conosciuta, a Losanna, Eleonora sapeva che avrebbe chiesto a Nozomi di lavorare insieme. Nozomi era elegante come una libellula, ma essenziale come la camera di un francescano. Il suo odore era sempre stato indecifrabile per lei. La chef sapeva che l'amica giapponese non si profumava, ma in ogni caso il suo olfatto non si basava certo sui profumi di sintesi. Ciò che riusciva a catturare era l'essenza stessa di un essere, il suo odore primordiale.

Certi giorni Nozomi profumava di incenso e fiori di ciliegio. Forse perché si era fatta recapitare dal Giappone un poggiatesta di legno cavo, destinato ad accogliere incenso per profumare i capelli.

Eleonora era orgogliosa del lavoro della sua sous chef. Iniziò a pensare che non erano trascorsi nemmeno dieci anni da quando si erano conosciute, a Losanna, e ora entrambe avevano un ruolo da cui, in modi diversi, dipendeva l'identità di un intero ristorante. Nozomi era stata una delle prime persone che aveva conosciuto una volta varcate le porte dell'EHL, l'École Hôtelière de Lausanne, una delle più prestigiose scuole al mondo dedicate alla ristorazione e all'ospitalità. Cinquantamila euro all'anno di retta base, che Eleonora era riuscita a farsi concedere dal padre solo dopo mesi, forse anche anni, di liti. Era stato diverso, per l'amica giapponese: lei stessa le aveva raccontato di sua madre, una nota soprano che aveva accolto con entusiasmo la scelta della figlia per permetterle di portare a compimento quella che era evidentemente una vocazione. Lei, invece, aveva dovuto battagliare per far ammettere al padre che la sua felicità professionale potesse anche esistere lontana dall'impresa di famiglia.

«Non voglio spendere una fortuna per avere una figlia che fa la cameriera», sbottava in continuazione Eugenio, a ogni richiesta di finanziarle la scuola. Sua madre Marta osservava la scena arrotolandosi convulsamente una ciocca di capelli chiari intorno all'indice, limitandosi a guardarli con occhi spauriti.

«Ascolta, papà, prima di dire no, informiamoci. Non ti sei mai accorto che adoro cucinare, non ne hai mai avuto il sospetto? È una scuola prestigiosa. Fior di manager nel campo dell'informatica e del design l'hanno frequentata. E questo vuol dire che non è detto che poi io mi dedichi alla ristorazione, posso decidere cosa fare in un secondo momento. Intanto imparo. Più di cento persone arrivano apposta a Losanna ogni anno. E poi possiamo seguire corsi e stage in prestigiose università, a Hong Kong e negli Stati Uniti. Praticamente l'istituto riesce a simulare la vita professionale di un grande hotel di lusso, ristoranti gourmet, cucine di alto livello, bar alla moda. C'è una boutique che vende prodotti realizzati in classe. Mi piacerebbe moltissimo.» Dentro di sé, però, sapeva che, se non avesse cucinato per mestiere, sarebbe morta dentro.

«Potresti prendere in mano la mia azienda. In pochi anni diventeresti capo di un'intera area.»

«C'è un dettaglio, papà. Un dettaglio forse per te trascurabile. Che non sarei felice. Io voglio andare lì. È una scuola severa, ma ci sono anche borse di studio. Se proprio non mi vuoi aiutare, in qualche modo troverò i soldi. È in campagna, a quaranta minuti da Losanna. C'è pure un orto curato dagli studenti, si sta in mezzo alla natura: proprio come piace a me. Mi sentirei come a casa.»

Alla fine il padre aveva ceduto, ma solo perché il proprietario di un albergo a cinque stelle di Lugano, suo amico d'infanzia, gli aveva confermato che era una scuola validissima. L'intervento davvero decisivo era stato come sempre quello di Ernesta, che aveva organizzato una gita di famiglia a Losanna, per perlustrare insieme l'ambiente. Avevano pranzato al ristorante gourmet interno all'istituto, il Berceau des Sens, l'unico ristorante didattico al mondo ad aver guadagnato una stella Michelin e il punteggio più alto nella guida Gault & Millau per la propria categoria. La sala era priva di odore – proprio come deve essere un locale di alta cucina pronto a lasciare spazio alle pietanze –, ma a Eleonora non poteva sfuggire un impercettibile aroma di zucchero filato misto a bucato. Forse era il tovagliato di fiandra. Quanto aveva amato la parete in tasselli di legno retroilluminati a sbalzo dal leggero sentore di cedro, la mise en place essenziale, le posate d'argento con il monogramma della scuola. Ed era stata una delle rare volte in cui la madre di Eleonora, bella, se pur silenziosa per timore di sbagliare posata, si era unita alla famiglia.

«Gli studenti imparano sul campo a gestire e a lavorare nei vari ruoli necessari per condurre un ristorante», aveva detto loro il maître, mentre spiegava l'organizzazione della sala. Eleonora ricordava ancora gli sguardi d'intesa tra la nonna e suo padre, doppiopetto grigio e sopracciglia aggrottate. Con il passare delle ore anche lui si era rilassato e dopo un bicchiere di Pouilly Fumé «Baron», ordinato e ovviamente pagato dalla nonna, si era definitivamente convinto. Anche se non avrebbe mai perso occasione di rinfacciare alla figlia l'onerosità della retta. E fu per quello che quando Eleonora abbandonò gli studi per scappare con Marc, suo padre le voltò le spalle.

Eleonora aveva invece avuto la conferma di quella che riteneva essere la decisione della sua vita, quella che aveva preso già dalla prima volta in cui, anni prima, aveva sentito parlare della scuola: «Frequentare ristoranti di alta cucina è un'arte, e io voglio imparare a padroneggiare quest'arte. Voglio vedere il mondo sia dalla cucina sia dalla tavola, voglio conoscere tutti gli aspetti della ristorazione. Nella vita voglio far emozionare le persone attraverso i miei piatti. Voglio mettere a frutto il mio palato e il mio olfatto». Era da quando era bambina che coltivava questi due suoi doni, era arrivato il momento di allenarli, di studiare, di dedicarvi la propria intera esistenza.

E si era quindi decisa a iscriversi a Hospitality Management, una laurea quadriennale che non avrebbe mai portato a compimento, abbandonata un anno prima della fine, senza rimpianti, per amore di Marc. Ma da subito aveva iniziato a frequentare i corsi di cucina base e la sera aveva chiesto di lavorare nel ristorante interno. Quello in cui aveva trascorso la cena indimenticabile con la famiglia.

Ora le sembravano passati secoli. Le era rimasta, appunto, la compagnia fedele di Nozomi, che in qualche modo era diventata il suo naso, il suo palato, le sue mani. Ma tutto quel mondo era definitivamente scomparso? Dall'esterno le potevano sicuramente ribadire: «Hai ottenuto ciò che volevi, hai scampato la morte. Cosa vuoi di più?». Lei sapeva che non era così: deteneva un segreto inconfessabile e la certezza che la sua vita non sarebbe stata mai più la stessa. Gli altri non potevano capire. Era come tagliare le mani a un violinista, come azzoppare un calciatore, staccare le ali a una farfalla. Per Eleonora annusare e assaporare era il senso stesso della vita. Ma era arrivato il momento di fermare i ricordi: avevano bisogno di lei in cucina, ora.

Intanto Sara si aggirava in sala, visibilmente inquieta, in una delle sue camicie di seta dai colori sgargianti, caschetto castano impeccabile e trucco marcato. Le cause della sua preoccupazione erano diverse: da un paio di settimane Eleonora non sembrava più la stessa, non assaggiava i piatti, non litigava con la brigata come al solito, non si infuriava per i conti del pesce, non si attardava a chiacchierare con il fidato Arnaldo. Aveva scatti d'ira ma erano quasi sempre senza motivo. Certo, era ancora sotto stress per l'incidente, ma c'era qualcosa in più. Qualcosa che a Sara ancora sfuggiva. Era pensierosa, lontana, assente. Il lavoro andava bene, anche se mancava di regolarità: alcune sere avevano dovuto mandare via almeno venti persone perché erano al completo. Altre sere si faticava a mettere insieme dieci coperti. Altre giornate ancora, i clienti si attardavano e ciò rendeva impossibile rimpiazzare i tavoli per un secondo turno. Lo stile del locale non permetteva certo che il personale di sala mettesse fretta ai clienti, ma dimezzare i coperti non giovava al fatturato. Bisognava risollevarsi, e il suo ruolo era fondamentale. Sara si avvicinò al tavolo con i quattro food blogger, raccogliendo elogi per Nozomi, ma dirottandoli su Eleonora. In questo era decisamente brava.

«Nozomi ha eseguito un piatto perfetto, ma non dimentichiamoci che la creazione è soprattutto di Eleonora, è lei la nostra eroina. Ed è tornata più creativa che mai. Sapete, Eleonora Blanck è considerata uno degli chef più dotati. Ho visto che siete stati un po' indecisi tra l'ajvar – la salsa dei Balcani a base di verdura – su involtini di zucchine, maionese piccante al miso e crema al limone, e ceviche di ricciola. Significa che siete nel posto giusto. Siamo da Hamlet, qui il dubbio è di casa. Volete che vi faccia una foto? Vado a chiamarvi Eleonora?» Così si ingraziava anche i commensali più restii. E così Sara nutriva la sua vanità, la sua devozione per Eleonora e la speranza di trovare fra quei tavoli anche un fidanzato.

Alla fine della serata, contenta del risultato, le aveva proposto di andare a bere qualcosa insieme, ma Eleonora voleva stare sola. I ragazzi in cucina le avevano detto di tornare a casa, ce l'avrebbero fatta a chiudere senza il suo aiuto.

La giornata si concluse quindi con una lunga passeggiata sui Navigli: la folla di giovani e turisti aveva ricominciato a fluire. In passato, Eleonora amava immergersi tra la gente e respirare a pieni polmoni. Non sempre gli umani sanno di buono, ma respirare l'umanità l'aveva sempre fatta sentire vibrante di vita. Certe ragazze sanno di buono, alcune di profumi a buon mercato, certe di alcol, di shampoo alla mela o vaniglia che ti viene voglia di addentarle. I ragazzi sanno di bar, di palestra, di deodorante. A volte, quando passano in gruppo, si lasciano alle spalle un sentore dolciastro misto a origano: è l'odore dello sballo, è l'odore della solitudine.

Quella sera si trascinò verso via Vigevano. Camminò di malavoglia per un centinaio di metri, si sentiva sola, come ci si sente sempre in mezzo alla folla. Le sembrava di essere trasparente, eppure di solito gli uomini la guardavano. E anche le donne. No, non era lei a essere diventata trasparente, erano gli altri che le sembravano ombre. Figurine senza corpo, senza odore. Camminando sopra pensiero si trovò di fronte al Moonshine. Una specie di speakeasy, come venivano chiamati i locali che vendevano distillati illegali, in genere whiskey, durante il proibizionismo. Era uno di quei bar, piuttosto diffusi a Milano, a cui si accede solo con una parola d'ordine. Eleonora sperava che nel frattempo non fosse cambiata. Era un po' come il Jerry Thomas a Roma, uno dei suoi preferiti. Le ci voleva proprio un cocktail ben fatto.

«Guarda un po' chi si vede, la grande Eleonora Blanck. Cosa hai fatto per tutto questo tempo?» le chiese uno dei barman. Lei nel frattempo si era seduta al bancone di rame di fronte a lui.

«Ciao, Bob. Sono andata a letto presto», disse, citando la famosa battuta di *C'era una volta in America.* Bob la guardò con una smorfia incredula e aggiunse: «Sapevo che avevi avuto un problema di salute, ma vedo che ti sei ripresa alla grande». Dallo sguardo di Eleonora capì che era meglio cambiare discorso.

«Come lo vuoi?» Bob conosceva i gusti di Eleonora.

«Fai tu.» Lo aveva sempre sostenuto: a volte un buon barman ti fa stare meglio della tua analista.

«Che ne dici di questo?» le mise sotto il naso il collo di una bottiglia. «Secondo me ti piace: gin N°7, lanciato dal calciatore austro-serbo Marko Arnautović. L'acqua di sorgente austriaca più pura. Gli ingredienti provengono sia dall'Austria che dalla Serbia. Senti i semi di coriandolo e di sambuco. Guarda, proprio perché sei tu, ci aggiungo fiori essiccati di malva blu?» Eleonora girò il naso di lato, scostando la bottiglia. Bob capì al volo che non era serata. Distinguere se un cliente aveva voglia di chiacchierare o meno era proprio di un barman che si rispetti.

«Che tonica ci mettiamo?» chiese Eleonora.

«Una Seventeen 1724.»

Poi, dopo quella domanda, Eleonora se ne stette in silenzio per quaranta minuti guardando nel vuoto. Bob rispettava quel silenzio: la miglior terapia. Eleonora cercò di non pensare a nulla e usò come clessidra l'enorme cilindro di ghiaccio tagliato a mano che sostava nell'alto tumbler di cristallo. Sino a che non fosse diminuito della metà non sarebbe andata a casa. Osservandolo, pensò che in pochi lo sapevano:

è solo il ghiaccio, la sua dimensione, il suo peso, a fare la differenza in un cocktail. A un certo punto si risvegliò dal torpore. «Alziamo il tiro?» chiese. Il cellulare mostrava messaggi di Sara, ma lo spense subito.

«Ti faccio assaggiare lo stesso che prende Nozomi, il rarissimo Ki Noh Bi Caroni Cask della Kyoto Distillery, la prima distilleria artigianale di gin del Giappone. Solo centoventi bottiglie per il mercato italiano: una è proprio qui, *just for you*», disse Bob, sollevando il braccio per prendere una bottiglia nera con raffigurata una maschera giapponese. Una piccola opera d'arte. Peccato che per lei quegli spiriti celestiali, quelle botaniche preziose, erano solo fuoco. Se ci fosse stata Ernesta ci avrebbe aggiunto un pizzico di Fiducia nel futuro, ma Eleonora non era ancora brava come la nonna in quell'arte. Trangugiò il suo drink, poi un altro ancora, e poi disse: «Bob, chiamami un taxi».

8.

Per mostrare la magia in una Squadra vincente,
metti sul tavolo tutti gli ingredienti per un buon minestrone.
Ciascun ingrediente contribuisce all'armonia finale.

Un altro giorno con una morsa al petto. Aveva capito subito che sarebbe stata una giornata no. Doveva recuperare quelle notti di sonno a intermittenza. Quindi decise di andare da Hamlet più tardi. I brutti pensieri la circondavano come vespe in attesa di un attimo di distrazione.

Quella mattina non aveva neppure voglia di parlare con Sara. Silenziò il cellulare e decise di tornare a letto. Ma la sua testa non smetteva di ronzare, il senso di colpa per non essere al suo posto al ristorante era un vero tarlo. Si alzò buttando per terra il leggero piumino color crema e si diresse in cucina a piedi nudi, a malapena coperta da una corta camiciola. Aprì l'anta e afferrò il primo di una dozzina di barattoli in vetro. Caffè, caffè, aveva voglia di caffè. Pensò con nostalgia all'aroma di tostato, al gusto di noce e cioccolato amaro che ti lascia sul palato; da qualche settimana aveva iniziato a fermarsi al bar e ordinarne uno. Senza deprimersi, era un gesto propiziatorio. Aprì il vaso, lo portò al naso e lo gettò a terra in un accesso di rabbia. Poi, furibonda, aprì il barattolo in vetro con le bacche di cannella, annusò, mise tra le labbra una scheggia.

Sputò e gettò sul parquet scuro anche quel contenitore. Poi fu la volta della noce moscata, delle viole candite, del curry che aveva creato lei stessa prima dell'incidente. Un paio di vasi si ruppero e i vetri schizzarono ovunque. In breve, il piccolo appartamento fu impraticabile e i suoi piedi striati di rosso e ocra cominciarono a inzaccherare il salotto-cucina. Si guardò intorno. Sentì cento spilli conficcarsi nella pianta di un piede, le uscì un grido, le lacrime le velarono gli occhi.

Minuscole schegge di vetro si erano conficcate nel tallone e tra le dita dei piedi. Stava per entrare in bagno e buttarsi sotto una doccia, ma avevano suonato alla porta. Andò ad aprire, zoppicando, e guardò Sara di traverso, fece dietrofront senza dire una parola, quasi le richiuse la porta in faccia e si diresse verso il bagno.

«Eleonora, visto che non mi rispondevi ho fatto un salto. Ero da queste parti.» Ansimava per via delle scale. Si guardò intorno e il suo tono cambiò. «Quando si decideranno a fare questo ascensore? Ma cosa... cosa diavolo è successo qui? C'è... c'è del sangue sul pavimento. E cos'è questo odore?» Avanzò cautamente come se camminasse su una dozzina di uova. A ogni passo si fermava, sembrava che la sua massima preoccupazione fosse non sporcare gli stivaletti di camoscio a punta, lo stesso color kaki del trench.

«Tranquilla, va tutto bene. Va tutto bene. Tutto bene», urlò Eleonora dal bagno. Mostrando che nulla andava bene. Più che una rassicurazione, era una dichiarazione di guerra al mondo. Rabbia più disperazione più sarcasmo. Sara si arroccò su uno sgabello nel salotto, nell'unica zona dell'appartamento rimasta intonsa, in attesa che Eleonora uscisse dal bagno.

«Senti cara, puoi infierire su di me. So che è un periodo duro, ma devi riprendere in mano tutto, il ristorante, la tua vita sentimentale. Insomma, la tua vita. Io ti capisco, sai?» disse, scostando con la punta delle scarpe un pezzo di vetro che si era infilato sotto il tappeto. Eleonora uscì dal bagno con un accappatoio, trascinandosi. Si rese conto che prima di entrare in coma non aveva mai considerato Sara così irritante.

«Tu non c'entri. Rabbia, mi sono sentita invasa da una rabbia incontenibile», disse Eleonora, che sprofondò nel divano color perla. Sara si alzò, andò in cucina e tornò con una scatola di pronto soccorso.

«Momenti di rabbia arrivano e passano. Stai ferma ora, che ti medico io. Si può sapere cosa ti sta succedendo?» le disse accoccolandosi ai suoi piedi con in mano un batuffolo intriso di disinfettante verde.

«No, non si può sapere. È questo il punto. Non. Si. Può. Sapere.» Eleonora la fissò negli occhi e ritrasse il piede. Sara lo riacciuffò e le strinse la caviglia con fermezza. Eleonora continuò, rivolgendosi a Sara irritata: «Non ti rendi conto che è sempre il solito copione? Io do i numeri e tu mi chiedi cosa c'è cosa non va e io ti rispondo nulla. E allora tu mi dici che il mio comportamento è normale, dopo tutto ho rischiato di morire eccetera eccetera. Tutto funziona sino a che io non do di nuovo i numeri e allora tu mi chiedi cosa c'è che non va e ricomincia tutto daccapo».

«Stai ferma. Ancora un minuto.» Sara ripose la benda bianca e chiuse la scatola. «Il taglio non è profondo, e non ci sono vetri, metti scarpe basse e comode. Ma questo è odore di chiodi di garofano misto a, a... cosa? Che diavolo di puzza», disse Sara annusando l'aria e ispezionando il pavimento, ancora pieno di polveri e indecifrabili tracce colorate.

«Spezie varie», disse Eleonora con una smorfia.

«Tra un paio di giorni vedrai che torni come nuova.» Sara appariva così concentrata nel medicare il suo piede sinistro che sembrava non avere compreso. Poi continuò: «Io dico solo che non è facile starti vicino in questo momento. Dimmi tu cosa vuoi che facciamo. Se siamo comprensivi non va bene, se ti sgridiamo per farti reagire non va bene». Eleonora notò che era passata al «noi». Era un colpo basso. Faceva sentire lei fuori dalla squadra, dall'altra parte della barricata. Lei contro tutti. Ma in quel momento non aveva la forza di reagire. La furia distruttiva l'aveva stremata. Voleva solo che Sara se ne andasse.

«*Voi* potete solo stare a guardare nella speranza che mi riprenda presto.» Il sarcasmo di Eleonora non scalfì minimamente Sara.

«Ma certo che ti rimetterai presto. Cosa è successo, ti va di dirmelo?»

«No. Non ne ho nessuna voglia. È la solita faccenda, ex bambina ferita con genitori anaffettivi. Ti basta come spiegazione?» Eleonora si era già alzata e, camminando a fatica, si stava dirigendo verso la camera da letto. Si girò e vide la sua bella cucina a vista e il pavimento ricoperto da strisce colorate.

«Vai a fare una buona colazione, come piace a te. Poi ti vai a riposare. Io chiamo Nadir e faccio pulire tutto, non preoccuparti. Più tardi, nel pomeriggio, ti prendi un taxi e ci vediamo da Hamlet. Non dico di stare in cucina, ma puoi sbrigare la corrispondenza in ufficio», disse Sara, facendo rimbalzare ancora una volta indietro l'arma della rassicurazione.

Sul taxi, poche ore dopo, Eleonora pensò al suo piccolo appartamento devastato, e proprio da lei. Non si riconosceva. Prima l'esplosione di rabbia e poi la debole reazione davanti a Sara. Non sapeva di avere in sé una tale forza distruttiva. Anzi, lo sapeva, era quella forza di determinazione che l'aveva resa vincente. Ma ora quell'energia la stava sprecando contro sé stessa. In tutti quegli anni, in quale parte di lei si era nascosta questa nuova Eleonora? Come faceva a confessare a Sara che quell'ambiente lordato e intriso di odori per lei era asettico come una stanza iperbarica? Che quegli accessi d'ira erano la conseguenza logica di un segreto che non poteva, e non voleva, rivelare?

Quando arrivò al ristorante trovò la brigata già al lavoro e andò a cambiarsi per indossare la divisa. Rosario, detto Rosolio, aveva messo a lievitare il pane per la sera e lo accarezzava con le dita timide di affetto. Erano tutti tranquilli. Non avevano molte prenotazioni. L'acqua della Darsena cullava dolcemente gli ospiti e la luce tremolante della notte sul canale ti catapultava in altri mondi acquatici.

Una delle cose che gli aveva insegnato Marc era l'attenzione per la mise en place, che in realtà possiede due significati. Con il primo, noto a chi lavora in sala o a chi ama ricevere, si intende la maniera di apparecchiare un coperto. Con il secondo si intende la postazione di ogni chef e la sua capacità di sistemare in maniera organizzata tutti gli ingredienti necessari per finire un piatto in tempi veloci. Su questo Marc non transigeva, e aveva trasmesso la stessa ossessione a Eleonora. L'apprendistato da Hamlet consisteva proprio nel tenere la propria postazione pulita e in ordine. Tutti i ragazzi della brigata si ricordavano le sfuriate che Eleonora aveva riversato su Valeria, proprio perché ci teneva che lavorasse bene, ci teneva a lei. Non si era mai pentita di averla assunta.

Aveva un buon odore, un persistente aroma di amaretti e di mirtilli maturi. Sintomo di capacità di immaginazione e altruismo. E anche quel giorno, in cui si sentiva troppo esausta per lavorare in cucina, sapeva di dover rimarcare il suo ruolo davanti ai ragazzi, così escogitò una ramanzina che le avrebbe evitato di stare direttamente davanti ai fornelli.

«Da come tenete la vostra postazione posso capire quanto siete disordinati nelle vostre vite e nei vostri armadi. Un vero chef non spreca gesti inutili. Valeria, vedi che ti manca un po' di acqua mentre stai chiudendo i tortelli, perché non hai pensato di mettere una ciotola accanto alla tua fontanella di farina? Dovrai sporcare in giro e perdere tempo per procurartela. Se c'è in linea un secondo che necessita di timo, foglie di lime e un dressing all'avocado per essere completato, ma a metà servizio vi accorgete che avete finito uno di questi ingredienti, allora vi attirerete le maledizioni di tutti gli altri e gli improperi del capo perché state rallentando il lavoro. Se in una cucina non c'è ritmo, i commensali se ne accorgono subito, la cucina soffre, la sala vi maledice. Quindi preparate la mise en place con più ingredienti di quanti ne avete previsti per quel servizio. Altro problema sono i movimenti inutili. Se andate in dispensa o al frigorifero tre volte in più, questo si traduce in minuti di attesa per ogni gesto. Minuti che si sommeranno ritardando il servizio. Lo chef perfetto si muove come in un cerchio dentro un triangolo. Guardate chi di voi è sempre un po' in ritardo sulla linea. Deve solo immaginare il suo triangolo ideale. Se si mette qui, avrà i fuochi di fronte. Se allunga la mano dietro di sé, afferra la padella per finire la cottura dei tortelloni. Allunga la destra e trova davanti tutto il necessario: oli aromatizzati nei biberon, ciotola con mandorle tritate, petali di nasturzio, pepe di Sarawak eccetera. Ragazzi, se non imparate a lavorare in modo pulito, risparmiando tempo, spazio e movimenti, non diventerete mai cuochi professionisti. Ecco cosa ci dicevano a Losanna. E lo stesso ripetono al CIA, The Culinary Institute of America, e al Bocus d'Or. È solo una questione ergonomica. Se fai un piatto bene e velocemente, si svilupperà la tua memoria muscolare. E quel piatto lo farai sempre meglio.»

Ma la sua sfuriata non aveva interrotto per molto il buonumore scherzoso che da sempre contraddistingueva la sua brigata.

«Ma buongiorno, sei rimasto tutta la notte ad assaggiare babà, eh? Sei sempre in ritardo», disse Bibo a Rosario, entrato proprio in quel momento.

«Sta' buono, tu, che ti strappo quei tre capelli che ti sono rimasti in capo», rispose l'altro piccato. Bibo era sempre il solito, uno spagnolo tutto nervi, basso, teso come una corda di violino, avvolto in un fascio di muscoli scattanti. Ricordava una volpe rossiccia e amava interpretare il ruolo del simpatico gradasso e dello sciupafemmine. Chi se la prendeva di più per le sue battute caustiche era Sara. Lui sembrava sempre soppesarla da capo a piedi. «*Esta semana*, ne hai preso uno di *kilo y media, verdad*?» diceva, piantandosi davanti a lei a gambe larghe e con le mani sui fianchi. La fissava con la testa reclinata e un sorrisetto beffardo. Lei, indispettita, fuggiva via mandandolo a quel paese. Come si permetteva di fare commenti sul suo corpo? E capitava sempre quando Eleonora non era presente.

Eleonora lo aveva preso con sé per il suo talento, ma con la sua ostentata vivacità le aveva fatto sorgere il sospetto che amasse la polvere bianca, e quindi lei aveva pensato bene di fare un discorsetto alla brigata appena formata: «Ragazzi, da Hamlet di droga non ne voglio vedere. Sono finiti i tempi di *Kitchen confidential* alla Bourdain con sesso, droga e rock 'n' roll. I miei colleghi, proprietari di locali fine dining di New York, Londra e Parigi fanno test antidroga due volte al mese, e non è detto che non cominci anch'io». Ma non ce n'era mai stato bisogno.

Eleonora lo aveva tenuto con sé dandogli la più totale fiducia, anche perché entrambi, ma del resto tutta la brigata, condividevano, oltre alla repulsione per le droghe, anche quella per gli allevamenti intensivi. Avevano scelto con cura fornitori che preservavano la dignità dell'animale sino alla fine. Per fortuna, negli ultimi anni erano sempre di più, anche se i tagli provenienti da quegli allevamenti erano sempre i più cari.

«La rivoluzione verde che stiamo vivendo porterà necessariamente tutto il mondo della ristorazione a diminuire il consumo di carne, e anche noi ci stiamo allineando», diceva spesso Eleonora quando la interrogavano sull'argomento. «Però non mi sento di eliminarla del tutto dall'offerta di Hamlet. Al contrario, è diventata una sfida per noi scovare produttori di bovini e pollame di livello. Allevatori seri che trattino gli animali in maniera rispettosa, pur con profitto.»

«Meno carne sul mercato significa carne più cara», l'aveva interrotta Bibo, carnivoro convinto, quando avevano affrontato l'argomento per la prima volta.

«Per questo ci impegniamo affinché non ne venga sprecato neppure un grammo, e certo che costerà di più, infatti tutti ne dovremo mangiare di meno. Del resto non facevano così i nostri nonni nei momenti di ristrettezze? Sia chiaro, non dobbiamo abbracciare la missione *less meat, better meat* solo perché è di moda, voglio che siate tutti convinti che si tratta di una scelta di buon senso.» E a questa sua filosofia si accompagnava una vera e propria svolta a favore degli ingredienti vegetali, combattuta in prevalenza dalla componente femminile della sua brigata. «Diamo nuova dignità a frutta e verdura», sosteneva Eleonora, esortando anche i colleghi ristoratori. «Mostriamo la nostra creatività, la nostra fantasia nel trasformarli in piatti sontuosi. Non vorrei più vedere la parola "contorno" scritta sui menu dei ristoranti.»

E poi aveva deciso di valorizzare i lievitati, il pane che doveva accompagnare adeguatamente i suoi piatti. Niente pane acquistato da terzi, ma uno specialista, Rosario, che al culto del lievito era religiosamente devoto fin da piccolo.

Già a otto anni, a Posillipo, aveva infornato la sua prima pagnotta. Sua madre raccontava che invece di correre a giocare con i compagni, che lo chiamavano dagli scogli, lui rimaneva con il naso appiccicato al forno per vedere la sua prima biga lievitare. La casa di famiglia era una villetta a schiera, da cui i genitori dovevano sorvegliare un esclusivo – e in parte abusivo – complesso residenziale affacciato sul mare, oltre a curarne il giardino. Qui, alla fine di un pergolato, troneggiava un forno a legna dove sua mamma, nella bella stagione, più che fare la custode, cucinava prelibatezze per lui e i suoi amici. E che divenne il suo regno, tanto che la proprietaria del complesso aveva ben presto chiesto di poter acquistare il pane che Rosario sfornava ormai ogni giorno.

Non ci aveva messo molto a capire che quello era ciò che lo rendeva felice. A dodici anni era già perfettamente padrone delle tecniche di cottura. A tredici aveva inventato la sua personale versione di pizza con pomodorini del piennolo e scamorza affumicata. A diciannove era a Londra, a venticinque a Sidney. A trentasei anni, già completamente pelato, ma con pizzetto e baffi, Rosario era un'autorità nel suo lavoro. Gavetta ne aveva fatta tanta, in Costiera Amalfitana e in giro per il mondo, ma la sua passione restava il pane. Ormai da anni lavorava come consulente da Krunch, una delle più celebri panetterie milanesi di nuova generazione. E quattro giorni a settimana procurava dipendenza da lievitati ai clienti di Hamlet. Però quasi ogni domenica sera prendeva un Frecciarossa e se ne scappava a Posillipo, dove, morti i genitori, aveva acquistato la loro villetta da custodi. Correva dalla figlia Lucia e dalla moglie Ada.

Eleonora lo aveva conosciuto a Capri, durante una vacanza con Marc. Rosario sapeva di basilico e di schiuma da barba. Eleonora si era fatta dare il suo contatto dopo aver assaggiato pane e babà in un ristorante sul mare, la dependance di uno stellato. Una volta reclutato, era arrivato a Milano con un misterioso contenitore bianco in vetro: Ugo, la sua pasta madre, che si vociferava avesse alle spalle oltre ottant'anni di rinfreschi.

Si era premurato di insegnare a Simhala, l'uomo tuttofare di Hamlet, a prendersene cura e a infornare pagnotte che avevano lo stesso sapore, la stessa fragranza, delle sue. Ovviamente intimandogli di tenersi stretti i suoi segreti. Per esempio, il trucco per una baguette perfetta – la passione di Eleonora – lo aveva catturato da un grande boulanger parigino. «È una questione di equilibrio fra temperature. La formula è temperatura dell'aria + temperatura della farina + temperatura dell'acqua. La somma deve essere 54. La somma deve sempre essere 54. Se fuori ci sono 8 gradi, anche la farina avrà otto gradi quindi l'acqua deve avere 38 gradi. Chiaro?»

Simhala annuiva e assorbiva i segreti di tutti come una spugna. «Un giorno sarai un grande cuoco», gli diceva Eleonora. «Sai fare un po' di tutto.»

«Giura che le mie ricette te le tieni per te e non dici a nessuno la quantità di lievito, prepari l'impasto solo al ristorante», si faceva promettere Rosario. «Lo giuro», rispondeva Simhala, serissimo come di fronte a una corte suprema.

Rosario sfornava pagnotte rustiche alle noci dalla spessa crosta scura, filoncini morbidi al burro, ciambelline al sesamo, croccanti e sottilissimi grissini di semola di mais aromatizzati al rosmarino, al timo, alla galanga, alla cipolla di Tropea. Ma il suo compito, quando il ristorante era a pieno regime, era abbinare il pane ai piatti principali, quelli inseriti in carta. In inverno si dedicava anche a un numero limitato di panettoni ben alveolati e odorosi di burro, babà al rum e nuvole ripiene di panna montata.

«Non mi interessa quanti coperti riuscirò a fare, di certo nel mio ristorante si servirà un pane da re. Non voglio rimpiangere il pane che mangiavo in Francia. E poi voglio un laboratorio per la pasta fresca. Pane e pasta, su queste due cose non transigo. Lo spazio lo dobbiamo ricavare», diceva Eleonora alla brigata mentre organizzavano Hamlet. Ora, con tutto quello che era successo, era convinta più che mai che il pane non può deludere. "Ci voglio dentro Condivisione, ci voglio dentro Purezza e un pizzico di Spirito Selvaggio", si diceva, pensando che così l'avrebbe voluto Ernesta, ora che piano piano le stavano tornando in mente i loro rituali intorno al cibo. E lei davvero si sarebbe procurata quegli ingredienti impossibili.

Rosario sapeva trasformare le basi di pasticceria classica in veste contemporanea. Sapeva creare forme geometriche e minuscole, plasmandole da farina e burro e lievito. Sapeva entrare e uscire tra sbuffi di farine introvabili, reperite da mulini sperduti. Eleonora ne era felice, ma anche preoccupata: «Questa pagnotta è venuta davvero bene, ma lo sai che devi scrivere tutte le varianti. Non possiamo improvvisare. La devi fare sempre così». Lui stava zitto e si guardava i piedi. Ma lei insisteva. «Non posso rifarla, Eleonora, perché quella farina non la fanno più, o meglio non la fanno più così», rispondeva lui. E allora lei si metteva a urlare che non sapeva cosa farsene, di qualcosa che non era replicabile. «Potremmo chiudere entro un anno o potremmo aprire a Parigi un domani. Come facciamo se non codifichiamo tutto?» Gli gridava dietro che gli esperimenti li avrebbe dovuti fare con ingredienti reperibili. Altrimenti se li sarebbe dovuti tenere per sé. Lui stava zitto. Ma il giorno successivo preparava delle graffe così soffici dentro, così ambrate all'esterno, che ogni nube scompariva e la brigata si scioglieva intorno a lui in un abbraccio, unita dalle mani appiccicose e dai menti impolverati di zucchero semolato.

Era stata proprio Eleonora la prima a chiamarlo Rosolio, o meglio, a riprendere a Milano quello che era il suo soprannome da ragazzo. Pare che il suo nomignolo fosse nato per via dell'eccesso di zucchero che aggiungeva ai suoi dolci da ragazzo, prima della rivoluzione culinaria che aveva abbassato la quantità di zuccheri aggiunti a ogni piatto. Lui non era così felice di questo appellativo.

Rosario era un coacervo di nostalgie. Quando era a Posillipo, voleva tornare a Milano; quando era sotto la Madonnina, gli prendeva la *saudade* del Vesuvio. Sempre irrequieto, tormentato, indeciso. Pazzo per il Napoli, si era fatto mettere, su una parete del suo minuscolo monolocale milanese, una tappezzeria biancoazzurra. A volte, a fine servizio, chiedeva di poter restare in cucina perché stava lavorando per realizzare un suo sogno: mettere a punto la ricetta di un babà sottovuoto, da esportare. Qualcosa da trasportare dall'altra parte del mondo che parlasse di Napoli. Sembrava semplice a dirsi, ma non lo era. Diventavano troppo acquosi, la consistenza spugnosa dell'impasto – che ne rappresenta la caratteristica godibile – dopo una settimana diventava un difetto. Ci si dedicava di notte, quando la Darsena era solo un luccichio argentato e i tram color zafferano sferragliavano a lunghi intervalli. Oppure all'alba, ancora prima che Simhala girasse a spalancare porte e finestre canticchiando una delle sue nenie cingalesi.

Simhala, che zitto zitto era la vera forza di Hamlet, anche

se da fuori nessuno lo avrebbe mai detto. Tutto il giorno entrava e usciva dalla cucina trasportando casse di bietole, carote, taccole, cavolini di Bruxelles. Portava sempre un cappellino color mattone smunto con la visiera al contrario. Ogni tanto se lo toglieva e si detergeva il sudore passandoselo sulla fronte. Ma solo quando gli altri non lo guardavano. Avrebbe dato la vita per Eleonora e anche in quelle settimane dopo l'incidente, ogni volta che ne sentiva parlare in toni che non erano d'adorazione, si piantava davanti al soggetto che aveva osato profanare il nome della sua benefattrice e lo guardava con aria severa senza proferire verbo. Si limitava a fissarlo con quegli occhi color petrolio.

Nato in Sri Lanka, i suoi genitori si erano spostati in Europa per cercare lavoro, poi si erano fermati in Italia perché il padre, aiuto-cuoco, lo aveva trovato a Milano. Era da lui che aveva imparato a cucinare. Aveva un che di alterigia nello sguardo che non rasentava mai la superbia, ma ti faceva venir voglia di conoscerlo meglio. Simhala parlava tre lingue, tra cui l'italiano. Aveva cominciato lavando i piatti e facendo pulizie, come sua madre aveva fatto per tanti anni al Cacciatore, una trattoria appena fuori città, e la febbre della cucina lo aveva contagiato fin da piccolo. Un giorno, per aver perso una scommessa, aveva preparato per la brigata un superbo kottu roti, uno dei piatti principe della sua tradizione. Ne erano rimasti tanto incantati che Eleonora gli aveva proposto di passare più tempo in cucina. Ma lui aveva risposto: «Grazie, ma io sono un jolly. Simhala va dove Simhala serve». In ogni caso il suo piatto era stato inserito in carta. E non di rado tirava fuori piatti a base di verdure che lasciavano la brigata interdetta. In realtà, era in grado di sostituire quasi tutti in brigata, tranne Nozomi.

Simhala aveva un odore di bucato e di sapone di Marsiglia, indizi di un fondo buono ma anche di cocciutaggine. E possedeva una particolare abilità nel trattare gli ortaggi. Ma era soprattutto l'unico della brigata a godere della totale fiducia di Rosario, che gli permetteva di avere accesso alle sue farine e alle sue alchimie. Si metteva a cucinare il roti, a volte, la mattina presto. Cucinare per il personale era una grande responsabilità. All'ora di pranzo lo saltava con le verdure tritate e pezzi di carne d'agnello, che prima marinava in un mix di spezie, salsa di soia, zenzero, aglio. Faceva pratica, ed era bravo, convinto che un giorno sarebbe riuscito ad aprire un locale tutto suo a NoLo, il quartiere multietnico di Milano, dove viveva in una casa in condivisione con altri suoi connazionali. Aveva solo ventitré anni, ma Eleonora lo stava apprezzando, in quei giorni del post-incidente, per il suo enorme senso di responsabilità, la sua velocità nell'apprendere e l'attaccamento nei confronti di Hamlet. E non avrebbe rinunciato a lui, al suo canto mattutino e ai suoi piatti così contemporanei e sensuali allo stesso tempo.

9.

Per esercitarti all'Ascolto, friggi polpette e fiori di zucca: il cibo parla.

Aveva ricominciato ad andare al suo ristorante, ma spesso a fine pomeriggio Eleonora si sentiva svuotata di ogni forza. I ragazzi erano premurosi, lei taciturna, assisteva alla loro efficienza e alle loro scherzose schermaglie. Quando non stava in cucina si rifugiava nel suo ufficio, appoggiava i piedi alla scrivania, ferma a pensare. Arnaldo la osservava preoccupato. La palpebra destra, quella sull'occhio color ametista, tremava a ritmi regolari. Aveva zoppicato per qualche giorno, poi le ferite al piede si erano chiuse. Una piccola vescica si era formata all'interno del labbro inferiore, e durante la notte si svegliava con il cuore tachicardico. E poi trovava sempre quei capelli sul cuscino, i suoi lunghi capelli scuri dai riflessi ramati: li stava perdendo. Sognava, oltre al sogno ricorrente del viale alberato, anche di trovarsi ancora in coma, distesa in un letto di ospedale e attaccata a uno strano macchinario che la teneva in vita. Poi, per un cortocircuito, la macchina smetteva di funzionare e lei sentiva mancarle l'ossigeno. Sara, Arnaldo e suo padre la guardavano e parlavano tra di loro. "Hamlet è fallito", dicevano, "peccato che Eleonora sia bloccata qui, se lei fosse guarita non sarebbe successo." E lei urlava che non era morta e che era lì, proprio davanti ai loro occhi, ma tutto era inutile, nessuno sembrava sentirla.

Quella settimana Eleonora aveva dormito pochissimo, svegliandosi con uno dei suoi soliti incubi. Guardò il cellulare e vide con piacere che il vocale di scuse per Arnaldo aveva avuto risposta. Una di quelle risposte sagge che regalano fiducia nel prossimo. Poteva ancora e sempre contare su di lui. Quel lunedì era una giornata importante. Alle sette decise di andare a correre. Si sentiva stranamente forte, nonostante l'insonnia. Aveva previsto che le energie le sarebbero presto mancate, dato che mangiava pochissimo. In realtà era pervasa da un'anomala forza fisica, una sorta di euforia del corpo, che però sfiancava il cuore. In passato, il lunedì, giorno di chiusura totale del ristorante, le capitava di trascorrere gran parte della giornata con i ragazzi, oppure a scovare nuovi fornitori: un caseificio, un produttore di uova e verdure di cui non aveva mai sentito parlare. Senza contare quando possedeva una vita privata: era il giorno dedicato a brevi fughe romantiche, squarci senza impegno da richiudere immediatamente. Poi era cambiato tutto. Prima la caduta, quella reale, e poi, giorno dopo giorno, l'orribile consapevolezza di essere precipitata nell'abisso. Se esisteva un mondo privo di odori e sapori, per lei sarebbe stato l'inferno. Ecco, si sentiva caduta all'inferno. Questo avrebbe cambiato il suo orizzonte e le sue priorità? Lei stessa era un'altra persona. Qualcuno che non si piaceva. Ma doveva attingere a quella parte guerriera che era ancora viva dentro di lei. Non darla vinta al lato rinunciatario.

Al ritorno dalla corsa, che aveva lambito le mura del Castello Sforzesco con incursioni anche all'interno – la grande piazza d'armi, attrazione dei turisti, che la conoscono meglio dei normali cittadini –, le toccò Sara. Le sue telefonate erano infinite, tanto è vero che Eleonora, inserito il vivavoce, riusciva a fare colazione e a prepararsi per uscire mentre la sua assistente non aveva ancora finito di parlare. Quella mattina, durante l'immancabile chiamata, non aveva voglia di dirle dove avrebbe trascorso il suo lunedì.

«Se vuoi prenderti un pomeriggio libero, fai pure, ne hai tutto il diritto», le aveva detto Sara.

«Grazie, sei davvero gentile, come farei senza di te?» le rispose Eleonora, ma Sara non colse il sottile tono canzonatorio e continuò.

«Ho pensato che potresti andare da Arturo. Che ne dici di cambiare un po' il colore? Ah già, oggi è lunedì e il tuo parrucchiere è chiuso. Se vuoi andare a fare shopping, e sarebbe una bella idea, ti accompagno: ho visto una giacca stupenda, neanche costosissima. Ti starebbe da dio.»

«Sara, voglio stare da sola.»

«Okay, okay. Ma ricordati che hai promesso ai ragazzi della brigata di passare un pomeriggio con loro per creare nuovi piatti. Lo sai che la squadra ha bisogno di coesione per funzionare al meglio, lo spogliatoio freme», disse lei. «Sono nervosi, hanno voglia di un pomeriggio intero in cucina con te.»

"Proprio quello che voglio evitare", pensò Eleonora.

«Nozomi ieri mi ha confessato di non riuscire a parlarti, che sei sfuggente, che ci sono nuovi piatti pronti a entrare nella carta di primavera, dopo il tuo giudizio.»

«Perché non mi parla direttamente? Quando siamo insieme è sempre pensierosa e muta», disse Eleonora, infastidita.

«Chi, Nozomi? Lei è come sempre, non è cambiata. Sei tu, Eleonora, che sei cambiata. Comunque fai come vuoi, io ti dico però che i ragazzi hanno bisogno di te. E tu sai che il mio compito è vegliare su tutti voi. Valeria dice che bisogna completare il nuovo menu degustazione, che volevate chiamare "Il Dubbio". Un nome che a me piace poco. Mi sembra troppo insistere sempre con Hamlet: essere o non essere, degustare o non degustare. Quando vuoi ne parliamo, d'accordo? Rosario vuole farti assaggiare l'ennesimo babà. Ci tiene tantissimo. E sta anche pensando a un cracker con dei semi particolari, sottilissimo, da accompagnare alle terrine di ortaggi primavera. Bibo ha litigato con il fornitore di agnelli, anche lui vuole parlarti. Devi dedicare un po' di tempo alla brigata. Eleonora, mi senti? Stasera ti va una pizza in un locale molto carino e tranquillo, vicino al castello di Abbiategrasso? La fanno buonissima, digeribilissima, profumatissima. Neppure a Milano è facile trovarla di quel livello. Così parliamo della tua partecipazione al programma *Indovina l'ingrediente.* Nella puntata di qualche giorno fa c'era lo chef Bertoldi: non ti dico che figura ha fatto, sembrava un marziano. Fuori dalla sua cucina è proprio goffo, io lo sapevo. Eleonora, mi senti?»

«Ci sentiamo dopo», chiuse Eleonora. La sua mente era altrove. Quello era il giorno X per lei. Forse la visita più importante della sua vita.

Rimase in tuta da ginnastica per tutta la mattina, poi ingurgitò un beverone e una manciata di integratori: vitamina B2, D, E, magnesio, Omega-3, mirtillo, boswellia serrata, ginkgo biloba e selenio. Poi si distese sul letto, rimase avvolta in un torpore insano quasi per due ore. Nel pomeriggio aveva appuntamento con il professor Antonio Mercalli, il quarto e ultimo medico che avrebbe consultato. Le doveva consegnare la relazione riassuntiva della diagnosi, dopo un consulto con altri medici che non le avevano dato buone notizie. Sperava in un esito positivo.

Si vestì completamente di nero, con un foulard viola in testa. Forse un po' funerea ma *très chic*, avrebbe detto Marc. Si presentò nella sala d'aspetto di uno storico ed elegante palazzo in via Vincenzo Monti, non distante dal Cenacolo leonardesco. Affresco che peraltro non aveva mai visto, nonostante si ripromettesse di farlo da tempo. Lo consigliava sempre ai clienti di riguardo, con l'aria della signora che di certi capolavori mondiali se ne intende.

Entrò in sala d'attesa, si sedette. E come le capitava da sempre quando era in una situazione che le provocava ansia, si estraniò, cadendo in una sorta di semitrance che la riportò indietro negli anni. Le scene del passato nelle quali si tuffava per evadere da un presente che la vedeva di umore altalenante erano quasi sempre le stesse. La nonna e lei nel giardino della casa di Como. Lei che chiacchierava con Marc sulla terrazza dell'Eden Rock, un magnifico grande albergo in Provenza. Lui le avvicinava alle labbra vellutati pezzi di Camembert, arrendevoli e tiepidi, i cui bordi cominciavano a cedere per via del sole estivo. Poi, più indietro nel tempo, suor Erminia, lunga e allampanata, che le dava il permesso di mescolare l'impasto della torta di mele. E lei girava, girava, impugnando con le manine un tozzo cucchiaio di legno. Ma intanto le lacrime le finivano nella ciotola sbeccata e la suora le diceva: «Piangi, piangi, bambina. Fanno bene queste lacrime alla torta, tutti dicono di mettere un pizzico di sale, che la fa ancora più buona». Eleonora lo sapeva che le lacrime nei piatti funzionano solo se si aggiungono con consapevolezza, non per disperazione. Questo le aveva insegnato la nonna, ora lo ricordava. Le lacrime dettate dalla Perdita, dal

Perdono, dalla Felicità, quelle sì, trasformavano le ricette in guarigione. Non di certo con le indicazioni di suor Erminia. *Ah, perché non ti sono stata più vicina, perché non ho avuto il tempo di apprendere la tua arte, quella di rendere ogni piatto portatore di simboli?*

Si svegliò di colpo dalla trance e si ritrovò di fronte il professore, uscito dallo studio per accoglierla: forse era stata chiamata dalla segretaria, ma lei non aveva sentito. Il professor Mercalli – ed Eleonora non poteva ricacciare indietro l'idea che uno con un cognome così non fosse esperto di ogni terremoto sanitario, anche dei più misteriosi –, occhialetti tondi e naso schiacciato, appariva piccoletto, una volta seduto dietro l'enorme scrivania nera, lucida e ordinatissima. Prima di arrivare a sedersi di fronte a lui, Eleonora aveva fatto tutto ciò che sentiva di dover fare, per capire. Ai medici aveva raccontato per filo e per segno quel che le era successo e la sua condizione attuale. Ma non si capacitava della diagnosi ricevuta sinora, le sembrava nebulosa. Un amico parigino di Marc, con il quale era rimasta in contatto, le aveva consigliato di inviare tutti gli esami e tutti gli incartamenti delle visite precedenti a un notissimo professore della Université Paris Diderot. È più facile aprirsi con un estraneo che con chi ci vive accanto. Naturalmente aveva aggiunto la solita frase: «È per un amico». Ma ci avesse creduto o meno, era lontano da Milano, e questo la tranquillizzava.

Il luminare dettagliò l'amico: dopo essersi consultato con i colleghi, le avrebbe rimandato il tutto a Milano, dal professor Mercalli. Era proprio lui ad avere il compito di comunicarle l'esito finale, quello aderente alla realtà clinica, accompagnato da una terapia. Perché una terapia doveva esserci, continuava a ripetersi Eleonora. Era arrivato il momento. Il professor Mercalli aveva cominciato a parlare con una fastidiosa vocetta acuta e nasale. Continuava a farsi domande e a rispondersi. Un monologo didattico.

«Sa come funzionano i recettori olfattivi? Bene, questi recettori si trovano nella cavità nasale superiore. Per essere più precisi, in una regione denominata lamina cribrosa. Per essere ancora più precisi, tra la porzione superiore del setto e i turbinati superiori e medi. Detto in parole più comprensibili, il senso dell'olfatto è un meccanismo molto semplice: una sostanza rilascia una molecola che viene recepita dalle cellule neurosensoriali olfattive presenti nella parte superiore del naso, le quali, a loro volta, trasmettono le informazioni al cervello. Dove finalmente l'odore specifico viene identificato. Punto. Lei non identifica, mi pare», e il professore fece una pausa, visibilmente soddisfatto di aver spiegato bene, come gli capitava in aula con i suoi studenti.

Poi riprese. «La gente pensa che l'aria entri nel naso e per questo motivo si sentano gli odori o le puzze. Ma non è proprio così. La conformazione anatomica del naso fa sì che ogni volta che annusiamo solamente il dieci per cento dell'aria inspirata venga convogliata verso i recettori olfattivi. Le molecole olfattive possono raggiungere i recettori sia anteriormente, attraverso le narici, che posteriormente, per via retro-nasale, attraverso orofaringe e rinofaringe. A che livello si trova la sua percezione retro-nasale, da uno a dieci?»

«Forse non mi sono spiegata bene», reagì Eleonora, esasperata. Si era letta decine di pagine sul delicato meccanismo che regolava gusto e olfatto. Sapeva ogni cosa. Ma decise di sfoderare il suo sguardo più indifeso. «Mi sono già sottoposta a diversi test, come ho avuto modo di spiegarle via mail, ma il mio olfatto è completamente assente. Quindi, direi, voto uno. Sono qui per capire da lei, dopo la consultazione con i suoi esimi colleghi, quale sia la diagnosi, e soprattutto la terapia. Sono una chef e imprenditrice. Questa cosa mi sta uccidendo.» Il labbro superiore aveva cominciato a fremere.

«Già già già. Comprendo. Ed è un peccato, perché il flusso d'aria retronasale è responsabile della percezione del sapore del cibo. L'olfatto, come tutti sanno, è strettamente correlato al gusto e l'odore gradevole dei cibi è in grado di stimolare, per riflesso, le ghiandole digestive. Certo l'anosmia rende il suo lavoro meno piacevole.»

«Direi impossibile. Professor Mercalli, vorrei sapere la causa. Per conoscere la cura dobbiamo sapere la causa, o sbaglio?» disse Eleonora, che in quello studio iniziò a provare il cocktail di emozioni che ormai si alternavano e miscelavano, in proporzioni diverse, da settimane: sconforto, paura, rassegnazione, voglia di reagire, rabbia. Ma soprattutto irritazione. Come poteva pensare, quel professore, che lei fosse così stupida da non sapere quelle banalità?

«Già già già. Nella maggior parte dei casi l'anosmia compare in occasione di raffreddore infettivo o allergico. Di solito si risolve efficacemente con l'utilizzo di corticosteroidi, topici e/o sistemici, farmaci ad attività antiinfiammatoria. Oppure compare a causa dell'uso di alcuni medicinali, quali l'interferone e farmaci chemioterapici. L'anosmia può essere causata anche dall'inalazione di sostanze chimiche tossiche, così come il fumo di sigaretta può condizionare pesantemente l'olfatto», disse Mercalli, trafiggendola da dietro gli occhialetti tondi.

«Che non è il mio caso.» "Eleonora stai calma", si diceva continuamente.

«Già già già. Lei ha fatto un'endoscopia nasale a fibre ottiche. Questa avrebbe dovuto evidenziare semplici cause ostruttive nasali infiammatorie, quali riniti e sinusiti. O cause anatomiche, come deviazione del setto nasale e ipertrofia dei turbinati. O cause legate alla presenza di polipi nasali, che impediscono alle particelle odorose di raggiungere la sede dell'area olfattiva, e che possono essere facilmente correggibili con terapia medica cortisonica locale e sistemica. E, se non efficace, si passa alla soluzione chirurgica, con tecnica endoscopica eseguibile in day hospital.» Mercalli fece una pausa, si tolse gli occhiali, li pulì meticolosamente con un minuscolo panno nero.

«Ma non è il mio caso», ribadì Eleonora. Era definitivo: lo trovava insopportabile. Ma il professore sembrava ignorarla, e continuò a parlare imperterrito.

«Alcune patologie come il morbo di Parkinson, l'Alzheimer o la sclerosi multipla, o genetiche come la sindrome di Kallman, possono essere alla radice dell'anosmia. Inoltre, l'esposizione a radiazioni, associata al trattamento di tumori testa-collo, può essere responsabile di una forte riduzione o perdita dell'olfatto.»

«Ma non è il mio caso. Quindi, professore?» disse Eleonora, esasperata dall'elenco di quelle cause, che le sembrava riportassero il suo problema nelle nebbie, lontanissimo da una soluzione. Aveva la netta sensazione che il professore stesse perdendo tempo per giustificare il suo onorario.

«Già già già. Quindi...»

«Quindi?! Per favore, professore, me lo spieghi con parole semplici», implorò Eleonora. Valeva la pena di continuare a indossare la parte della paziente sprovveduta e bisognosa di protezione. Quanto era lontano quell'atteggiamento dalla vecchia Eleonora...

«La nostra ipotesi è che la scomparsa di gusto e olfatto sia da collegare a più fattori. La prima considerazione è che i recettori possono essersi compromessi in maniera irreparabile, per la caduta. Infatti il trauma, come ha evidenziato la TAC, ha interessato la fossa cranica anteriore, con compressione dell'epitelio olfattivo, del bulbo olfattivo o del nervo olfattivo, e danno neurosensoriale. Ma questo non giustifica il suo voto uno: lei dovrebbe comunque aver mantenuto una percentuale, sia pure ridotta, del suo gusto/olfatto.»

«Quindi, posso guarire?» lo interrogò Eleonora, improvvisamente carica di speranza.

«Diciamo che potrebbe leggermente migliorare con il tempo, se la lesione non è significativa, come nel suo caso. Quello che ci ha stupito è proprio questo: le sue lesioni per la caduta non giustificano la perdita totale dei nervi recettori, come lei accusa.»

«E le altre cause?» disse Eleonora, muovendosi impaziente sulla sedia. Mercalli la guardò interrogativo. Poi capì. «La seconda possibilità? È quella che lei sia stata contagiata da un batterio, ma non necessariamente. Probabilmente l'infezione è stata contratta in passato ma non sappiamo esattamente quando.»

«Mi faccia capire meglio, professore», chiese Eleonora, finalmente attentissima, concentrata sulla conversazione.

«Siamo arrivati alla determinazione che lei soffre di anosmia perché vittima di due sfavorevoli fattori: la caduta con conseguente trauma cranico che si somma al sintomo di un'infezione», disse Mercalli con aria soddisfatta, sistemandosi gli occhiali sul naso.

«Ho speranze?» si sentì dire senza convinzione.

«Sarò sincero. Non lo sappiamo. Gli studi ci dicono che lentamente i due sensi, gusto e olfatto, dovrebbero essere recuperati. Le cellule nervose olfattive, a differenza delle altre, mantengono la capacità di rigenerarsi. Ciò spiega perché un danno neurosensoriale come il suo è di norma reversibile e può con il tempo ripararsi. Ma non abbiamo casi clinici da sovrapporre al suo, da confrontare. Devo essere franco: lei avrebbe già dovuto migliorare. Ma potrebbe anche non migliorare affatto. Così come potrebbe recuperare lentamente. Quindi non le resta che aspettare», disse il professore.

«Ma nel frattempo cosa posso fare?» chiese Eleonora, abbattuta: vedeva lontana una possibile soluzione, anzi pensava che non ci sarebbe mai stata.

«Continui a prendere i farmaci antinfiammatori che le hanno prescritto. Presso il nostro ambulatorio viene eseguito il Brief Smell Identification Test, ritenuto il più affidabile dalla comunità. Lei lo ha già fatto, ma riproverei tra sei mesi. Per il resto, le consiglio di stimolare il più possibile i recettori olfattivi. Annusi, annusi e assaggi il più possibile. Più lo farà, più chance ha di recuperare. Non si scoraggi, non deve rassegnarsi, mi raccomando.»

«Grazie.»

«Ho un'ultima curiosità», chiese Mercalli, «come è possibile che l'abbiano dimessa da una clinica così prestigiosa, come quella svizzera, senza ultimare i controlli? Senza aspettare qualche giorno in più? E come diamine hanno fatto a non accorgersi subito di questo suo problema?»

«Ero troppo presa dalla mia rinascita e... da una perdita molto dolorosa. Pensavo che fosse normale non sentire sapori e odori, dopo quello che mi era successo. Ero troppo sconvolta per il risveglio e per un lutto. Poi, quando me ne sono accorta, ho dato la colpa al trauma. Ma mi consenta di aggiungere che ritengo la diagnosi finale, con questa duplice causa, molto fumosa.» Eleonora fece una pausa.

«Posso capirla. Ma la scienza va avanti per approssimazione, per ipotesi, per confutazione. Con chi ha parlato della sua anosmia?»

«Ancora con nessuno», rispose Eleonora, abbassando gli occhi. In quel momento decise con chi parlarne al più presto.

«Vuol dire che lo ha tenuto nascosto sino a ora? Male. Racconti tutto almeno a una persona di fiducia, la farà sentire meno sola», disse Mercalli, tormentando di nuovo gli occhialetti rotondi, con il solito panno. E, fissandola in un modo tra il paterno e il professorale, aggiunse: «Non è un consiglio da medico, ma piuttosto da... fratello maggiore? Un'ultima cosa. Cerco sempre un'eziologia clinica alle patologie. Ogni sintomo ha una causa fisica, per me. Non voglio sentir parlare di psicosomatica o cose del genere. Ma sono costretto a dirle, per onestà, ovviamente non mi riferisco a lei, che ci sono molte ricerche che collegano traumi emotivi alla scomparsa dell'olfatto e del suo fratello gusto».

«Quindi potrebbe avere una causa psicologica?»

«Prenda in considerazione anche questa ipotesi. Un'ultima cosa. Ho sentito parlare di una società specializzata in analisi sensoriale e di un certo Crippa che ha messo a punto un percorso di riabilitazione sensoriale. Una scatola chiamata Sensory Box, con venti fiale di essenze generate in laboratorio tra le più diffuse nella cultura di appartenenza. Per l'Italia hanno scelto dalla mela alla liquirizia, dalla vaniglia al limone. Si annusano ogni giorno per un tempo determinato e aiutano a ritrovare i sensi perduti.»

Eleonora uscì dallo studio con un senso oppressivo di angoscia. C'era un motivo per cui si era vestita completamente di nero, mentre le giovani donne come lei festeggiavano la primavera e il ritorno alla vita con colori pastello o sgargianti.

Ma era giunta al giro di boa. Avrebbe ricominciato dai piccoli gesti quotidiani: bere un caffè al bar. Anche se il sapore sarebbe stato quello dell'acqua. Che cosa avrebbero detto Marc ed Ernesta, le persone a lei più care? Lo sapeva, troppo facile. L'avrebbero stimolata a lottare per tornare quella di prima. L'avrebbero spinta a fare una bella riunione con le persone più care e a raccontare la verità. Semplicemente la verità, e a chiedere aiuto. Era il momento di finirla con i medici, il momento di tornare in cucina e mettersi a cucinare, anche a costo di fare assaggi al sapore di segatura. Invece che disperarsi e cedere agli accessi di rabbia, come aveva fatto nell'ultimo mese, avrebbe lottato.

Si accorse che stava acuendo gli altri sensi come accade ai ciechi. Sapeva distinguere con matematica certezza se i passi sulle scale erano quelli un uomo o quelli scattanti della fidanzata del suo dirimpettaio e se la signora Rinaldi del terzo piano trasportasse una o due borse della spesa. I suoi occhi, già allenati al dettaglio come devono essere quelli di uno chef, erano diventati affilati. Quando era al ristorante riusciva a scovare un'impercettibile piegolina su una tovaglia a metri di distanza, uno sbaffo di salsa su un piatto o una nuova lentiggine sulla guancia di Valeria.

14 maggio 2007

Si erano portate in giardino il vassoio d'argento della bisnonna, che ora scintillava al sole di maggio arabescando sul volto di Eleonora. C'era tutto: confetture, biscotti, gelatina e la vecchia teiera di porcellana con le peonie che Ernesta amava tanto.

«Niente picnic oggi, giochiamo alle nobildonne che prendono il tè *comme il faut*! Ecco perché ho apparecchiato con tanto di tovaglia ricamata e servizio bello, ti piace?»

«E me lo chiedi? Allora mi devo cambiare d'abito, contessa.» Eleonora aveva un asciugamano sulla testa avvolto a mo' di turbante e un ampio accappatoio blu di due taglie più grande. Se ne stava così, in libertà, da quando era uscita dalla doccia, più di un'ora prima.

«Niente affatto, cara, state benissimo così.» Poi sottovoce: «Usiamo il voi, è per entrare meglio nella parte». Lei ed Ernesta amavano quei fine settimana, quando i suoi genitori se ne andavano a casa di amici.

L'aria tiepida portava gli effluvi di tiglio dal viale alberato, e il pomeriggio trascorreva dolce.

«Non capisco perché a scuola non ci insegnano nulla sul gusto e sui sensi in generale. Non basta certo quello che c'è sul libro di scienze. Meno male che posso leggermi altro per approfondire», disse Eleonora sorseggiando tè al gelsomino.

«Hai ragione, cara. Sai che avere naso è fondamentale per un grande palato? Ricordi che da piccolissima ti facevo annusare tutto? Non c'è migliore esercizio, sai? Inutile risparmiare per assicurare a tuo figlio una scuola prestigiosa nel Regno Unito. Meglio regalargli un buon palato, una cultura del cibo e raffinata sensibilità per il vino di pregio. Riconoscere il buono da mangiare è una questione esclusivamente culturale.»

«Però con vostro figlio non avete fatto questo», disse Eleonora ricordandosi del voi per prendere le distanze. Non aveva un tono accusatorio, piuttosto curioso.

«Hai ragione, ero troppo giovane e inesperta per capirne l'importanza. E poi, se possiedi un talento ha senso coltivarlo. Eugenio guardava solo la quantità», disse Ernesta, ridacchiando.

«Ecco perché non capisce i miei entusiasmi per gli esperimenti in cucina.» Restarono un poco in silenzio, poi Eleonora riprese, facendosi seria: «Ma, nonna, dove si comprano Consolazione e Tolleranza? Quelle che hai messo nella torta di mele?». Era la prima volta che osava chiedere; il rispetto per quel rituale le aveva sempre imposto un pudico silenzio.

«Non si comprano, bisogna solo credere che esistono. Se hai bisogno di quegli ingredienti speciali, se davvero ci credi e te li meriti, loro, lentamente, verranno a te.»

Il giorno prima Ernesta l'aveva fatta svegliare all'alba, quando la rugiada fa luccicare i boccioli e il profumo delle rose è ancora intimorito dalla notte. La portava nel roseto. Era il loro rituale del mese di maggio, e fu così anche quel sabato. Poi erano tornate nel roseto all'ora meridiana, quando le temperature più alte regalavano sensuali effluvi di cannella e muschio. L'ultimo assaggio l'avevano vissuto la sera prima, quando dai lunghi steli delle Kristall, le rose carnose bianco neve che lei tanto amava, l'aroma si sprigionava quasi indecente.

«Quando diventeremo davvero brave impareremo a riconoscere il profumo di specie diverse di rose. Hai annusato le dee del giardino, le più amate e preziose: le Black Baccara, le rose nere? Hai sentito come sono diverse dalle Summer Gold, giallo intenso, con quel leggero sentore agrumato?» Ernesta parlava con lo sguardo rivolto al roseto, ma poi indicò un gruppo di rose vicine a loro.

«Questa, per esempio, è la Rouge Meilland. Ricorda, è rosso aranciato. Questa è la Papa Meilland, dal colore rubino scarlatto e petali di velluto. La prima è poco odorosa, la seconda talmente intensa da ricordare aromi di patchouli. Solo i vecchi-dentro ogni volta che parlano dicono "ai miei tempi". Io non lo dico, perché sono vecchia solo fuori. Ma quando ero ragazza le rose profumavano di più. Pensavo fosse un problema di età. La ragione, invece, è che nel corso del tempo, attraverso vari incroci, le varietà sono state selezionate più per l'aspetto, il colore e la longevità che per l'odore. Vieni, adesso raccogliamo questi petali. Voglio farti vedere come si fa la gelatina di rose.»

«A cosa possiamo abbinarla, nonna?» aveva chiesto Eleonora, perché aveva già capito che le cose non sono buone solo in sé, che c'è un moltiplicatore di bontà. Un altro ingrediente che si sposa bene con il primo.

«Sta bene con formaggi stagionati o la possiamo provare con una magnifica robiola di capra. Ma sarà pronta solo tra una settimana, deve riposare. Ricordati la ricetta: dieci grammi di petali per cento di prodotto finale e alla fine, se ci sarà venuta bene, come prevedo, il suo profumo dovrà ricordare Chanel N°5. E se qualcuno avrà bisogno di Gioia di vivere, gli farai assaggiare la gelatina di rose. Stasera c'è una sorpresa!»

«Va bene, entriamo. Me la scrivo sul mio ricettario. Che sorpresa?» La nonna, conoscendo il suo amore per il tartufo, aveva acquistato una varietà primaverile e una salsa a base del prezioso tubero.

Eleonora saltellò verso la cucina, reggendo nella piega del gomito un grosso cesto di vimini ricolmo di petali staccati alle piante in via di sfiorire. La nonna prese il vassoio dirigendosi verso la cucina.

«Come sai, questa non è stagione di bianchetto, ma il mio amico Luigi, che commercia tartufi, mi ha spiegato che si trovano tutto l'anno. E, visto che siamo sole e possiamo divertirci a cucinare, mi sono fatta mandare un piccolo tartufo nero che rinforzeremo con la crema concentrata.»

«Sono felice.» Eleonora fece una giravolta e planò sul cesto di petali facendoli volare per la stanza.

«Ora calmati e vai a vestirti.» Quando scese in cucina, Ernesta stava impastando, ma lei aveva ancora sete di storie intorno al tartufo.

«Raccontami ancora una volta di quando hai vinto quella gara ad Alba.»

«Eravamo un gruppo misto di gourmet. Dovevamo gareggiare inventando un piatto per valorizzare il tubero durante l'Asta del Tartufo. Quando ci lasciarono entrare nella cucina del Castello di Grinzane, non credevo ai miei occhi. Mai vista una tale quantità di tartufi bianchi tutti insieme. Erano enormi, esalavano un effluvio così intenso da stordirci. Era stata una buona annata. Ci dissero che erano tutti a disposizione dei concorrenti. Ce n'erano ovunque, su vassoi d'argento ovali, sistemati accanto alle nostre postazioni, in ampie boule di vetro con coperchio, sopra alzatine in ceramica e vetro sistemate su ripiani e mensole intorno a noi. La cucina non era come quelle tutto acciaio di design contemporaneo, era un'immensa stanza con quattro postazioni a isola e fuochi tradizionali, circondati da piani di lavoro in marmo. Larghe mensole appese con catene al soffitto arrivavano sino a noi, assiepate di tegami di rame scintillanti che ci proiettavano lampi di luce rossastra sui volti. Gli operatori riprendevano i nostri gesti e i giornalisti della TV ci facevano domande sui passaggi delle ricette. La stanza era impregnata di aroma di tartufo. Così complesso e inconfondibile. È lì che ho imparato: quando ha un sentore accentuato di aglio, è perfetto sopra una fonduta. Se ci sono piccole morsicature, non devi preoccuparti: le cose buone non piacciono solo a noi umani, ma anche ai piccoli animali golosi. Altri sanno di miele e fieno, forse arrivano da un castagno. Mentre se vedi le macchioline rosse, è probabile sia stato trovato sotto un salice. Quella sera ce n'erano di ogni tipo. I nostri abiti, i nostri capelli e i nostri occhi ne portarono le tracce per giorni. Potevamo permetterci di sbagliare e riprovare, dopo aver fatto assaggi di ogni tipo. Avevamo anche cuochi appena usciti dall'alberghiera a darci una mano, ma io feci testardamente tutto da sola. Ne dovevamo preparare due porzioni per darle in assaggio alla giuria, composta da cuochi e critici gastronomici.»

Eleonora assorbì ogni parola, e da quel giorno sarebbe diventata una cultrice di tartufo.

«Lo so qual è il piatto che hai fatto», disse alla nonna, «ma raccontamelo ancora. Non possiamo farlo stasera?» le chiedeva ogni volta.

«Non stasera, no, dovremmo fare la polenta e non mi va, a meno che sua signoria non abbia voglia di stare davanti al paiolo per un'oretta.»

«Okkeeeeei», disse Eleonora rassegnata.

«Allora, ero certa che gli altri quattro concorrenti avrebbero cercato di stupire la giuria con ingredienti insoliti e costruzioni complicate. Io no. Le settimane precedenti avevo messo a punto un piatto molto semplice pensando che il tartufo da sempre si sposa con i soliti tre o quattro amici per la pelle, per lo più grassi animali: uova, formaggi, patate o carboidrati conditi con burro o panna. Altri voli pindarici non mi trovavano entusiasta, tranne un gelato al tartufo, ma che rientra, diciamo, negli abbinamenti classici, essendo a base di panna. Avrei fatto qualcosa di semplice. Attenzione...»

«...semplice non vuol dire facile», Eleonora finì la frase. La nonna rise compiaciuta.

«Ma non avevo scoperto nulla di nuovo, anche gli altri sapevano quali sono gli amici del tartufo, il segreto è dosarli bene. Si cuoce una polenta ben soda e si fa raffreddare. Io l'avevo chiesta in precedenza. Si prepara una sorta di fonduta con una toma piemontese e fontina, entrambe sciolte in un mix di latte e panna. Quando sarà densa al punto giusto, si controlla il sale e si aggiungono briciole di tartufo. Una volta pronta, si monta ogni porzione in una cocottina di vetro o ceramica ben unta sulle pareti e sul fondo. Ecco l'ordine degli strati: fettina di polenta poi fonduta. Si ripete per finire con un uovo di quaglia, un pizzico di sale, burro, e si mette in forno, non più di tre minuti. All'uscita dal forno va aggiunto tartufo a lamelle, come se piovesse. Ecco a voi la cocotte al tartufo Ernesta. Fu un'ovazione.»

«Brava! Voglio provare anch'io!» Eleonora batteva le mani.

«Ti avviso che è un piatto molto costoso e che si cucina non certo in primavera.»

«Lo so, mi servono giusto cinque mesi per risparmiare le mance sufficienti per comprare un po' di tartufo quando sarà autunno.» E sorrise soddisfatta.

«E poi non ti resterà che cucinarlo. E io ti aiuterò. Devi ricordarti l'equilibrio. La parola chiave. Se lo spessore della polenta è troppo alto, non puoi bilanciare il sapore aggiungendo il doppio di crema al formaggio, non ci riuscirai mai. Perché la compattezza della polenta assorbirà l'umido e i grassi, trasformando il tuo boccone in qualcosa di stopposo. Devi assolutamente abbassare lo strato di polenta. Per capire il concetto di equilibrio e armonia pensa a una grande lasagna. Quanto è importante che gli strati siano ben compenetrati? Troppo alta la pasta? Troppo poca besciamelle, troppo ragù o troppo poco. Il sapore perfetto sta nell'equilibrio. Pensa a un tiramisù, a una millefoglie di qualsiasi ordine e idea, a una terrina vegetale. A un semplice toast. Ogni volta che si devono montare degli strati, dovrebbe nascere in te la domanda: "Ho rispettato le proporzioni? Ho raggiunto equilibrio e armonia?".»

Dopo cena Eleonora si addormentò sul divano. Erano troppe tutte quelle emozioni in una sola giornata. Arrivò il sonno e, mentre sognava di tirare la sfoglia tra sbuffi di farina, sentiva nel naso le rose, il tartufo, la fonduta e, per ultimo, l'odore di mimosa nei capelli della nonna così vicini nel bacio della buonanotte.

10.

Se non comprendi perché una persona
è troppo dura con te,
fai come per il tortino di cioccolato.
Cerca il cuore morbido che è in lei.

Aveva preso l'abitudine di passare qualche ora da Hamlet quando era deserto. Si sentiva al sicuro, senza gli sguardi indagatori della brigata. I ragazzi e Sara – cioè la sua vera famiglia – la tenevano d'occhio per quanto riguardava i suoi pasti, si erano accorti che stava dimagrendo e mangiava poco, ma lei dava la colpa alle conseguenze dell'incidente.

Le avevano lasciato un sandwich a base vegetale in cucina immaginando che sarebbe passata, ma lei decise che non avrebbe cenato. Perché soffrire? Si sedette in veranda. Faceva ancora fresco, l'acqua della Darsena mandava lampi arancioni per via del gigantesco cartellone pubblicitario appena montato sulla strada. Mostrava due ragazzi che correvano in mezzo ai grattacieli, in tenuta sportiva. Lei non aveva nessuno pronto a correrle accanto. Nel mondo di prima, sarebbe stata felice. Al tramonto delle sere di chiusura anche la vecchia Eleonora se ne restava spesso al locale. Le piaceva osservare le screziature dell'acqua prendere vita attraverso la luce cangiante. Fossero stati quei tempi, avrebbe forse programmato una cena fuori, magari con Nozomi. O con il corteggiatore di turno. Si rese conto – mentre il fresco primaverile che saliva dall'acqua le provocava brividi – che non aveva più nessuno con cui confidarsi. Le amiche più care erano rimaste a Parigi, Ernesta – che in fondo era la più importante – non c'era più. Marc neppure. C'era Arnaldo, ma non racconti a uno che vedi come un padre che desideri un uomo. Sara era inaffidabile, troppo chiacchierona. Di Mister Zero non voleva più sentirne parlare. Durante un talk show televisivo, mentre tratteggiava il profilo psicologico di un criminale, una psichiatra aveva detto: «Non aveva amici, si era isolato dal mondo». Si era sentita chiamata in causa, e rise amaramente.

Eleonora si vide di sfuggita, riflessa nel grande specchio ovale all'ingresso. Era giovane, bella. Ma a cosa serviva esserlo? Era sola, si stava isolando, non aveva più una vita sociale. Poi si sentì ingiusta: la sua brigata era un'entità compatta sulla quale poteva contare. Forse aveva bisogno di una nuova storia. Ma a che serviva frequentare qualcuno? Le avrebbe richiesto troppe energie, fingere continuamente. Decise di andare a casa e si rese conto che era una sorta di scusa. A momenti sarebbe arrivato Arnaldo: passava sempre il lunedì sera per la contabilità. Una parte di sé le diceva: "Fermati e aspettalo, ti eri detta che era arrivato il momento della verità. Parlagli ora, comincia a confessarlo a qualcuno". All'improvviso le venne il desiderio di fare un tentativo. Il professor Mercalli e i corsi di recupero sensoriale raccomandavano di stimolare i sensi scomparsi. Lasciò da parte il suo panino salutare e pensò a cosa sperimentare.

Nozomi e Bibo avevano creato una salsa esplosiva a base di rafano. Era piaciuta a tutti, lei aveva finto. Del resto, ciò che era partorito da Nozomi difficilmente arrivava in tavola meno che perfetto. La radice di rafano, pur mantenendo la sua audacia, era smorzata con fette di pan carré ammorbidite nella panna, e poi in aceto di mele, e olio di oliva. Infine, ingredienti segreti, un cucchiaino di zucchero e due gocce di olio essenziale di qualche pianta orientale sconosciuta. L'avrebbero servita con storione allevato e affumicato appena fuori città. Già che stavano facendo esperimenti con quella radice piccante, Nozomi aveva inventato un piatto notevole, che sarebbe entrato nel menu estivo: spaghetti ai ricci di mare, olio di aneto e neve di rafano. In dispensa e nel frigorifero trovò la salsa messa a punto quel giorno. Lei durante l'assaggio ne aveva messa una punta sul palato, ora contava di assaggiarne una quantità più generosa. Con la morte nel cuore per l'agitazione, ne mise in bocca mezzo cucchiaino. Restò a occhi chiusi. Quei pochi secondi che sapeva intercorrere tra l'istante in cui il contenuto del cucchiaino si depositava sul palato e quello in cui i recettori delle papille gustative ne avrebbero percepito e classificato il sapore le sembrarono eterni. Aspettò, deglutì. Niente. Neanche un vago accenno, un lieve pizzicore, un impercettibile solletico sulla lingua. Gli occhi le si inumidirono, che era lo stesso effetto che avrebbe dovuto fare quella salsa molto piccante. Ma le lacrime avevano un'altra origine. Si sentì sfiorare una spalla, fece un balzo. Era Arnaldo, in tutta la sua imponenza.

«Sei pazzo? Mi hai spaventato.»

«Tu, mi hai spaventato. Credevo di non trovare nessuno, poi ho sentito un rumore. Cosa fai qui al buio?» Arnaldo si tolse la giacca, rimase con il dolcevita nero: ne aveva uno per ogni stagione.

«Niente, stavo andando via. Poi mi è venuta voglia di assaggiare una salsa nuova, per un piatto creato oggi.»

«Guardami, ragazzina. Hai gli occhi lucidi, stai piangendo di gioia per la bontà della salsa o di dolore per la piccantezza?» disse Arnaldo, sogghignando.

«Di dolore.»

«Non ti chiedo cosa c'è, mi risponderesti ancora "nulla" e cominceresti a insultarmi come l'ultima volta.» Eleonora si girò, per nascondere il volto, e prese la via dell'uscita. «Devo andare», disse con un filo di voce. Arnaldo le si parò davanti. «Adesso basta.» La bloccò tenendole le spalle e obbligandola a guardarlo negli occhi.

«Lasciami», disse Eleonora, ma senza convinzione.

«Non lo farò, lo sai.»

Si fissarono. Nella penombra, uno stretto cono di luce rossastra andò a conficcarsi esattamente nell'occhio più chiaro di lei, facendola sembrare una creatura sovrumana. Poi il suo sguardo si accese di un'immensa malinconia, tanto che Arnaldo fu sul punto di lasciarla andar via. Non servì: Eleonora si afflosciò sul pavimento, il soprabito bluette le si arricciò intorno al corpo, come la corolla di un fiore. Arnaldo, all'improvviso, si ritrovò a guardare la parete vuota. Eleonora era sparita. Non disse nulla e si accovacciò anche lui. Sapeva che non sarebbe riuscito a chinarsi come lei, se non in cambio di qualche fitta al ginocchio, ma voleva farle sentire che si metteva alla sua altezza. Voleva il suo stesso punto di vista.

Lo faceva sempre, una vita fa, con sua figlia Viola. Chinarsi per parlare ai bambini fa capire meglio il loro punto di vista sul mondo. Invece che di fronte, si sedette accanto a lei. Sapeva che aveva bisogno di un contatto, sapeva che se l'avesse abbracciata lei si sarebbe lasciata andare. Le passò un braccio dietro il collo e rimase in silenzio. Era un momento troppo delicato, non poteva permettersi di distruggerlo emettendo un qualsiasi suono dalle labbra. In sottofondo, solo uno sciabordio appena percettibile: era il respiro della Darsena. E poi, il brusio degli elettrodomestici. Si ritrovarono entrambi seduti per terra con la schiena appoggiata alla porta della cucina.

«Devo dirti una cosa.» Arnaldo le mise una mano sul braccio. «Non posso più fare il mio lavoro.» Arnaldo non fiatò. «Dopo il coma, non sento più gli odori, e soprattutto non sento più i sapori.»

«Cosa?» Arnaldo si girò verso di lei, ma Eleonora continuò a guardare nel vuoto. «Raccontami bene, spiega meglio.» Si sforzò di restare calmo, anche se si rendeva conto dell'enormità di quello che gli era appena stato detto.

«Dopo che sono uscita da Relaab – come sai mi sono fatta dimettere prima del tempo per salutare Ernesta l'ultima volta – e sono tornata a Milano, per giorni ho creduto che fosse passeggero. Non mangiavo, ero disperata. E poi euforica per la vita ritrovata, e poi ancora più depressa. Non sono riuscita neppure a scoppiare di gioia per il fatto che ero tornata alla vita. Poi, una mattina, ho cominciato a sentire fame davvero. Entro nel mio solito bar e lì prendo coscienza del fatto che non sento nulla. Nulla, capisci? Avevo scelto il mio solito croissant liscio. Impazzisco per quella pasta sfoglia così friabile, così ricca di burro, eppure così leggera, così alveolata. Sai quanto io ami far colazione al bar, il mattino. In qualsiasi luogo al mondo, devo per forza uscire, anche in mezzo al deserto, per trovare un buon caffè caldissimo e qualcosa di dolce da accompagnarci. È il mio piccolo benvenuto alla giornata. Invece, nessun aroma di caffè, è stato come bere acqua calda. Il croissant sembrava fatto con briciole di un pane scadente e vecchio, segatura, insomma. Non riuscivo a deglutire per lo spavento. Sono uscita, per poco mi strangolavo. Lentamente ho avuto la certezza. Mi sono annusata. Non riconoscevo più il mio odore. Quindi non esistevo più. Ho odorato il mio cuscino, i miei capelli, ho cacciato la testa nel mio armadio per ore, nel mio frigorifero. Ho spruzzato sul dorso della mano tutti i miei preziosi profumi: niente, zero. Non sentivo più odori e sapori, capisci cosa significa per me? Ho trascorso ventiquattro ore a correre come una pazza da Hamlet a casa, ad aprire barattoli, assaggiare, annusare ogni cosa mi capitasse a tiro, anche quelle più schifose. Poi ho iniziato il giro dei medici. La risposta era sempre la stessa. Deve avere pazienza, tornerà tutto come prima. Insomma, un mondo triste, vuoto. Senza quei due sensi devo vivere un mondo senza senso.» E sorrise, rendendosi conto del gioco di parole.

«Ora capisco tante tue reazioni, Eleonora.» Lei si girò di scatto, aveva bisogno di vedere l'espressione di Arnaldo per rendersi conto se avesse percepito la gravità del problema. Lo vide improvvisamente più vecchio, come se gli fossero precipitati addosso anni di vita in un minuto. La luce a volte è crudele nel mostrarti come diventerai. Quell'uomo, il suo antico grande platano protettivo, era la prima persona cui confessava come stavano le cose.

«Sono finita. Come persona e come chef.»

«Prima di tutto separiamo le cose. Tu sei tu, indipendentemente dal tuo lavoro. Semplicemente un pezzo di te si è inceppato...»

«È questo il problema. Per gli altri, io sono sempre stata il mio palato assoluto, io sono il mio fiuto infallibile. Capisci che con gli anni è stato inevitabile per me identificarmi con questi due sensi. E ora che li ho persi, ho perso anche me stessa.»

«Perché hai aspettato tanto a dirmelo? Chi lo sa oltre a me? Lo hai detto alla Meyer?»

«No. Sei il primo. Non è facile dire: "Sapete, sono una cuoca, lavoro con gusto e olfatto, sto facendo carriera, sono bravina, ma adesso ho perso entrambi i sensi". Sono finita, rovinata. Se lo vengono a sapere i colleghi, i fornitori, le guide gastronomiche, la mia credibilità andrà sotto zero», disse sarcastica.

«So che un trauma può causare questo, sono vecchio, ne ho viste tante. E so anche che si può guarire. Non ti sto consigliando di mettere i manifesti, ovvio. Ma almeno di parlarne con il tuo cerchio magico. Ma da che specialista ti sei fatta vedere?» chiese Arnaldo. Eleonora stette in silenzio, per un po'. Arnaldo si alzò, non senza fatica, e lei pensò: "L'ultima volta che si sarà seduto per terra senza sforzo forse io ero ancora bambina". Si recò nella zona bar, prese due bicchierini e li riempì di vermouth Torino. Tornò in cucina, aprì una vetrinetta trasparente e da una scatola nera prelevò diverse scaglie di cioccolato. *Criollo Guasare 70%*, diceva la scritta a pennarello rosso su un'etichetta adesiva. Mise le scaglie su un piattino. Poi tornò a sedersi sul pavimento. Mantenne l'equilibrio e le porse il suo bicchiere, il piattino con il cioccolato lo posò a terra, tra loro due. Lei lo guardò con aria interrogativa, quasi offesa.

«Lo so che non senti nulla, ma ci farà bene lo stesso. Ti avverto, se avrò male ovunque per le prossime settimane sarà colpa tua. Non possiamo sederci da qualche parte un po' più comodi?»

«Io resto qui, tu fai quello che vuoi», disse Eleonora, cominciando a sorseggiare il vino aromatizzato. Dopo la sbronza di gin tonic, si era ripromessa di non bere almeno finché non avesse recuperato tutti i sensi. Ma quella era un'occasione speciale, doveva festeggiare la sua prima confessione, anche se Arnaldo le stava dimostrando quanto fosse debole la sua volontà.

«Vai avanti, ti ascolto», disse Arnaldo rassegnato.

«Il giorno dopo la triste scoperta mi sono fatta una promessa: non lo avrei detto a nessuno, avrei finto sino alla morte. Ma ora so che è impossibile, è umanamente impossibile. Vedi, Arnaldo, non sono disperata solo perché sto mettendo a rischio la mia professione, in fondo mi sono resa conto che con un po' di astuzia, intuito ed esperienza potrei farla franca. Soffro perché annusare la vita e degustare il buon cibo è il fulcro, l'anima, della mia esistenza. Sono cresciuta proprio con questi insegnamenti, tu lo sai. Addomesticando i segreti di gusto e olfatto avrei avuto accesso alla vera essenza della vita, avrei accumulato sapere e addirittura un po' di potere sugli altri, sui nasi e i palati comuni, non educati. Ciò che sta succedendo, però, mi ha fatto capire che forse ero troppo ripiegata su me stessa, sbagliavo a utilizzare questo talento solo per mio vantaggio. Mi sentivo privilegiata, un'eletta. Questo dono, se recupererò, lo voglio mettere a disposizione di tutti. Voglio condividere le mie conoscenze, preparando piatti e donando piacere. Lo stesso che provavo io...»

«So bene cosa significa tutto questo per te. Ti ho visto crescere accanto a Ernesta che innaffiava lo stelo del tuo talento trasformandolo in una pianta rigogliosa. Possiamo chiamare tuo padre e chiedere un altro parere, qualunque cifra costi. Se vuoi, gli parlo io», disse Arnaldo.

«Non serve, e non è questione di soldi. Sono stata da quattro dei migliori specialisti italiani e francesi.»

«Quindi?»

«Quindi la situazione è nebulosa. Non conoscono la vera causa. Sicuramente il trauma cranico è stata una prima spiegazione, poi forse un batterio. Questo avrebbe peggiorato la cosa. In più si aggiunge una componente psicologica, che certamente sta influendo: il trauma psichico di sicuro non favorisce la guarigione. Mercalli mi ha detto che in prospettiva posso migliorare, ma più settimane passano meno possibilità rimangono», riassunse Eleonora.

«D'accordo, hai sentito i migliori. Ma vuoi che proviamo con qualcun altro? La medicina fa passi da gigante da un giorno all'altro. Fammi provare. Non c'è solo internet: conosco un ex console americano, che ha la villa a Menaggio.» Il tono di Arnaldo non era paterno, ma semplicemente partecipe.

«No, ti ringrazio. Adesso non serve. Ho giurato che non avrei sentito più nessuno, basta dottori. Mercalli mi ha detto di parlarne alle persone più fidate e di non smettere mai di esercitarmi con sapori e odori.»

«Va bene. Lo diremo alla brigata e gli racconteremo che di certo è passeggero e che i medici ti hanno assicurato che tornerai come prima, okay? Anzi, vuoi sapere una cosa? Credo proprio che sia così. Tu tornerai presto come prima», disse Arnaldo, cercando di rassicurare Eleonora, e soprattutto sé stesso.

«Sono sfiduciata», disse lei, abbattuta.

«Non voglio dirti cose banali. Sto qui e ti ascolto. Ora capisco anche la tua reazione della settimana scorsa, quando ti sei infuriata. La Eleonora che conosco io non si arrenderebbe. Non dimenticare chi sei, la forza che hai. Devo dirti una cosa: hai una tale esperienza che a livello professionale puoi compensare tranquillamente questa perdita. Diverso è il discorso emotivo. Ti sei risvegliata da un coma, ti rendi conto? Dopo tre giorni eri già al ristorante, sei un portento. Ma, come tutte le eroine, accetta anche di avere un momento di stanchezza, di essere giù.»

«Hai ragione, Arnaldo. Ma non riesco a trovare quella forza che so di avere. È come se ci fosse un pozzo della salvezza dentro di me, l'acqua che mi salverebbe è lì, quasi la tocco, ma non riesco a raggiungerla.»

«Deve essere terribile. Ho letto di gente che ha perso gusto e olfatto ed è caduta in depressione. Non aveva più ragioni di vita. Posso immaginare che per uno chef sia ancora peggio», disse Arnaldo.

«Vedi, spesso questi sensi non mi servono realmente nel quotidiano. Oggi, per esempio, sono riuscita a fare il nostro pomeriggio in cucina con la brigata senza molte difficoltà. Potrei vivere così, ingannando gli altri. Ma quello che mi sta uccidendo è la perdita di gioia per la vita, capisci? Su quei due sensi ho basato la mia esistenza. Sono circondata da critici, giornalisti, colleghi chef che dicono continuamente: senti che buono questo, senti che persistenza, cosa ne pensi di questo, senti che aroma questo vino, senti che dolcezza questo prosciutto. Non ce la faccio più.»

«Parlane con i ragazzi e con Sara, li farai giurare di mantenere il segreto. Sei troppo negativa nel prevedere il fallimento di Hamlet, oltre che la perdita della tua reputation, come si dice oggi. Ma sono d'accordo con te nel tergiversare. Gli intimi devono sapere, il resto del mondo no. È inutile.»

«Non sono ancora pronta, ma ti prometto che lo farò.»

«Presto, però.»

«Prometto», disse Eleonora, arrendevole.

«Senti, bambina. Bevi ancora un sorso di questo vermouth, per suggellare una promessa che facciamo con il destino. Scommetto che arriverà presto un giorno in cui tu saprai riconoscere ciascuna delle ventisei piante aromatiche che lo compongono. Io sento la maggiorana, la scorza d'arancia, la genziana, e nient'altro. Tu, prima o poi, le saprai riconoscere tutte», le sorrise Arnaldo.

«Lo spero, prima ci sarei riuscita. Ora sono avvilita, preoccupata, delusa, arrabbiata, triste. Non riesco neppure a piangere come si deve.»

«Ti sei chiesta il perché?» Arnaldo si alzò con fatica.

«La Meyer risponderebbe che non piango perché sono bloccata. Io ho la mia spiegazione, cerco di non piangere spesso per paura di accorgermi che non sento il sapore salato delle lacrime», disse Eleonora, e se ne andò.

11.

*Se vuoi incanalare la tua Aggressività,
sbatti sul marmo l'impasto della pizza
con tutta la forza che hai.*

La confessione ad Arnaldo le diede nuova linfa, ma si alternavano giorni molto bui ad altri in cui si sentiva una leonessa. Per tutta la settimana la sua determinazione nell'accettare la diagnosi e nel reagire era stata messa a dura prova, ma aveva resistito, per poi affievolirsi sempre più.

Nella sua memoria era ancora vivo il ricordo della discussione con Nozomi di qualche giorno prima.

«Devi parlarmi?» le aveva chiesto Nozomi.

«No, cioè sì. Dovevamo mettere a punto nuovi piatti, credo», aveva detto lei sedendosi a un tavolo, con una tazza di tè in mano.

«Chi è lo chef proprietario del ristorante?» Nozomi si tolse le cuffie e la cloche. Ecco, era arrivato lo sguardo in grado di leggerla a fondo.

«Perché me lo chiedi? Sono io, o meglio, siamo noi. Mi devi scusare, ma mi sento addosso una stanchezza, una stanchezza che viene da lontano. Tutto mi costa fatica. Cosa c'è, Nozomi?» Avrebbe voluto dirle: "Perché intravedo in te questo rancore nei miei confronti?".

«E lo chiedi a me? C'è che non ti stai più appassionando a quello che fai. Il ristorante è tuo. Anche se ho una quota, non mi riferivo a una questione di numeri e conti. Mi riferisco a questo. E a questa», disse Nozomi, battendosi una mano sul petto, poi sulla fronte. Il suo non era un tono da donna arrabbiata, ma addolorata. Aveva il potere di trasformare tutto in simbolo, allegoria, metafora. Eleonora conosceva bene quel linguaggio, era la forma di comunicazione sottile e privilegiata tra lei e la nonna. Sarà stato per quello che tra lei e Nozomi si era subito creata quella sintonia? E dove era finita, ora? Eleonora ricordava le parole di Ernesta: «Per le anime semplici, una cosa è ciò che è. Per gli animi evoluti, non è quello che è, ma quel che rappresenta».

«Eleonora, dov'è il tuo cuore? Tu sei andata via, non sei più qui con noi.»

«Sei ingiusta, sai cosa ho dovuto superare. È passato poco tempo. Ti chiedo di portare pazienza ancora per un po', vedrai, tornerà tutto come prima.» Eleonora era quasi piagnucolante, cosa più che insolita per lei. Il tono aveva stupito Nozomi. Che aveva detto: «Non ci sono mai due primavere uguali».

«Smettila con le tue massime zen. Non capisci che sto male.»

«Sei tu a non capire. Sei viva, Eleonora, viva. Goditi questo.»

«Sono viva, ma qualcosa mi impedisce di esserlo davvero.»

«Il chiodo che sporge va preso a martellate. È un proverbio giapponese. Se hai un problema, parlane, fa' in modo che possiamo risolverlo.»

«Nozomi, ti ho sempre lasciata libera di fare le tue consulenze, oltre che occuparti di Hamlet. Anche quando facevo finta di nulla, sapevo che lavoravi pure per altri. Sei una macchina perfetta, che non si ferma mai. Hai così tanta energia che devi lavorare molto, per stancarti ed essere soddisfatta di te stessa. Completa e rotonda. Ne abbiamo parlato tante volte, sin dal tempo dell'università. Io non sono come te. In questo momento della mia vita sono una macchina inceppata.» Sarebbe stato bello avvicinarsi alla sua nuca e riconoscerla attraverso quell'afrore di incenso, ma non aveva sentito nulla. Anzi, aveva avvertito una nota come stonata, leggermente nauseante.

La sua sous chef aveva un merito: alzava il livello della conversazione. Andava sempre in profondità. Ogni sua frase diventava densa e lasciava impronte. L'interlocutore veniva forgiato, come la plastilina, e se per avventura fosse stato banale – ma non era il caso di Eleonora – cominciava a luccicare di luce riflessa.

«Se quelle che tu chiami consulenze le hai vissute come

un tradimento, hai fatto male. Dovevi dirmelo. Le mie fughe sono arricchimenti personali. Sono aggiornamenti. A proposito, volevo proprio dirti che dovrei assentarmi due settimane. Vado in Giappone.» E l'aveva guardata con intensità, quegli occhi con la piega all'ingiù sembravano lanciare strali.

«A casa tua?» aveva chiesto Eleonora, che sembrava accartocciarsi su sé stessa.

«No, a Matsusaka. C'è un allevamento che organizza corsi per trattare i wagyu in maniera corretta. Vorrei specializzarmi in eccellenze giapponesi. Vorrei maneggiare la carne come faccio con il pesce.»

«Sai che viviamo un'emergenza personale, tu sei insostituibile. Non puoi aspettare almeno l'estate?»

«Sei tu che ci hai sempre detto che dobbiamo saper fare tutto. Conoscere più materie prime. Vorrei partire tra un mese, come avevo programmato. Ma non ti lascio nei guai. Ho parlato con Haruiko. Ti avevo detto di questo ragazzo molto bravo in cucina. Mi sostituirà lui, per un mese, cosa vuoi che sia. Lo sai, senza nuovi stimoli mi spengo. Perché, vedi, senza di te qui non è più così stimolante. Non c'è più brace che mi riscaldi.» Nozomi aveva rimesso le cuffie con il suo Bach e si era avviata verso la bicicletta.

Ora Eleonora si sentiva come un sacco da buttare nell'indifferenziata. Nel weekend aveva deciso di non rispondere al telefono e di non comparire mai al ristorante, dicendo a Sara di non disturbarla per nessun motivo. E mercoledì aveva cancellato l'appuntamento con la dottoressa Meyer. Brutti segnali.

L'idea era di chiudersi in casa e recuperare le energie per ricominciare. Avrebbe dormito molto, si sarebbe nutrita di frullati e dei soliti integratori privi di sapore, e sperava di abbandonarsi ai sogni, ma non agli incubi che riempivano i suoi sonni. Sperava tanto, in quei giorni di isolamento, di riprendere il filo sottile dei ricordi intorno alla nonna e ai loro momenti magici in cucina.

Invece Eleonora cominciò male e fece il solito sogno: correva lungo il viale alla fine del quale avrebbe dovuto esserci la mamma, ma per la prima volta riconobbe la figura che la aspettava. Apparteneva a una suora, forse la sua maestra delle elementari suor Gertrude. Poi si svegliò e come sempre corse in bagno a vomitare. Finalmente aveva distinto chi ci fosse alla fine di quel viale, ad aspettarla al varco. Merito della Meyer e del percorso che stavano facendo insieme? In ogni caso non riusciva a capire perché, appena riconosciuta la figura laggiù in fondo, le aumentavano i battiti e la nausea. Si girò verso il comodino, pensando di prendere appunti, ma subito lo ritenne inutile: tanto scriveva sempre le stesse frasi. Si pentì di aver saltato l'appuntamento settimanale con la psicanalista, avrebbe dovuto aspettare quasi una settimana per l'incontro seguente, e il weekend si prospettava impegnativo.

Quel sabato era capace soltanto di perdersi in congetture e lasciarsi invadere dal vittimismo. E in più era incappata in un articolo che sembrava proprio caldeggiare la sua tesi e il suo modo di sentirsi. Diceva che tutte le persone private di gusto e olfatto erano cadute in una forte depressione e piangevano ogni volta che arrivava l'ora dei pasti. Ma il fatto di condividere con qualcuno la sua sorte non la confortava. Si ricordò della Sensory Box: la scatola era collegata a un corso di rieducazione dei sensi, ma lei avrebbe potuto frequentarlo solo se avesse rivelato al mondo il suo segreto, e non era ancora arrivato il momento.

Restò in bagno un'eternità. Cleopatra faceva profumare le vele delle sue navi perché, al soffio del vento del Nilo, diffondessero al suo passaggio le fragranze che amava. E sorrise amaramente pensando al contrasto delle due immagini, l'eleganza delle vele spiegate, la bellezza della regina e lei seminuda in calzettoni da tennis seduta sul water. Pensò che avrebbe pagato qualsiasi cifra per sentire l'odore di tutto ciò che usciva dal suo corpo. Si guardò riflessa, ora le costole si intravedevano, ed esaminandosi l'attaccatura del seno si scoprì l'inizio di una smagliatura. Una cosa che l'aveva sempre angosciata. Lei che si vantava della purezza della sua pelle, del suo candore mai violato da un bisturi o sfregiato da un tatuaggio. Le smagliature sarebbero state le cicatrici visibili di ciò che stava vivendo.

Trovò una bottiglia di gin e ne bevve un sorso. Non aveva mai esagerato con l'alcol, lo degustava e lo reggeva bene. Brindava con i ragazzi, lo assaggiava prima di comprarlo oppure se qualche cliente glielo chiedeva espressamente. Si rese conto che da qualche settimana esagerava. Da qualche parte aveva letto che un pessimo indizio è bere, soprattutto se si è soli. Questo sintomo la spaventò e deglutì.

Poi tornò in bagno e si mise a esaminare lo scaffale argenteo dedicato ai suoi profumi. Regali accumulati nel tempo. Migliaia di euro erano concentrati sotto forma di molecole in una decina di boccette carissime come opere d'arte. Sapeva di non doverlo fare, ma qualcosa la spingeva a ravanare masochisticamente nella sua sorte. La Eleonora di prima avrebbe rinunciato a tutto per una di quelle boccette. Una piccola collezione che era un suo orgoglio, di cui centellinava il contenuto. Uno dei più preziosi era Tyl Assoluto di Tiziana Terenzi, che durava giorni e che con la sua bottiglia intarsiata valeva quasi uno stipendio. Lo indossava quando non voleva passare inosservata. Mentre per gli appuntamenti di lavoro sceglieva Creed Aventus, il profumo bisex ispirato a Napoleone creato intorno a tre parole: guerra, pace e amore. Tre parole chiave della sua esistenza.

E poi c'era il Governors Island Bond No. 9, resina tiepida d'incenso e muschio bianco, e poi la bottiglia sfavillante di Beach Hut Woman di Amouage, aroma legnoso di notti esotiche e bergamotto. Se era in vena di folleggiare si metteva due gocce di Baraonda Nasomatto: le note ricordano la rosa, il whisky e le botti di rovere in cui questo matura. Quando si preparava per sedurre vestiva Seminalis di Orto Parisi, essenza lattiginosa a base di bourgeonal, un'aldeide aromatica. La nota acquosa del bourgeonal ricorda il mughetto, l'unica sostanza olfattiva a cui i maschi reagiscono con una sensibilità maggiore rispetto alle femmine. Anche Eleonora, come la maggior parte dei «nasi» al mondo, era convinta che il miracolo della vita fosse un avvenimento innescato dalla scintilla di un odore, essa stessa frutto di una pura attrazione olfattiva. Avrebbe mai più annusato il sapore eccitante di un uomo?

"Non rimuginare. Non rimuginare", ripeteva tra sé l'ordine della Meyer come se fosse un mantra. Bevve un altro sorso di gin dalla bottiglia, la gola le si incendiò. Aprì le confezioni a una a una, annusò le essenze, non sentiva nulla. Poi si spogliò completamente e si spruzzò ogni parte del corpo in una danza forsennata, scomposta, sulle note di una musica Klezmer. Sui capezzoli e in mezzo alle cosce sentiva un pizzicore simile a quello che si prova dopo aver sfiorato per sbaglio un'ortica, eppure continuò. Non erano brividi di piacere. Usò il braccio irrigidito come una spada e decapitò le bottiglie sulla mensola con un solo colpo disperato.

Si sdraiò a letto, ormai ubriaca di dolore e alcol. Ancora una volta la sua parte intrisa di rabbia saltava fuori, come da bambina, quando ogni tanto diventata un fascio di nervi pronto a scattare. Riuscì ad appisolarsi e nel pieno della notte si risvegliò in un bagno di sudore, con un senso di angoscia affilata che puntava al petto. Non si ricordava cosa avesse sognato. Ma aveva i brividi e le sembrava di essere riemersa da una buca viscida e gelida. Si sforzò di recuperare un respiro normale. Sentì un brontolio nello stomaco, erano ventiquattr'ore che non mangiava nulla. Aprì una confezione di kefir e la tracannò. Se la sera prima si era immersa in un'orgia di profumi, ora doveva affrontare il gusto.

Sara, efficiente com'era, le aveva di certo riempito il frigorifero con i suoi spuntini preferiti. Formaggi di diverse stagionature, che lei odiava veder conservati al freddo, erano nel loro apposito contenitore, sistemati sul ripiano più basso. C'era il suo vaso di cetrioli giganti in salamoia, uno di maionese e tre yogurt, un paio di confezioni di salmone selvaggio. Pane integrale ai semi oleosi nel freezer. Si tagliò un pezzo di taleggio. Lo addentò, ma il boccone le andò di traverso: sembrava un pezzo di tofu. Guardò per terra il vasetto di kefir che aveva trangugiato e si accorse che era scaduto da un mese. Ma anche il formaggio, ora che guardava con attenzione, aveva un bordo ammuffito. Come una pazza corse in bagno. Lo fece come gesto istintivo. Aprì tutte le confezioni di detersivo. Con il dito indice bagnato di saliva raccolse un po' di polvere per la lavatrice e l'assaggiò. "Forse così riesco a vomitare", si disse. Nessun odore, nessun sapore. Solo un nuovo dolore nel basso ventre, una sensazione molesta che non conosceva. Il cuore ricominciò a martellare, sentì tornare il panico. Poi si sforzò di ragionare e ripensò per l'ennesima volta alle parole della dottoressa Farehei del Relaab: «Gran parte degli impulsi nervosi sono stati disattivati per mesi, è quindi possibile che la risposta sensoriale sia rallentata o temporaneamente assente». Ripensò al funerale di Ernesta. La Eleonora di prima avrebbe annusato e classificato ogni persona incontrata. La nuova Eleonora sarebbe stata ancora in grado di radiografare gli esseri umani senza poterli annusare? E si addormentò, senza una risposta.

Era quasi l'alba, ma decise di restare a letto, anche se sapeva che non avrebbe più dormito. Sforzarsi di riprendere sonno era una battaglia persa. Non poteva assumere altri medicinali, quando era stata dimessa già gliene avevano prescritti abbastanza. Nell'altalenarsi delle emozioni si riaddormentò. Trascorse la domenica passando dal frigorifero al divano, alternando pensieri di morte e rosee previsioni di futuro. Sul cellulare si sommavano i vocali dei ragazzi e i messaggi di Arnaldo. Si pentì di aver detto a tutti che voleva rimanere sola.

Sul divano color caffelatte, nella luce che filtrava dalle persiane abbassate, si lasciò andare a uno stato di semincoscienza. Solo l'emicrania martellante le impediva di cedere al sonno. Probabilmente anche la tuta da ginnastica che alla fine si era decisa a indossare il giorno prima puzzava. Probabilmente il suo odore si era mischiato a quello di sudore, a quello della paura, insieme ai mille profumi che si erano stratificati sulla sua pelle, fin quasi ad annullarsi.

Aveva desiderio ardente di riprovare tutti i gusti e gli odori del mondo. Ogni singola molecola le richiamava alla mente idee, situazioni, esseri umani, pensieri, progetti. Ogni singolo profumo le riportava un pezzettino della sua vita. Si accorse che erano trascorse molte ore. Scivolò nel sonno, mentre pensava che forse, sotto effetto del gin, al posto degli integratori aveva preso un paio di tranquillanti. Forse sarebbe morta di inedia.

Ma non morì. Arnaldo aveva le chiavi di casa sua. Dopo aver ricevuto telefonate preoccupate da Sara, dai ragazzi della brigata, persino una chiamata dalla madre di Eleonora che era abituata a sentirla ogni fine settimana, domenica sera si era deciso a stanarla.

«Prima o poi ci resto secco su quella scala», disse entrando dopo aver suonato un paio di volte. Corse in cucina, per capire se tra l'odore di alimenti e profumi non si nascondesse quello di gas. Lei non lo avrebbe avvertito. La trovò con i capelli arruffati, occhiaie profonde. Il colore dei suoi occhi era scuro, non sembravano nemmeno più uno diverso dall'altro. Parevano più grandi, forse perché era dimagrita, e le si era affilato il viso.

«Cosa fai qui?» chiese Eleonora, sollevandosi dal divano. Era la seconda volta che qualcuno entrava in casa e la trovava sconvolta. Ma la vista di Sara non l'aveva risollevata, quella di Arnaldo sì. Sara non sapeva, Arnaldo sì.

«Sei tu che mi hai dato le chiavi, non ricordi? Ma se vuoi, tolgo subito il disturbo.» Non se ne sarebbe andato, ma il bluff funzionò. Eleonora ricadde a peso morto sul divano.

«Scusa, se c'è una persona che mi va di vedere sei tu», si arrese immediatamente.

«Sapevo di trovarti a casa», disse Arnaldo, e aprì la grande porta finestra del soggiorno per arieggiare. «Un classico. Una chef famosa con un frigo semivuoto. A parte gli immancabili formaggi... un po' ammuffiti, a quanto pare. Meno male che ho portato qualcosa io.»

«Arnaldo, lo apprezzo, ma lo sai che...»

«Lo so che non senti il sapore, ma sentirai le mie cure per te. Sai mia madre cosa diceva? Anche nei momenti più drammatici, prima si prepara qualcosa da mettere sotto i denti, poi si comincia a ragionare. Tu ci hai costruito un lavoro, su questo. Non dimenticarlo. Quando mi hanno detto che mia moglie e mia figlia erano morte in un incidente, sono rimasto su un divano immobile per quattro giorni. Mi sono nutrito a lattine di birra e me la facevo addosso. Non mi vergogno a dirlo. Mia madre è entrata in casa e mi ha preparato una zuppa, una semplice zuppa con qualche fagiolo secco, me la ricorderò per sempre. Mi ha messo una tazza in mano e un cucchiaio e si è seduta di fronte a me senza dirmi una parola. Da lì ho ricominciato a vivere.»

Alle parole di Arnaldo si sentì stupida: che cosa era mai il suo problema, di fronte ai lutti affrontati da quell'uomo premuroso, che ora stava tentando di consolarla preparandole da mangiare? Si era dimenticata che quello era il suo destino, come quello della nonna: guarire cucinando? Ma questa convinzione durò solo un attimo. Anche il suo era un lutto.

«Senza gusto e olfatto sono mutilata: non posso avere una vita sociale, non riesco a creare nuovi piatti, non posso bere un caffè con un'amica, non posso fare l'amore. Ho aspettato, ci ho provato, giuro che mi sono impegnata, ma non è servito a nulla. Meglio morire, piuttosto che vivere così.»

«Attenta a invocare la falce, ragazzina mia. Ho conosciuto la Dama Nera. Non chiede il permesso, non è consigliabile chiamarla, agisce di testa sua. Ma questa non è la tua ora di incontrarla», disse Arnaldo, con evidente preoccupazione e insolita durezza. «Passerà. E se non passerà devi imparare a conviverci, ma sono sicuro che passerà. Dammi retta: parla con la tua brigata, i ragazzi capiranno, ti aiuteranno a superare un momento delicato. Gli affari non vanno male, ci stiamo comportando benino.»

«Fai presto a dirlo. Anche se dovessi migliorare un po', cosa che mi sembrerebbe un miracolo, la mia vita sarebbe comunque rovinata. Dovrei continuare a fingere. A meno di non cambiare lavoro, di fare un mestiere dove gusto e olfatto non hanno così tanta importanza. Ma per me vorrebbe dire il fallimento completo. Mi vedi, tu, a fare un altro lavoro?»

«No, non ti vedo. Ma mi stai annoiando. Possiamo cambiare discorso?» urlò lui, in tono volutamente duro e provocatorio. Poi appoggiò una busta di carta sul ripiano della cucina. Eleonora rimase spiazzata.

Arnaldo aveva calato tre matasse di tagliatelle, gialle come i girasoli di Van Gogh, e tirò fuori dallo zaino un vasetto di vetro. «Questo sugo l'ho fatto per te. Ci ho messo un paio di melanzane e un pizzico di jalapeño. Lo assaggerai insieme a me. Senza metterti alla prova, solo per il piacere di condividere cibo. Come il nostro vermouth sulla veranda di Hamlet», la rassicurò. Eleonora si sentiva davvero accudita: era quasi l'unico che sapeva la verità, era l'unico che si era preso la briga di cucinare per lei.

«Basta fare esperimenti. Semplicemente, mangerai con me un piatto di tagliatelle. E poi, guarda, mi sono privato di questa meraviglia. È una bottiglia prestigiosa. Vai a farti una doccia. Puzzi, te lo dico io che puzzi, fidati. Tra dieci minuti è pronto. Devo parlarti di una cosa importante.» Arnaldo prese due piatti e due calici ampi, da vino rosso. Anche se aveva portato una bottiglia di Champagne, sapeva che Eleonora odiava le flûte, del resto ormai rigettate da qualunque intenditore.

Eleonora si trascinò in bagno. Arnaldo aveva già raccolto le boccette finite a terra, ma miracolosamente intonse. E quando lei ritornò, continuò a parlarle con la sua voce profonda, dal tono calmo, che dava serenità. Funzionava sempre, con le donne, o almeno così pensava lui. «Io avrei scelto un abbinamento più tranquillo, magari un rosso frizzante. Lo sai che sono un animo semplice. Ma per te ho scelto una gran bottiglia: Dom Pérignon Rosé. Ci sei?» Arnaldo aveva imparato a cucinare da quando era rimasto solo, anche se di frequente consumava i pasti fuori casa. Conosceva e apprezzava l'alta cucina, ma dentro di sé amava lo spirito della trattoria. Anzi, era uno scopritore di «trattorie alla rovescia», come amava definirle: quelle alla buona, con il grana un po' raggrumato nella formaggera, la saliera con i chicchi di riso anti-umidità, gli spaghetti bianchi con al centro il sugo di pomodoro, il bicchiere di vetro spesso e reso opaco dai lavaggi, l'ammazzacaffè strina-budella e altre ingenuità da guardare con tenerezza.

Quella sera confidava che un piatto semplice e un grande vino – connubio perfetto – avrebbero scaldato l'animo della sua protetta. Eleonora era disabituata al fatto che qualcuno cucinasse solo per lei. Esisteva un gesto di affetto più alto?

12.

Per arrivare a Distillare il senso delle cose,
entra in un'acetaia e ascolta la sua storia.

Eleonora si era messa un kimono di seta nero e legata intorno alla testa una fascia pulita dello stesso colore. Sedette e, come una brava bambina, cominciò ad arrotolare sulla forchetta le tagliatelle.

«Ecco, non sento nulla. Sto mangiando paglia. Mi viene da lacrimare, ma non sento nulla.»

«Ti viene da lacrimare per il peperoncino. In ogni caso, ti ho detto che non mi interessa. Mangiare insieme ha un valore per me. Lo aveva anche per te, una volta. Ci hai costruito sopra un'attività, ricordi? Ora mangia, impara che puoi condividere questo atto antico come un rituale, anche se privo della parte che ti dà piacere.»

Eleonora, adesso imbronciata come una bimba obbligata dalla mamma a mangiare broccoletti, disse sarcastica: «Ma che sugo miracoloso, che gusto, che persistenza! E questo calice, *quelle perlage, quelle belle couleur!*».

«Piantala, Eleonora.» Arnaldo mangiava e beveva con goduriosa soddisfazione.

«Cosa dovevi dirmi?» Eleonora tornò seria.

«Finisci di mangiare, con calma, e mettiti comoda.»

Poi Arnaldo cominciò: «Come sai, Ernesta è entrata in ospedale durante le feste, ricoverata in cardiologia. Il giorno di Natale non abbiamo potuto festeggiare con lei. Ricordi? Volevi organizzarle un brindisi con i fiocchi, nella sua camera, non ce lo hanno permesso. Giustamente: la tua era una pazzia. Poi era stata dimessa appena dopo l'incidente, quando tu eri in coma. Invece non sai che Ernesta, negli ultimi mesi aveva iniziato a scrivere – non so come chiamarlo – una specie di testamento morale, delle ricette allegoriche... per te e per tutte le persone in cerca di... qualcosa o in un momento di difficoltà, così mi diceva. Boh, era molto vaga e io non ho indagato, forse non ho dato la giusta importanza. Sta di fatto che ha finito solo qualche giorno prima di andarsene. Di sicuro c'è che scrivere l'ha tenuta in vita. Lo faceva per sé, per te, per il mondo. Non te lo aveva detto, vero? Lo so, perché me lo ha vietato, "finché sarò viva", diceva. E ho mantenuto il segreto. Con Ernesta abbiamo continuato a sentirci anche dopo che tuo padre mi aveva licenziato. Tu eri a Losanna, poi sei andata a Parigi e ci siamo persi un po' di vista, ma io ed Ernesta no. Ci telefonavamo, tua nonna e io, almeno un paio di volte al mese. E ogni tanto andavo a farle qualche lavoretto. Mi preparava una fetta di torta, una delle sue tisane. Non cucinava più che poche cose. E ogni volta era sempre la stessa storia, le sue tartine, una fetta di torta, una tisana mi sembravano miracolose, era come se quel cibo colmasse dei piccoli vuoti che si formano dentro di noi. Vuoti di tristezza, di solitudine. Uscivo da casa sua che mi sentivo rinato». Eleonora ascoltava, pensando a quanto era vero tutto ciò. Lei lo aveva provato cento volte, e ora quel senso di benessere che provava con lei le mancava immensamente.

«Ma ora brindiamo. Tu non lo sai, ma da oggi le cose cambieranno per te.»

«Sono emozionata, la nonna mi ha scritto. E immaginavo che vi foste tenuti in contatto. Sai una cosa, Arnaldo... Non ti ho mai chiesto perché mio padre ti ha mandato via», disse Eleonora, trattenendo la forte curiosità sugli scritti di cui aveva appena scoperto l'esistenza.

«Non lo so con precisione. Quando tu eri all'estero, e in quel periodo Ernesta viaggiava molto, tuo padre era senza controllo, preso da delirio di onnipotenza. Era diventato anche paranoico, mi aveva fatto costruire un pezzo di muro, in un tratto del parco, perché era convinto di essere spiato, sa Dio da chi! Poi, a detta di Ernesta, con la quale abbiamo ricostruito i fatti, aveva sviluppato una gelosia morbosa nei confronti di tua madre. Più la trascurava, più la tradiva. Scusami, ma ora sei grande e non è più il mio datore di lavoro, quindi posso parlare...»

«Parla senza problemi, Arnaldo, lo so», disse Eleonora.

«...e più ne era geloso. Sino al punto che cominciò a sospettare qualcosa di assurdo: che tra me e lei ci fosse qualcosa. Mi esasperava con mille interrogatori. Quando arrivò il licenziamento mi sentii quasi sollevato. E pensare che era stato lui, anni prima, a darmi il lavoro. Poi ho capito tutto: non lo aveva fatto per filantropismo, per aiutare me, ma per puro istinto degli affari. Si era assicurato un uomo tuttofare in un colpo solo. Un uomo che avrebbe accettato qualsiasi stipendio pur di sentirsi riammesso in società. Ma anche così, era stato lui a farmi uscire dalla depressione e a chiedermi se potevo trasferirmi alla villa, perché lui doveva assentarsi a lungo. Mi chiedeva di prendermi cura della proprietà e di vegliare su tua madre.»

«Non voglio parlare di mio padre, non se vuoi farmi stare meglio», commentò Eleonora. «Pensa che lui mi ha raccontato che te ne eri andato per un impiego più redditizio. Quindi non solo ha mentito, ma ha cercato di farti passare come un mercenario senza cuore. Ed è grave.» Eleonora aveva quasi finito le tagliatelle, evidentemente concentrata nell'ascolto. Era proprio questo l'obiettivo di Arnaldo.

«Ormai l'ho perdonato, tuo padre. La mia età me lo consente. Non voglio giudicare, e sappi che la scorsa settimana mi ha chiamato per sapere come stavi e se la caduta avesse lasciato qualche strascico. Io ovviamente non ho fiatato, non tocca certo a me dirgli la verità. È il tuo turno di perdonarlo.»

Eleonora rimase in silenzio, non voleva aprire un altro capitolo. Un obiettivo per volta: per ora stava cercando di leccarsi le ferite. Poi sapeva che avrebbe dovuto riavvicinarsi alla madre per trovare una bambina che correva a perdifiato in un viale alberato.

Arnaldo riprese a parlare: «Quindi Ernesta ha scritto soprattutto mentre era ricoverata, mentre tu eri in coma. Forse era terapeutico per lei. Doveva trovare la serenità in tutti i modi, anche se, posso dirtelo con certezza, sapeva che la sua fine era vicina. Ma fingeva: mi diceva che stava molto meglio e che non vedeva l'ora di tornare nel suo orto-giardino. Aveva assunto un'infermiera, una specie di governante che viveva con lei. Sino a quando Dio non l'ha voluta con sé, ha continuato a scrivere: uno sforzo che le faceva bene. I medici le sconsigliavano di ricevere visite, per evitarle emozioni pericolose. Ti ricordi quando siamo andati a trovarla? Era ancora ricoverata all'ospedale ma stava meglio, l'avrebbero dimessa a giorni. Passava le giornate a leggere e scrivere, e la camera era diventata la copia precisa della sua camera da letto a Como. Riusciva a trasfondere la sua personalità in ogni cosa che la circondava.»

«È stata l'ultima volta che l'ho vista. Ma perché questa cronistoria dettagliata? Cosa c'entro io? Mi vuoi far rattristare ancora di più?» chiese Eleonora, che intanto continuava a masticare lentamente. A ogni boccone annusava rapidamente il contenuto sulla forchetta, un'abitudine che non avrebbe mai perso.

«C'entri, c'entri. Se ti racconto di tua nonna c'è un motivo, serve a fare chiarezza a te, che dici di avere la memoria annebbiata, e serve a me. E un destino imperscrutabile, o l'intervento di chissà quali potenze sopra di noi, ha fatto sì che tu ti svegliassi nello stesso istante in cui lei se ne andava. Lei non ha mai dubitato del fatto che tu saresti rinata. Devi conoscere l'antefatto per comprendere il disegno di tua nonna. Devi sapere quanto credeva in te.» Anche Arnaldo, il grande platano che non può spezzarsi, si commosse.

«Sapessi come mi fa bene sentirti dire questo. Proprio ora. E dove sono questi scritti?» chiese Eleonora impaziente. Non voleva illudersi, ma sarebbe stato un regalo dal cielo se proprio in quel momento Ernesta le avesse lasciato almeno qualche appunto sugli ingredienti segreti.

«Corri troppo, calma. Sapevo solo che Ernesta scriveva. Immaginavo che alla sua morte avrebbero trovato uno scritto nella sua camera, che tuo padre avrebbe preso quei fogli. O che li avesse presi qualcuno. Invece, appena mancata la nonna ho ricevuto una mail dal notaio Billis, dove Ernesta aveva depositato il testamento. Nel quale, come dovresti sapere, ha pensato anche a me. Il notaio mi convocava per dirmi che

Ernesta gli aveva lasciato una lettera, scritta a mano, da consegnarmi subito dopo la sua morte, quindi prima dell'apertura del testamento. È qui, nella mia tasca, ora te la leggo. Prima finiamo il nostro pranzetto. Ho portato per te una delizia al limone, ti scalderà il cuore perché parla del Sud. Poi ci beviamo un bel caffè.»

13.

Per sciogliere i Nodi Interiori,
aggiungi un cucchiaio di miele e un fiore di passiflora
alla tua consueta tisana.
Bevila nella tua tana, in solitudine e a notte fonda.

Caro Arnaldo,
se penso a una persona fidata, il mio pensiero va subito a te. Sei il nostro albero frondoso dalle radici profonde e ramificate. Ti ricordi quando ti dicevo che scrivevo per Eleonora? Ecco, il frutto delle mie riflessioni è in un bauletto che ho fatto nascondere dalla mia badante, facendole giurare di mantenere il segreto. Si trova nel vecchio capanno degli attrezzi della villa di Como, in quell'angolo del mio giardino dove immagino ormai non vada più nessuno, perché in disuso. Mi diverte l'idea, da quassù dove mi trovo, di immaginare la scena: tu che ti intrufoli nella proprietà dei Blanck come un ladro, per cercare e trovare il misterioso bauletto da consegnare a Eleonora. Non chiederti come farai a entrare, sai bene che c'è un passaggio segreto tra le siepi di pitosforo – ricordi il profumo agrumato che ci regalavano a maggio? –, un passaggio ben camuffato, che di certo è sfuggito a quel paranoico di mio figlio. Non veniva mai in quel lato della casa neppure quando ero viva, e non lo farà ora, immagino. Attenzione, lo dico con affetto, da quassù tutte le beghe famigliari sembrano davvero quisquilie. Quando Eleonora era bambina, glielo hai fatto vedere tu, come fosse un passaggio per mondi incantati, e lei lo ha mostrato a me. Ti resta sempre una seconda possibilità, la più logica, quella che per questo, di sicuro, ti piacerà meno. Potresti chiedere la chiave a Eleonora, con una scusa, ma preferisco di no. Deve ancora fare la pace con la casa di famiglia. Forse a casa tua, Arnaldo, nel fondo di un cassetto, il tempo ha custodito la chiave del vecchio capanno.

Non fosse così, sarà facile per te forzare la porta di legno, ormai quasi marcio. Il bauletto contiene delle lettere per Eleonora. Le ipotesi alla mia morte saranno due: che si sia svegliata dal coma, come mi auguro, oppure che la situazione sia immutata. In entrambi i casi vai a prendere il bauletto e conservalo tu. Dovrai consegnarlo a Eleonora solo quando pensi che ne avrà bisogno, non prima. Il momento giusto lo capirai da te. Sono sicura che Eleonora si risveglierà. Mi raccomando, ricordale che dovrà leggere solo una lettera per volta, sono numerate. E nutrienti, vanno digerite.
Mi fido del tuo buonsenso.

Ernesta, burlona

Eleonora era confusa, travolta dall'emozione e dalla curiosità. Forse per la prima volta da mesi dimenticò completamente la sua condizione.

«Dov'è il bauletto, lo hai già recuperato?» chiese commossa ed eccitata.

«No, ragazzina, volevo farlo con te. Andremo con la mia macchina, tu mi fai da palo e aspetti in auto, mentre io entro attraverso il passaggio di pitosfori. Oppure facciamo il contrario. Dobbiamo solo controllare che in casa non ci sia nessuno. Ci penso io. Se la via è libera, andiamo domani sera?»

«Va bene, io ti aspetterò fuori.»

«Ora vai dormire, domani ti voglio in forma. Un ladro deve essere scattante.»

Arnaldo si mise a sistemare la cucina. Era ora di andarsene, ma la città immersa nel buio della notte era squarciata dai lampi di un temporale. Un rovescio di quelli che fanno danni, abbattono alberi, scombinano i pensieri, ma, una volta passati, ti fanno vedere tutto molto più chiaro. Stanco e soddisfatto, pensò di coricarsi lì, sul divano, e di vegliare su di lei. Puntò la sveglia alle cinque. L'indomani sarebbe stata una giornata decisiva.

Eleonora aveva riposato bene, ma il mattino si risvegliò

con un senso di fastidio, come sabbia sotto i denti, e non si accorse neppure che Arnaldo aveva passato la notte sul suo divano. Aveva sistemato perfettamente anche la cucina: era stato discreto e preciso, come d'abitudine. Man mano che la nuova giornata si stava srotolando, Eleonora si galvanizzava all'idea di recuperare il bauletto. Aveva fatto un salto al ristorante, accolta in trionfo dalla brigata, e confermato al volo un appuntamento telefonico con la Meyer, visto che aveva saltato una seduta. Le raccontò in pochi minuti di Arnaldo e del bauletto della nonna. La dottoressa sembrò molto soddisfatta di questo «nuovo e inaspettato approdo». La Meyer, ovviamente, odiava parlare al telefono con i pazienti: perché mai avrebbe dovuto, gratis, se poteva farlo, pagata, nel suo salotto? Ma fece un'eccezione per Eleonora, che non approfittò del suo tempo. Il suo tesoro l'aspettava. La parte costruttiva di sé le diceva che quel lascito sarebbe stato salvifico. Era un sentiero che portava dritto alla Eleonora bambina, e che forse l'avrebbe condotta oltre la collina fatta di inquietudine che ora le si stagliava davanti. Subito dopo la parte demolitrice le diceva: "Cosa vuoi che sia, sarà solo una lettera affettuosa della nonna". Ma la prima voce, più forte, le gridava: "Non demordere, vai avanti, percorri il tuo viale sino in fondo. Lì troverai la risposta".

All'imbrunire lei e Arnaldo recuperarono l'auto di lui, la vecchia Mercedes grigia sull'orlo della rottamazione, e partirono per Como. Prelevare il tesoro con le ombre della notte – che sarebbe scesa, una volta arrivati a destinazione – rendeva tutto eccitante, pericoloso. Agire di nascosto corrispondeva anche a operare per meritarsi un premio, una sorta di risarcimento per entrambi: dalla vita, da quella casa. Durante il viaggio restarono in silenzio. Per un lungo tratto Eleonora annusò l'abitacolo nella speranza di sentire qualcosa e poter classificare l'auto con un odore, esattamente come faceva con le persone. Si agitò sul sedile. Era inevitabile, ogni volta che si avvicinava alla casa d'infanzia partivano i ricordi. Fu catapultata indietro di vent'anni, lei era bambina e tornavano da una giornata a casa di amici. C'era odore di naftalina e di cane bagnato, proveniva dalla pelliccia della mamma.

Era sera e lei, seduta sul sedile posteriore, si tappava le orecchie per non sentire suo padre insultare la mamma, che singhiozzava piano dentro un fazzoletto. Lui non urlava, sibilava. Eleonora non capiva il senso delle parole, ma il tono era crudele. Lei lo avvertiva da lontano, come provenire da una conchiglia, e si ripeteva continuamente "non è colpa mia". Arnaldo la risvegliò dal torpore.

«Lasciamo la macchina un po' più lontano sulla strada, per non dare nell'occhio», le disse. A Eleonora sembrò a un tratto tutto assurdo: entrare di soppiatto in un luogo di cui possedeva la chiave. Ma sentiva che doveva andare così, bisognava fare i ladri per rubare la verità su sé stessi. Che Ernesta avesse pensato proprio questo quando aveva deciso di nascondere il bauletto, in stile romanzo dei pirati? E poi Eleonora non riusciva proprio a entrare nella sua casa da ragazza, era fuggita anni prima e non ci aveva ancora fatto la pace.

Arnaldo le ingiunse di stare in auto, preparandosi a ripartire non appena lui fosse tornato. E lei obbedì, il suo tono non ammetteva repliche. Lo vide allontanarsi, entrare come un lungo felino tra i pitosfori, là dove sembrava non esistesse alcun varco. La strada era deserta, e se anche fosse passata qualche macchina non avrebbe fatto caso a quella vecchia Mercedes.

Eleonora, al posto di guida, partì con i pensieri: un tempo, oltre i pitosfori e i bossi, pulsava la vita. Chiuse gli occhi, per distinguere meglio le figure che premevano nei ricordi, per cercare di mettere a fuoco le tracce degli odori che provenivano dagli alberi, dal fogliame, dalla terra, e che lei non avrebbe potuto più sentire. Arnaldo intanto non tornava, da quanto tempo era via? L'orologio del cruscotto segnava le 21.40. Quando finalmente lui risalì in auto, con un involucro scuro sotto l'ascella sinistra, Eleonora tornò vigile. «La mia torcia era troppo debole, c'è polvere ovunque e non riuscivo a trovarlo. Andiamo, forza. Tutto okay, la chiave era quella giusta. Partiamo.» Rischiarono più di una multa, vista la velocità con cui tornarono a Milano. Ma nessuno li fermò. Viaggiarono senza parlare anche al ritorno. Eleonora fissava il tesoretto che Arnaldo teneva tra le ginocchia. Ma non disse nulla.

«Siamo ancora in tempo a fare un salto da Hamlet per mangiare un boccone. Che ne dici di rubacchiare qualcosa di buono?» chiese Arnaldo, allegro come se stessero tornando da una gita. Lui continuava a parlarle come se non avesse perso gusto e olfatto, come fosse la solita commensale esigente di un tempo.

«No, perdonami ma non vedo l'ora di mettere le mani sul contenuto del bauletto e leggere. Scendo a casa, tu prosegui pure verso Hamlet.» E così fu. Eleonora infilò il prezioso pacco in una borsa di tela che aveva portato con sé. Arnaldo la salutò dicendole, mentre tornava al posto di guida: «A domani. Ma promettimi che non resterai delusa, qualsiasi cosa troverai, anche un semplice foglio. E mangia qualcosa prima di andare a letto». Lei non rispose e gli sorrise.

Non appena entrata, buttò scarpe e giacca per aria e si stese sul divano. Accarezzò il contenitore di ebano. Era stato poco tempo nel capanno – dentro una cesta di vimini abbandonata su una mensola, le aveva detto Arnaldo – ma già era coperto di polvere e di chiazze di umidità, con tracce di ragnatele sui lati. Eleonora lo pulì con un panno morbido e si mise ad accarezzarlo con le dita, cercando di coglierne ogni minimo dettaglio. Lungo due palmi, il cofanetto era in ebano pregiato, con un intarsio in palissandro, un bassorilievo tondo, dove era incisa una civetta, simbolo di sapienza ancestrale. Ernesta amava quella figura, tanto che si era comprata un timbro che la riproduceva e che usava come ex libris su tutti i volumi di sua proprietà. Una chiusura a scatto, con una minuscola serratura, ma senza chiave, fu aperta facilmente da Eleonora. All'interno erano impilate delle buste rettangolari color burro, legate da un nastro di raso nero. Il primo foglio era libero, la sua scrittura che pendeva leggermente a destra, il segno della sua stilografica bordeaux, le sue parole, la sua voce. Erano tutte lì, tra le sue mani. Mancava solo il suo odore. Eleonora ebbe un attimo di commozione, perché istintivamente portò le lettere alle narici, un gesto antico che aveva sempre compiuto in automatico, ma che ora la stava riportando alla realtà: non avrebbe mai conosciuto il profumo di quelle lettere. Scacciò il triste pensiero. Nessuno le impediva di immaginarselo. Odoravano come Ernesta: un miscuglio di violetta e chiodi di garofano. Ma era ora di leggere, finalmente.

Mia cara Eleonora, eccoci qua.
Se mi leggi significa che io me ne sono andata e che tu sei tornata alla vita. Tutto come avevo previsto, bene. E significa anche che il nostro comune amico, Arnaldo, il gigante buono, ha ritenuto opportuno consegnarti le mie lettere, perché ne hai bisogno. Sì, ti ho scritto una decina di lettere. Avevo cominciato durante il mio primo ricovero, appena il cuore ha smesso di ballare ho chiesto carta e penna, come si faceva una volta. Poi ho ripreso seriamente a casa, quando ho saputo che eri caduta addormentata. Ho pensato di scriverti quando ho intuito che il mio Grande Sonno era vicino. Avevo troppe cose da dirti. Ma via i pensieri tristi! Quando mi hanno avvisata del tuo incidente, il colpo è stato grande e il mio cuore già incrinato ha ceduto per un attimo. Poi, con il passare dei giorni, si è fatta strada in me la certezza che la tua fosse una morte apparente. E il mio pensiero è andato a Ophelia, il quadro di Millais. La fanciulla che nell'Amleto (ti dice nulla questo nome?) perde la ragione e cade nell'acqua del fiume mentre «intrecciava ghirlande fantastiche di ranuncoli» morendo di «morte fangosa», così la dipinge Shakespeare. Invece Millais la ritrae distesa a pelo d'acqua, con gli occhi socchiusi in un'espressione stupita per quella morte sopraggiunta scioccamente a causa del pesante abito gonfio d'acqua, che l'ha trascinata giù nell'acquitrino. Ti ricordi quando siamo andate alla Tate Gallery? Tu avevi quindici anni, non riuscivo a portarti via da quel quadro. Eri come ipnotizzata dalla tela, e le persone erano ipnotizzate dai tuoi occhi. Te ne andavi in giro ovunque con quell'aria baldanzosa e fragile propria degli adolescenti. Ma Ophelia ti aveva stregato.
La vera storia di Lizzie, la modella che restava per ore in posa nella vasca da bagno del pittore e che poi si ammalò di

polmonite, assomiglia tanto alla tua, ora. Ecco, io ti immagino così, dormiente tra ninfee, viole e gladioli selvatici. Tu ora sei la mia bella addormentata, quale principe appoggerà le labbra sulle tue? O sarà, come credo, lo stesso angelo che ha chiuso i miei occhi ad aver riaperto i tuoi? Tu ora sei come Ophelia nel fiume, circondata da ghirlande di rami intrecciati. È davanti a quel quadro che hai cominciato a studiare il significato dei fiori, sei sempre stata affascinata dai simboli. Eri una allieva straordinaria. Mi dicevi: «Vedi in questo punto del quadro? Le ortiche sono il dolore, le violette la castità e la morte prematura, le margherite rappresentano l'innocenza, e anche i nontiscordardimé hanno un significato». E così via. Siamo state interi pomeriggi a leggere sul catalogo della Tate tutti i dettagli. «E il pettirosso cosa vuol dire, nonna?» mi chiedevi, mai sazia di racconti intorno a quel dipinto magnetico. «È colui che accompagna le anime nel regno dei morti.» Tu amavi i fiori, forse troppo, ne eri quasi ossessionata. Davanti a quella tela mi hai detto: «Sai, nonna, riesco a immaginare il profumo di tutti quei fiori nel quadro». E poi, più sottovoce: «...e anche che sapore hanno». Non ne ho mai fatto parola con te, ma dalla mia finestra ti vedevo in giardino, prima ad annusare e poi a ingoiare calendule, calle e rose gialle. Lo facevi quando eri nervosa e preoccupata o quando assistevi a litigi in casa. Le prime volte non capivo. Ti nascondevi dietro un pino, oppure tra le rose. Ti vedevo mettere in bocca i petali e immaginavo fosse un gioco, ma poi mi sono accorta che non sputavi, che mandavi giù. Chissà se ora, da adulta, ne hai ancora ricordo. Spero di non turbarti, ma se uno mente scrivendo le ultime lettere della sua vita, che persona è? Non ti ho mai detto nulla, era un segreto tra noi mai rivelato. Cercavo invece di mettere in pratica nell'unico modo possibile il volere bene che altrimenti rimarrebbe pura teoria: fare cose insieme a te. Investire tempo per fare delle cose insieme è amore. Spero che le mie parole possano esserti utili. Ma se conosco bene Arnaldo, e ho ancora un poco delle mie abilità divinatorie – tu mi dicevi sempre: «Nonna, sei una maga» –,

immagino che abbia fatto la cosa giusta consegnandomi a te proprio ora. Quasi certamente sei uscita dal coma, senza che abbia potuto starti accanto, con le perdite e le scelte importanti che hai dovuto affrontare in questi anni e la grande sensibilità che ti contraddistingue: chi non avrebbe bisogno di una guida spirituale in una fase del genere? Di un testamento morale, di un sorriso dolce fatto di ricordi, di piccoli segreti che non ho fatto in tempo a comunicarti in vita? Non ci troverai tesori, ma ti servirà per impastare la nuova vita che ti attende, come facevamo insieme. Sai quanto io ami gli effetti sorpresa, quante volte ne ho escogitati per vederti a bocca aperta nel giorno del tuo compleanno o nei giorni dei nostri anniversari, date che ci inventavamo di sana pianta solo per il piacere di festeggiare. Per esempio: «Anniversario della prima volta che ho assaggiato un Sauternes». Come ci divertivamo a degustare e annusare la vita!
Potevo lasciare queste lettere insieme al testamento, consegnarle al mio noioso notaio, ma non volevo che fossi obbligata ad aspettare le lungaggini burocratiche e a rendere pubblica la loro esistenza davanti agli altri eredi. Questa è una corrispondenza tra me, te e quel pezzo d'uomo di Arnaldo, che vuole bene a entrambe. Se sei in cerca di nuove ispirazioni, se hai perduto le tue radici, se cerchi parole guida, parole che diventano cibo, le troverai qui. In un certo senso, queste lettere rappresentano un ricettario speciale. Non ci sono grammi, né tempi di cottura. Non sono necessarie neppure pentole e forchette. Ci sono però parole da cucinare, come fossero ingredienti veri e propri. Concetti da far sobbollire al fuoco lento dei pensieri, per trasformarli in cibo dell'anima. Da gustare nei momenti di riflessione intorno a noi stessi. Se mi stai leggendo significa che ti sei svegliata e sei di fronte alla tua rinascita. Il Mondo Nuovo per te sarà da scoprire, ma avrai anche tempi duri ad attenderti. Quando siamo in mezzo al nubifragio, noi esseri umani fragili e meravigliosi a cosa possiamo aggrapparci? A un sogno forte come un ramo possente, a un amore che può tenerci a galla, forse? Non voglio fare la dispensatrice di

saggezza. Da parte mia ti regalo ricette che hanno il nome di parole antiche e modernissime. Parole come Bellezza, Pazienza, Vecchiaia, Solitudine, Attesa, Nostalgia, Fiducia, Eros... Parole che forse avevi svuotato di significato.
Alcune di queste ricette, diciamo speciali, le preparavamo insieme, ricordi? Poi per tanti anni la vita ci ha allontanato, ma ora te le lascio perché credo tu sia pronta. Oramai è chiaro che il tuo risveglio dopo quel sonno forzato va letto come una rinascita. Forse ci metterai tutta la vita a procurarti gli ingredienti necessari, ma non importa. Conquistarne anche solo uno ti renderà più forte.
Questo ricettario della tua nuova vita è intriso di gentilezza, sarà una delle riscoperte per te che sei sempre stata un po' troppo impulsiva. Queste parole riacquisteranno il loro significato autentico e lieviteranno dentro di te. Ma non voglio anticiparti altro. Ne farai buon uso, ne sono sicura. E dopo che ti avranno illuminato le potrai condividere e cucinare insieme alle persone a te care.
Fammi una promessa, però. Leggimi la sera, quando sarai sola e indisturbata. Forse saranno passati anni dalla mia scomparsa, forse poche ore. Non so se adesso hai una famiglia. Ti chiedo comunque di ritirarti in raccoglimento durante la lettura. Il silenzio e la concentrazione sono miei buoni amici. Di giorno vivi, ama, cucina, passeggia, brinda, arrabbiati e sospira. Ma la sera tienimi sul comodino: perché farò lievitare sogni delicati e pensieri positivi per un mondo che non solo tu, ma tutti gli animi puri e coraggiosi vorranno ricostruire dalle radici.
Ora sei pronta per leggere la numero uno. Ma mi raccomando, solo la prima. Quando sentirai di aver compreso, assorbito, cucinato e digerito una parola, potrai passare alla successiva.

Tua Ernesta

Eleonora avrebbe potuto continuare a leggere, ma non lo fece. Ernesta le aveva dato il permesso di proseguire, si sentiva già sazia e traboccante di gratitudine dopo aver letto la lettera di apertura. Accarezzò il cofanetto, gli intarsi sul coperchio, i fogli, il velluto degli interni. Resistette al desiderio di tuffarci dentro il naso. Quanto la faceva star bene il sentirsi amata, anche così. Voleva centellinare ogni parola e decise che per la lettera numero uno avrebbe aspettato la sera dopo. Le mani le tremavano, se ne rese conto quando arrivò alle ultime righe. Ma non tremava solo per l'emozione di sentire la voce della nonna così viva e intensa: era felicità. Era da tempo che non la provava, ma sapeva ancora riconoscerla.

14.

Se vuoi ritrovare il sapore perduto
dell'abbraccio di una madre,
prepara riso e latte e consumalo guardando il mare.

Era di nuovo mercoledì. Era stata tentata di rimandare ancora l'incontro con la Meyer, ma sapeva che non poteva più sfuggirle. Era la settimana delle confessioni. Da tempo la sua terapista si lamentava del punto morto – la bonaccia – a cui era giunta la terapia. Eleonora non aveva ancora deciso se dirle finalmente la verità o continuare a nasconderla. Ma le aveva promesso che prima del loro incontro sarebbe andata a trovare sua madre, quello doveva farlo. C'era qualcosa che avrebbe voluto chiederle, non sapeva esattamente cosa, ma sentiva di doverla vedere. Sentiva nel profondo che quel viaggio verso la madre le avrebbe fatto meglio che mille sedute di analisi. Quella lettera le aveva fatto capire che dai suoi diciotto anni non aveva fatto altro che porsi obiettivi, realizzare desideri. Aveva ostinatamente voluto un uomo, Marc. Aveva ottenuto Hamlet, il suo ristorante. Tutto ciò non le aveva lasciato il tempo di soffermarsi. Ma soprattutto si rese conto che aveva voluto scappare dalla casa d'infanzia e da quel giardino così amato e odiato. Ora, al contrario di prima, la voce dentro di lei la conduceva sui suoi passi. Sempre sulle rive del lago nei paraggi della sua casa. Si rese conto che aveva inciso sulle sponde del suo cuore la lista dei buoni e dei cattivi, che per Eleonora bambina significava sapere di buono o avere un cattivo odore. La nonna, Marc, Arnaldo, la mamma e poi Nozomi stazionavano sempre fissi sulla sponda destra, mentre suo padre Eugenio e Sara erano instabili. Stavano un po' a sinistra, quella destinata agli odori «no», e poi, ogni tanto, fluttuavano sull'altra riva. Ma di tutte queste figure importanti con le quali aveva ripreso il filo, mancava sua madre. La nonna l'aveva persa senza aver potuto starle vicino, anche se ora, merito di quella strana corrispondenza, l'aveva un po' ritrovata. Arnaldo lo aveva sempre sentito sopra di sé, farle ombra con le sue fronde. Tra le persone che la nuova Eleonora voleva recuperare c'era sua madre.

Aveva bisogno di farsi raccontare chi era Eleonora bambina. Come sono sciocchi gli esseri umani, vivono insieme per anni e non si pongono mai le domande che contano: Sei felice? Cosa non mi hai mai detto e vorresti dirmi?

Saltò la colazione e si mise in macchina presto. Pioviggìnava. Come ogni mattina, alle nove Sara la chiamò.

«Ciao, cara, oggi non sarà una splendida giornata, ma sei uscita su due quotidiani cartacei e una testata online. Contenta?» Non le lasciava mai il tempo per una risposta. «Troverai la rassegna stampa su carta al ristorante. Ti ho lasciato anche due articoli su nuove realtà londinesi a mio parere interessanti. Appena te la sentirai di viaggiare devi fare un salto a Londra per ispirarti. Sai che sono felice che ti sia finalmente dedicata ai ragazzi? Erano davvero contenti. Tranne Nozomi, mi è parsa irrequieta, ti vuole più presente. Mi ha detto che si assenterà per un paio di settimane, e non è bello. Dovrai fare un lavoro di inserimento con Haruiko. Comunque stavi bene sabato sera con quella specie di kimono, ti dona molto l'*oriental style*. Oggi vedi la Meyer, lo so. Poi ci troviamo al ristorante? Domani hai un'intervista. Ti volevano in studio, ma ho detto che non puoi spostarti da Milano, loro trasmettono da Roma. Ti chiederanno le solite cose, la solita litania, stanne certa. Cosa significa essere donna chef? Cosa pensi del comparto ristorazione? Quali sono i trend del futuro? E la sostenibilità in cucina? Il tuo pane quotidiano. Ultima cosa: stasera viene a cena il sindaco con tre assessori. Mettiti in ghingheri, che bisogna fare un po' di PR, serve sempre. Poi ti ricordo che se con la brigata di cucina sei a posto, devi ancora parlare con Henry. Credo sia urgente. Mi ha detto che vuole un appuntamento. Non capisco perché non chiedano direttamente a te. Mica li mangi. Chiamalo, credo non voglia vederti da Hamlet, ma in un posto neutro. Dimenticavo: per il fine settimana ti va di venire al mare con me? Oppure hai un fidanzato nuovo? Pensaci, io comunque ci andrò, non riesco a stare in città. Bye.»

Eleonora si sentì un po' in colpa, era sempre così irritata a sentire la voce di Sara. Le sembrava di conoscerla da sempre. La madre, Gigliola, morta presto di una malattia che non lascia scampo, faceva la sarta. Aveva confezionato, in anni di lavoro, abiti e camicie per la famiglia di Eleonora e per l'intera borghesia comasca. Era famosa per la sua abilità nel trattare la seta, aveva in casa metri e metri di tessuti lucenti dalle mille fantasie che riusciva a procurarsi dalle fabbriche del territorio e quindi anche dai Blanck e si era specializzata in camicie da donna. La famiglia di Eleonora si faceva confezionare diversi capi, sempre di grande impatto e raffinatezza. I capi cuciti da Gigliola erano cappotti di cashmere dai colori inusuali, perimetrati da impunture regolari; stole ricamate, soprabiti in damasco, impalpabili vestiti da sera. La cliente più assidua era stata Marta, la mamma di Eleonora. Del resto, nella villa di Como, ai tempi di Eleonora bambina si amava ricevere e le occasioni per indossarli non mancavano. Marta amava i tessuti preziosi, ma, come per far dispetto alla famiglia, li comprava da Gigliola, non dai magazzini dei Blanck. Eleonora bambina la guardava sfiorare le sete con le sue unghie smaltate di rosso, i bracciali d'oro tintinnanti. All'improvviso le si illuminavano gli occhi e diceva: «Questa». E Gigliola tirava fuori la pezza, che avvicinava al suo viso: «Questo colore le starà benissimo». Eleonora ricordava quei momenti con tenerezza. Sara studiava, e quando Marta e la figlia arrivavano, di frequente la madre la invitava a giocare con Eleonora. Lei si alzava dalla sedia svogliatamente, guardando in su. Dalla sarta a fare le prove Marta era felice, così lo era pure Eleonora. Non di rado sua madre le faceva confezionare abiti, in aggiunta a quelli ordinati per sé stessa, e lei si sentiva piacevolmente osservata: erano gli unici momenti in cui le pareva di non essere invisibile. Ma durava poco. Ben presto cominciava a provare quel senso di disagio che conosceva molto bene. Sua madre guardava il vestito, non quello che c'era dentro. Ed Eleonora si sentiva un insetto soppesato da un entomologo, una bambola di carta cui cambiare abiti per gioco.

Gigliola sapeva ricamare un'asola a mano con estrema abilità e aveva insegnato a Sara a guardare con disprezzo quelle confezionate a macchina che contraddistinguevano gli abiti a basso prezzo. Aveva lasciato in eredità alla figlia l'attenzione per il dettaglio, che solo chi veste su misura può apprezzare. E che si sarebbe tradotta anni dopo in un'eccessiva predilezione per gli abiti di alta qualità, meglio se di fattura sartoriale. E una superfetazione – un di più, che in architettura rende stucchevoli certi ornati, certe addizioni – nel voler abbinare a tutti i costi borse e scarpe, una caratteristica che denunciava un fondo di provincialismo sopravvissuto ai master internazionali.

Per Sara il rapporto con i maschi era sempre stato un problema: abbandonata dal padre, cresciuta al centro dell'attenzione in un ambiente solo femminile, non aveva mai trovato un vero equilibrio, né una figura paterna. Il bel viso, un seno prosperoso e gli occhi chiari l'avevano facilitata sin da ragazza, attirando gli sguardi. Accettava il loro corteggiamento, ma dopo poche uscite veniva regolarmente piantata in asso. Lei non se ne dava pace. E se qualcuno le chiedeva aggiornamenti sulla sua vita sentimentale rispondeva come un'adolescente, nonostante avesse ormai superato i trent'anni. Mostrava il profilo social dell'amore di turno, si metteva a raccontare nel dettaglio tutti i suoi gesti e i suoi messaggi. Con le amicizie femminili, non era mai stata messa meglio: dopo un po' sparivano. «Cos'ho che non va?» era diventata la sua domanda esistenziale, dettata dall'esasperazione. Nella quale accentuava il suo igienismo patologico. I detrattori di Sara sostenevano che ammorbasse gli uomini con la pignoleria, la propensione al pettegolezzo e lo spirito da crocerossina. I suoi estimatori, al contrario, ne evidenziavano la fedeltà, il senso del dovere, le capacità organizzative. Sara aveva un'abitudine, nel relazionarsi con gli altri, che la rendeva insopportabile ai più: chiedere continuamente un parere all'interlocutore, senza mai aspettare la risposta. Lo faceva anche durante le telefonate con Eleonora, la quale peraltro era stata la maggiore destinataria delle sue confidenze. Si era ribellata per anni a questa cattiva abitudine, poi aveva desistito. Sara era sempre un fuoco di fila di domande: «Secondo te perché non mi ha chiamato ieri sera?», «Dovrei fargli una sorpresa e andare a casa sua con una teglia di lasagne?» «Secondo te mi tradisce?». La sua attesa del principe azzurro non era mai terminata. Aveva studiato, aveva spolverato via tutti i lati più tenaci della sua estrazione piccolo-borghese, ma anche ora, sfiorita parzialmente la giovinezza, la speranza di trovare il grande amore, quello pieno di maiuscole, non era mai venuta meno.

Era stata Ernesta a proporle Sara come addetta alla comunicazione. «Andrà bene per te, prendila.» Sara aveva sempre considerato l'amica, che negli anni aveva perso di vista, come la pargola di buona famiglia, cresciuta negli agi, dalla vita sempre e comunque dorata. Non si era resa conto degli studi severi di Eleonora a Losanna, del suo lavoro instancabile a Parigi e poi dei sacrifici che aveva fatto e continuava a fare per mandare avanti il suo ristorante. Sara non sapeva che Eleonora non aveva avuto aiuti economici dalla famiglia, tranne i primi anni di studio. Quando si erano ritrovate, al ritorno di Eleonora da Parigi, a Sara non era sembrato vero ricevere un'offerta di lavoro proprio da lei, dalla bambina che arrivava con la mamma a provare vaporosi vestitini di organza e taffetà. In verità, Eleonora percepiva un sentimento ambivalente provenire da Sara. Quando lei raggiungeva un traguardo, a volte, aveva l'impressione di cogliere un guizzo di invidia intrufolarsi tra le frasi di rito e gli sguardi di ammirazione. Ma quel pizzico di invidia che Sara si portava dietro sin dall'infanzia si era ammantato di una buona dose di spirito di accudimento. Come se in qualche modo volesse provare a rimpiazzare la sua iper-assente figura materna.

Non poteva certo apprestarsi alla visita alla madre con pensieri zuppi di tempesta, doveva predisporsi con tenera nostalgia. Chiudeva gli occhi e la ricordava con intensità dolorosa, ma dolce. Ci ripensava come in un sogno. La mano della mamma morbida e calda, e i suoi polsi dal profumo di viole e di caramella alla fragola le arrivavano proprio all'altezza delle narici. Adorava annusarli cullata dal tintinnare a ogni passo dei ciondoli d'oro attaccati al bracciale. La sua gonna vaporosa in estate le faceva il solletico. Si struggeva nel ricordo, poi si risvegliava mormorando a sé stessa: «La mamma non è morta, è qui, a pochi chilometri da te. Se hai rinunciato a tuo padre, non rinuncerai a lei».

Per andare a trovare la madre, Eleonora doveva passare davanti alla casa di Como, quella in cui aveva cullato e fatto crescere il suo dono, fino ai diciotto anni. Una casa che ora, perso il gusto e perso l'olfatto, sentiva come completamente estranea. Ogni volta che costeggiava le cancellate in ferro battuto e le siepi di bosso e pitosfori, le arrivava qualche fitta dolorosa, come i crampi per il nuotatore. Da quando era tornata da Parigi, non sentiva alcun desiderio di entrarci, soprattutto adesso che non avrebbe potuto annusare i giardini e le stanze della sua infanzia. La grande residenza di famiglia era in realtà composta da due case: quella padronale, che si trovava alla fine di un viale alberato di corbezzoli – molto simile a quello del sogno –, l'altra più piccola, in fondo al parco. Entrambe erano color rosso sbiadito, con un trompe-l'œil che raffigurava ghirlande di glicine intorno alle finestre verde salvia. Erano state entrambe acquistate dal secondo marito di Ernesta quando Eugenio si era trasferito a Como da Ginevra, dove era nato, per aprire la sua attività. La nonna si era spostata nella casa più piccola, replica esatta dell'altra, quando la madre di Eleonora era rimasta incinta. «Voi avete bisogno di spazio», aveva detto, «e poi io sono sempre in viaggio.» Quella casa era diventata il rifugio di Eleonora.

Quattro ettari di parco, un roseto, un orto e svariati terrazzamenti destinati a frutteto. Di ogni forma vivente si era occupato Arnaldo insieme a un aiutante, sino a quando non era stato lasciato a casa. Ora si notava che tutto aveva un'aria di abbandono incipiente. Unica ala del giardino in ordine era quella che si vedeva dalla strada, sull'ingresso principale. Ero tipico di suo padre occuparsi solo delle facciate.

La casa padronale era spesso deserta. Eugenio era sempre in viaggio per lavoro. La madre da anni faceva l'andirivieni dentro e fuori la casa di cura Santa Maria Lodata, che per la verità era ormai diventata il suo luogo di residenza abituale. Marta era spaventata all'idea di rimanere sola. In verità era spaventata all'idea di vivere. Eugenio non aveva mai chiesto la separazione. E a lei, più che un marito, serviva qualcuno a metà tra un'infermiera e una dama di compagnia. Quella casa era troppo silenziosa per una donna con troppi silenzi dentro di sé, soprattutto da quando se ne erano andati tutti, prima Eleonora, poi Arnaldo, e ora Ernesta. Così preferiva vivere diversi mesi all'anno nella clinica privata nei pressi di Menaggio. Una specie di hotel di lusso in stile neoclassico per persone ricche, annoiate o con disturbi della personalità come forme depressive non gravi. Un rifugio per chi aveva bisogno di allontanarsi da casa per qualsiasi motivo. Per una persona, una dipendenza, un fatto traumatico, una delusione, un lutto. O per un pericolo più serio: sé stesso.

Alla Lodata, così chiamavano la clinica nella zona, nessuno ti tratteneva, potevi andartene quando volevi. Pochi lo facevano. Per restare bastava pagare il conto, non bisognava dimostrare necessariamente alcun dolore, alcun disagio. L'unica differenza con un grande albergo era che nel seminterrato c'erano locali attrezzati per ambulatori medici, soprattutto di dottori della mente più che del corpo. Anche la Spa era di impostazione medica e riservata solo agli interni.

Marta aveva tratti nobili. Occhi grandi e chiari, di un azzurro acquerello slavato, collo lungo e capelli castano chiari sempre raccolti, stile Grace Kelly. Eleonora non le assomigliava. La carnagione bruna, i capelli scuri, la corporatura meno esile, più muscolosa, e i tratti mediterranei li aveva presi interamente dalla nonna.

Soffriva di insonnia, Marta. Di giorno giaceva nel dormiveglia leggiucchiando, oppure, nelle giornate sì, si alzava e si metteva a conversare amabilmente sul tempo o sul quotidiano tran-tran alla clinica. «Quest'anno la primavera non arriva più», diceva. Oppure, rivolgendosi ad altri ospiti: «Il dottor Scaraffi era proprio nervoso, lo avete notato anche voi?». L'importante era non toccare questioni personali. Ciascun cliente-paziente aveva la propria versione ufficiale per giustificare il soggiorno. La signora Crepaldi stava curando una leggera depressione post partum, il dottor Lenzi la sua convalescenza, Anna un inizio di anoressia. Marta diceva che era lì per due motivi: l'insonnia con incubi ricorrenti e la forte cefalea che la tormentava da anni. Motivazioni, peraltro, almeno in parte, vere.

Anche quella mattina la conversazione si concentrò inizialmente su argomenti futili e poi sulle sue condizioni di salute, che dal punto di vista fisico erano ottime. Non altrettanto da quello psichico. Era da Natale, si vergognò ad ammetterlo con sé stessa, che Eleonora non andava a trovare la madre. Poi c'era stata la caduta. Da quando si era svegliata dal coma, però, la chiamava ogni weekend, cosa che prima dell'incidente non era mai avvenuta. L'incidente l'aveva resa fragile, e per la prima volta Eleonora sembrava capire a fondo la vulnerabilità degli altri, anche quella di Marta, che prima di allora aveva vissuto quasi come fosse una colpa. Lei era la testimone vivente di un'iperattività unita a un vitalismo esasperato. Una rincorsa che non le permetteva di pensare alla malattia o ammettere rallentamenti della vita. E poi? Poi due perdite fisiche e una impalpabile, quella di due sensi, eppure rovinosa. E poi ancora quella morte apparente di due mesi. E infine quella lettera. Ora aveva bisogno di ritrovare il sentiero che l'avrebbe condotta sul viale alberato del suo incubo. Era a caccia di notizie sulla Eleonora bambina, ora aveva bisogno proprio di ciò che aveva accuratamente rimosso per anni.

Trovò la madre sempre uguale, ma più algida. Come pietrificata. E più lontana nello sguardo. Non la lontananza lucida dalle cose materiali, conquista dei saggi, ma quella nebulosa e malata di chi perde il contatto con la realtà.

«Come mi trovi, cara? Da quando non c'è più Gigliola non ho più nessuno che mi faccia vestiti decenti. E i miei capelli? Come sono i miei capelli? E tu come stai, cara, ti sei rimessa dall'incidente? E ti sei consolata della perdita della nonna?»

«Sto bene, mamma, sto bene, te l'ho detto al telefono. Ma lasciati guardare, ti trovo riposata ed elegantissima.» Marta indossava un tailleur giallo chiaro bordato da una guarnizione color becco d'oca. I capelli raccolti erano impeccabili. Portava sempre con sé una pochette di pelle anche quando si spostava all'interno dell'istituto. Quel mattino era abbinata all'abito e sfoggiava un paio di eleganti scarpe primaverili con tacco a cono.

«Tuo padre non viene quasi mai, e se viene non fa che sbirciare nel suo cellulare, invece di guardarmi in faccia. Mi troverà vecchia. L'ultima volta non faceva che lamentarsi del fatto che Ernesta gli ha lasciato in eredità meno di quel che si aspettava. Mi troverà noiosa, tuo padre. Ma ha ragione, sono diventata una pessima conversatrice.»

«Non dire sciocchezze. Ma ricordati che fuori c'è un mondo di cose belle da fare. Hai una casa che ti aspetta, la tua casa, la *nostra* casa.» Eleonora le prese una mano, riconoscendo l'anello rubino sangue. Da bambina lo trovava enorme.

«Ci tornerò quando fioriscono le rose. Là fuori c'è anche la morte. Le malattie, la guerra non saranno mai sconfitti. Tuo padre si è allontanato, lo sai perché? Perché io non ho voluto più dormire con lui da quando tu sei nata. Forse è tutta colpa mia.» Marta si tormentava le mani magre e ossute. Tirò fuori la faccenda del padre di Eleonora all'improvviso, come si fa dopo aver taciuto a lungo pensieri ossessivi.

«Mamma, sono cose vostre, non voglio parlarne. Tu non sei un'incapace, è papà che ti faceva sempre sentire inadeguata. Perché non vi chiarite voi due?» Si morsicò le labbra, aveva promesso a sé stessa di non parlare di Eugenio.

«Tuo padre non ha tempo di parlare con me. E ora è tardi per i chiarimenti.» Pausa. «Guarda là, hai visto che belle quelle ortensie?» Eleonora non seppe cosa rispondere alla prima affermazione. Suo padre non aveva tempo che per sé stesso e sua madre era molto più lucida di quanto volesse far credere. Ora la mente di Marta era altrove, si adagiava sulle ortensie violacee.

«Mamma, raccontami qualcosa di quando ero bambina. Cosa facevo, ero felice secondo te?» le chiese così a bruciapelo, senza nessuna strategia. Lei la guardò incredula.

«Eri una bambina adorabile, ma volubile. Ogni tanto diventavi silenziosa o irascibile. Amavi stare con la nonna, pasticciavi in cucina sin da piccola. Vivevi per stare all'aperto. Avresti vissuto su un albero, potendo. Ti ricordi che volevi farti costruire da Arnaldo una casetta sull'olmo, ma io non ho voluto? Tu e Sara raccoglievate fiori e intrecciavate ghirlande. Per me sì, che eri felice: ogni tanto sembravi turbata, ma nell'insieme eri felice. Perché me lo chiedi, cara?»

«Ho bisogno di sapere come ero. Faccio sempre un sogno, un sogno angosciante. Io che corro nel viale di casa e in fondo mi aspetta una suora. Ti ricordi qualcosa di quel periodo?»

«Sei sempre stata una bambina studiosa, non ci hai mai dato problemi. Ora che me lo dici, sì, ti svegliavi la notte con un urlo. Io correvo da te, e ti chiedevo se volevi venire nel mio letto, ma tu eri orgogliosa e dicevi di no. Solo soffrivi quando tuo padre alzava la voce con me, quello sì. Mi ricordo che gli ultimi anni delle elementari – allora si chiamavano così – volevi cambiare scuola, mangiavi poco, soffrivi di nausee e ti svegliavi la notte, ma poi tutto si è sistemato. Non ti piaceva andare dalle suore. Dopo te ne sei andata a Losanna... te ne sei andata così presto...»

«Grazie, volevo solo che mi aiutassi a ricordare. Ora devo andare.»

«Sei passata da casa?» le domandò la madre.

«No, mi mette tristezza.»

«Anche a te?» disse Marta con un sorriso amaro.

Guardò oltre il giardino, poi all'improvviso tirò fuori da una tasca interna un libriccino dalla copertina sbiadita color prugna. Non appena lo vide, Eleonora sbiancò.

«Te lo ricordi? È uno degli oggetti che porto avanti e indietro da casa nel mio baule. È un tuo ricettario, forse uno dei primi. Qui prendevi nota dei primi piatti che facevi da sola, ci sono marmellate e dolcetti. Solo vedere la tua scrittura di bambina mi fa commuovere. Prendilo tu.» Eleonora prese tra le mani il quadernetto e lo sfogliò brevemente. Sì, quel modo si scrivere la «e» di Eleonora era stato un suo vezzo di bambina. Le pagine ingiallite frusciavano, chissà se contenevano ancora il suo odore.

Una pagina cadde a terra come una foglia: lei si chinò, la raccolse. Era la metà di una pagina di quaderno a righe e vi era raffigurato un triangolo interrotto, nella parte superiore, da una linea orizzontale. Era stato indiscutibilmente disegnato da una mano infantile, il segno incerto di chi ancora non sa governare le linee dritte. Ma lei non se lo ricordava, era come se provenisse da un altro universo, un messaggio criptato mandato da un'entità misteriosa. Si ripromise di sforzarsi di ricordare qualcosa, quella sera, e di capire cosa significasse quel simbolo. Era qualcosa di importante per lei.

Eleonora era cresciuta credendo profondamente in tutto ciò che non era tangibile. E quella dimensione magica rappresentava ancora il suo approccio alla realtà. Aveva mantenuto aperta la porta al mondo magico e dei simboli. Come avrebbe potuto essere altrimenti, con Ernesta accanto? Le bastava evocare l'odore di un essere umano – quello che solo lei sapeva cogliere – per chiudere gli occhi e sentirlo accanto a sé, fisicamente, quasi come se potesse toccarlo. Questa non è forse una magia?

Rinfilò il foglietto in mezzo al quaderno e lo mise in borsa. Abbracciò la madre, era da tempo che non lo faceva. Poi si diressero verso la porta, lei voltata dall'altra parte per non far vedere che si era emozionata.

«Eleonora.»

«Dimmi, mamma.»

«Lo so che non ti sei sentita amata, non sono stata una madre modello... Il fatto è che non ne sono capace. Non sono mai venuta quando eri in ospedale perché non reggevo all'idea di vederti come morta.» Eleonora le strinse una mano.

Uscirono insieme nel giardino. In mezzo ai cespugli di ortensie sua madre disse che era stanca. La lasciò seduta su una panchina strappandole una promessa. «Promettimi che dopo Pasqua ti prepari per bene e vieni a pranzo da Hamlet, vengo a prenderti e ti riporto qui. Oppure a casa, come vorrai.» Marta non rispose, ma sorrise. Era un no, un forse. Avrebbe cambiato idea? Prima di tornare a Milano, Eleonora chiese di parlare con il dottor Scaraffi, che la aveva in cura. Il medico le chiese subito del suo stesso stato di salute: sapeva dell'incidente e del coma. Rassicurato dal «bene, bene» di Eleonora, presero a parlare.

«Mio padre viene a trovarla?»

«Ogni quindici giorni, in genere la domenica.» Mentre ascoltava la risposta, distaccata e burocratica, Eleonora si rese conto che le interessava più quell'informazione che avere notizie sulle condizioni della madre.

«Questo non è un ospedale, glielo ricordo, anche se lei lo sa bene. Diciamo che la Lodata è una seconda casa per molti ospiti. Una casa grande dove c'è assistenza medica per la mente, e non solo. Sua madre non è pericolosa per sé stessa né per gli altri. È semplicemente infelice, se volesse potrebbe tornare a casa. Ma non vuole, diciamo che non torna volentieri. Siamo noi che insistiamo per farli ritornare autonomi, per arginare il loro desiderio di isolamento.»

«Guardi che a casa è molto più sola che qui», rispose Eleonora, con una piega amara sul volto. «Che cosa ha esattamente mia madre? Non è cambiato niente negli anni.» Improvvisamente si rese conto che non aveva mai fatto quella domanda direttamente a un medico.

«La situazione è piuttosto stabile. Non sempre è un bene.» Eleonora sapeva che la stasi non porta nessun cambiamento e quindi a nessuna guarigione, lo diceva sempre la Meyer. Il dottore non aveva un tono altezzoso, al contrario: sorrideva e la guardava in volto, cercando insistentemente i suoi occhi.

«Cioè? Riesce a spiegarmelo in maniera semplice?» Eleonora era nervosa e si sentì in colpa un'altra volta per la domanda che le saliva dal cuore. Avrebbe dovuto chiedergli: "Guarirà? Cosa possiamo fare per aiutarla?". Invece pensava: "Questo disturbo di mia madre come ha influito sulla mia personalità, come influirà sulla mia vita?". Ma rimase zitta, vergognandosi del proprio egoismo.

«Sua madre possiede un'estrema sensibilità, ma è ancora propensa a valutazioni negative nei propri confronti e tende a evitare le interazioni sociali. Nelle personalità evitanti c'è la paura di un rifiuto, una mancanza totale di intimità e confidenza, incapacità di entrare in empatia. La diagnosi finale è personalità mista evitante-borderline. Diciamo che prima di decidersi di venire da noi – credo che lei fosse all'estero per lavoro – ha vissuto un periodo di isolamento e questo ha slatentizzato, ha tirato fuori un po' di pulsioni autodistruttive che prima restavano giù. Non si preoccupi, ci prendiamo cura di lei.»

Eleonora lo salutò distrattamente e si incamminò verso la sua vecchia Giulietta, percorrendo il viale costeggiato da cipressi. Non era venuta per nulla, anche se aveva raccolto poche informazioni sulla sua infanzia. Aveva avuto quell'abbraccio e quella dichiarazione di affetto che si poteva tradurre nell'espressione «ti ho amato, a modo mio». Poche parole possono colmare un vuoto scavato da anni. E poi era saltato fuori il suo libriccino; lì sarebbe riuscita a trovare un po' di sé stessa bambina.

Per tutto il viaggio fu perseguitata dai ricordi di mamma e papà che litigavano. Le venne in mente la boria di suo padre una sera di tanti anni prima, lei avrà avuto dieci-dodici anni. Marta si era messa in ghingheri per lui, avevano preparato una teglia di pasta al forno con polpettine e una montagna di sugo ed Eleonora aveva messo i bigodini alla mamma e le aveva cambiato pettinatura: era un giorno sì. Marta non piangeva e non si chiudeva in camera da una settimana. Un vero miracolo. Aveva indossato un abito color azzurro-viola e si era annodata alla gola un foulard in tinta. Eleonora era corsa in giardino a prendere qualche pervinca da intrecciare ai capelli, un ornamento abbinato all'abito. Ah, il profumo delle pervinche!

Suo padre arrivò e disse caustico alla moglie: «Ma come ti sei conciata? Porta sfortuna quel colore! E poi sai che domani ho un CDA prestissimo, devo mangiare leggero, cos'è tutta quella roba unta?». Eleonora l'aveva davvero odiato, quella sera. E si era sentita morire per lo sguardo mortificato di sua madre, che si era ritirata in camera e subito cambiata. Chissà quante volte saranno accadute scene del genere alle quali lei non aveva assistito, o che aveva dimenticato. Ma era stupido sentirsi in colpa adesso, dopo tanti anni. Che cosa avrebbe potuto fare quella bambina dal palato sopraffino, gli occhi di colore diverso e le gambe troppo lunghe?

Eppure ora le arrivavano tutti i ricordi più neri, anche se tentava di scacciarli. Soprattutto uno. Una sera nella loro villa di Como si sarebbe dovuta svolgere una cena molto importante, con ospiti internazionali. Lei, che stava facendo ingresso saltellando nella sala da pranzo, si era fermata dietro a uno stipite, ben nascosta, perché aveva sentito la voce ispida del padre che rimproverava Marta per aver deciso di servire, nel vasto menu, anche aragosta e guancia di maiale, senza tenere conto, o non ricordando, che nell'elenco dei dodici invitati due erano arabi, di religione musulmana, e uno, greco, allergico ai crostacei. La nonna era in viaggio.

Ricordava bene che il padre non urlava. Insultava sua madre sottovoce, il che rendeva il tutto ancora più crudele. Adriana, la domestica di turno, piangeva in cucina, da sola. Marta, ammutolita dall'umiliazione, dalla certezza di aver sbagliato la regia di una cena – ne aveva organizzate moltissime altre, per il buon nome e la carriera brillante del marito –, si torceva le mani. Eugenio Blanck era inarrestabile: «Sei un'incapace. Ricevere è un'arte, dovresti saperlo. Altre volte mi sono fidato, non hai mai organizzato cene perfette, ma ci sono passato sopra, non volevo fare storie. Però oggi hai passato il segno. Non puoi improvvisare qualcosa che non sai fare, dovevi chiedere a mia madre di aiutarti. Lo sai bene che la carriera di un uomo d'affari si costruisce anche attraverso questi ricevimenti. Cene durante le quali l'ospite dimostra la sua grandezza, la capacità organizzativa, la potenza, la cultura enogastronomica, la magnanimità, la compattezza della propria famiglia. Lo capisci? Vuoi distruggere tutto, buttare fango su di noi? Telefona subito alla gastronomia Visoni e fatti portare una cena completa e di prim'ordine. Spiegagli la situazione, loro sanno fare miracoli. Se non chiamo io è solo per non farti passare per la stupida che hai dimostrato di essere. Poi chiama mia madre, organizza i dettagli con il suo aiuto. Non stare lì impalata come un'oca. E non controllo se hai provveduto al ghiaccio per lo Champagne, do per scontato che ce ne sia in abbondanza. Sbrigati. Ricorda che l'esito dell'affare di cui discuteremo dipende soprattutto da questa cena». E aveva concluso, puntandole l'indice a un centimetro dal naso: «Datti da fare, se non vuoi avere sulla coscienza la mia rovina». Il volto di suo padre era deformato, spaventoso, sinistro, più che se avesse sbraitato insulti.

Eleonora aveva finito di osservare la scena e poi era scappata in giardino. Si era messa a raccogliere ranuncoli e viole, ricordava tutto come se fosse appena accaduto. Le parole di Ernesta nella lettera e questa visita stavano aprendo un varco. Ora lo ricordava nitidamente: aveva preso un bocciolo giallo, come una piccola dalia, e se l'era ficcato in bocca. Masticava furiosamente, poi più piano, per carpirne l'essenza. Sapeva di aspro, e nel fondo un poco di mandorle amare. Non aveva difficoltà a individuare sapori e retrogusti. Poi, da dietro un pino argentato, era comparso Arnaldo. Eleonora si era girata di scatto, ingurgitando in fretta tutto ciò che aveva in bocca. Nessuno doveva conoscere il suo segreto. Forse era stato proprio quello il giorno in cui, per arginare l'ansia e la paura di vivere, aveva cominciato a mangiare i fiori. Come aveva fatto a rimuovere quel ricordo per tanti anni?

Mentre guidava allontanandosi da Villa Lodata venne travolta da tanti ricordi di un'infanzia bucherellata. Non riusciva ad arginarli. Si rivide bambina mentre masticava viole del pensiero e capelvenere nella grotta vellutata di muschio a nord del giardino. Dovette accostare in una piazzuola per un conato, mentre le lacrime sgorgavano sin troppo copiose, finalmente. In bocca un sapore, anche se sgradevole. Ma non era un sapore reale, era il gusto amarognolo di uno scomodo ricordo.

17 giugno 2005

«Allora vedo che hai imparato.» Eleonora scorse la testa della nonna spuntare dalla porta del bagno. Indossava una canotta e dei microscopici pantaloncini verdi. Spense il suo MP3 e le sorrise.

«Certo che ho imparato. Soprattutto in previsione di un bacio.» Eleonora le fece l'occhiolino. A tredici anni era una bellezza. L'età più ingrata su di lei aveva avuto un effetto scoppiettante. A Ernesta si strinse lo stomaco: il suo primo ballo. La guardava diventare donna, gli occhi ancora più intensi nel loro colore differente, le labbra carnose con quella piega all'ingiù, i capelli più lucenti, le gambe affusolate, i capelli scuri lunghi e sempre spettinati.

«Il bacio, mi sembra una buona motivazione, ma vorrei ricordarti che ti ho insegnato a spazzolarti per bene la lingua e le papille per mantenere intatto il tuo dono.» Pareva che di quel dono si rendesse conto solo la nonna.

«Lo so, ma una volta imparato posso farlo per altri scopi, no? Stasera ci sarà la festa e finalmente potrò ballare con lui e… non si sa mai.»

«Quel ragazzo della seconda B che ti piaceva?»

«Esatto. Ci siamo parlati per telefono e poi qualche bigliettino nel cestino della bicicletta. Mi ha chiesto se andavo alla festa di fine anno. Tutto qui. Però mi piace, si chiama Mirko.»

«Bene, bene. Senti Eleonora, mi puoi spiegare cosa è successo con tua madre? Mi ha chiamato per dirmi che le hai risposto male e che ti sei barricata in camera. Tuo padre mi chiama preoccupato, insomma il finimondo.» Il suo tono era solo dispiaciuto. Non adirato. Eleonora non disse una parola, era un classico: quando sua madre non riusciva a gestirla, chiedeva aiuto. A Ernesta.

«Ti sembra normale che una semplice festa tra liceali possa provocare in questa casa lo scoppio di una crisi familiare? A me no.»

«Ne abbiamo parlato molte volte. Fare i genitori è un compito arduo. Fare i genitori di un'adolescente è un compito quasi impossibile.»

Eleonora uscì dal bagno e fece strada alla nonna entrando nella sua camera da letto. Odore di patchouli e, sulla parete di fronte all'armadio, una grossa lavagna con scritte a gessetto tante parole per lo più illeggibili, tranne due, circondate con un tratto rosso: Proibito Proibire. Prese dall'armadio una gruccia, appeso c'era un abito di organza color lavanda stretto in vita da una cintura impreziosita da un mazzetto di fiorellini. Lo annusò e lo gettò sul letto.

«Sa di bambola di plastica. Esattamente come mi vorrebbero, una brava bambolina. Lo vedi... e per accessori, indovina? Ballerine, e un cerchietto. Ti rendi conto?»

«Il vestito non è male, ovvio che non è adatto a te.» Ernesta se lo mise davanti. «Potrei farci un corpetto sexy, se me lo regali.» Le strappò un sorriso.

«È perfetto per una bambina di otto anni, certo. E mio padre vuole che torni a mezzanotte. Sarò l'unica idiota a tornare così presto. Non hanno ancora capito che sono cresciuta.»

«Eleonora, scoprirai che si fa fatica ad accettare che i figli crescono, specialmente per tua madre, così fragile. E tu cosa vorresti mettere?»

«Pantaloni cargo, questa camicia bianca e la cravatta del nonno che mi avevi dato, le mie scarpe da ginnastica con scritto *Love is food.* E magari il mio chiodo nero portafortuna. E vorrei tornare alle due.»

«Parlo io con tua madre. Ma tu preparati ad accettare un compromesso. Ti vesti come vuoi, ma torni a mezzanotte e mezzo.»

«Okay.»

Il giorno dopo, domenica, era previsto un pranzo in famiglia. Eleonora era di cattivo umore, ma nessuno osava chiederle come fosse andata la festa. Immusonita, si era messa a tavola. Ernesta aveva cucinato il pollo nella sua cucina e lo aveva portato in tavola con la solita allegra ironia.

«Che festa è, senza il pollo della domenica?» Eugenio sorrise.

Eleonora si sedette, poi guardò interrogativa la nonna.

«Cosa c'è?» chiese Ernesta.

«C'è qualcosa di diverso, buono eh, ma qualcosa di diverso. Non mi riferisco agli ingredienti.» Eleonora mangiava e annusava, annusava e masticava lentamente.

«La solita ricetta da sempre. Marinatura, passaggio in frigorifero e poi al forno.» Il padre Eugenio e la mamma erano distratti, qualcuno aveva acceso il televisore.

«Ci sono, non è la ricetta, è proprio il pollo. Hai cambiato fornitore?»

Nonna Ernesta la guardò negli occhi a lungo. Poi sorrise, raccolse i piatti sporchi e voltò i tacchi verso la cucina: «Tu mi fai paura». Eleonora sogghignava per aver indovinato, e seguì la nonna.

Una volta accanto al lavandino, abbassarono la voce.

«Allora, raccontami di ieri sera», le chiese Ernesta.

«Niente di che, la musica non era male. La gente carina.»

«Però?»

«Lui, una delusione.»

«Si è comportato male?»

«No, ma non mi piace più.»

Ernesta aspettava.

«Mi piaceva da lontano, poi mi ha chiesto di ballare e ci siamo avvicinati. Nonna, sapeva di colla, sai quella colla bianca, e poi, aspetta, voglio spiegarti bene. Sapeva di carte da gioco. Sai che le carte raccolgono tutte le emozioni degli umani. Quelle che passano attraverso le mani? Ecco, lui aveva quell'odore. Le persone con addosso quell'odore non hanno un'anima trasparente.»

«Non sarà che voi ragazzini vi lavate con parsimonia?»

«Nonna, per chi mi prendi? Io annuso il vero odore delle persone, vado oltre le abitudini quotidiane», disse Eleonora con solennità.

«E allora?»
«E allora niente. Tutto finito ancora prima di cominciare.»
«Mica te lo devi sposare.»
«Nonna!» urlò scandalizzata. «Come posso frequentare un ragazzo con un odore che non mi piace?»
«Giusto. Sei triste?»
«No.» Eleonora sogghignava.
«E perché?»
«Perché adesso c'è il dolce.»

15.

Per imparare l'Attesa, fai il pane
e stai a guardare mentre lievita.

Rientrata a Milano, Eleonora passò direttamente da Hamlet, anche se sapeva che la sua testa sarebbe rimasta fissa sui ricordi d'infanzia. Sbagliò una salsa all'ostrica da accompagnare alla cotoletta di ricciola con doppia panatura leggermente affumicata. Era troppo liquida e sapida. Nozomi la assaggiò e fulminea aggiunse un pizzico di agar agar e due gocce di yuzu. Il miracolo era fatto, la salsa salva. Valeria guardò Bibo con aria interrogativa. Cosa stava succedendo? Non era più Eleonora a fare l'ultima verifica prima dell'impiattamento?

«L'avevo già assaggiata io. L'avevo assaggiata e andava bene. Perché lo hai fatto anche tu?» Eleonora sapeva che avrebbe dovuto fare finta di nulla. Invece divenne paonazza e le uscì questa frase, contro la sua volontà. La brigata si immobilizzò, nessuno ebbe il coraggio di guardarla in volto. Rosolio, poi, che stava cospargendo una focaccia con semi di lino, rimase con le dita a mezz'aria. Valeria richiuse l'ultimo tortello e Bibo, con gli occhi bassi, tenne a bada la sua piastra.

«Ho controllato perché ultimamente la tua lingua ti guida verso il sale», disse Nozomi, con il tono di una che considera il discorso chiuso. Così fu, e la cucina ricominciò a brulicare di gesti e voci. Ma qualcosa si era spezzato. L'autorevolezza del capo. Eleonora continuò per tutto il servizio a rimuginare: "Lo dico o non lo dico". Il lavoro di scavo nel passato che stava compiendo con la Meyer, il colloquio con Arnaldo, la corrispondenza con la nonna e la visita alla madre facevano affiorare detriti marini, li portavano a riva. Ma stava a lei decodificarne la provenienza e il valore. Qualcosa arrivava sulla spiaggia, qualcos'altro, per dirla con metafore nautiche tanto amate dalla Meyer, tornava a navigare tra i flutti.

A metà pomeriggio la sua tensione era alle stelle. In taxi non fece che giocare con il destino: se entro tre secondi scatta il verde lo dico almeno alla dottoressa. Se vedo un barboncino non glielo dico. Se sbuca il tram numero 10 glielo dico. Ma prima di arrivare al portone della Meyer non era ancora giunta a una conclusione.

Alla fine le confessò la sua perdita di gusto e olfatto, e ora erano due le persone che sapevano. Le raccontò anche della madre, del fatto che per la prima volta si era sentita amata da lei, pur avvolta nella sua bolla di irrealtà. Eleonora aveva capito che perdonare significa perdonarsi.

Le raccontò che, sulla via del ritorno dalla clinica, la lettera le aveva riportato alla mente che, quando da bambina assisteva alle discussioni tra i genitori, andava in giardino, strappava fiori ed erba e se li metteva in bocca. Solo a ripensarci, le tornava la nausea.

«Li mangiava proprio?» aveva chiesto la Meyer.

«Sì, li masticavo proprio, specialmente quelli velenosi. Almeno così ricordo. Era stata una suora a spiegarci che alcuni fiori facevano male se ingeriti, come l'oleandro, i tulipani, i ranuncoli. Io li mangiavo apposta, mi veniva mal di testa e spesso stavo male. Probabilmente ho cominciato a mangiarli perché speravo di morire avvelenata e poi ho continuato ogni volta che mi sentivo in preda alla paura. Di sicuro la prima volta l'ho fatto dopo aver assistito a una lite dei miei genitori.» Il labbro superiore vibrava come un diapason.

Più che morire, voleva solo attirare l'attenzione. Era per calmare l'ansia, e perché se stava male sua madre e suo padre si accorgevano che esisteva. Se vomitava la tenevano a casa da scuola e andavano a provare gli abiti da Gigliola. E suo padre, prima di uscire, la baciava sulla fronte e le lasciava una piccola mancia, mentre lei faceva finta di dormire. Anche nel dormiveglia avrebbe avvertito con assoluta certezza il suo odore inconfondibile di Acqua di Parma. Lo usava da così tanto tempo che aveva completamente offuscato l'odore della sua pelle. Così si era costruita la fama di una bambina sensibile ma risoluta, testarda e dalla salute cagionevole. Nonna Ernesta sapeva tutto, ma non le aveva mai detto nulla. Le cose che si dicono diventano reali. Arnaldo sapeva tutto, ne era certa. Due persone adoravano quella bambina pensierosa con un fiuto fenomenale che gironzolava tutto il giorno dalla cucina al giardino. La seduta era terminata con una promessa, l'avrebbe detto ai ragazzi.

Il sollievo per la seconda confessione durò poco. Non appena riprese in mano il cellulare, sentì l'angoscia salire: Sara aveva continuato a cercarla, le chiamate perse si accumulavano, tutti avevano qualcosa da chiederle.

«Dimmi, Sara, cosa c'è?»

«C'è che sei sparita. Ma dov'eri? È durata di più la visita dalla psicologa?» Era una di quelle sue domande che non aspettavano risposta. Ma da Eleonora arrivava solo silenzio. Sara incassò e continuò imperterrita.

«Non potevo non chiamarti. Da una soffiata che arriva dalla Francia ho sentito che alcuni ispettori della Guida sono a Milano. Ci staranno per una settimana. Mi raccomando, metti all'erta i ragazzi, credo che Hamlet sia nei loro programmi. E soprattutto non scomparire nel nulla come stai facendo in questi giorni. Vorrei che tu fossi più in sala, più in cucina, che ti facessi vedere. Ma a te, scusa, non è mai capitato di incrociare il direttore?»

«Non ricordo.» Palpitazioni. «A volte ricordo confusamente. Per me esiste un prima e un dopo la caduta. In ogni caso, siamo pronti.»

«Qualcuno dice addirittura che quel direttore sarà rimosso. Staremo a vedere. Poi un'altra cosa. Sul giornale online "Gastrosofie", l'unico che fa un po' di vera critica, ce lo siamo detto molte volte, c'è una recensione su Hamlet. L'ha scritta il più anziano e autorevole dei collaboratori, Sergio Delfino. È venuto un giorno a pranzo. Tu eri in ospedale, ha pagato il conto e si è presentato solo alla fine. Non gli abbiamo riservato alcun trattamento di favore.» Sara riprese fiato.

«E cosa dice? Recensione negativa?»

«Non direi proprio. Pretenziosa, più che altro. Falsa, ma scritta bene. Mi ha chiamato un po' di gente, amici e clienti, per commentare. La sensazione è che abbiamo preso un voto alto. Te la leggo o vai a cercarla tu?»

«Leggi, andrò a cercarla dopo. "Gastrosofie" è molto seguito. Leggi, dai.»

E Sara lesse, anzi recitò abilmente.

Il piccolo incidente che ha allontanato Eleonora Blanck dalla cucina è recente. Ma a parte questo guaio (a proposito, auguri di pronto recupero), la talentuosa chef franco-comasca sembra non aver ancora preso davvero in mano il timone dell'unico ristorante di alta cucina affacciato sulle acque della Darsena milanese. La fortuna, e nello stesso tempo il guaio, è che da Hamlet siamo stati davvero bene. Che l'apporto di Eleonora sia superfluo, da quando la socia Nozomi Okeda ha praticamente preso il comando? Il dubbio rimane. Al di là delle battute, sta di fatto che una pioggia di spigole, orate, granchi, ortaggi di stagione e spezie misteriose si trasforma, dopo il trattamento della sous chef giapponese e della brigata, in qualcosa di paradisiaco. Gli ortaggi diventano piatti preziosi come il buon vecchio foie gras, diventato «politically scorrect». Lo stesso vale per i lievitati celestiali, e per i ravioli in carta, che diventano avventure alla scoperta di ripieni misteriosi e lunghissimi sul palato. Il maître è preparato ma un po' saccente e presuntuoso, non perde occasione per sbandierare il suo curriculum e sbirciarsi, vanitoso, negli specchi. Non lo giurerei, ma ci sembra di averlo sentito rimproverare, nelle retrovie, uno dei camerieri solo perché avrebbe maldestramente appoggiato un vassoio straripante di bicchieri. Eleonora Blanck, dove sei? Torna presto, se non vuoi che Hamlet risplenda di luce propria o, peggio, che una nuova stella d'Oriente brilli al tuo posto.

Sara smise di leggere. Aggiunse che nella scheda affiancata all'articolo, illustrato con le belle foto caricate sul sito del ristorante e una inedita veduta dell'esterno al tramonto, oltre che da un ritratto di Eleonora, c'erano tutti voti buoni, e a corredo la «presunta ricetta di un nostro piatto».

«Che ne dici, Eleonora? Non mi sembra negativa», disse Sara con un filo di voce.

«Non ti sembra negativa?... scherzi?»

«Non volevamo che Hamlet diventasse un brand e con il tempo si staccasse dalla tua persona? Non era quello che avevamo deciso?» Sara aveva un tono apprensivo, che la tradiva. Non era suo compito vegliare sul buon nome del ristorante e promuovere la figura di Eleonora?

«Ma non in questo modo», disse Eleonora. «Non è il giusto messaggio. Sembra che io sia finita e che il ristorante stia prendendo una strada obliqua, senza comando. È una recensione perfida. Devo dirti cosa si legge tra le righe? A quanto pare non l'hai recepito. Si evince che Nozomi mi sta facendo le scarpe. Cosa non vera. Che io non sono in grado di riprendere le mie funzioni. Che il lavoro di Bibo è trascurabile, visto che è l'unico non citato, e noi sappiamo bene che le sue carni alla griglia sono celestiali quanto i ravioli e i lievitati degli altri. Scredita Henry, che se ne avrà a male, e uno dei gemelli in sala. Sempre che l'episodio sia vero. Spero ti renda conto del danno che farà alla squadra. Ti consiglio, invece di preoccuparti di dove sono, di andare a fare un bel discorsetto diplomatico a quelli di "Gastrosofie". Al limite invitiamo il direttore», concluse Eleonora, irritata.

«Stai drammatizzando. Intanto si parla di tutti, susciterà curiosità. Domani a che ora ci vediamo?» chiese Sara, con tono rassegnato. «Nel primo pomeriggio.» Eleonora chiuse la conversazione. Non reagiva quasi mai alle telefonate di Sara, ma ogni tanto bisognava arginarla: era quello il caso. Oltretutto, si era improvvisamente resa conto di due cose. La prima era che cominciava a non sopportarla più. La seconda, che le sue energie erano terminate: per quella giornata, non avrebbe retto altre lamentele e altri problemi.

Così chiamò Henry per rimandare al mattino del giorno dopo il loro appuntamento ed evitò di rientrare di nuovo a Hamlet. Arrivata a casa, buttò giù una manciata di integratori, insieme a un frullato di mela. Come faceva sempre, annusò la poltiglia di frutta. La Eleonora precedente annusava tutto. Avvertì un odore, stava per esultare, ma la mela sapeva di gomma per cancellare. Non solo l'odorato non tornava, ma stava tentando di ingannarla con false percezioni. Ingurgitò il frullato che sapeva di pneumatico. Prima di appoggiare il cellulare sul comodino, vide un messaggio. Glielo aveva mandato Arnaldo. «Mi eviti? Ho nostalgia delle nostre chiacchierate notturne. Quando ti vedo?»

Quella sera era troppo turbata dagli avvenimenti delle ultime ore per aggiungere nuove emozioni, aveva troppe pedine del puzzle da mettere a posto. Avrebbe preso il bauletto e avrebbe affrontato la prossima lettera. Ma era pronta?

Lesse la prima riga – ah, che nostalgia la sua scrittura! Quella inflessione a destra, quel tratto fine, l'inchiostro verde, la stilografica vintage. Per lei si apriva un Mondo Nuovo, nel quale avrebbe potuto rimpiangere per sempre il mondo di prima, oppure gettarsi in avanti coraggiosamente.

Ricetta per il Mondo Nuovo

Ingredienti
1 tazza di Capacità di adattamento
1 tazza di Riscoperta delle piccole cose
3 cucchiai di Prospettiva
3 cucchiai di Immaginazione
2 cucchiai di Autocritica
2 cucchiai di Rispetto
1 cucchiaio di Compassione
1 spruzzata di Ironia e di Autoironia
½ bicchiere di Voglia di ricominciare
1 pizzico di Nostalgia per il mondo di prima
1 pizzico di Piacere dell'attesa per ciò che sarà

Procedimento
Il Mondo Nuovo ha la forma di una pagnotta impastata con tante farine differenti. Bada di recuperare solo il meglio, la ricetta è apparentemente semplice, dovrai mischiare su un tavolo tutti gli ingredienti solidi e poi aggiungere i liquidi. Per esempio, l'ingrediente Rispetto si trova in molte varianti perché quello vero costa molto e si presta a truffe e malintesi. Cercheranno di venderti Rispetto per l'ambiente e per il pianeta perché è di moda, se non trovi altro e decidi di usare quello, assicurati che sia l'originale. Ma ciò che darà

veramente sapore al tuo Mondo Nuovo (ciascuno prima o poi se lo deve cucinare) sono il Rispetto per te stesso e Rispetto per gli altri, li puoi trovare sullo scaffale di qualche drogheria sopravvissuta ai supermercati. Conferiranno alla tua ricetta un tocco di poesia. Poi, aggiungi tutta la Compassione che riesci a procurarti. Anche in questo caso, non accontentarti della Compassione da quattro soldi, quella che si trova in saldo a ogni fine stagione. Quella che ti ci vuole è un tipo che non passa mai di moda e fa commuovere davvero dentro, non come fanno le cipolle, per capirci. Passa ai liquidi, Capacità di adattamento e Ironia, soprattutto Autoironia; senza questi ingredienti non ce la farai nel Mondo Nuovo e faranno lievitare bene bene i tuoi propositi. Poi, spolvera con il Piacere dell'attesa e fai trascorrere la notte. Il mattino, condisci con un pizzico di Nostalgia per il mondo di prima, dai una forma rotonda e inforna. Quando la superficie sarà dorata, chiediti: "Che cosa mi rende davvero felice?". Se sai rispondere, puoi sfornare, altrimenti aspetta fiduciosa e paziente di essere davvero pronta ad addentare il Mondo Nuovo.

Non riuscì a fermarsi, e aprì la busta sottostante. La nonna le avrebbe perdonato quell'ingordigia. Ma appena lesse il titolo se ne pentì, ecco aveva già trasgredito: non aveva saputo attendere. Giurò a sé stessa che ci avrebbe lavorato e che per nessuna ragione al mondo avrebbe letto una lettera successiva prima di tre giorni. Del resto, volere tutto e subito era sempre stato il suo problema.

ATTESA

Mia cara Eleonora, ho scelto di tenere per prima questa parola perché mi piace pensare che tu non l'abbia letta subito dopo avere scoperto il cofanetto, pur avendone tutto il diritto. Mi piace pensare che tu abbia colto al volo questo gioco semiserio e un po' magico con me e che abbia aspettato un giorno prima di aprire la lettera numero 1. Se lo hai fatto, come credo, hai

sperimentato l'attesa. Se non hai resistito, niente di male, però avrai capito che devi lavorarci un po'. Aspettare è qualcosa che s'impara con il tempo. Nessuno conosce il piacere dell'attesa a vent'anni. La mia capacità di attesa è migliorata con il crescere dell'età. Peccato che quando si impara la lezione sino in fondo è ora di andarsene. Ma aspettare la propria morte con serenità è una grande conquista.
Sai che hanno calcolato il limite massimo di attesa? Che si tratti di un call center o del cameriere al ristorante, in media si perde la pazienza dopo soli 8 minuti e 22 secondi. La mia capacità di attesa però è migliorata. Lo sai, non ho mai sopportato la polenta precotta, i ricettari che insegnano a cucinare in dieci minuti, il purè istantaneo, il preparato per la pizza già miscelato, il pan di Spagna già pronto, il panino al volo. Abbiamo dimenticato il valore dell'attesa. Chi sa attendere un treno senza fare nulla? Nessuno. Ci hanno fatto credere che risparmiare tempo era una presunta virtù, portata sul podio come sfida dall'Occidente. Una delle ultime volte in cui ho preso la macchina, mesi fa, ho vissuto un episodio che mi ha fatto molto riflettere.
Molti sociologi lo stanno studiando e spiegano il fenomeno meglio di me, si chiama instant satiety*: una pulsione alla sazietà istantanea, conseguenza della possibilità di avere tutto e subito. Tu sei la generazione di mezzo. Io ho vissuto l'attesa di aspettare una telefonata, di aspettare una lettera, di godermi uno spettacolo, di permettermi un ristorante costoso. Ora se mi interessa una persona, la posso vedere subito dentro a un telefono, se ho voglia di un cibo, dopo pochi minuti mi arriva a casa. Siamo sazi subito, ma dentro rimane il vuoto.*
«Attendere» deriva dal latino ad tendere, *che significa «distendersi», in senso lato «volgere a un termine, aspirare». Un tema che sembra una faccenda d'altri tempi, improduttiva, inutile. Lo sforzo comune di ogni società era «non perdere tempo», concentrarsi sul diminuire il più possibile le attese. A me, per esempio, il destino ha fatto lo scherzo di obbligarmi a casa, per via del mio cuore ballerino. Sapevo che stava arrivando il mio momento. Era un tempo*

sospeso e regalato che potevo riempire di cose oppure sprecare. Pensavo che ero fortunata nella mia casa, tra gli oggetti cari e i miei libri, anche se tu eri addormentata in una clinica. Così ho cominciato a scriverti. Il mio modo per riportarti indietro. Spero che nel Mondo Nuovo che ti appresti a vivere l'attesa sarà rivalutata. Mai come ora acquista un significato profondo, quasi disperato. A me piace l'attesa di Giacomo Leopardi: intensa, in bilico tra gioia e tristezza. Io aspettavo il tuo risveglio. Dal mito di Penelope, che aspettava Ulisse tessendo la tela, in qua, le donne sono sempre state le più brave ad aspettare. Si attende una risposta, un uomo che è partito, un figlio lontano, un amore perduto per strada, la fine di una guerra. Una volta era una lettera, ora una telefonata, un messaggio. Attesa buona è anche aspettare che un dolore si stemperi. Io l'ho fatto quando ho perduto il nonno.
L'attesa è per intensità di vita superiore a qualunque altra cosa. È totalizzante, assoluta. Se mi chiedessero di darle un volto disegnerei un paio di lancette, o sarei tentata di copiare l'orologio liquido di Salvador Dalí o ridar vita, con un pennello, all'orologio senza lancette del film Il posto delle fragole *di Ingmar Bergman. La mia attesa preferita era quella trepidante di quando aspettavo ospiti. L'ultimo sguardo di controllo alla lucentezza dei bicchieri, un ulteriore assaggio della salsa. L'ultima occhiata allo specchio, l'ultimo controllo della temperatura del vino, di una piega della tovaglia. Ecco perché mi piaceva fare il pane il giorno prima. Perché la sera, tra gli ultimi pensieri del dormiveglia, c'è, almeno per la durata di un lampo, la visione dell'impasto che cresce e fa le bolle dentro alla sua culla, c'è la voglia di sbirciare il raddoppiarsi del volume, di annusare l'odore acidulo dell'impasto. C'è il pregustare quel profumo inconfondibile del pane cotto e caldo e il piacere di scottarsi con la pagnotta appena uscita dal forno. Va via subito, quell'odore, bisogna goderselo finché c'è. Perché nessuno resiste al desiderio di toccare la pagnotta calda. Quanto tempo è che non fai il pane tu, da sola? Riprendi in mano un impasto, sai bene che potere curativo ha quel gesto. Sai bene che uno, se impasta, impasta la sua vita. Nel viaggio di*

rinascita che ti attende, meglio aggiungere nella valigia un po' di capacità di attesa. Ecco perché l'esercizio della settimana che ho pensato per te non sarà solo fare il pane, ma cucinare un piatto a base di legumi. Fagioli o ceci. È rilassante vederli crescere di volume in ammollo, pregustare la loro croccantezza e il sapore di terra piacevolmente solforoso. Un'attesa gonfia di prospettive.
Anche tu, di certo, nel momento della tua vita in cui il destino ha deciso di consegnarti queste letture, devi esercitarti ad aspettare. Aspetti un uomo che ti renderà felice? Aspetti un bambino? Una risposta? Una guarigione del corpo o dell'anima? Non potrò saperlo, quando leggerai questa lettera me ne sarò già andata. Ma ora, mentre la scrivo, vivo due attese: il tuo risveglio e la mia dipartita.
Il trucco per vivere bene l'attesa è considerarla tempo vero. Vita vera. Una sospensione tra ciò che accade, subito dopo un inizio e prima della fine. Tempo reale tutto da vivere, pur nell'ansia di ciò che verrà. Perché quello che oggi ci sembra insopportabile forse diventerà la parte più ricca e piena della nostra vita.

Tua Ernesta

Ricetta per imparare l'Attesa

Ingredienti
2 tazze di Pazienza (da non confondersi con Rassegnazione)
1 tazza di Capacità di osservare e osservarsi
2 panetti di Tenacia
2 cucchiai di Costanza
2 cucchiai di Autocontrollo
1 cucchiaio di Rinuncia al «tutto e subito»
1 barattolo di Qui e Ora
4 gocce di Star bene con sé stessi

Procedimento
L'Attesa ha la forma di un elisir. Riunisci tutti gli ingredienti solidi in un cestello, cuocili al vapore, così non si

sfalderanno e non perderanno i loro nutrimenti a causa di una cottura violenta. Cercheranno di rifilarti della Rassegnazione al posto della Pazienza, ma non cascarci. Una volta cotti, strizzali ben bene, ma con delicatezza e ironia. Unisci gli ingredienti liquidi, infine raccogli il succo ricavato. Aspetta una notte insonne e versa tutto in una bottiglia, lascia riposare trenta giorni sino a che non cambia la luna, con pazienza e devozione. Con questa pozione ci si può allenare ad «andare piano», per godere pienamente ogni istante.

"Lo sapevo", pensò Eleonora. "Ero certa che non mi avresti abbandonato, che avresti escogitato uno dei tuoi folli sentieri per rimanere in contatto con me." Come la cascata di luci di un fuoco d'artificio nel cielo, i ricordi inanellati tra loro iniziarono a sbocciare nella notte della sua memoria. Pensava e sorrideva felice. Alla volta in cui avevano aggiunto l'Attesa in un ragout, per ingannare il tempo, aspettando papà. O quando avevano preparato un budino per le amiche adolescenti e lamentose aggiungendo una fialetta di Qui e Ora, quando aveva regalato ad Arnaldo la sua prima torta di mele con aggiunta di Fedeltà. *Come ho potuto dimenticare in che angolo del mio cuore erano andati a nascondersi quei ricordi? E perché si erano perduti?*

16.

Per ammansire la tua Intemperanza,
prepara un banchetto sontuoso.
Siediti al tavolo e assapora con gli occhi
senza toccare cibo.

Henry aveva il portamento e la gestualità di un appartenente all'*upper class* londinese, anche se in realtà era nato a Pioltello – con il nome di battesimo di Enrico – da un'umile famiglia di torinesi emigrati dal Salernitano. Trent'anni, barba e baffi all'insù curatissimi, capelli lucidi e neri impomatati, carnagione scura e labbra carnose, piaceva alle donne e agli uomini non solo per il portamento, il fisico asciutto e proporzionato, ma per la scelta di parlare forbito e infarcire la conversazione con citazioni a effetto. Dopo l'alberghiera, consapevole del proprio valore, aveva scartato quasi subito le offerte di lavoro in città ed era partito per Londra, dove aveva perfezionato la sua formazione, onorando così tutto ciò che i genitori avevano fatto per farlo arrivare fin lì.

La madre, Assunta, lavorava al mattino nella cucina della gastronomia del quartiere San Salvario. Con le sue mani piccole e scattanti, era insostituibile nella preparazione di timballi, parmigiane, sartù e fritti. Da lei, Enrico aveva preso il gusto per le cose buone, il senso del dovere e una certa considerazione di sé che non era mai presunzione, piuttosto sicurezza di valere qualcosa anche nell'esercitare i mestieri più umili. Il figlio aveva mantenuto, però, un'ombra di insicurezza che mascherava con uno sguardo di sufficienza mal celato. Spesso accade negli uomini che si sono fatti da soli. Assunta, ogni sera, rientrata a casa, raccontava quanti timballi di pasta avevano venduto, e quante penne allo scarpariello, e quanti clienti si erano complimentati per i suoi scialatielli. Si faceva mandare da Amalfi certi limoni enormi e odorosi e la colatura di alici da Cetara. Assunta dalle mani d'oro viziava il piccolo Enrico con abiti da lei confezionati il fine settimana. Era rimasto appassionato di moda maschile, attento al dettaglio, anche sul lavoro.

Anche al padre, Enrico doveva molto. Impiegato in una ditta di trasporti specializzata in traslochi, all'inizio aiutava a caricare i mobili e talvolta guidava il camion aziendale. Poi, con l'età, la schiena si era fatta sentire e il suo lavoro si era limitato a guidare furgoni carichi di mobili. Era stato proprio alla fine di una giornata lavorativa, dopo un carico impegnativo, che era accaduto un fatto destinato a cambiare la vita del giovane.

Era un gelido venerdì del dicembre 2010, quasi all'ora di cena. Pino aveva fatto il suo ultimo scarico di mobili in un paesino della cintura torinese e stava tornando a casa con un collega. I due uomini avevano deciso, prima di imboccare la superstrada che portava a Milano, di chiudere la settimana con un bicchiere di vino e una sigaretta in un'osteria in mezzo alla campagna, non lontano dal Po. La nebbia si stava alzando, Pino e il collega Ivano di bicchieri di vino ne avevano bevuti due a testa ed erano usciti dall'osteria per fare due tiri di sigaretta sul ciglio di una strada deserta. Stavano per risalire sul furgone quando Ivano disse che doveva tornare nel locale: si era dimenticato la sua inseparabile sciarpa del Toro e doveva andare in bagno. Tirata l'ultima boccata, Pino afferrò la maniglia della portiera per issarsi al posto di guida, sedersi e aspettare il collega. Ma lasciò subito la presa: forse era meglio che anche lui andasse laggiù nello spiazzo a «cambiare acqua». Si avvicinò a un mucchio di quella che sembrava immondizia. Conosceva bene quel genere di montagnole: qualcuno aveva voluto disfarsi di mobili marci, stracci vecchi e altre cose da buttare, senza scomodarsi a portarle in discarica. Un luogo come tanti nei dintorni delle città, dove una sosta era cosa abituale, per automobilisti e camionisti. Indirizzò il getto verso un materasso marcio, in parte strappato. Un'auto che gli passò alle spalle illuminò con i fari proprio il punto in cui cadeva lo zampillo di urina, e a Pino parve di veder un luccichio dentro al materasso. Si chinò. Con la chiave del camion lacerò ulteriormente il tessuto marcio e allungò la mano verso l'imbottitura. Tra le molle e la lana sintetica c'era un sacchetto di tela plastificata bucato in più punti. Ne spuntavano un bracciale e una croce, in apparenza d'oro. Rapidissimo, estrasse l'intero sacchetto e se lo cacciò nella tasca interna della tuta da lavoro, sotto il giaccone. Ci avrebbe guardato con calma a casa, senza dire nulla a Ivano. Di certo qualche erede frettoloso di disfarsi delle carabattole di una vecchia aveva scaricato tutto sul ciglio della strada. Pino sapeva bene come andavano queste cose: a sgomberare appartamenti si scopre l'avidità umana.

Quella sera, a casa, Pino ripulì per bene la busta e depositò il presunto tesoro sul tavolo in formica della cucina. Assunta rimase a bocca aperta: oltre al bracciale e al crocefisso d'oro, due pesanti catene, tre anelli con pietre preziose, una collana e un paio di orecchini di perle, due portasigarette e due rotoli di banconote da cento euro: in totale circa ventimila euro di risparmi non affidati alle banche. «Quest'anno sarà un bel Natale», disse Pino alla moglie, raccontandole nei dettagli il fortunoso ritrovamento. Il tesoretto era più cospicuo di quanto potesse immaginare. Una volta venduti i gioielli, la coppia decise di investire una parte ingente dei risparmi per il futuro del figlio. Che così, terrorizzato dalla prospettiva di lavorare come cameriere nella pizzeria Piedigrotta del cugino, era potuto partire per Londra per coronare il suo sogno: diventare barman e direttore di sala. Dopo sei mesi Enrico, ormai per tutti Henry, aveva già preparato cocktail al prestigioso hotel Connaught e si era iscritto a un master in Hospitality and Hotel Management, vincendo due anni dopo una borsa di studio. E quando Eleonora aveva pubblicato un annuncio per cercare un direttore di sala che fosse all'altezza del suo locale, era stato uno dei primi a presentarsi. E aveva ottenuto il posto.

Lo spauracchio di ogni chef proprietario è che i dipendenti se ne vadano altrove, non appena formati. Cosa che peraltro avviene in ogni ambito, dai negozi di parrucchiere ai laboratori di artigianato. Ma nella ristorazione succede più spesso, e con conseguenze maggiormente disastrose. Era un rischio che qualunque ristoratore cercava di arginare, spesso aggiungendo al contratto di assunzione una clausola che imponeva il divieto di licenziarsi per tre, quattro o cinque anni. Oppure lasciando una quota di proprietà al proprio braccio destro, che quindi non se ne sarebbe andato, proprio come Eleonora aveva fatto con Nozomi.

Così, ogni volta che uno dei suoi manifestava il desiderio di parlarle, anche lei veniva assalita dall'inquietudine. Cosa voleva Henry? Si sarebbe lamentato per la sua assenza degli ultimi mesi? Voleva andarsene? Era sempre elegantissimo, con le sue giacche doppiopetto su misura. Quel giorno si presentò in tenuta sportiva: un giubbetto in tessuto tecnico e scarpe da jogging. Avrebbe iniziato il turno solo alle diciotto. Si erano dati appuntamento al parco Sempione, vicino a casa di Eleonora. Lei lo intravide a distanza. Chissà se il suo odore era cambiato. All'apparenza erano note raffinate di patchouli, ma sotto – Eleonora le aveva avvertite – persisteva un odore più primitivo, come a ricordare le sue origini. Un sentore di vecchie coperte di lana.

«Ti offro un caffè», disse Henry, dirigendosi verso il chiosco davanti alla biblioteca. «Tu aspettami qui.» E indicò una panchina.

«Hai per caso visto la recensione?» le chiese, una volta tornato, porgendole un bicchierino di caffè senza zucchero.

«Sì. Tu che ne pensi?» Le sembrava di essere la Meyer, che rispondeva alle domande con le domande.

«Mi ricordo benissimo quel pranzo, il signore panciuto che mostrava tanta curiosità. Mi dà del saccente e presuntuoso, ma non ha fatto che tempestarmi di domande: da dove viene la spigola? Avete moeche? Come sta Eleonora? Neanche fosse stato un tuo parente. Domande alle quali ovviamente ho risposto in maniera discreta, senza chiedergli se si trattasse di un critico o meno: nel nostro locale la riservatezza è d'obbligo. Poi, bevendo un bicchiere di Malvasia Fenech, mi ha chiesto da dove venissi e quale fosse la mia formazione. Ho risposto puntualmente. Alla fine, come ti avrà detto Sara, il signore panciuto ha pagato il conto e si è presentato: Sergio Delfino, critico gastronomico.» Con la scarpa sportiva, Henry cincischiava il pietrisco del parco e con pollice e indice della mano destra si assottigliava i baffi appuntiti: gesti che tradivano nervosismo. Non si era nemmeno seduto sulla panchina, la guardava dritto in faccia.

«Non preoccuparti, Henry. Hai fatto il tuo dovere. Unica domanda: perché non l'hai detto a me o a Sara?»

«A te non ti volevo agitare, e con Sara sai che i miei rapporti non sono eccezionali.»

«Capisco, ma la prossima volta parlamene subito. Come va in generale?»

«Mi stai chiedendo della mia vita privata oppure che aria si respira da Hamlet?»

«Entrambe le cose, se vuoi.»

«La vita privata è un po' complicata. Sai che Jodie, la ragazza con cui sto dai tempi di Londra, deve raggiungermi a Milano. Le ho trovato un posto, è una promettente bartender, stiamo cercando un appartamento più grande. Milano però è carissima. Per quanto riguarda il lavoro, per me al primo posto, sai bene quanto mi piace lavorare con te e i ragazzi...»

«Ma...?» Ed Eleonora pensò: "Ti prego, non dirmi che anche tu hai un problema".

«Ma ci sono delle cose che non mi stanno bene. Come dici tu, dobbiamo tirarle fuori.»

«Avanti», disse Eleonora, rassicurata.

«Prima cosa, ci manchi. Nozomi è bravissima, ma non è in grado di fare il capo. Arriva e si decide la linea, poi lei si caccia quelle sue cuffie nelle orecchie e attacca con Bach. Non c'è un leader. Io sono il responsabile di sala e su di me non ha molto potere, ma capisco quello che pensano i ragazzi», disse Henry.

«È una che gioca in solitaria. Lo sai.» Eleonora difendeva sempre chi apparteneva alla sua squadra, davanti agli altri.

«Ma hai un'idea per risolvere la questione? Non va bene andare avanti così.»

«No», ammise lei. «L'unica cosa intelligente che posso fare è tornare al ristorante in pianta stabile, come facevo prima. Lo farò appena mi sento meglio. Ma sai di cosa mi sono accorta? Che non avevo più la mia vita, vivevo praticamente dentro Hamlet. La cosa non mi dava fastidio, ma dopo l'incidente tutto è cambiato.»

«Che c'è di male a vivere per il tuo Hamlet? Lo fanno tutti gli chef proprietari. Si lamentano, si distruggono dalla fatica, ma non saprebbero vivere in altro modo. Era quello che ti rendeva felice, Eleonora, al netto dell'inevitabile stanchezza. Ora ci vieni meno e non ti ho mai visto così tormentata. Come mai? Voglio dire, se allontanarti da Hamlet per dedicarti ad altri progetti ti fa stare meglio, okay. Ci adattiamo. Ma ho il sospetto che tu venga poco in cucina perché stare lì, invece che darti gioia, ti angoscia», disse Henry. "Un'analisi molto acuta", non poté che rilevare Eleonora.

«Ci penserò. Non riesco a starci ore e ore al giorno, non ancora. Sappi solo che non mi diverto. Non mi diverto proprio. Ora non posso dirti di più.» Eleonora si alzò di scatto, lasciando Henry interdetto. Sapeva che aveva ragione. Andò a buttare la tazzina di carta in un cestino lì accanto. Poi tornò a sedersi.

«Era per questo che volevi vedermi?»

«Non solo. Sara sta esagerando, va in giro a ficcare il naso ovunque. È vero che il suo compito è promuovere Hamlet, ma continua a farci domande. Non sa cosa sia la privacy. A cosa serve? Chiede anche di te, anche se potrebbe essere la tua biografa ufficiale.»

«Cercherò di parlarle», disse Eleonora.

«E c'è dell'altro. Manca una cassa di Champagne.»

«Cosa significa?» disse Eleonora, incredula.

«Che manca. Non c'è più. Ho fatto tutti i controlli, ho parlato con i ragazzi. Nessuno le ha prese, le bottiglie sparite. Era una cassa mista, c'erano Krug, Dom, Selosse, Salon... Nessuno ha visto nulla. *Puff.* Scomparse. Oltre duemila euro volati via, nel nulla.»

«Non ci voleva. Non è tanto per il danno, anche se pure quello conta», disse Eleonora, cercando di mantenere la calma. «Ma è un precedente che ci fa guardare con sospetto tutto il personale. Ne hai parlato con Arnaldo?»

«Sì, abbiamo controllato tutte le bottiglie vendute questo mese e ne mancano esattamente sei. L'ho avvisato che te ne avrei parlato. Lui scoprirà chi è stato. Secondo me un'idea ce l'ha. Ma sai come è fatto, finché non è sicuro non gli scucirai una parola. Volevo anche dirti che ho bisogno di nuovi runner per il tavolo, magari la prossima settimana faccio venire il rappresentante, posso?» disse Henry, conciliante.

«Ne parliamo.» Eleonora si alzò. Non perché la conversazione le sembrasse conclusa, ma perché venne colta da una stanchezza sterminata. Però aveva promesso di andare al ristorante.

«Ci vediamo.» Eleonora salutò Henry e se ne andò pensierosa, infilandosi il soprabito che teneva sottobraccio.

17.

Per curarti non cucinare, ma Fai da mangiare,
solo nel fare c'è Guarigione.

Una nuvola aveva oscurato il sole. E la sua giornata. La sera prima non aveva voluto aprire alcuna lettera, lo aveva promesso a sé stessa. "Non sei pronta, Eleonora, non hai ancora recuperato nessun ingrediente impossibile", si era detta: "Devi lavorare sull'Attesa". Se non si sentiva pronta a nuove letture, nessuno le vietava di rileggere le lettere precedenti. E dopo aver riletto più volte le parole di Ernesta, si addormentò. Nel dormiveglia l'incontro con Henry continuava a tornarle in mente e le fece ricordare ciò che sapeva intorno alla sala e al servizio, che aveva imparato a Basilea e Parigi e a Como. «Adesso facciamo un gioco», le aveva detto una sera la nonna in un ristorante di alta cucina. «Dobbiamo indovinare tutto quello che contiene questa terrina di fagiano.» Lei avrà avuto tredici anni.

«Fagiano», si era affrettata a rispondere Eleonora. Ed erano scoppiate a ridere. «Giusto, e adesso indovina gli altri ingredienti.» E quello diventò il loro gioco. Poi diceva: «Vedi, Eleonora, non è bello che il cameriere intervenga nella conversazione dei clienti quando si avvicina al tavolo. Non si fa mai.»

«Ma nonna, Mario lo conosciamo», diceva Eleonora quando si trattava di un ristorante di cui erano habitué.

«Non ha importanza. Vedi, non si fa in nessun caso, è invadente.»

«Cosa vuol dire?»

«Che invade il tuo spazio. Noi sedute al tavolo siamo come in una bolla. Un bravo cameriere deve portarci i piatti, farci stare bene. Mai entrare nella nostra bolla. Deve essere cortese, tenerci d'occhio. Ma se Mario si inchinasse ogni volta che parliamo, se ci guardasse con aria adorante assecondando ogni capriccio di noi clienti non andrebbe bene. Il segreto per un perfetto cameriere è essere servizievole, non servile.»

«Servizievole e non servile», ripeteva Eleonora come per imprimersi bene nella memoria un mantra.

«Vedi, anche la sala, come la cucina, possiede le sue magie. Un bravo cameriere dovrebbe anticipare ogni tuo desiderio. Per esempio, se hai sete, non dovresti alzare il braccio per chiamarlo e farti portare una bottiglia. Come per magia, lui arriva e ti versa l'acqua, quasi ti avesse letto nel pensiero. Lui o lei dovrebbe anticipare il tuo bisogno. Non deve guardarti dall'alto in basso con superiorità, e neppure dal basso verso l'alto con sottomissione. La vera difficolta è essere alla pari», diceva la nonna sottovoce, quasi fosse un segreto.

«È come una magia», rispondeva Eleonora, affascinata.

«Sì, un servizio perfetto è una specie di magia. A volte viene, a volte no. Se riesce, vivrai momenti speciali.»

Poi continuava: «Ora ti dico un'altra cosa. Quando sei a un tavolo da quattro o da sei, puoi riconoscere un bravo cameriere o direttore di sala dal fatto che distingue subito, tra i clienti seduti al tavolo, il commensale leader. Cioè colui al quale gli altri fanno riferimento per ordinare, colui che sceglie il vino, che ha invitato, o semplicemente che conosce il ristorante e sa cosa consigliare agli altri».

«Nonna, tu sei sempre il commensale leader!» Eleonora la guardava con ammirazione.

A volte, quando andavano al ristorante con suo padre oppure con la mamma, Eleonora e la nonna si divertivano a fare una scommessa. Quanto ci avrebbe messo il cameriere a scoprire chi era il commensale leader? Era fatto di questi ricordi, il monologo interiore di Eleonora. E di impossibili desideri. Nozomi che starà via per un po', le tasse che erodono i profitti, l'equilibrio dei ragazzi di sala e in cucina che si sta incrinando, io che ho perso i miei poteri.

«Nonna Ernesta, mi manchi. Tu mi sapresti consigliare in questo momento difficile per me, per Hamlet. Tu mi inviteresti a cena e mi prepareresti un piatto sublime e poi con noncuranza mi diresti: "Ah, ci ho messo tre gocce di Spirito di Gruppo e una grattugiata di Fiducia in sé stessi", e io mi sentirei subito meglio.»

In realtà, era anche quest'ultima nuova consapevolezza a infastidirla. Ancora una volta, si rese conto di aver sempre usato il suo fiuto e il suo senso del gusto egoisticamente. Li aveva allenati e messi al lavoro per guardare il mondo da una posizione elitaria, per frugare nell'esistenza degli altri, per sedurre, per ottenere privilegi, informazioni, per costruirci sopra un lavoro e per trarne profitto. Nulla di male, per carità. Aveva affilato i suoi coltelli per godere della vita prima di tutto per sé stessa. Forse quello che le stava accadendo poteva diventare l'inizio di un cambiamento.

Tornando a casa pensò che non si era mai occupata di null'altro che del raggiungimento dei suoi obiettivi. In amore, voleva Marc e aveva abbandonato tutto per scappare a Parigi con lui. Negli affari, voleva un ristorante e lo aveva messo in piedi. Si era affannata sin da ragazzina per coronare il suo sogno. Certo, non aveva sacrificato e calpestato nessuno per la sua ambiziosa realizzazione, ma non si era interessata di nient'altro che di sé. Anche il dolore per la perdita di due persone care l'aveva resa dura. Il dolore l'aveva fatta ripiegare di più su sé stessa, senza renderla più forte. Al contrario, aveva fatto crescere un vittimismo che per anni era rimasto latente. Ma ora qualcosa si stava trasformando in lei grazie alle parole della nonna. Giurò che, se olfatto e gusto fossero tornati, avrebbe fatto qualcosa per gli altri. Messo così sembrava un patto con il destino. Un *do ut des* con il fato. Era troppo facile, avrebbe dovuto portare a termine il suo impegno anche nel caso in cui non avesse recuperato i due sensi. Avrebbe potuto cominciare a fare volontariato. Non come lo facevano tanti chef, come operazione di marketing. Lo avrebbe fatto nella discrezione. Ma ora no, non era ancora il momento. Non puoi accettare e combattere e nello stesso momento dare: richiedeva troppe energie.

Vide tre chiamate perse di Sara, le ignorò. Tornando a casa, passò davanti alla sua edicola di fiducia. Una delle ultime rimaste, a Milano. Nando, il proprietario, vedendola arrivare le urlò: «Eccola qui la nostra diva con una bella intervista», indicando un settimanale appeso alla sua destra. Eleonora lo guardò, interrogativa.

«Davvero? Meno male che ci sei tu, Nando. Tirerò le orecchie a chi di dovere per non avermi avvisato.» Era in una delle foto di copertina di un magazine gossipparo, molto venduto in passato, ma sempre di qualche importanza. Non era però quello il punto. Nella foto Eleonora sembrava più vecchia, ammiccante. Ne usciva una postura volgare, qualcosa che non le apparteneva. Il titolo era ambiguo, così come la foto: «La chef milanese, dopo l'incidente, torna alla vita più forte che mai. L'ex amante di Marc Violin torna al lavoro». Sara non doveva vegliare sulla sua immagine?

Entrò al ristorante con un passo da bersagliere. Si cambiò e spuntò in cucina. Una divisa candida e una cravatta regimental legata sulla nuca.

«Ciao ragazzi, sbrigo un paio di faccende in ufficio e poi sarò con voi. Bibo, come mai senza coda? Simhala, cambiati il grembiule, sei all'inizio del servizio e già è macchiato», disse.

Con una cassa di piselli e crescione tra le braccia, Simhala sussurrò agli altri: «Mi sa che oggi è una giornata no». Eleonora si allontanò per infilarsi nel suo studiolo, dal quale chiamò Sara. «Vieni, devo parlarti.»

Sara non l'aveva sentita, portava un soprabito zebrato e un paio di pantaloni neri, era molto truccata e sembrava eccitata mentre brandiva il settimanale.

«Ragazzi, avete visto?» Ma Eleonora la prese per un braccio e la trascinò nello studio, prima che entrasse in cucina.

«Cosa c'è, non sei contenta?»

«No, non lo sono. E ti dirò di più, prima ero solo dispiaciuta per un pezzo su di me che non mi convince affatto, adesso sono anche preoccupata.»

«Doppio perché», chiese Sara, cadendo dalle nuvole. O forse tentava di buttarla sul ridere, come faceva sempre quando era in difficoltà.

«Non mi piace quel settimanale, non ne esco bene, la foto è orribile. E ficcano il naso nella mia vita privata. Ho un'assistente, un ufficio stampa, che dovrebbe vegliare sulla mia immagine e non lo fa. Negli ultimi tempi io e te non siamo d'accordo su molte cose.»

In una frazione di secondo Sara dovette decidere quale fosse l'atteggiamento da assumere per parare meglio il colpo: duro o morbido. Non poteva essere l'aggressività. Spesso se l'era cavata con un "Sorry, non l'ho fatto apposta", pronunciato con un tono di voce infantile. Perfetto per questa occasione.

«Non mi sembra un brutto giornale o un brutto articolo. La foto era tra quelle che avevamo selezionato insieme. O forse mi sbaglio, forse è capitata dentro il mucchio per caso. Mi dispiace, Eleonora. Ma non drammatizzare.»

«Sara. A Milano la concorrenza è fortissima, è un'altalena, ma stiamo potenziando Hamlet. L'incidente ci ha fatto conoscere e ha fatto sì che molti si siano incuriositi e siano venuti a verificare. Tu hai il compito di accompagnare questa crescita. È uscita una recensione che non mi è piaciuta pochi giorni fa, e ora quest'articolo. Faccio fatica a tornare al ristorante. La mia brigata barcolla. Soffro ancora di emicranie e l'ultima cosa di cui ho bisogno è non potermi fidare ciecamente della mia assistente: tu. La stessa persona che nelle nostre prime riunioni mi diceva: non accetteremo nessuna intervista inferiore a quelle del "New York Times". Era una battuta, ma le ambizioni c'erano. Vuoi rimetterti in riga, per cortesia?»

«Ma è solo una serie di fraintendimenti, una serie di coincidenze. Io ho a cuore solo la tua felicità e la tua realizzazione. Fin da bambina sapevo indovinare quali erano i tuoi sogni. Ti prometto che cercherò di portare a casa una grande intervista, magari una bella ospitata in un programma di prima serata.»

«Ciò che voglio non è l'impossibile, è lavorare con costanza e coerenza. Selezioniamo le presenze, Sara. E ora mandami Bibo. Ah, dimenticavo. Manca una cassa di Champagne dal magazzino. Tieni gli occhi ben aperti su chi va e chi viene. Dov'è Rosolio? Non l'ho visto, in cucina.»

«Si è intossicato assaggiando un babà di quattro mesi.»

«Cosa? E perché io lo vengo a sapere soltanto adesso?»

«Ha telefonato poco fa. Aveva messo sotto vuoto tre diverse produzioni di babà. Ieri le ha aperte e assaggiate, per constatarne la conservabilità. Sai, la sua fissazione...» Sara adorava dare notizie ufficiali.

«Spero non sia nulla di grave», disse Eleonora, spostandosi verso la cucina.

Nozomi tolse le cuffie. Sembrava non sentisse, ma aveva il controllo di tutto.

«Al pane ci pensiamo Simhala e io», disse, anche se nessuno le aveva chiesto niente, e si mise a sfilettare una cernia.

«Ha solo un forte mal di pancia. Tra un paio di giorni sarà come nuovo. Vado», disse Valeria.

«Hai perso ancora sette etti, stai diventando troppo secca. Non va bene», le disse Bibo soppesandola, come se avesse ingurgitato una bilancia. Stava sistemando la mise en place intorno alla griglia.

«Terrò conto del tuo consiglio, grazie. Ma tu mi puoi dire perché infrangi la regola dei capelli raccolti? Una regola ferrea in cucina. Anche Valeria e io ci adattiamo, Nozomi okay, non deve, ha i capelli cortissimi. Tutti in ogni caso portiamo toque o fasce», disse Eleonora. Non era arrabbiata, aveva il tono del padre che deve redarguire il figlio che gli sta porgendo una pagella piena di brutti voti. Non voleva umiliarlo in cucina davanti agli altri, così più tardi lo convocò nel suo ufficio.

«Ho lavorato con Martín Berasategui, Sergi Arola, Toñi Vicente e Pepe Solla. Ho lavorato con i più grandi, nessuno qui ha lavorato con giganti come me», esplose Bibo, buttando fuori un grumo che da un po' stava aspettando di sputare. Eleonora sapeva che quella piccola ribellione nascondeva altro.

Capì che doveva stare in silenzio. Nulla doveva interrompere l'incanto di uno di quei momenti di confessione-fiume. Ne aveva vissuti anche lei. E non solo dalla Meyer.

«E quel cretino della recensione, l'hai letta no? Non mi ha neppure citato. Voglio più spazio, lasciami passare ad altri piatti. *Tengo en la cabeza* piatti straordinari. Non mi basta la carne, *sabes*? Non mi basta più, *quiero espacio.*» Si era avvicinato un po' troppo a Eleonora, allora lei si sedette dietro alla scrivania, per porre un confine. Non lo aveva fatto prima, per delicatezza, per fargli capire che non c'erano barriere.

«Vedremo. Sai che non vi ho mai costretti in un ambito, non vi ho mai incasellato. Ciascuno ha un ruolo, ma può e deve spaziare. Siamo in tempi di grandi sperimentazioni, di cambiamenti. Di carne ne facciamo poca ma continueremo a farne, solo eccelsa. Accolgo la tua richiesta, ma gli altri chef ti tenevano in cucina con i capelli sciolti?»

«Tengo sempre la coda. Ma ho sentito che fa male ai capelli, li tira in maniera innaturale. Mi sono accorto che *estoy perdiendo el pelo*, i capelli, e così cerco di non farla sempre. È un'emergenza, non la norma.» Proprio in quel momento una ciocca di capelli gli cadde sul viso, Bibo la infilò dietro a un orecchio.

«Non possiamo rischiare che un capello voli nel cibo. Ascolta, Bibo, lo scorso autunno eri angosciato per lo stesso motivo. Perdevi i capelli, hai fatto tre settimane di trattamenti con impacchi di ortica e rosmarino. Dovevi diventare calvo da un giorno all'altro, invece si è risolto tutto. Anche questa volta accadrà lo stesso.»

«*Esta vez* è diverso. Li perdo da qui, vedi? Ma forse ho trovato un altro prodotto che...» disse il galiziano indicando la tempia destra.

«Bibo, per cortesia. Lascia fuori i problemi di testa dalla mia cucina. In tutti i sensi. Okay?»

«Okay. Ma tu devi provare un paio di piatti che ho messo a punto.»

«Certo che li provo.» Stava per salutarlo, ma anche Simhala fece capolino in ufficio.

«Posso?» Simhala si era cambiato, aveva anche un cappellino nuovo, ma lo portava sempre con la visiera girata sulla nuca.

«Vieni pure.» Intanto congedò Bibo.

«Come stai, e a casa?»

«Papà sta bene, ma lavora pochissimo. La mamma non tanto. Eleonora, io ho paura», e fece una pausa.

Anche in questo caso, lei capiva che doveva aspettare. Aveva capito che ora doveva imparare ad aspettare. E che ci sono momenti, quando chi sta davanti a te sta parlando, in cui basta un respiro per rompere l'incantesimo.

«Ho paura che tu non vuoi più venire al ristorante per l'incidente, che Hamlet resta senza clienti, che tu non puoi pagare stipendi.» Simhala era sincero, aveva uno sguardo puro e le parlava con dignità, pur ammettendo la sua debolezza, la sua paura.

«Normale che tu abbia paura, anch'io ne ho. Temo di non tornare in forma come prima dell'incidente. Ho paura che la mia brigata mi molli e vada a lavorare da qualche altra parte. Per quello che riguarda me, devo rassicurarti: Hamlet non morirà. Lo terremo in vita tutti insieme, te lo prometto», disse Eleonora, con le lacrime che le salivano agli occhi.

«Grazie Eleonora. Ma io volevo dirti che quando non c'è tanto lavoro in cucina, ho pensato di fare consegne per il nostro delivery di lusso. Non possiamo fidarci di altri che fanno consegne, allora portiamo noi nella macchina pulita e dentro le nostre scatole molto belle. Ci sarà sempre più bisogno di portare i nostri piatti ai clienti. Henry e i gemelli non possono fare tutto loro. So che Bibo vuole stare di più al ristorante per creare cose nuove. Io voglio imparare a fare tutto, il pane, le insalate e anche la spesa», disse Simhala, torcendo lo strofinaccio tra le mani.

«Sì, va bene, Sim. Io, però, anzi noi, abbiamo bisogno di te in cucina, sei bravo a sostituire tutti. Ma se uscire ti rende felice, lo puoi fare. Mettiti d'accordo con Arnaldo.» E si ripromise di verificare la sua paga: lo pagava il giusto o meno del dovuto? Come con Henry al parco, all'improvviso si trovò senza forze. Si rese conto che non poteva essere di grande aiuto alla brigata perché lei stessa era insicura sulle gambe. Durante il servizio fu silenziosa come Nozomi e aspettò con ansia di restare sola con Arnaldo. Aveva bisogno del suo conforto.

Lui comparve dopo le undici nel suo dolcevita nero. C'erano stati pochi coperti, Eleonora aveva lavorato alla postazione di Nozomi e di Valeria, poi era stata al pass e in sala a parlare con i clienti e a fare qualche foto insieme a dei ragazzi romani che la seguivano sui social. Eleonora si tolse la giacca da chef, rimise il tubino nero e sopra l'impermeabile. Si sedette all'ingresso di Hamlet, come una cliente qualsiasi. Un'estranea nel luogo che lei stessa aveva creato. Che odore aveva il suo Hamlet? Sapeva ancora di buono? Arnaldo, che era passato nel suo ufficio a fare i conti, la guardò come si guarda un gatto che rientra a casa dopo un temporale. La prese per mano e la portò in cucina.

«Come sta andando?» le chiese.

«Male, sempre peggio. Non cambia niente, non sento niente e mi sembra che l'intero mondo intorno a me non sappia di niente neanche lui.»

«Non saranno i tuoi occhi che lo vedono così?»

«Lo so. Ma saperlo non mi fa stare meglio. È come se questa cosa che mi è capitata facesse vacillare anche altre certezze, non solo il mio naso e palato.»

«Senti, Eleonora, mi sono informato. Quasi sempre i due sensi scomparsi, essendo collegati, sono destinati a ritornare insieme. Magari uno prima, l'altro dopo. Alcuni gusti, come salato, amaro, dolce e acido, possono essere riconosciuti senza l'olfatto. Tuttavia i sapori più complessi, per esempio il lampone, richiedono sia gusto sia olfatto per essere riconosciuti. Hai provato a mettere sul palato un cucchiaino di sale e uno di zucchero? Ho preparato caffè, arance, aglio, limone. Adesso tentiamo di nuovo.» Il tono deciso di Arnaldo la convinse a sottoporsi all'esperimento.

«Ho provato niente e tutto. Anche un set di odori che mi ha consigliato il professor Mercalli.»

Lui la invitò a chiudere gli occhi per non lasciarsi influenzare e concentrarsi meglio. Le mise sul palato il sale e osservò la sua reazione, poi le diede un poco d'acqua che aveva preparato lì accanto. Passò ad altri ingredienti.

Eleonora stava con la testa reclinata, i suoi begli occhi bicolore chiusi e le sopracciglia corrucciate. Arnaldo la osservò attento, e disse: «Allora?».

Lei stette a lungo in silenzio, poi gli afferrò le mani e gliele strinse. Non pronunciò una parola. In risposta all'aria ansiosa e interrogativa di Arnaldo, una grossa lacrima le scese dall'occhio viola. «Non demordere, mia cara Eleonora. Non demordere. Ci riproveremo tutte le settimane.»

«Intanto sto leggendo, le sue lettere sono un balsamo per me. Ma certe frasi invece di curarmi mi mettono in crisi. Una cosa è certa, sento che dietro c'è tanto amore.» Arnaldo la guardò compiaciuto.

Prima di andare a casa in taxi, parzialmente tranquillizzata, Eleonora gli chiese se aveva idea di chi fosse il ladro di Champagne.

«Un'ipotesi ce l'ho, ma preferisco non fare nomi fino a che non ho le prove. Ho ordinato una piccola telecamera, non preoccuparti, non turberà la privacy dei clienti. Tra qualche giorno avremo la conferma.»

«Non ho voglia di parlare di conti e fatture, stasera. Ma voglio sapere lo stato di salute di Hamlet», disse Eleonora.

«Il ragazzo non deve preoccuparti, cresce bene. Il delivery è in espansione e i conti del ristorante sono buoni, almeno nel fine settimana. Dopo l'estate, vedrai, ci sarà una grande ripresa. Nei prossimi anni il nostro paese vivrà un boom economico, come negli anni Sessanta.»

«Vorrei avere la tua fiducia nel futuro.»

«Inizia a credere nel tuo presente, e ricordati della promessa.»

Eleonora lo guardò interrogativa.

«Devi vuotare il sacco.»

Sapeva che Arnaldo aveva ragione e sperò di trovare Coraggio, almeno come ingrediente tra le lettere di Ernesta. Una volta a casa, nel calore del suo piumino, aprì la lettera successiva. Non trovò il Coraggio, ma come titolo della lettera c'era il fulcro della sua vita.

CUCINOTERAPIA

«Quando sono in cucina mi sento libero»: a dirlo è il detenuto 179886, o meglio Ernest Davis, ex carcerato cinquantenne, ora sous chef e anche tutor di classe al Lakeland Correctional Facility di Coldwater, nel Sud-ovest del Michigan. L'ho conosciuto durante il mio ultimo viaggio

negli Stati Uniti. Lui metteva in pratica ciò in cui avevo sempre creduto e che stavo cercando di trasmetterti. Anch'io mi sentivo libera nel cucinare. Anche tu ti sentivi libera, quando lo facevi. Manipolare il cibo nel processo da crudo a cotto possiede uno straordinario effetto terapeutico.
Come i carcerati, anche le persone aggressive o con disturbi della personalità possono autocurarsi cucinando. Contemporaneamente imparano disciplina, rispetto e leadership. Una maniera portentosa per lenire le ferite.
Non era la prima volta che parlavo con uno che era stato dentro: «Il cibo non ha alcun pregiudizio. Se cucini un buon piatto e ha un buon sapore, qualcuno vuole sapere chi lo ha fatto, ma non gli importa un cavolo quale sia la razza del cuoco o se è un ex prigioniero. È buono e basta». Me lo aveva raccontato a Gallipoli uno che aveva fatto vent'anni di 41bis. Cucinare può guarire. Punto.
E lo è stato anche per te.
Quante volte uscivi dall'asilo immusonita e ti curavi con un po' di acqua e farina. Sì, la mia medicina era acqua e farina, poi sei passata presto a farina e un uovo.
Senza saperlo, tu, io e quei carcerati abbiamo fatto Cucinoterapia. Sembro una giovane food blogger e invece sono una vecchia signora ammaccata. In ogni caso, in tutti i luoghi in cui le persone sono rinchiuse e non hanno libertà, in tutto il mondo, cucinare aiuta a evadere. È qualcosa che sa di miracoloso. Come può un atto tanto semplice e accessibile a tutti moltiplicare così la sorgente creativa che abbiamo in noi?
La cucina è un luogo che ha in sé accoglienza e dolcezza, ma contemporaneamente evoca istinti primordiali. Possiede qualcosa di sensuale e insieme di ancestrale, di materno, di fragile e potente allo stesso tempo. Nel cucinare sono insiti verbi cortesi come mescolare, impastare, amalgamare, soffriggere, emulsionare, distillare. Ma pure i verbi della prepotenza, dove abita anche un po' di crudeltà, come tagliuzzare, eviscerare, spolpare, sminuzzare, spennare. Eppure l'effetto portentoso arriva da entrambi, mezzi preziosi per incanalare un'aggressività altrimenti rivolta verso sé

stessi e gli altri. Sin da bambina ho sempre creduto in questo potere, ma non ho mai pensato di fare la cuoca di professione, anche se sai che ho aperto un mio bistrot. Chiusa quella parentesi, ho continuato a farmi del bene cucinando – ma anche ad andare al ristorante con metodica assiduità. Ci credevo, e lo facevo con tale solennità e consapevolezza che presto mi accorsi che le persone, dopo aver assaggiato certi miei piatti, stavano meglio.

Anche tu eri così, da bambina. A volte venivo a prenderti a scuola e mi accoglievi pensierosa, capivo che avevi nuvole nere sul capo. Ma bastava che ti dicessi «Biscotti?» o «Tiramisù?» ed ecco che il labbro inferiore si volgeva al cielo. Già a tre anni cucinavi con la terra, con l'erba spezzettata, con la sabbia mista a petali tritati con una pietra tagliente. Tu non puoi ricordarlo, ma mi servivi pietanze prelibate in giardino, su piatti improvvisati. Io ho sempre cucinato per stare bene, per gratificarmi, per edonismo. Tu cucinavi perché volevi piacere e far godere gli altri. Suor Gertrude, lunga lunga e ossuta, ti accompagnava sulla porta dell'asilo tenendoti per mano e mi diceva: «Sua nipote dice che farà la cuoca, speriamo di no». E tu la guardavi con astio. Sai che certi giorni non riuscivo a guardarti negli occhi. Ci leggevo tempeste vorticose. Sono sempre stata terrorizzata dal soffermarmi sullo sguardo dei bambini. È una cosa che mi angoscia leggere certe ombre nei loro occhi.

Ogni volta che prepariamo da mangiare aspettiamo ansiosi la conferma nello sguardo dei nostri commensali. Perché cucinare è come andare in scena e il nostro pubblico, gratificandoci, aumenta la nostra autostima. Il tuo pubblico del cuore era sempre tuo padre. Del parere degli altri – a parte il mio – non ti interessava molto. Io sono sempre stata la tua complice e insieme agivamo per lui.

In tutti i modi, negli ultimi vent'anni, ho cercato di analizzare il potere taumaturgico del cucinare.

Nessuno sa come funziona la Cucinoterapia. Non sono riuscita a capire perché prendere un cesto di verdure e tirarci fuori una grande ratatouille faccia così bene. Come è giusto che sia, la parte nascosta, quasi magica, sfugge a ogni analisi, ogni conto, ogni grammatura. La magia del cibo sta lontana dai numeri e dai conteggi delle calorie. Tutto parte dal progetto. Decido cosa cucinare, azione che implica capacità organizzativa, ma anche investimento emotivo ed economico. Poi è il momento di metterci le mani. Il momento della manipolazione: trasformo e creo. L'effetto terapeutico funziona anche per chi non ama o non sa cucinare. Il potere della Cucinoterapia sta nella reciprocità. Fa bene a chi cucina e a chi riceve il frutto del cucinare. Ed è proprio la presenza di una progettualità dietro a un piatto che ha effetti benefici. Chi di noi non si è mai rivolto al comfort food? Quasi sempre si tratta di carboidrati o dolci, in generale di tutti quei cibi che rassicurano e consolano nei momenti di stress emotivo. Ma bisogna distinguere l'abbuffarsi per colmare un vuoto dal piacere di manipolare il cibo e trasformarlo in qualcosa di buono. La Cucinoterapia non ha niente a che vedere con il raptus alimentare, quel desiderio coatto e irrefrenabile di ingurgitare cibo in un momento di sconforto. Ingozzandosi di cibo già pronto non si ottiene una vera azione terapeutica. Il cibo è un mezzo, non il fine.

Cucinare con e per l'Altro cura l'anima, il cuore, la mente: accresce l'autostima, aiuta a sedurre, favorisce l'intimità fisica e mentale, fa sentire utili. Si tratta di una terapia che serve a distrarsi, ad aumentare la manualità, ad allontanare la depressione, a dare sfogo alla creatività, a integrarsi e reintegrarsi, a consolarci, a festeggiare, a fraternizzare. Se cucini per tutti sei generoso, ma la tua è una generosità che va oltre l'investimento economico. Stai concedendo il tuo tempo e ti stai mettendo in gioco. Se mi concentro sul fare, la paura si sente di meno. Le mie mani si alternano intorno alla palla di impasto, e questo conforta e libera. Lo sbuffo di farina distrae, l'impasto è vivo e mi parla.

Tra me e te, lo sai, si era instaurata una Cucinoterapia tutta nostra e speciale. Alcune delle nostre ricette contenevano ingredienti che noi chiamavamo impossibili. Non le preparavamo sempre, solo qualche volta. Sin da bambina

non ti stupivi se aggiungevo un po' di Speranza o di Autostima nel sugo o in un impasto. Spesso non sapevi neppure cosa significavano quelle parole, ma con la serietà e il puntiglio dell'assistente ascoltavi senza stupirti o fare domande. Poi con il tempo hai capito che quegli ingredienti andavano coltivati dentro, e solo al momento della loro piena maturazione potevano essere colti e utilizzati. Diciamo che è sempre la solita frase che ti ripetevo: «È tutto nella tua mente». E poi, e poi… Te ne sei andata all'università e poi hai seguito l'amore e forse il ricordo di quegli ingredienti si era perso nel giardino della casa di Como.
Come compito della settimana ho scelto una ricetta semplice, rubata dalle ricette immorali di Manuel Vázquez Montalbán. Quindi difficilissima, perché la semplicità è complessità risolta. Una fetta di pane ben tostato sul quale sfregare la metà di un pomodoro bello maturo e un'unghia di aglio. Sale di Maldon, poi un goccio d'olio prezioso di qualche paese che sia a Sud del mondo: non esiste ricetta più goduriosa. Fai anche tu il compito, preparati questa sorta di pane cunzatu. Se non è stagione di pomodori, non fa nulla. Considerala una medicina. Mangialo da sola, guardando le acque del Naviglio; sembrano addormentate ma invece hanno un'energia interna che potrebbe stupirti. Mangialo con il tuo uomo, con un'amica dal palato maturo. Fai un piccolo gesto di Cucinoterapia casalingo solo per te e chi ami. Perché te l'ho detto: fa bene quando la si fa e quando la si riceve. Ecco perché è bello lasciare mezza torta sul davanzale dei vicini di casa e una tovaglia con un solo coperto ma ben apparecchiato per qualcuno che rientrerà a tarda notte.

Tua Ernesta

Ricetta della Cucinoterapia

Ingredienti
1 pacco di Creatività
1 tazza di Capacità di organizzazione
1 confezione grande di Generosità
1 busta grande di Pazienza
10 gocce di Concentrazione
1 bicchierino di Gioia
3 cucchiai di Autostima
2 pizzichi di Multiculturalità
1 cucchiaio di Amore per la vita
1 pizzico di Follia
1 pizzico di Rigore

Procedimento
La Cucinoterapia ha la forma di una lasagna. Comincia impastando i primi quattro ingredienti, che sono i più importanti. Tanti al posto della Generosità mettono Amore, ma è diventato ingrediente inflazionato e generico. Troppo spesso si sente dire «Cucinare è un atto d'amore». Meglio una buona dose di Generosità. Crea una palla, fai riposare all'ombra di Pazienza. Tagliuzza finemente gli altri ingredienti tranne gli ultimi due, e infine dai Armonia al tutto con le gocce di Concentrazione. Questa è la tua farcitura. Controlla che ci sia equilibrio tra Rigore e Follia, due opposti che si incontrano: è il segreto per rendere grande ogni ricetta. Ora stendi la sfoglia sottile. In una teglia, crea gli strati alternando l'impasto al ripieno. Inforna e consuma rigorosamente in compagnia. Se vuoi consumare il piatto da sola, fa bene lo stesso, ma bada di spendere il doppio per gli ingredienti, dovrai procurarti il meglio. Perché sei tu il commensale più prezioso.

18.

Se vuoi imparare la Pazienza,
togli la pellicina a un cesto di piselli.
Uno a uno.

Il mattino dopo si svegliò di buon'ora e fu la prima volta, dopo mesi, in cui nessuna chiamata di Sara la importunò. Apparecchiò sul terrazzino che dava sull'Arco della Pace, il sole entrò nell'appartamento, che si aprì, nuova riscoperta, come una corolla verso la luce. E se solamente qualche parola di Ernesta aveva su di lei un tale potere di guarigione, cosa c'era da aspettarsi dalla lettura di tutto il bauletto? Ora sapeva che gli alti e bassi del suo barometro interno che avevano imperato nelle settimane precedenti stavano lasciando il posto a un tempo stabile. Voleva creare un delivery di alto livello, ancora più alto e coerente con lo spirito di Hamlet, quindi moderno, raffinato, gustoso ed estremamente sexy. A dire il vero, più che delivery, pensava a quei cestini che vendono da Harrods per mangiare all'aperto. Aveva studiato un po' di ricerche di mercato, e queste confermavano il desiderio dell'umanità di mangiare sotto il cielo. Al primo raggio di sole spunta la gioia di fare un buon vecchio picnic. Anche sopra la neve. E così voleva sbaragliare la concorrenza con un cesto da picnic per gourmet. Almeno, ci avrebbe provato.

«Se oggi sei da Hamlet – mi hanno detto i ragazzi che fate un po' di ricerca e piatti nuovi – prenditi un'oretta per me. Vorrei sottoporti alcune aziende che producono contenitori per alimenti, personalizzabili e sostenibili. Sai, quella ricerca che mi hai commissionato. Dimenticavo: Rosolio è tornato, vivo e vegeto», le disse Sara che alla fine l'aveva chiamata. Ma Eleonora la sorprese con il suo tono volitivo, togliendole addirittura la parola.

«Vorrei far realizzare una carta da imballo, buste e contenitori compostabili con il logo di Hamlet e i colori malva e blu che ci contraddistinguono. Fai fare un paio di progetti al solito studio grafico e a un altro nuovo, poi li confrontiamo. Sì, lo so cosa stai per dirmi, e anche Arnaldo mi frenerebbe: "Non abbiamo molti soldi da investire", ma ho deciso di puntare su un cesto da picnic o una scatola piena di prelibatezze. Ovviamente non pensare alla pizza rinsecchita e all'hamburger come cartone. I locali milanesi sono agguerriti, non possiamo rimanere indietro. Ho letto che alcune aziende ricavano contenitori da gusci di uovo o dalle vinacce esauste. Vorrei scegliere materiali riciclati, da economia circolare. Migliorerebbe il servizio e l'immagine, anche perché in inverno la gente non potrà mangiare all'aperto. È ora di finirla con gli adesivi HAMLET messi su anonime scatole bianche, voglio una linea coerente e coordinata. Voglio che i nostri clienti abbiano il necessario per organizzare un ricco ed elegante picnic sul tappeto del loro salotto. Voglio borse da asporto che le milanesi – note per il loro buon gusto – si portino anche a passeggio, tanto sono chic. Ci vediamo più tardi, datti da fare», disse con entusiasmo. Il picnic era la sua modalità preferita di consumare cibo. In qualsiasi luogo o forma, bastava fosse all'aperto. Era una passione che le aveva attaccato Marc.

Poi, quasi a sorprendere sé stessa, Eleonora si sentì dare un ordine: «Organizzami una riunione con tutti i ragazzi, Arnaldo, e ovviamente te. Voglio vedervi tutti, la prossima settimana, giovedì alle 17, al ristorante. Grazie». Immaginò l'espressione sorpresa sul viso di Sara in quel momento: era la stessa Eleonora piagnucolosa e amorfa delle settimane precedenti? No di certo. E contava di andare dalla Meyer mercoledì e rinforzare con lei la decisione di aprirsi, finalmente, con i suoi. Avrebbe avuto ancora qualche giorno per pensarci, chiarirsi le idee. Di certo le lettere di Ernesta – il cofanetto lo aveva messo al sicuro nella sua cassaforte di casa, come un prezioso gioiello – l'avevano resa più risoluta.

Era una giornata di sole ed Eleonora, in scarpe basse e abbigliamento sportivo, decise di andare al lavoro a piedi. Non faceva che pensare alle parole di Ernesta e pregustare il momento nel quale avrebbe aperto la prossima lettera. Mentre camminava, ne approfittò per fare altre telefonate. Intanto decise di comprarsi un cono gelato. Tenerlo nel palmo le avrebbe dato lo stesso piacere che dà a un fumatore guardarsi una sigaretta tra le dita. Nocciola e cioccolato, i suoi gusti preferiti. Perché rinunciare a un semplice gesto quotidiano? Non fa nulla se sulla lingua e dentro di sé sentiva solo gelo. Il cono era un rituale, come la pizza al trancio.

Stava per riporre il telefono in borsa, dopo l'ultima chiamata, quando si accorse che dal dispositivo proveniva ancora la voce di Sara, lontana, che probabilmente non si era resa conto di essere rimasta in linea. Stava parlando con qualcuno. La privazione di due sensi, pensò Eleonora, le aveva acuito gli altri, soprattutto l'udito, e ora era in grado di udire distintamente. Ascoltò con attenzione. «Sino a ieri, sotto shock per la caduta e il coma, era deprimente, ma riuscivo a gestirla. Adesso, se torna esagitata come prima, non so quanto potrò reggerla.» Eleonora avvertì un impercettibile conato di vomito, come quando leggi in macchina mentre qualcuno guida. «Sara, Sara!» urlò. «Chiudi la chiamata.» Non rispondeva nessuno, allora decise di mettere via il cellulare. Ma il puzzle Sara aveva dei tasselli che cominciavano a non combaciare più, i bordi si stavano pian piano sgretolando.

La visione di Hamlet che splendeva sulla lastra d'acciaio della Darsena la distrasse e la inorgoglì. Entrata, si cambiò e indossò la sua miglior divisa, candida con un profilo nero, che le ricordava quella che le avevano regalato quando aveva solo undici anni, un vessillo portato con orgoglio di fronte a un padre e a una madre anaffettivi. Si guardò di straforo nello specchio dell'ingresso e si scoprì più magra, con un viso stanco e segnato. Era molto che non si specchiava vestita da chef e, nonostante tutto, in questa versione si trovava gradevole. Le sarebbe piaciuto anche tornare ad avere un uomo per il quale mettersi il rossetto e sistemarsi i capelli. Avevano un bel dire le sue amiche neofemministe, che «il rossetto te lo metti per te stessa, mica per un uomo». Lei sapeva che non era così. Al limite, lo si mette per altre donne.

La prima ad andarle incontro fu Nozomi. In silenzio, nel suo stile, le fece un misurato inchino a mani giunte: «Felici di averti tra noi», disse, togliendosi le cuffie. Sapevano che era lì per provare finalmente piatti nuovi.

Valeria era già al lavoro e aveva uno sbuffo di farina sul naso. Eleonora si avvicinò e le sussurrò con un sorriso: «Come sta il tuo Mario?».

«Bene, ma non lo vedo mai. Mi manca un po'», rispose, lusingata che Eleonora le chiedesse della sua vita privata.

«Infatti, cucina controllando ogni secondo i social e la chat di WhatsApp del suo *goleador*», disse Bibo, sottovoce e in tono sarcastico, a Rosolio. Valeria lo sentì, e gli rivolse un'occhiataccia.

«A proposito», si inserì Eleonora, «mi dicono faville del tuo ultimo raviolo, uno dei piatti più ordinati nelle ultime settimane. Ottimo il ripieno di ossobuco e l'idea di abbinarci la marmellata di alghe con wakame e i cubetti di gelatina di agrumi, succo d'arancia e pompelmo rosa. Pensavo di toglierlo dalla carta perché lo ritengo di impostazione invernale, ma non ci siamo ancora riusciti, tanto piace. Brava, Valeria.»

«Grazie, chef. Più che il mio, è il nostro raviolo, come ci hai insegnato. È frutto del lavoro di tutti. Magnifico l'ossobuco di Bibo, il tocco della marmellata di alghe di Nozomi. Io ho avvolto tutto nella mia sfoglia aromatizzata allo zafferano. E Rosolio ci ha abbinato un pane ai semi oleosi, spettacolare. Però hai ragione, è invernale: stiamo pensando a qualcosa di nuovo per la primavera e l'estate.»

«Abbinare carboidrato a carboidrato non è usuale, ma il raviolo in questione non è un primo piatto, l'abbiamo pensato come un *main course*, e il pane in abbinamento rinforza questo concetto», commentò Rosolio.

«*Hola chica.*» Bibo si avvicinò, con una coda di cavallo ben pettinata e chiusa da un fermaglio d'argento, soppesando Eleonora con i suoi allenati occhi-bilancia che Valeria conosceva tanto bene. «Non dimagrirmi troppo.»

«Mi accusate di guardare sempre i social, ma lui, il vanesio, cucina specchiandosi nei coperchi d'acciaio», disse Valeria, indicando Bibo.

«Vanesio? Cosa vuol dire? *Tu eres loca.*»

«Allora, ragazzi.» E la brigata si zittì. Da sempre Eleonora non interveniva in battibecchi e punzecchiature. Ci aveva fatto il callo ed era abituata a ben altri scontri davanti ai fornelli, questi li lasciava passare. Una volta, a Parigi, un ragazzo della brigata aveva malmenato un collega, durante una litigata furiosa per una salsa sbilanciata di cui si cercava il colpevole. Quelle di Hamlet erano carezze, al confronto.

«Rosolio, sei guarito, vedo. È bello vederti. Sei pregato di stare più attento con i tuoi assaggi di babà. Come mai quella faccia?»

«Niente di grave, chef, ma a Posillipo sono stato viziato. Quando ritorno quassù, per almeno dodici ore ho un effetto *jet lag*. Non so perché sono stato male per il babà. Al pronto soccorso hanno parlato di leggera intossicazione, ma quando l'ho assaggiato non mi sembrava andato a male. Era sottovuoto da cinquantotto giorni, mica da un anno», disse, ancora incredulo per quel che gli era accaduto.

«Dov'è Simhala?» chiese Eleonora, sospirando alla risposta di Rosolio.

«Sta finendo le ultime consegne, arriverà tra un'oretta.»

«Okay, ragazzi, allora cominciamo. Vorrei mettere a punto con voi qualche nuovo piatto per le prossime settimane. Come al solito partiamo dagli ingredienti e da un paio di abbinamenti per uno. Vi ricordate di quando vi avevo detto che volevo aggiungere per la primavera una selezione di formaggi di capra? Serviti al carrello, come si usava nei grandi ristoranti negli anni Duemila, ma anche prima. La selezione andrebbe bene anche per un trasporto chic, che sia delivery o picnic. È un progetto a cui sto pensando: la nostra cucina è molto tecnica ed è difficile trasportarne l'atmosfera a casa delle persone, ma i formaggi abbinati ai fantastici pani di Rosolio diventerebbero un piatto vero e proprio. Magari possiamo pure aggiungere qualche confettura, per venire incontro ai palati più alla moda. Pensavo a una box traspirante creata appositamente per la degustazione di formaggi selezionata da Hamlet. E poi a qualche terrina a base vegetale, e non solo. A Milano ancora non lo sta facendo nessuno. I nostri clienti sono in gran parte giovani gourmet alto-spendenti. A loro piacerà. Nozomi, hai qualcosa da aggiungere?» Ed Eleonora si appoggiò al tavolo d'acciaio della cucina, passando la parola alla sous chef.

«Mi piace. Infatti con Bibo siamo andati in quel caseificio in Val Calepio e abbiamo comprato un po' di forme di diversa stagionatura. Poi abbiamo trovato un'azienda in Valchiavenna, devono mandarci dei campioni.»

«Lì hanno anche un erborinato di capra *muy bueno*», disse Bibo, tirando fuori dalla dispensa una specie di vassoio di marmo scuro sul quale erano adagiate varie formaggette, di diverse stagionature, e iniziando a ricavarne minuscole porzioni.

«E se aggiungessimo nella confezione qualche piccolo foglio in carta di riso scritto a mano con la spiegazione di ciascun formaggio e un'idea di abbinamento?» propose Nozomi.

«Ottima idea, te ne occupi tu, Bibo? Poi passa tutto a me che decido con Sara come realizzare i bigliettini. Ora pensiamo ai piatti da mettere in carta: siamo un po' in ritardo, ma, tenendo conto della mia assenza, siete già stati bravissimi. Aggiungiamo qualche idea basata sugli asparagi e altri ortaggi di stagione come piselli freschi e fave. Nozomi lavorerà su un piatto di pesce abbinato a questi ingredienti. Voglio una grande pasta ripiena da Valeria, un paio di salse e un piatto di carne da Bibo. Voglio un lievitato e un nuovo dessert da Rosolio. A Simhala chiederò almeno una nuova insalata, anche se in questa fase si è fissato con altro.» Eleonora sorrise, era un fiume in piena e le batteva il cuore. «Pensavo di lavorare su un raviolo con ripieno di capra e capperi, poi vorrei aggiungerci lamponi e menta. Ci mettiamo al lavoro e poi condividiamo. Sentiamo un po' di vostre idee.» Intanto assaggiava i primi due formaggi, sforzandosi di non tradire espressioni di delusione: per lei erano gesso. Insieme ai ragazzi aveva sviluppato un vero e proprio metodo. Per analizzare bene e conoscere a fondo un ingrediente è necessaria una degustazione comparata. Lo stavano facendo: assaggiavano più formaggi di capra di aziende diverse, ma con la stessa stagionatura.

«Il dragoncello fresco che ci portano è fantastico vicino all'asparago, un *pairing* che funziona. Ci aggiungo un po' di senape e sottaceti tritati e si trasforma in una buona salsa, da abbinare a un pesce grasso e lungo sul palato, come lo sgombro. E poi vorrei lavorare su una variante di un dolce di ispirazione norvegese. Si chiama ekte gjetost, a base di formaggio di capra fresco e cioccolato. Farei un po' di tentativi, per esempio un capra stagionato quindici giorni assieme a fondente 65 per cento», disse Nozomi, che non amava particolarmente i formaggi, poco apprezzati in Giappone, ma in Europa si era abituata a degustarli.

Intervenne Valeria: «Pensavo a una lasagnetta dove in trasparenza vedi piccole viole racchiuse tra due strati sottilissimi di sfoglia. Un po' come il raviolo aperto di Marchesi. Tra gli strati di pasta, metterei cozze e vongole in bianco, spadellate con una purea di asparagi come emulsionante».

«Io potrei abbinare al mio super agnello alla brace una crema densa di caprino fresco con morchelle, *los hongos* stagionali *buenissimi* seccati e polverizzati. In un altro piatto abbinerei la carne di agnello o maiale ad albicocche secche rinvenute nel Cointreau e farcite con del capra morbido un pizzico speziato», disse Bibo.

«Perfetto anche formaggio di capra, cipolle caramellate e latte di cocco. Date a questi ingredienti la texture e la forma molecolare che volete, ma l'abbinamento funziona. Formaggio e cocco sono due ingredienti che contengono l'acido caprilico, ecco perché si amano così tanto. Ragazzi, ricordatevi sempre il nostro principio: unire più ingredienti per stupire non è da noi. Tutto deve avere un senso e un'armonia finale», aggiunse Eleonora.

«L'asparago lo faccio con menta, limone e mandorle a filetti», disse Simhala, spuntando dalla porta della cucina: aveva finito le consegne prima del previsto. «Invece con il formaggio di capra ci faccio una bella insalata rinfrescante con barbabietola, che in estate possiamo sostituire con anguria e olio al rosmarino.»

«Io ci abbinerei un Sancerres della Loira o un Sauvignon Blanc della Nuova Zelanda. Entrambi hanno i sentori del nobile asparago, quindi sono perfetti. Si fa merenda qui?» disse Henry, che aveva fatto capolino in cucina insieme a Simhala.

Eleonora riprese la parola: «Bene, bene. Mi ricordo di una *brasserie* del quartiere ebraico di Parigi che serviva cetrioli in insalata, formaggi di capra, foglie di coriandolo. Ricordiamolo per l'estate. Molto fresco, floreale. La natura alcalina del cetriolo potenzia la nota acidula del formaggio». Rosario stava zitto, allora Eleonora, che non voleva metterlo a disagio e aveva grande esperienza nel gestire lo spogliatoio, disse: «Sai cosa mi piacerebbe, Rosolio? Una specie di focaccina, base di pasta leggera e molto croccante, un impasto ad alta idratazione come una pinsa. Poi ci metterei sopra capra morbidissimo e grasso, prima una sfregatina di aglio. Abbiamo una clientela colta che può capire questo abbinamento così impegnativo e falsamente pop. Magari potresti creare, insieme ai ragazzi, una purea dolce di aglio rosa. Rendila leggermente piccante per dare sprint e poi spargila sulla focaccia. Ma deve essere un velo, mi raccomando. Magari creiamo anche una versione senza aglio... conosciamo la clientela milanese.»

«Sì, mi piace. Agli ordini», disse Rosolio.

«Anch'io vorrei creare una specie di quiche lorraine piccola, monodose e sottile a base di uova, asparago e dragoncello. Se Valeria o Nozomi o Rosolio mi danno una mano per la base...» disse Simhala, quasi a bassa voce.

«Ti aiuto io», lo rassicurò Nozomi.

«Perfetto. I dati ci dicono che molti a pranzo amano questi *appetizer*, invece che piatti più impegnativi. Più scelta abbiamo, meglio è. Il pomeriggio di ricerca lo continuiamo domani, facciamo come al solito: tutti con i piatti pronti, tutti assaggiano tutto e contribuiscono al piatto degli altri. Entro due giorni vorrei che decidessimo l'impiattamento delle ricette che passano l'esame gustativo. Vi ricordo che non tutti i piatti nati dalle nostre menti finiscono in carta. Spero di potervi far vedere anche alcuni campioni del nuovo packaging. Al lavoro, ragazzi, e grazie. Ovviamente, come al solito voglio sapere il *food cost* del piatto e a quanto lo mettereste in carta. Poi passiamo tutto a Henry e Arnaldo che verificheranno i numeri. Vado a prendere una buona bottiglia per brindare. Nozomi, vuoi farci sentire qualcosa di bello con le tue super casse? Ci sarà di ispirazione», concluse Eleonora.

«Okay, chef», risposero curiosamente in coro. Sembrava fossero tornati alla stessa complicità, lo stesso spirito di gruppo di prima dell'incidente. Ed Eleonora, per un intero pomeriggio, riuscì a non pensare ai suoi guai.

Lavorò con gli altri sino a sera. Poi, dopo che la linea era stata impostata, tornò a casa a piedi, una mezz'ora di cammino. Guardando palazzi e tram, macchine in coda e gruppi di ragazzi che parlottavano, Eleonora pregustava la doccia e il piacere della sua nuova lettura serale. Passò davanti al fioraio e comprò un mazzetto di ranuncoli bianchi, in drogheria acquistò due bastoncini di vaniglia, dal calzolaio ritirò un paio di décolleté, alla panetteria di quartiere acquistò un quadrato di focaccia. Per la prima volta non soffrì passando davanti a quelle che un tempo erano le sue botteghe preferite: non la turbò il fatto che non le parlassero più.

Arrivata a casa, si preparò la cena con uno speciale asporto del suo ristorante preferito, Hamlet: un carpaccio di spigola, due fette del pane al bergamotto di Rosario, la tarte tatin di pere, fave di cacao tostate e zenzero di Valeria. Per la prima volta, avrebbe cenato da sola con qualcosa di diverso da un pugno di integratori. Intanto tirò fuori il libriccino avuto dalla madre dove aveva scritto le sue prime ricette. Conservare qualcosa dell'infanzia di chi ti sta a cuore: non è, questa, una dimostrazione tangibile di amore? Biscotti di ogni genere e una tarte tatin salata, ecco cosa cucinava da bambina. Già da allora non amava le ricette banali. Sfogliava le pagine correndo da una A gigantesca a due disegni di torte di compleanno colorate a pastello. Decise di prepararsi dei biscotti ovis mollis, perché sotto la ricetta lesse la frase che aveva scritto a pennarello rosso con la sua grafia da novenne: «Aggiungi un pizzico di Condivisione, li mangerai e sarai felice». Non aveva quell'ingrediente, per condividere bisogna fidarsi, e lei non aveva ancora confessato, quindi non era pronta, ma li preparò lo stesso. Una frase profetica. E fu felice, mentre comprimeva la farina con il burro morbido.

Il suo compito da quella sera sarebbe diventato: *se non posso apprezzare odori, profumi e sapori come prima, mi nutrirò del bello e del buono, di sapere e dei ricordi. Il mio corpo e i miei sensi, che possiedono una memoria, ne trarranno beneficio.* Accese il forno. Tirò fuori la tovaglia di fiandra con l'orlo a giorno ricamato a mano, due piatti bianchi bordati d'oro e due grandi bicchieri istoriati. Sistemò i fiori in un vasetto in vetro di Murano. Questi gesti la rincuorarono. *Stasera ho un ospite importante. La bellezza di questi piatti mi consolerà.*

Finì di cenare, gustandosi anche senza sapori la lentezza di ogni singolo boccone, poi si preparò per andare a letto. Ecco la sua Cucinoterapia. Non vedeva l'ora. Estrasse dalla cassaforte il prezioso cofanetto e, tra le lenzuola, lo aprì.

Una volta scostate le buste aperte già lette, però, pensò che quella sera non era pronta a una nuova lettura. Osservò la scrittura inclinata ed elegante di Ernesta, sapeva già che ogni riga sarebbe stata importante, rilesse le parole introduttive: erano state messe lì come un sipario che apre una messa in scena che ha il peso sacro di un cerimoniale. Temeva di arrivare troppo presto alla fine delle lettere, come quando non si vuole arrivare in fondo a un libro che ci sta cambiando la visione del mondo. Doveva lavorare ancora un po' sull'Attesa e sulla Cucinoterapia. E si addormentò.

19.

Se vuoi gestire il Rancore e la Vendetta,
pensa alla lezione della cicoria:
anche se la tagli,
lei cresce e si offre ogni volta con generosità.

«Ciao ragazzi, stasera starò con voi.» Eleonora entrò al ristorante sorridendo e indossò una nuova divisa da chef di un bianco abbagliante. Quella sera tutto avrebbe dovuto essere nuovo. Raccolse i capelli in una treccia e si truccò per bene nel bagno del personale. Aveva intenzione sia di dare una mano in cucina sia di uscire in sala per dimostrare ai clienti che era tornata. Si ricordava il sottile piacere di quando passava da vincitrice fra i tavoli di Hamlet. E, una volta in cucina, annunciò sorridendo: «L'ingrediente della settimana saranno i legumi, legumi e ancora legumi. Createmi qualche piatto di stagione con teneri piselli, fave e taccole. Anche legumi secchi che possiamo inserire qua e là, scatenatevi. Ma ora pensiamo a stasera». Fece l'occhiolino a Nozomi e aiutò Valeria a chiudere La trilogia dell'orto, tre tortelloni giganti con una farcia di ricotta e tre verdure differenti conditi con miso e crema di lievito di birra fermentato. Poi si dedicò ai cuori di lattuga e cipollotti rossi con maionese ai semi di senape e pistacchi. Infine fece caramellare gli scalogni per la quiche salata al timo limonato.

«Siamo al completo», annunciò Henry, «che per un normale mercoledì non è affatto male.» I clienti – ma Eleonora voleva che tutti li chiamassero ospiti – cominciavano ad arrivare.

«C'è qualcuno che dovrei salutare?» gli chiese Eleonora mentre eliminava con un pezzo di carta uno sbaffo di salsa al cerfoglio dal bordo di un piatto.

«Certo. I Meregani mi hanno chiesto di te. E c'è anche il proprietario della Lanterna Rossa con parte della brigata perché oggi sono chiusi. E poi dovresti salutare Étienne Marie, quello delle serre.»

Valeria lo guardò. «Quello figo?» Henry alzò gli occhi al cielo e disse: «Datevi una mossa, stanno arrivando tutti insieme».

«Lo conosco, questo Étienne?» chiese Eleonora. Nozomi fece di no con la testa, era concentrata a tagliare un parallelepipedo di ricciola.

«Non so, ma negli ultimi mesi non ti sei occupata degli ordini, quindi è improbabile», disse Valeria. Poi si misero tutti al lavoro concentrati, si sentivano solo Henry e i ragazzi di sala che chiamavano i piatti e sullo sfondo il rumore di una cucina vibrante. Le imprecazioni di Bibo, il cibo che sfrigolava, l'amido che sciabordava sui bordi delle padelle, il vociare e lo schioccare dei tappi in sala, lo scoppiettare delle fritture, l'acqua che sobbolliva. La cucina, agli occhi di Eleonora, era viva e fremente come un'amante focosa trascurata da tempo e che aveva ripreso all'improvviso ad amare.

Si mise al pass per sorvegliare la finitura dei piatti. Prima di uscire in sala, andò a controllarsi la divisa e il trucco. Passò tra i tavoli sorridendo, era la prima volta dall'incidente che faceva la sua comparsa tra i clienti come un primo attore al termine dello spettacolo. Camminava con una sicurezza diversa, forse merito delle lettere? Capì subito chi era Étienne, anche se non si ricordava di averlo conosciuto, ma indugiò ai tavoli vicini. Intanto guardò la sua commensale, le avrebbe raccontato qualcosa di lui. Capelli scuri raccolti in uno chignon basso, ovale perfetto e un semplice abito nero a sottoveste, sotto cui le braccia magre risaltavano per il loro biancore. Un solo bracciale scintillante. Si chiese che odore avesse. Poi guardò lui. Avrà avuto trentacinque anni, uno sguardo fiero ma non altezzoso. Un'aria da gentiluomo di campagna, fintamente trasandato. A dire il vero, la cosa che la colpì subito furono i denti bianchissimi e regolari e un anello quadrato con uno stemma che gli intravide all'anulare della mano destra. Un bel sorriso, non c'è che dire. In quel momento s'incupì. Non avrebbe potuto affidarsi al suo olfatto e annusare l'aria per capire di cosa sapeva quell'uomo. E doveva basarsi solo su quello che vedeva, orecchie grandi ma ben fatte, baffi sottili a matita e attaccatura dei capelli alta, con una riga di lato che sembrava scolpita. E occhi color ardesia chiaro. Era una bellezza d'altri tempi, ma non riusciva e rammentare il nome dell'attore che le ricordava. Era talmente d'altri tempi che quasi di scatto si alzò da tavola e le fece una specie di ampolloso inchino e baciamano. Il suo accento era francese, ma non parigino. Eleonora lo avrebbe distinto immediatamente.

«Eleonora Blanck... La conosco di fama e anche di persona, ma lei non può ricordarsi. Le presento Jasmine. Gran parte delle erbe aromatiche e delle spezie arrivano dalla mia azienda, anche se probabilmente lo sta scoprendo ora», disse rivolgendosi all'amica.

«Piacere», disse la donna, e la squadrò.

«Benvenuti da Hamlet. Diamoci del tu, Étienne.» Lei non avrebbe mai detto «piacere», neppure sotto tortura. E ora, ne era sicura, la bella Jasmine sapeva di ambra e gelsomino, come preannunciava il suo nome. In genere, il mix racconta di donne iperfemminili e sensuali, ma Eleonora non si lasciava ingannare. Denotava anche debolezza di carattere, nonostante l'apparente sicumera.

«Ci siamo già visti di sfuggita qualche anno fa a Parigi, allora eri poco più di una ragazza. E ora ti ritrovo patronne di Hamlet, complimenti», disse Étienne. Sorrise. Non era solo l'aspetto fisico a sembrarle d'altri tempi, lo erano anche i modi, e il «tu» non li rovinava.

«Non ricordavo di Parigi. Allora finalmente ho il piacere di incontrare di persona il titolare di Pensées Parfumées. Anch'io ti conosco di fama», disse Eleonora, annusando per istinto l'aria attorno a sé. Lo faceva sempre quando era in imbarazzo, non aveva perso la sua gestualità.

«Da un po' di tempo ho deciso di andare di persona nei migliori ristoranti a Roma, poi Firenze, e certamente Milano. Prima viaggiavo sempre alla ricerca di.... pensieri profumati, e ci mandavo i miei rappresentanti. Negli ultimi anni sono cambiate un po' le cose. Ed eccomi qua, da te.»

«A proposito di sapori e odori, dicevamo prima che il timo limonato è un po' debole, vero, Étienne?» disse la sua bella accompagnatrice, con una scudisciata. Eleonora sperò di non arrossire, deglutì e le sorrise.

«In che senso?»

«Il piatto è magnifico, ma in effetti...» intervenne Étienne. Lei gli andò sopra con la voce.

«Nel senso che il potenziale aromatico è scarico. Anche il cerfoglio, vero, Étienne?»

«Sì, in effetti è vero. Sai, Jasmine è una vera gourmet», e guardò Eleonora aprendosi in un sorriso disarmante e privo di malizia. «Vuoi farti portare un po' di salsa e provare con noi?» disse lui. Eleonora non poté che accettare e si fece portare una piccola ciotola da Henry. Immediatamente si pentì, avrebbe dovuto rispondere «Vado in cucina a verificare», invece se ne era rimasta lì, in piedi, esitante. Quei tre minuti di silenzio le sembrarono eterni. Le servirono però per prepararsi una risposta. Sapeva perfettamente che il cerfoglio sa metà di anice e metà di basilico, così bleffò. «Forse ha una nota mentolata eccessiva... che copre un po' l'anice, no?»

«Mah, io direi il contrario. Troppo anice», disse Jasmine con un pizzico di perfidia, inclinando il viso di lato e facendo scintillare un minuscolo orecchino di diamanti.

«Hamlet rimane uno dei miei ristoranti preferiti. Ma siamo sicuri che timo e cerfoglio provengano dalle mie serre?» chiese Étienne. E aggiunse: «O sono vittima di un piccolo tradimento?». Gli occhi acquamarina di Étienne puntarono dritti nei suoi.

«Grazie, Étienne. Controllo e ti dico.» Eleonora tornò in cucina, felice di avere una scusa per allontanarsi. Anche perché il disagio per il comportamento di quella donna cominciava a farsi evidente, ad arrossare le sue guance.

«Da chi abbiamo fatto l'ultimo ordine di erbe aromatiche?» chiese Eleonora, una volta tornata in cucina,

«Perché?» chiese Nozomi. «L'ultima volta avevano ritardato le consegne e ho chiesto ad Arnaldo di trovare un grossista più vicino. È un problema?»

«No, ma d'ora in poi vediamo di provvedere per tempo e torniamo da Pensées Perfumées, la qualità è migliore.» Poi Eleonora chiamò Henry e gli chiese di riferire a Étienne e alla sua accompagnatrice che in via del tutto eccezionale avevano dovuto cambiare fornitore. Nessuno della brigata le chiese spiegazioni. Quando quasi tutta la sala era arrivata al dessert, si cambiò e decise di andarsene. Non voleva più restare, per quella sera ne aveva avuto abbastanza. Nel suo ufficio si fece una tisana con aggiunta di due gocce di Autostima, di quell'ingrediente aveva proprio bisogno e doveva cominciare a metterlo alla prova. La Eleonora di prima non ne avrebbe avuto bisogno, ma lei sì. Si calmò. Non voleva aspettare la fine del servizio con il rischio di incrociare Arnaldo e perdere la pazienza proprio con lui.

Tornò a casa molto stanca, ma meno preoccupata del solito. Anche l'imminente partenza di Nozomi le provocava meno ansia dei giorni precedenti. Aveva tenuto testa a tutti i quesiti dei ragazzi, aveva assaggiato piatti a base di formaggi di capra, asparagi, carne, tartellette, focacce. Aveva rappresentato Hamlet in sala con i clienti. Aveva cucinato, controllato l'uscita dei piatti facendo leva sulla sua esperienza e sulla sua bravura, e, anche priva dei suoi due sensi forti, era riuscita a dare il suo contributo. Era sembrato quasi tutto normale, se non fosse stato per quelle occhiatacce che Arnaldo le lanciava ogni volta che metteva piede in cucina. Era uno sguardo che diceva: «Racconta tutto alla brigata, cosa aspetti?». E anche lo sguardo di quella Jasmine, tanto penetrante, quasi sapesse del suo problema, aveva contribuito a guastare una serata altrimenti perfetta.

Però aveva conosciuto Étienne.

Era ora di andarsene a letto, nel suo letto a baldacchino di vetro temperato, un'idea post-moderna e romantica, un contrasto che le era sempre piaciuto. Non era più il luogo nemico che la traghettava verso notti insonni popolate da incubi che recavano tracce di un'infanzia anaffettiva: dalla prima lettera si stava trasformando in una culla in cui dondolarsi lentamente, una parola dopo l'altra.

Ripensò alla serata. La cucina non aveva mai smesso di essere in fermento, e il giorno successivo ciascuno avrebbe avuto il suo compito: perfezionare i piatti nuovi e contemporaneamente servire i coperti normali. Poi si sarebbe dovuto trovare un nome per metterli in carta e – lavoro più delicato – capire quale fosse il *food cost*, e di conseguenza a che prezzo venderli. Ma ci avrebbe pensato dopo. Come si era stupita, sola nella sua ritrovata culla, nel vedere che la seconda lettera contenuta nel cofanetto era *Cucinoterapia*. Esattamente il miracolo che tornava a compiersi nel suo ristorante, ogni giorno, da quando era stato aperto. E continuava a ripetersi, anche in quei giorni complicati. Così si meravigliò nel leggere il tema della terza lettera. Lei aveva bisogno di aiuto. Aveva bisogno di ricominciare, aveva bisogno di un amore, aveva bisogno di riacquistare fiducia in sé stessa, di comprensione, di solidarietà. Aprì la lettera e come al solito Ernesta aveva compiuto l'ennesima magia regalandole ogni sera proprio l'ingrediente di cui necessitava. L'avrebbe riletta tante volte, quella lettera, tante da impararla a memoria, e tra le righe avrebbe trovato altre risposte, ma soprattutto tante domande da porsi.

BISOGNI

Ti ricordi il nostro film preferito, Eleonora? Quante volte abbiamo rivisto insieme C'era una volta in America*? Conoscevamo ogni battuta e scena a memoria. Una delle tue preferite era quella in cui il ragazzino Patsy riesce a procurarsi cinque centesimi, un piccolo lusso a quei tempi. Ha deciso di usarli per pagare i servizi della giovane Peggy. Così compra nel negozio del padre di Fat Moe una charlotte, un dolce di panna montata con una ciliegina in cima – una volta anche noi l'abbiamo cucinata insieme, ti ricordi? Sale a perdifiato le scale. Arrivato davanti alla porta della casa di Peggy, è costretto ad aspettare perché la ragazzina sta facendo il bagno. Quel dolce era il pagamento di una prestazione sessuale. Si siede sui gradini fuori dalla porta e comincia a osservare con sguardo famelico la charlotte. All'inizio resiste, si accontenta di leccarsi le dita dopo aver raccolto la panna caduta sulla carta. Ma lentamente la golosità vince sulla carnalità*

e Patsy si spazzola la charlotte in pochi istanti. Scende le scale e se ne va.
Eccolo qui, il conflitto di Patsy, che è di tutti: cedere ai bisogni della carne oppure a quelli della gola? Sembrano in competizione, corrispondono a due diversi istinti, quello di riprodursi e quello di nutrirsi. Se si prende un neonato – esperimento crudele – e lo si adagia nella culla lasciandolo pochi centimetri prima che tocchi la superficie, allargherà le braccia come in un istintuale desiderio di attutire il colpo. Nessuno glielo ha insegnato. Dietro ci sta una molla molto potente, comune a tutti gli esseri viventi: l'istinto di autoconservazione. Senza questo, la specie si estingue.
Alla fine siamo un ramo evolutivo dei mammiferi. Questo istinto riguarda tutti i comportamenti di base che ci consentono di rimanere in vita, e in salute. Vale anche per gli alberi, sai, lo vedi che i rami tendono verso la luce?
Sarà scontato ricordarlo, ma io voglio fare lo stesso: una certa arrogante umanità dovrebbe rendersi conto che in molti paesi del mondo l'istinto di autoconservazione viene messo a dura prova. Che neppure i bisogni primari vengono soddisfatti.
Lo scrivo a te, e voglio che te lo ricordi bene: il tuo bisogno di autorealizzazione, in quei paesi dove si lotta per sopravvivere, è considerato un lusso.
Ecco, io ti chiedo di tirar fuori questo istinto, questo bisogno di vivere. Qualsiasi sia la tua croce, qualsiasi sia la quota di dolore che il destino ti ha assegnato, non rinunciare al bisogno di essere rispettata e amata. Tira fuori il tuo diritto ai bisogni primari, ma non rinunciare a quelli emotivi. E quando lo hai fatto, raccontalo alle nuove generazioni.
Usa il tuo dono magico, il tuo fiuto portentoso. Recupera il tuo essere selvatico e primordiale, la tendenza a evitare il pericolo, a eliminare un nemico se ti impedisce di conservarti in salute o di cercarti un riparo. Eredità della nostra specie animale sempre viva in noi. È la parte irrazionale che spinge molti, appena scatta qualsiasi tipo di pericolo, a saccheggiare i supermercati per la paura di non

avere scorte. E, in alcuni luoghi del mondo, a saccheggiare negozi che vendono armi. Da Freud a Bowlby, da Pavlov a Bandura, sino ad Abraham Maslow, sono tanti gli studiosi che si sono occupati di questo tema. E se la teoria biologica sostiene che abbiamo alcuni istinti di base, la psicologia ci ricorda che abbiamo bisogni emotivi. E mi auguro che presto si riconoscerà un altro bisogno primario: l'istinto religioso o del trascendente. Un essere umano cresciuto senza un Dio sentirà comunque il desiderio di alzare gli occhi verso il cielo stellato e farsi domande.

A me piace includerlo negli istinti innati.

Il mondo sembra aver dimenticato come far sì che gli esseri umani soddisfino anche i bisogni emotivi. Speriamo che le cose cambino. Ma veniamo a te, non voglio peccare di retorica. Come per la lista della spesa, una volta raggiunto un bisogno, depennalo.

Eleonora, combatti per i tuoi bisogni.

Essere riconosciuti nella propria unicità; essere accettati nella diversità; essere amati; essere apprezzati; essere curati; essere istruiti; essere rispettati; essere ascoltati; essere creduti; sentirsi realizzati; essere sostenuti; essere in sicurezza; avere valore – attenzione, non un prezzo, ma un valore; avere un'identità; avere dignità. Questi sono i bisogni da perseguire. Molti, soprattutto tra le donne, pensano di non avere il diritto di esaudirli e si considerano soddisfatti dai meri bisogni fisiologici. "Ho un uomo che mi mantiene e a cui appoggiarmi: cosa voglio di più?" "Non mi fa mancare nulla, che importa se sono morta dentro?" Se siamo convinte che basti questo, lo stiamo inconsciamente autorizzando a farci qualsiasi cosa. Se non siamo convinti di meritarci quello che abbiamo, dobbiamo lavorare sulla nostra autostima. Ci sono persone che saranno ben felici di approfittarsi della nostra fragilità. Soprattutto saremo facili prede di narcisisti e disturbati.

Anch'io ci sono passata, sai: dopo lo sgomento delle prime volte che un uomo mi ha messo le mani addosso – lo so, non te l'ho mai raccontato –, ho finito per abituarmici. Era il mio primo marito, eravamo solo ragazzi. Ti ho parlato raramente di lui. Lo sai che ci si abitua anche all'orrore. Perché pensavo che, dato che lui si occupava dei miei bisogni fisiologici, io non avessi il diritto di pretendere di più. Ero molto giovane, a quel tempo, e mi ero sposata per fuggire a una famiglia anaffettiva. Allora mi sembrava accettabile la violenza su di me. Pensavo di non avere il diritto di essere rispettata, perché non valevo nulla. Poi, si è riaccesa la fiammella dell'autostima e sono molto cambiata. Sono rinata.

La mia ricetta della settimana è calorica, com'è giusto che sia. Deve assicurare entrambe le sopravvivenze, fisica ed emotiva. Sperimentate in una notte da tregenda. Penso a qualcosa come dei savoiardi dorati e spugnosi da intingere in uno zabaione caldo al Marsala, giallo, gonfio e denso al punto giusto. Qui la difficoltà sta nel raggiungere la corretta densità. Una questione di equilibrio e armonia, ma lo sai. Deve inzuppare il biscotto, ma senza spappolarlo. Devono incontrarsi senza perdere la loro identità. Come nelle coppie che funzionano davvero.

Tu hai bisogno di me, ora, come io ho avuto bisogno di te in passato. Tuttavia ciascuna di noi ha sperimentato l'autonomia delle scelte. Ho bisogno di immaginarti mentre mi leggi. Io sono qui, molto più vicina di quanto tu possa credere. Confidati con me, parla mentre ti immergi nelle acque tiepide delle mie parole. Io sentirò la tua richiesta di aiuto, tu ascolta la mia voce tra il rombare dei marosi della vita. Ti prometto che sarò la tua boa.

Pensiero della sera. Mi sento orfana in quest'anno senza teatro. Sai quanto mi piaceva andarci. E allora ti lascio con questa domanda: godere della bellezza, di cultura e libri, musei, teatro e cinema non è un bisogno essenziale come nutrirsi e riprodursi?

Tua Ernesta

Ricetta dei Bisogni ritrovati

Ingredienti per il brodo
1 litro di Istinto di Autoconservazione
3 bicchieri di Istinto a riprodursi
5 gocce di Appartenenza
2 gocce di Accettazione

Altri ingredienti
1 cassetta di Autorealizzazione
1 confezione di Coraggio
2 ciuffi di Sicurezza
1 mazzetto di Consapevolezza del proprio valore
5 foglie di Dignità

Procedimento
La ricetta dei Bisogni è sotto forma di zuppa. E come tutte le zuppe che si rispettino, ha bisogno di un gran brodo di base. In un'ampia pentola versa gli ingredienti liquidi, iniziando da Autoconservazione, poi unisci gli altri tre, e fai bollire a fuoco lento. Inserisci uno alla volta, dopo averli tagliati a cubetti, Consapevolezza e Coraggio. Aggiungi le foglie di Dignità e Sicurezza ben tritate e solo a fuoco spento. Sorbisci fumante con lentezza, leggendo un verso di Jorge Luis Borges, quando il gelo rattrappisce l'anima.
Per ultimo, aggiungi Autorealizzazione. Se una cassetta intera di questo ingrediente ti sembra troppa, sappi che si comporta come una cassetta di porcini, cioè una volta mondata ne recupererai circa la metà. Sono tutte le scorie che devono andarsene, i finti traguardi della vita che crediamo ci faranno felici. Tolti gli scarti, ti resterà il vero Sé: tritalo bene e aggiungilo al brodo.

20.

Per esercitarti alla Previdenza,
prepara conserve e metti nel vetro
ciò che di buono sa regalarti ogni stagione.

Quella mattina riuscì ad alzarsi subito, ripescando nella sua memoria il ricordo dell'aroma di caffè. Ormai aveva imparato a berlo senza pensare al suo vero sapore. La sera prima aveva letto e riletto ogni parola fino a impararla a memoria. Ernesta era ancora una volta veggente, così come aveva previsto che in quel momento della sua vita «attendere» era il compito che il destino le aveva rifilato: attendere la guarigione e il ritorno della normalità. Poi la cucina che cura. Ora le parlava di bisogni. Come esaudire il bisogno ancestrale di essere riconosciuta, apprezzata e amata?

Avrebbe chiamato la Meyer. Doveva darsi da fare per trovare gli ingredienti per la ricetta dei Bisogni. Altro che sedute dall'analista: le ricette impossibili di Ernesta erano un mezzo efficace per leggersi dentro. Aveva bisogno di pensare. Da sola, nel silenzio assoluto. Sarebbe andata a correre lungo i Navigli. Di certo le gocce di Qui e Ora e di Consapevolezza del proprio valore scarseggiavano nella sua dispensa da troppo tempo, magari le avrebbe ritrovate durante la corsa.

Appena uscita dalla doccia, chiamò Sara: «Mi dicono che ieri hai fatto faville. Sei riuscita davvero a compattare la squadra. Sono felice che ti stai riprendendo. Per il packaging sta procedendo tutto per il meglio. Sai che c'è un tipo che mi sta dietro, te ne avevo parlato? Ti racconterò. Oggi a che ora arrivi? C'è un'intervista telefonica, ma puoi farla da casa, se preferisci». Quella mattina Eleonora non aveva voglia di battagliare e la lasciò parlare. In fondo, cosa sarebbe stata la sua giornata senza il ciarlare mattutino di Sara? Aveva bisogno di riunire le idee per la seduta pomeridiana dalla Meyer e di radunare le energie per il commercialista. Così a Sara rispose solo con uno stanco: «Okay».

A metà pomeriggio le venne un desiderio irrefrenabile: mettere del cibo in un cestino. Decise di fare qualcosa che non faceva da tempo, andare da Eataly Smeraldo e comprare qualcosa per sé. Semplicemente fare quello che la maggior parte delle persone fa almeno una volta la settimana: la spesa. Pratica non così abituale tra gli chef che possono contare sui fornitori, ma molto diffusa soprattutto quando si trovano all'estero. Comprare cibo l'avrebbe obbligata a pensare a sé stessa come semplice acquirente. L'avrebbe presa come una immensa palestra, dove allenare i sensi. Il grande edificio nel centro di Milano era stato un importante teatro, ora era diventata la Walt Disney dei golosi, l'Olimpo dei gourmand. Il paradiso proibito dei ghiotti, l'inferno dei sempre a dieta; l'edificio dove si poteva spendere in una manciata di minuti una piccola fortuna. Gli stessi brividi li aveva provati a Berlino, al sesto piano del KaDeWe o nella food hall di Harrods, a Londra. Al mercato del pesce di Tokyo, alle Galeries Lafayette a Parigi. Ma allora era tutto diverso.

Attraversò lentamente i tavoli all'aperto sistemati nella piazza Venticinque Aprile. Passò vicino a tre tavolini dove gruppi di turisti stavano mangiando con gusto, all'ora del tè, pizze, spaghetti e tiramisù. Deglutì dopo aver riconosciuto un piatto che ordinava spesso in passato e che adorava: le patate rustiche che facevano solo lì. Erano patate di Avezzano, cotte intere a vapore con la buccia e che, una volta spezzate a mano, venivano fritte al momento. Erano servite con una salsa maionese arricchita con acciughe, capperi e senape. Si ricordava nitidamente come solcassero il palato per via dell'esterno rugoso e ustionante e poi, appena dopo, si fondessero sulla lingua lasciando un deposito piacevolmente untuoso e un desiderio di acidità che pulisse il tutto. E lì intervenivano la salsa e un bicchiere di bollicine.

Pensò di ordinarne una porzione, ma poi cambiò idea e superò l'ingresso oltrepassando velocemente l'area libreria. Di fronte a lei si apriva il reparto frutta e verdura e su tutto il perimetro del pianoterra decine di scaffali pieni di cose buone. Stava cominciando il periodo delle fragole, raccolte in cassette dal rosso quasi abbagliante, i pomodori esposti erano almeno di cinque tipologie differenti, i carciofi erano agli sgoccioli. Ma una cosa era certa: ogni tipo di ortaggio era lì rappresentato nella sua forma più smagliante. In fondo, a sinistra, una coda avvertiva che quello era l'angolo panetteria, famoso per le cento farine e cento formati. A destra, mozzarelle e nodini venivano attorcigliati davanti agli occhi ingordi dei clienti.

Insomma, da una parte si sentiva euforica, dall'altra masochista. Prese un cestino piccolo, ma prima di mettere il piede sulla scala mobile decise di sedersi al tavolo grande di fronte al reparto pizze alla pala. Ordinò una fetta di focaccia bianca con burrata e mortadella, come l'aveva assaggiata a Roma. Conosceva così bene il profumo di quell'insaccato che le sembrò di avvertire nitidamente gli aromi di cannella, pistacchi e noce moscata e poi la massa calda, fluida e piena espandersi sul palato e infine contrapporsi allo scrocchiare dell'impasto di acqua e farina.

«Il mio sesto senso mi diceva che ti avrei trovato qui, ma...»

Arnaldo le si era materializzato di fianco e guardava il piatto davanti a lei tra l'incredulo e lo speranzoso.

«Sto solo ripassando... le vecchie, buone abitudini», disse Eleonora, scuotendo la testa con un sorriso amaro. «E tu cosa ci fai qui?»

«C'è una buona promozione su alcuni bianchi fermi e sono venuto a prendermene un paio di bottiglie.» Dopo una breve pausa, Arnaldo riprese: «Come stai? E le lettere?».

L'aveva tenuta d'occhio in quei giorni e non aveva bisogno di fare domande per capire che stava meglio.

«Mi stanno aiutando a ridimensionare il tutto, dopo quel weekend d'inferno passato a piagnucolarmi addosso, a pensare a tutto ciò che mi sto perdendo. Questa cosa magari potrai trovarla stupida, ma mi sta cambiando tutta la prospettiva», rispose Eleonora cercando invano di cogliere l'odore della pizza.

«Era questo l'obiettivo di tua nonna.»

«Ti ho ringraziato abbastanza?» Arnaldo sorrise e ordinò

una margherita. «È una specie di testamento spirituale, no? Ma di sicuro senza la gravità funerea dei testamenti. Ernesta possedeva ironia e profondità.»

«Sono riflessioni, ricordi, ci sono scritte frasi che si attagliano a me con precisione chirurgica. A volte sembrano una specie di premonizione. C'è una cosa importante contenuta nella prima lettera: la nonna sapeva che mangiavo i fiori quando ero triste.» Eleonora smise di parlare, voleva stimolare una risposta.

«Anch'io lo sapevo.» Ma non si girò a guardarla.

«Sai che io non ricordavo niente? Avevo fatto in modo di dimenticare tutto, poi l'altro giorno sono andata a trovare mia madre e, passando vicino a casa, ho avuto un flash. Quindi lo sapevate. Io lo avevo rimosso. Ha voluto scrivermelo con delicatezza, ma lo ha detto.»

«A cosa sarebbe servito parlartene, allora? Era più utile volerti bene», osservò Arnaldo.

«Cioè?» Eleonora voleva sentirselo dire.

«Voler bene, per me, è fare delle cose insieme.»

«Mi sento amata da lei più ora che quando era in vita, non so come mai. Non l'ho mai sentita più viva di adesso. Su ogni busta c'è una parola che indica il tema della lettera. Parole importanti che mi obbligano a fare un cammino. Sono all'inizio, sento che quelle lettere saranno per me una sorta di rinascita.»

«Le lettere sono solo un mezzo, non un fine. Devi lavorare su te stessa.»

Eleonora annuì, poi aggiunse: «Sai, in fondo a ogni lettera c'è una stranissima, misteriosa e poetica ricetta. Mi invita a cucinare stati d'animo, pensieri, disagi, sogni, malinconie. È difficile da spiegare. Le lettere funzionano davvero: sono una luce che indica e chiarisce il mio percorso sulla via del cambiamento. Ma se non ne leggi nemmeno una non puoi capire». Eleonora stava per chiedergli se lo voleva fare.

«No, voglio che sia un tuo segreto. Le persone speciali sanno tenere segreti.» Mangiarono in un silenzio colmo di cose, guardandosi ogni tanto.

Eleonora sapeva che Arnaldo, prima di congedarla, avrebbe detto: "Non fingere di non ricordartelo. Devi dire la verità alla ciurma, se non lo fai non facciamo passi avanti". Lo anticipò: «Ho già fissato un appuntamento. Li ho convocati tutti giovedì alle diciassette».

Lui le fece l'occhiolino, poi aggiunse: «Ah, hai fatto bene a far visita a Marta, brava».

Andarono insieme a curiosare nel reparto formaggi. Eleonora voleva mettersi alla prova comprando un odorosissimo Époisses de Bourgogne: si guardarono con complicità e poi scoppiarono a ridere, dopodiché si diedero appuntamento per quella sera da Hamlet.

Eleonora pensò di precipitarsi a casa prendendo al volo un taxi, ma alla fine decise di incamminarsi, le sarebbe servito. Si fermò davanti a una cartoleria, la intravedeva sempre con la coda dell'occhio mentre usciva dallo studio della psicologa. Entrò e acquistò una busta di etichette adesive; ne prese una, ci scrisse sopra *L'Attesa* e la incollò sulla scatoletta del dolcificante che teneva sempre in borsa. Poi, su una scatoletta di pasticche alla menta che aveva dimenticato nella borsetta, incollò *Coraggio*. A casa avrebbe continuato a scrivere sulle etichette ciò di cui sentiva maggiormente avere bisogno. Aveva scelto alcuni ingredienti per lei importanti. Non era ancora così potente da trovare in sé tutti gli ingredienti impossibili, ma quello era un modo per coltivarli, per lavorarci su.

Entrò in un bar, ordinò un caffè e ci fece scivolare due di quelle pastigliette. Non sarebbe bastato di certo quello per mettere in pratica le lezioni della nonna, ma Eleonora credeva nel pensiero simbolico e nei rituali. Per la prima volta da mesi, sorrise bevendo un caffè.

21.

Per rinsaldare un Legame sbiadito,
dividi una fetta di sanguinaccio con i prescelti.
Sarà un patto di sangue che vi legherà per sempre.

Il giorno fatidico si stava avvicinando e, nonostante l'idea di parlare alla brigata le mettesse ansia, l'umore di Eleonora migliorava. Ora sentiva regolarmente sua madre e suo padre: la prima per affetto, il secondo per convenienza. Le lettere di Ernesta avevano un esito a scoppio ritardato, ambiguo e altalenante. In un primo momento la agitavano, la colmavano di nostalgia, rimpianti, paure. E poi, all'improvviso, avevano un effetto tranquillante e soporifero sulle sue notti inquiete. Di certo la sua aggiunta degli ingredienti impossibili, qua e là, cominciava a portare i suoi frutti. Notti in cui comunque continuavano a tornare sogni tumultuosi. Era come se la nonna le rimboccasse le coperte ogni sera, la accompagnasse nei sogni e le aprisse parti del suo inconscio ancora inesplorate. Il sogno ricorrente si andava via via definendo. In fondo al viale Eleonora interrompeva la corsa perché aveva capito che non era la mamma ad aspettarla, ma suor Gertrude, e questo le immobilizzava le gambe. Ma il perché non lo sapeva ancora. Dentro di sé sentiva che quel sogno nascondeva un pezzetto importante per il lavoro di scavo che stava facendo. Immaginò la sua vita interiore come un grosso gomitolo di lana ingarbugliato da un perfido gatto chiamato Destino di cui si era perso il bandolo. Fece i compiti: preparò l'impasto per il pane e lo lasciò tutta la notte a riposare. Il mattino fece le pieghe, diede all'impasto la forma di pagnotta e lo lasciò altre quattro ore nel forno spento. Infine lo mise a cuocere. Una volta freddo lo tagliò e lo mangiò insieme alla brigata, anche se per lei era cartone. Tra poco non avrebbe più dovuto fingere, almeno con i suoi. Con una fetta del suo pane, il giorno dopo si preparò il crostone di pane alla Montalbán. Mise un'etichetta anche su sale e olio. Sul primo ingrediente incollò *Pazienza*, sul secondo *Gioia*. Pensò di prepararsi la ricetta per imparare l'Attesa, fece un elenco mentale degli ingredienti e, sbuffando, si lasciò cadere sulla poltrona. Impossibile fare la spesa. Non avrebbe trovato da acquistare Pazienza, Rinuncia e neppure Autocontrollo. Doveva coltivarli dentro di sé. Forse poteva tentare con un po' di Tenacia e di Costanza, di quegli ingredienti teneva sempre una piccola scorta.

Non avrebbe mai avuto abbastanza parole per ringraziare Arnaldo di averle consegnato le lettere proprio in quel momento. E il sogno, Hamlet, la Meyer, erano tutti pezzetti lineari di filo che poi, all'improvviso, si attorcigliavano tanto da obbligare a una battuta d'arresto.

«Allora è tutto pronto: li ho convocati all'ingresso di Hamlet, vestiti in borghese e con una sciarpa o un golf in più, pronti per una gita. Ho fatto caricare le vettovaglie e le scatole, proprio come mi hai chiesto. L'orario è un po' prima di quello che avevamo concordato, alle sedici. Come dicevi tu, dovremmo lavorare bene prima per avere pronta la linea per la sera. I ragazzi pensano sia un party, è una festa?»

La voce di Sara era particolarmente acuta e squillante. Eleonora era già sveglia e stava bevendo una tazza di tè con un cubetto di Accettazione sul piccolo terrazzo di casa. L'aveva scritto con un pennarello indelebile sul contenitore dello zucchero integrale aromatizzato al bergamotto. Il cellulare con il vivavoce, appoggiato sul tavolino in ferro battuto, strillava sempre più: Sara era eccitata e quasi risentita perché Eleonora non le aveva detto quale sarebbe stato l'ordine del giorno di quella riunione straordinaria. Anche Eleonora era un po' agitata: come avrebbe reagito la sua squadra una volta scoperta la verità? Qualcuno avrebbe scommesso il suo futuro in un ristorante con una chef senza il senso del gusto e dell'olfatto? Chi l'avrebbe abbandonata per primo? Ma ormai era determinata e aveva deciso di andare sino in fondo. Le lettere la stavano fortificando sempre più e quasi si vergognava dei pensieri bui e depressivi che l'avevano accompagnata dall'incidente. Stava diventando una nuova Eleonora.

«In ogni caso, per le ore di punta serali saremo di ritorno. Ho già dato tutte le indicazioni a Nozomi e anche ad Arnaldo, che veglierà su Hamlet e potrà fare anche qualche consegna, se qualcuno ordina presto la cena. Oggi starò in cucina poco perché non voglio che mi vedano prima della riunione. Del resto, ho molte commissioni da sbrigare in città», disse Eleonora, ancora più misteriosa.

«D'accordo. Ma scusa, io ho convocato anche Arnaldo, non mi avevi detto nulla. Perché non lo vuoi?»

«Arnaldo conosce già il contenuto della riunione, l'ho avvisato io, non preoccuparti», disse Eleonora, sapendo di stuzzicare ancor più la sua curiosità.

«Sei sicura che non vuoi che ti dia una mano a organizzare la riunione? Vuoi che ti porti qualche giornalista? C'è qualche bella novità?» Sara continuava a provarci.

«Non ho bisogno di nulla, ma mi dai lo spunto per un chiarimento. La nostra riunione è strettamente interna e confidenziale. Lo dirò anche stasera, ma te lo anticipo. Nessuno dovrà sapere il contenuto di quel che dirò, tantomeno i giornalisti.» E con questa affermazione chiuse la conversazione per dare maggior risalto alle parole dette. Si era sorpresa a pensare di non far partecipare alla riunione Sara, e si chiese da dove venisse quel pensiero.

Rifletté lungamente su come rendere unico quell'incontro e quella giornata. Lei di certo lo avrebbe ricordato per sempre, ma voleva che fosse così anche per gli altri. L'idea le era venuta scorrendo un sito dedicato a Milano. Si parlava di una gita in battello con partenza dall'Alzaia Naviglio Grande e ritorno alla Darsena. In fondo era un tributo a Hamlet, nato sull'acqua. Aveva affittato un battello privato in legno di teak. Con Berto, il proprietario e comandante, un barbuto settantenne, aveva concordato il percorso e soprattutto organizzato un principesco aperitivo-merenda. Aveva fatto preparare una dozzina di sformatini di ortaggi di stagione e una mini-porzione di un piatto d'autore firmato dal suo amico Davide, chef comasco come lei: un'insalata di cavolo rosso sott'aceto, midollo affumicato, caviale e latte di mandorle amare. Da bere, una Magnum, più che sufficiente tenendo conto che erano solo in otto, anzi nove, perché un bicchiere di certo Berto non lo avrebbe rifiutato. Aveva scelto Vintage Tunina di Jermann, 2009, una grande annata. Si era raccomandata di avere almeno quindici minuti di riservatezza con la sua brigata senza che il capitano si facesse vedere. Il tour organizzato da Eleonora sarebbe durato massimo due ore, il tempo di spiegare, di brindare alla brigata, poi avrebbero ripreso il breve placido viaggio per ritornare in Darsena. Obiettivo della spedizione: confessare la verità e unire la sua squadra in un abbraccio solidale per proteggerla dal fulmine che l'aveva colpita.

Arrivò in anticipo. Una stagione di per sé incostante le aveva regalato una giornata tiepida, e al ritorno avrebbe prodotto anche una piacevole scenografia, un incipit di tramonto rosso e viola, quelli che si verificano non raramente in Pianura Padana per compensare un certo numero di fattori non proprio favorevoli. "Se puoi contare su un bel tramonto, andrà tutto bene." Mentre la sua parte irrazionale e coraggiosa produceva questi pensieri, il suo cuore martellava e le diceva: "È il momento della verità". Oppure: "Fai male a confessare, dovevi continuare a fingere, nessuno se ne sarebbe accorto".

Ecco gli altri. Da lontano vide Valeria e Simhala che stavano ridendo davanti a Sara, in arrivo su tacchetti e scarpe appuntite e con giacca di camoscio color daino, dalla quale spuntava una camicia di seta bianca. Nozomi si presentò da Hamlet ancora in divisa da cuoca, come a controllare che l'appuntamento fosse reale prima di avventurarsi e, dopo aver fatto un cenno di saluto a Eleonora, andò dentro a cambiarsi. Bibo si presentò in bicicletta, indossando un giubbetto di pelle color cuoio, perché non era di turno in cucina. Per ultimi arrivarono Rosolio, con un grosso sciarpone di lana color tortora, e Henry, in impeccabile doppiopetto blu. Eleonora si avvicinò sorridendo trepidante: aveva scelto un soprabito di seta color panna, lungo sino alla caviglia, e sotto una canotta e un pantalone ampio dello stesso colore.

«Ciao ragazzi, non guardatemi con quello sguardo interrogativo e preoccupato. Va tutto bene. Vi ho voluto qui per comunicarvi una cosa importante. Ma per dirvela ho pensato a una sorpresa. Una mini-crociera sulle acque che hanno visto nascere il nostro Hamlet. C'è un battello che ci aspetta, si chiama Zefiro. Dentro c'è Berto, il nostro capitano. Andiamo», disse Eleonora, incamminandosi verso l'imbarcazione, tra i risolini e le domande, inascoltate, dei ragazzi.

«Ma, mia cara, dovevi dirmelo che si andava in barca! Non avrei messo i tacchi. Cosa dici, avrò freddo? Devo raccontarti del mio ultimo fidanzato, secondo me è la volta buona, sai?» disse Sara avvicinandosi a Eleonora. Ma lei la ignorò, camminava velocemente. Arrivati all'Alzaia salirono a bordo, sempre più agitati. Molti di loro non avevano mai considerato i Navigli un luogo turistico, solo un luogo di lavoro. Dopo pochi metri dall'ormeggio passarono dal vicolo dei Lavandai, poi davanti a Palazzo Galloni e poco dopo davanti alla chiesa, al ponte e ai lavatoi di San Cristoforo, capolavoro del XIV secolo. Duchesse, principi e re erano transitati qui, per entrare a Milano dalle vie d'acqua progettate in parte anche da Leonardo. Berto spiegava tutto questo, con tono lento, mentre guidava l'imbarcazione. Superata la chiesa, il battello si fermò come concordato. Nozomi guardava le acque con la solita aria trascendentale e raccontava a Rosolio la bellezza dei riflessi delle alghe color ardesia. I ragazzi si comportavano come una scolaresca in gita scolastica. Sara cinguettava, tenendo sempre d'occhio la giovane chef, in attesa di un suo discorso ormai imminente. Eleonora avrebbe tanto desiderato una tazza di Sicurezza e Autostima ma non si sentiva ancora all'altezza di quegli ingredienti, e poi era il solito discorso: o era già in grado di attivarli e renderli operanti oppure rientravano in un rito al confine con la superstizione. Meglio ascoltare Ernesta e mettere in atto l'Attesa e la Pazienza.

«Ragazzi, ci fermiamo qui. Sono emozionata a dirvi quello che ho in mente. Mi avete visto distratta, assente, scorbutica. Avete portato pazienza perché sapete che ho subìto uno shock e poi un lutto, quindi vi ringrazio, siete stati comprensivi», disse, all'inizio con voce ferma, sul finire un po' tremante.

«Ma loro ti hanno sostituito alla grande», intervenne Sara. Eleonora la fulminò con uno sguardo, accompagnato da un gesto fermo del palmo della mano che la convinse a tacere.

«Vorrei chiedervi scusa se ho fatto degli sbagli, scusa se non ci sono stata. Vi chiedo perdono se ho avuto reazioni non comprensibili. Ora vorrei spiegarvi il vero motivo.» Erano tutti in cerchio intorno a lei, a poppa dell'imbarcazione.

«Eri in coma, hai subìto un trauma», disse Valeria.

«Hai perso una specie di mamma», disse Nozomi.

«Non sono solo questi i motivi. A causa dell'incidente ho perso completamente il senso del gusto e quello dell'olfatto.» Aveva visualizzato un'infinità di volte questa scena, ma niente andò come previsto. Non voleva fissare nessuno in particolare, avrebbe guardato dritto davanti a sé, magari le acque del Naviglio. Non voleva vedere le espressioni dei loro volti. Un sole inopportuno si era messo proprio di fronte a lei, impedendole di tenere gli occhi aperti e ancor più di osservare la reazione degli altri. Mentre parlava si chiese su chi poteva posare i suoi occhi magnetici, non voleva incrociare lo sguardo di qualcuno in particolare per non commettere ingiustizie. Quindi si mantenne in equilibrio nonostante il beccheggio e guardò davanti a sé strizzando gli occhi, nel vuoto.

La prima a reagire fu Nozomi. Secondo il suo stile non disse una parola, ma si avvicinò, si mise di fronte a lei e prese le mani di Eleonora tra le sue. La guardò negli occhi per un lunghissimo minuto, poi semplicemente la abbracciò.

«Io lo avevo capito, sapevo che c'era sotto qualcosa, lo sapevo...» ripeteva continuamente Sara, con uno sguardo quasi soddisfatto, avvolgendosi il foulard firmato al collo. Eleonora la ignorò.

Voleva far capire ai ragazzi come era stato difficile mentire per tutte quelle settimane. Mentire per proteggerli. Usare il gusto e l'olfatto dei ricordi, per fortuna vivissimi. Lo sforzo immane che le era servito per stare in cucina. Valeria e Simhala si avvicinarono per consolarla e manifestarle solidarietà. «Se capitasse a me morirei, sei davvero una forza.» «Tornerà tutto come prima, guarirai.» Anche Bibo e Rosolio cercarono di rassicurarla, a modo loro. Tutti le dissero le solite cose di circostanza, che dovrebbero consolare ma non ci riescono mai. A chi le chiedeva la causa, lei rispondeva che le cause erano molteplici. Nozomi, l'unica, se ne stava in silenzio, fissando le acque del Naviglio, incupita, preoccupata. Poi disse all'improvviso, con il tono grave della saggezza giapponese: «Anche un viaggio di mille leghe comincia con un passo. Io ti posso curare con ingredienti che tu non hai mai assaggiato. Ci prenderemo cura di te con le nostre arti culinarie».

«Eleonora, sei stata fantastica da quando sei uscita dal coma, non so come hai potuto lavorare con noi, testare i piatti nuovi. I tuoi sensi, gusto e olfatto, non sono mai stati come quelli di un comune mortale», disse Henry quasi tra sé e sé, con la testa bassa, tirando su il collo della giacca.

«Senza di voi questa mutilazione – perché è una mutilazione, come perdere un arto, anzi due – sarebbe ancora più intollerabile. Per questo ho deciso di parlarvi e vi chiedo aiuto. Mi aspetto collaborazione e comprensione. Ora dirò a Berto di riprendere il viaggio verso Hamlet, intanto ho preparato una piccola sorpresa per voi, per noi. Brinderemo alla forza della verità, alla solidarietà, alla fiducia. Henry, per cortesia, puoi aprire le bottiglie che ho messo in frigorifero?» E dentro di sé pensò che non sarebbe bastato prendere qualche contenitore ed etichettarlo con quelle parole perché funzionasse. Verità, Solidarietà e Fiducia bisognava raggiungerle alla fine di un percorso di consapevolezza, bisognava prima cucinarle per bene e digerirle.

Tutti e sette cominciarono a parlare e muoversi, per portare il cibo e il vino in coperta.

«Non ho finito, ragazzi», Eleonora richiamò la loro attenzione con fermezza. «Sono sicura che vi rendiate conto dell'importanza di mantenere la cosa nell'estrema segretezza. Nessuno, oltre ai qui presenti, deve sapere ciò che è successo. Cerchiamo di andare avanti per capire come si evolverà la situazione clinica. Una parte di me deve iniziare ad accettare che non tornerò mai come prima. Il resto di me deve credere che guarirò. È una lotta quotidiana. Se la perdo, perdete pure voi. Chi si fiderà di una chef e patronne che ha perso i sensi fondamentali per il suo lavoro? Dove andrà a finire la sua credibilità? Come vedete, non c'è scelta, dobbiamo fare in modo che la cosa non esca dalle mura del ristorante. Chiaro, Sara?»

«Certo, Eleonora. Sebbene i media impazzirebbero se tu decidessi di rendere la cosa pubblica. Giovane chef blasonata, per un incidente perde gusto e olfatto, tutti riprenderebbero la notizia. E poi un secondo comunicato dicendo che sei guarita.» Gli occhi di Sara scintillarono con un lampo di avidità.

«Non sarebbe il genere di media che seguono i frequentatori del mio ristorante», disse Eleonora gelandola con occhi da diavolessa.

«Conta su di noi», disse Valeria.

«Vorrei fare un patto di fedeltà con voi. Andremo nella cucina di Hamlet e lì giureremo. E ora rilassiamoci, assaggiamo e brindiamo», disse Eleonora. Tutti si strinsero ancora intorno al tavolino che Henry e Berto avevano allungato con una prolunga sul ponte del battello. Il sole stava calando come ogni sera, ma per Eleonora era una sorta di primo giorno. Durante il breve viaggio di ritorno rispose alle curiosità, rassicurò, sorrise, fece promesse. Quando i ragazzi sbarcarono, si avviarono verso il ristorante e Berto li salutò, agitando la pipa sopra la testa. Eleonora aveva cercato di compattare il gruppo e rinsaldare conferme. Sembrava esserci riuscita. Di una cosa era certa: doveva ringraziare le parole di Ernesta, la Meyer e Arnaldo, che le avevano dato la forza di dire la verità. Arrivati da Hamlet, i ragazzi andarono a cambiarsi per il servizio. Sara si sfregava nervosamente le mani e disse frettolosamente a Eleonora che si sarebbero sentite il mattino dopo, ora doveva proprio andare. Ma venne fermata. «Vieni un attimo anche tu di là con gli altri, per favore», le disse Eleonora.

Entrando in cucina, intravide Arnaldo, che le rivolse un'occhiata interrogativa. Facendogli l'occhiolino, gli disse sottovoce: «Ci sono riuscita. Credo di meritarmi un brindisi anche con te, quando tutti se ne saranno andati». In pochi attimi, la luce sulla Darsena cambiò. Un temporale primaverile piombò dentro una nube oscura gettando un mantello grigio cupo sulle acque, sui tetti delle case, nei cuori e dentro le stanze di Hamlet, di solito così luminose. Anche la voce di Eleonora, mentre richiamava tutti, si incupì.

«Quando vi ho detto che dovevate giurare, non scherzavo. Il patto è che vi impegniate a non parlare con nessuno, mai, dell'accaduto. Vi chiedo davvero un patto di sangue. Mischiare il fluido più prezioso di ogni essere vivente simbolicamente significa entrare in un rapporto di sangue con l'altro. Il patto si estingue soltanto con la morte. Agli stipulanti si richiede fedeltà, vita natural durante. Io sono più comprensiva. Il patto prevede che non possiate lasciarmi per i prossimi tre anni. Siete liberi di non accettarlo: in questo caso le nostre strade si divideranno ora. O resterete con me per il tempo stabilito, o addio per sempre.» La guardarono stupiti, il suo occhio verde balenava, le sue labbra tremavano.

«Io lo giuro», si fece avanti Bibo. E a uno a uno giurarono tutti gli altri. Sara si allontanò, riluttante.

«Io sono con te. Ma se non vuoi farmi luce, almeno non farmi ombra», disse Nozomi, attingendo all'inesauribile pozzo della saggezza giapponese.

«Per te è diverso, Hamlet è un po' anche tuo, ne parleremo in privato», chiarì Eleonora, rivolgendosi alla sua socia. Poi aggiunse: «Nozomi, dammi uno strumento adatto». Ora si sentiva più forte che mai, con il battito accelerato non più per paura ma per l'adrenalina. Era il tempo del rito.

Eleonora ci aveva creduto fin da piccola, nell'importanza dei rituali. E in quel momento ce n'era bisogno. Per Nozomi era lo stesso: viveva ogni istante dentro un mondo fatto di evocazioni e simboli, quindi nessuna di quelle azioni le sembrava eccentrica, era a suo agio. Adesso Eleonora aveva bisogno di un gesto allegorico e significativo.

Si fece un silenzio assoluto. La pioggia, ora più lieve, batteva sull'impiantito della veranda. Nessuno accese le luci, preferendo restare nella penombra spaccata dai bagliori della città. Nozomi, con una concentrazione da sacerdotessa orientale, mise una mano tra i seni passandola sotto la maglietta ed estrasse una catena lunga e sottile, dalla quale pendeva un piccolo pugnale d'oro di una decina di centimetri, con l'elsa coperta da pietre taglio cabochon. Lo tolse dal fodero e ne uscì una punta fine come un ago. Scivolò in un angolo della cucina e rispuntò dal nulla, con una minuscola ciotola di cristallo, che appoggiò sul tavolo di marmo.

«Eleonora, ehm... scusa... potrei parlarti un attimo in privato?» disse Sara con voce tremante, rompendo la sacralità dell'attimo.

«No, non puoi. Devi decidere ora. O dentro o fuori.» Eleonora aveva una voce tanto ferma che Sara non osò replicare. Percepivano tutti il momento solenne. Nozomi si punse l'indice della mano sinistra e fece cadere alcune gocce del suo sangue nella ciotola. Poi fece lo stesso afferrando la mano sinistra di Eleonora e poi quella di tutti gli altri. Era un accordo implicito: ciascuno rimase in silenzio e recitò la sua parte, come se tutti avessero provato la scena molte volte. Nozomi bucava le dita come in estasi, senza guardare mai le mani delle sue vittime. Le fissava negli occhi, come a dire: "Nulla mi sfuggirà delle tue emozioni di questo momento". Tutti si chiedevano se il rito sarebbe terminato dopo che il sangue di ognuno fosse finito nella ciotola, ma nessuno osava fiatare. Si sentiva il respiro affannoso di Sara, la sua agitazione ormai le impediva di stare ferma. Per lei era troppo: uscì dalla stanza e se ne andò, ansimando.

Sentirono la voce di Arnaldo, che dall'ingresso gridava: «Dove siete?». E tutto si ruppe. Eleonora accese la luce e Nozomi si rimise le cuffie per nascondersi nel suo amato Bach. Bibo tornò a specchiarsi nelle superfici più lucide. Valeria ricominciò a chattare con il suo calciatore tra sbuffi di farina. Rosolio a sognare Posillipo e Simhala il suo ristorante. Più nessuno parlò dell'accaduto. Tutto si era svolto come in un sogno. Per giorni Eleonora si sarebbe chiesta se quel giuramento era davvero accaduto, o se lo aveva vissuto in uno dei suoi momenti di trance.

Le sembrò quasi di scorgere, fuori, fra i tetti, il fantasma di un tramonto. Un altro compito era stato portato a termine e il suo cuore, lentamente, ritrovò il ritmo di sempre.

22.

Se vuoi addomesticarti alla Bellezza,
accarezza un uovo in tutte le sue parti.
Avrai in mano la perfezione.

RESILIENZA

Gli alberi, esseri saggi, spesso ci aiutano a spiegare concetti complessi. «Una quercia e una canna stavano discutendo della loro forza. Quando venne un forte vento, la canna evitò di essere sradicata piegandosi e inchinandosi, secondo i gusti del vento. Ma la quercia restò salda e fu divelta alle radici.» Potrai usare la favola della Quercia e della Canna di Esopo per spiegare alla mia pronipote (ne sono certa, se avrai un figlio, sarà femmina, non chiederti come, ma lo so) che cosa significano resilienza e capacità di adattamento. Lo capirà molto bene. Ci sono esseri umani «quercia» ed esseri umani «canne di bambù», che mettono in atto la resilienza.

Da qualche anno di resilienza si parla sin troppo. Lo trovavo un termine inflazionato, mi sembrava una parola un po' ruffiana. Sono andata a vedermi l'origine. Deriva dal latino resilire, *rimbalzare indietro. E l'ho rivalutata. Perché in fondo, senza saperlo, senza che questo termine fosse ancora stato creato, io lo vivevo sin da ragazzina: la perdita di mia madre, le violenze subìte, l'anaffettività che mi circondava, la ricerca di un'autorealizzazione, la vita intensa e magnifica, i progetti e infine la tua caduta e il coma, tutto esigeva una prova di resilienza.*

Ci sono persone che possiedono la capacità di far fronte in maniera positiva a eventi traumatici, di riorganizzare la propria vita messa a dura prova dalle difficoltà. Significa anche capacità di ricostruirsi senza rinnegare la propria

unicità. E Dio solo sa quanto tu sia unica e speciale. Tu, cara Eleonora, forse in questo momento devi trovare la forza di resistere a qualcosa? È accaduto qualcosa che ti appare irreparabile? In fondo, che cosa angoscia noi umani?
Il cambiamento improvviso che arriva dal destino e stravolge i nostri piani. L'umanità da sempre si è trovata di fronte a momenti tragici, guerre e carestie, calamità. La lezione più grande dei tempi difficili è il mettersi in gioco, la flessibilità. Dalle situazioni che generano traumi e ansia c'è chi ne esce esattamente come è entrato: ripiegato su sé stesso, pronto a rinfacciare colpe e sventare complotti. Indurito e cristallizzato egoisticamente nella lamentela, rimpiange di continuo ciò che ha perduto: spesso cose, oggetti, denaro, la presunta libertà di azione. Poi ci sono quelli che negano le difficoltà, l'orrore, lo stato di crisi, la guerra, le malattie; sono coloro che usano il meccanismo di difesa della rimozione. Chi rimuove non prende atto della sciagura, del trauma. A livello globale è lo stesso: chi minimizza, chi respinge la verità di fatti estremi non è in grado di accettarli.
Anziché affrontare i problemi con soluzioni condivise, nega l'esistenza di stati di pericolo, di dolore, di ansia, che non è in grado di affrontare. Per fragilità, per insicurezza, per sfiducia e per ignoranza.
Ma, Eleonora, tu non hai mai rimosso la realtà. Se non neghi, allora affronta e quindi trasforma il problema a vantaggio della tua crescita interiore e spirituale.
Sii resiliente.
Perché dall'altra parte, per fortuna, c'è chi come te sarà in grado di trasformare una disgrazia in straordinaria opportunità di cambiamento personale. Tu mi stai leggendo, quindi significa che sei in difficoltà. So che userai bene questa opportunità. Tu sei tra quelli che hanno usato quel tempo grigio per guardarsi dentro in profondità. C'è chi ne esce uguale e chi ne esce cambiato. Non dico migliore, dico semplicemente cambiato. Peccato che chi non cambia non cresce. Le persone resilienti – ecco, ho usato anch'io questo termine che non sopportavo – saranno in grado di entrare nel Mondo Nuovo ben equipaggiate. Sono quelle persone che

hanno la capacità di farsi rimbalzare addosso le difficoltà. Tu appartieni a questi eletti, ne sono certa. Per questo ho ripescato il termine e ho deciso di dedicargli la lettera.
Quante volte nei momenti di difficoltà ho letto e sentito dire «Resisteremo», «Dobbiamo resistere». La lezione della canna di bambù, o del giunco evocato dai taoisti, è esattamente l'opposto. O meglio, resistere significa essere flessibili per piegarsi di fronte al vento delle avversità. Resistere piegandoci, questa è la giusta interpretazione. Resistere a tutto ciò che ci fa stare male, opporsi al dolore, agli eventi negativi che capitano nel corso della vita: non solo non serve a nulla, ma la maggior parte delle volte produce l'effetto contrario a ciò che vorremmo ottenere. Immagina di essere precipitata in un fiume tumultuoso con una canoa: a cosa ti serve remare controcorrente? A sfiancarti il fisico e la mente, rischiando di farti rovesciare e finire in acqua. Hai un'alternativa: smettere di opporti e lasciarti trasportare dalla corrente, seguire il flusso. Puoi domandarti: ciò che mi sta accadendo cosa mi può insegnare? Come posso modificare la mia esistenza dopo la lezione degli eventi? Se ci riusciamo, possiamo cambiare in meglio. E per sempre.
Gli stati di crisi spesso preparano le persone, anche le più semplici, a un futuro splendente. Vivendo con più entusiasmo, con più coraggio, con più esperienza, con più sicurezza. Ma non tutti sopravvivono al naufragio. Si chiama capacità di adattamento: riuscire a cambiare strategia, modificandola man mano che cambiano le condizioni in cui ci troviamo. Adattarsi significa trovare la soluzione migliore, anche se non è perfetta. Per farlo dobbiamo essere meno quercia e più canna di bambù, cioè abbandonare i preconcetti a cui eravamo affezionati. Perché per sopravvivere, nel Mondo Nuovo e in tutti i mondi che verranno, non è tanto importante diventare forti come querce, rami che la tempesta può portarsi via, ma flessibili come fuscelli. Come rami di salice piangente. Il resiliente non è un superuomo o una superdonna, che ignora o evita la sofferenza. Resiliente è colui il quale è disposto a uscire dal

proprio nido tiepido per sviluppare maggiore tolleranza alle frustrazioni.
Anch'io l'ho messa in atto, la resilienza: avevo solo ventidue anni ed ero sposata con un uomo che tu non hai fatto in tempo a conoscere. Te lo sto facendo conoscere un po' tra le righe di queste lettere. Una specie di nonno di cui non ho voluto lasciarti troppe tracce. Era un violento, come ti ho detto in una lettera precedente. Ricordi come partecipavo con empatia ai movimenti delle donne maltrattate? Perché io avevo vissuto di persona quei drammi. Non ne scrivevo, come tante giornaliste o scrittrici che ne avevano solo sentito parlare, solo per creare un flusso di coscienza. Per adeguarsi a una tema emergente. Ho sentito sulla mia pelle il bruciore dell'umiliazione mischiarsi a quello dei pugni ricevuti.
Mi picchiava sulla testa, così non si vedevano gli ematomi. All'inizio reagivo, combattendo come una gatta selvatica, lo graffiavo disperata, gli tiravo calci. Un giorno, appena prima di decidere di andarmene davvero, ho fatto come la canna di bambù, sono rimasta immobile, finché lui, quasi subito, non si è stancato. Non ti dico, cara Eleonora, di rassegnarti alla violenza. Ma quel piegarsi alla tormenta ha portato come conseguenza l'accettazione. Non la rassegnazione. Ho accettato il fatto che quello che avevo scelto come marito era un uomo debole, immaturo, senza autocontrollo, o forse semplicemente non adatto a me. Dopo un mese me ne sono andata, sono diventata canna flessibile e, all'occorrenza, quercia secolare.

Tua Ernesta

La ricetta della Resilienza

Ingredienti
1 tazza di Capacità di adattamento
1 tazza di Forza d'animo e Tenacia
1 tazza di Ottimismo
1 barretta di Elasticità mentale
2 cucchiai di Impegno a lunga conservazione o Volontà

1 cucchiaio di Amore per le sfide
1 cucchiaio di Sopportazione del dolore
1 cucchiaio di Autocontrollo
1 fialetta di Lacrime e Sangue

Procedimento
La Resilienza è come la pasta madre per fare il pane. Una volta creata, la puoi aggiungere a tanti impasti e ne usciranno cibi squisiti: dilata le sensazioni e renderà ogni cosa pregnante, ricca di gusto, resistente al tempo e bella a guardarsi. Come il lievito, aumenta di volume le tue emozioni facendo crescere la tua percezione del mondo. Mescola Lacrime e Sangue e Ottimismo in una tazza e metti da parte. In una ciotola di cristallo versa la tazza di Capacità di adattamento e gli altri ingredienti, per ultima aggiungi l'Elasticità mentale sbriciolata e fai riposare una settimana. Alla fine, travasa il composto in un barattolo ermetico. Se non vuoi che muoia devi rinfrescarla almeno ogni due giorni. Devi aggiungere la metà del peso totale, solo di Tenacia e Volontà. Proprio come si fa con acqua e farina.

Il mattino si svegliò con queste parole tra le labbra. *Puoi domandarti: ciò che mi sta accadendo cosa mi può insegnare? Come posso modificare la mia esistenza dopo la lezione degli eventi? Se ci riusciamo, possiamo cambiare in meglio.* Si accorse che ormai sapeva a memoria anche alcuni brani dell'ultima lettera di Ernesta, nonostante fossero passate poche ore da quando li aveva letti per la prima volta. La sera precedente, prima di mettersi a letto, aveva svuotato alcune bottiglie che teneva nel mobile bar del salotto, aveva sostituito il rimasuglio alcolico che contenevano con acqua aromatizzata in tre colori diversi e vi aveva applicato tre differenti etichette: *Forza d'animo, Capacità di adattamento* e *Autostima.* Quelli sarebbero stati, da quel momento in poi, gli ingredienti del suo cocktail serale.

Quel mattino Sara non chiamò. E nemmeno lei fece il primo passo. Non era mai successo che non si sentissero. Gli altri ragazzi le avevano mandato tutti un messaggio privato, il contenuto era sempre di incoraggiamento. Certo, Eleonora era rimasta delusa dal suo comportamento la sera prima. In realtà, le quotazioni di Sara avevano iniziato a scendere dal momento del suo risveglio. Quell'articolo sbagliato, quelle foto, quei pettegolezzi... Eleonora non riusciva più a trovare nelle sue parole la carica e l'energia necessarie. Sara avrebbe dovuto essere il suo filtro sul mondo, ma a parte una consulenza a Baltimora che le aveva reso un bel gruzzoletto e soprattutto un evento negli Stati Uniti che altrimenti avrebbe faticato a ottenere, non era riuscita a inventarsi nulla per promuovere Hamlet e la sua eroina. Nonostante il ristorante fosse a Milano, e la città stesse vivendo un vero e proprio Rinascimento. Da qualche tempo era come se, ogni volta che lei e Sara passavano del tempo insieme o al telefono, Eleonora sentisse una domanda che le affiorava da dentro, senza riuscire esattamente a capire quale fosse. E adesso ecco che emergeva con crudele chiarezza: «Ho davvero stima di questa persona? Di una persona che dovrebbe essere il mio alter ego, farsi in quattro per portare avanti la mia realtà e i miei sogni? È reale, questa sensazione di competizione che percepisco in lei?». Non aveva ancora tutte le energie per pensarci a fondo, così decise di accantonare momentaneamente il «problema Sara». Non era nemmeno riuscita, la sera prima, a trattenersi ad Hamlet con Arnaldo: le forti emozioni l'avevano fiaccata. L'escursione in battello, la confessione, il patto che sembrava tratto da un romanzo gotico, così apparentemente irreale. O troppo reale.

Ma ora era arrivato il momento di incontrarlo, fuori dal ristorante, prima di iniziare il servizio. Voleva parlare indisturbata e si incamminarono lungo il Naviglio, per cercare un caffè un po' discosto, con i tavolini all'aperto.

«Ieri, quando sono tornato dalle consegne, mi sembrava di essere piombato nel bel mezzo di una messa nera», disse Arnaldo.

«Hai ragione. Forse ho sbagliato, anch'io ne ho un ricordo che oscilla tra la meraviglia e l'inquietudine. Ma qualcosa, una forza di cui non so spiegare l'origine, quasi provenisse da mondi misteriosi, mi spingeva ad andare avanti. E a un certo punto Nozomi ha preso in mano la situazione, come se avessimo concordato tutto, invece sono rimasta sorpresa io stessa. Ma sotto sotto ero contenta. Credo sia stato giusto così: ho centrato l'obiettivo. Avere la loro fedeltà», disse Eleonora, mentre arrivava il caffè.

«Non serve che ti dica che è insensato. Sembrava un film di Tarantino, no, che dico, un film tratto dai racconti dell'orrore di Edgar Allan Poe. Tua nonna ne aveva una collezione in videocassetta, li ho buttati via io su suo ordine.»

«Vogliamo continuare a parlare di questo? Ti sarà sembrata una messa nera, una cosa vampiresca, quello che vuoi tu. Ma ieri sera è accaduta una cosa straordinaria. Nozomi e io ci siamo sentite unite e solidali con gli altri. Sarà anche merito di quel rito che, se ci penso, è come un sogno, o sarà merito di quel che vuoi tu, ma ora provo un senso di liberazione profonda. In fondo, la nonna mi ha sempre detto che ero un po' maga. Ora non devo più mentire con loro.»

«Hai ottenuto lo scopo, la tua brigata è più salda che mai. Li hai fatti giurare che non ti avrebbero lasciato per un po'. Me lo ha raccontato Henry.» E la guardava con aria paterna, bevendo il lungo caffè macchiato.

«Come legarli a me, in un momento così difficile? O puntavo sul denaro, o puntavo sulla stima. Ho preferito la seconda. Se in questi anni non guarisco, avrò almeno avuto il tempo di accettare la mia nuova condizione.»

«Tutto sommato hai fatto bene, però non illuderti: tre anni sono lunghi. Ma io sono il pragmatico, tu sei l'artista. È giusto che ti vedano anche in questo momento di fragilità. Nozomi mi ha detto che ha deciso di posticipare il suo viaggio in Giappone. Che siano gli influssi positivi delle lettere di Ernesta? A proposito, come procede la lettura?» chiese Arnaldo, senza nascondere la curiosità.

«Non sai quanto bene mi stanno facendo quei fogli. È meglio di un vero tesoro.»

«Bene. Il cammino è sempre in salita, ma diciamo che lo zaino è più leggero. Ieri sera ho incrociato Sara che usciva correndo. L'ha morsa una tarantola?» chiese Arnaldo, mentre lasciavano il bar per spostarsi al piccolo magazzino dove venivano stoccate le merci.

«Sara è l'unica che se n'è andata. Ultimamente ha un atteggiamento ambiguo. Da lei percepisco negatività, quasi gelosia. Ci sono persone che sanno starti vicine quando sei nel fango, ma appena ti risollevi non reggono. Non so dirti di più.»

E Arnaldo, a bruciapelo: «Non sono ancora sicuro al cento per cento, ma credo sia stata Sara a rubare le casse di Champagne. Per ora stiamo muti. Devo pensare a un modo per inchiodarla e farla confessare. Le hai forse mai dato l'autorizzazione di prendere bottiglie dalla cantina per regalarle ai giornalisti di riguardo?».

«Mai, stai scherzando? Né per i giornalisti né per altri. Sai che non mi piacciono queste cose, non sono come certi colleghi che mandano casse di vino e prosciutti a chi immaginano possa scrivere bene di loro. Un malcostume che aborro. E Sara che motivo avrebbe per rubare bottiglie?»

«Eleonora, da' retta a chi potrebbe essere tuo padre. Non stupirti mai delle azioni umane e dei meandri da cui sono originate. Possiamo almeno dire che chi ha avuto un'infanzia difficile a volte ruba per il piacere di farlo, per colmare con oggetti gli spazi vuoti che ha dentro di sé. E Sara sicuramente l'ha avuta, non dimentichiamoci che è stata abbandonata dal padre. Ma non spingermi a fare lo strizzacervelli, non ne sarei capace. La mia è solo esperienza, se vuoi banale buon senso, e capacità di collegare i pezzi. Mi ricordo di lei le rare volte che veniva da voi a giocare in giardino, ti guardava come se tu fossi un cono gelato alla crema. Tutto, non solo l'abbandono che ha subìto, mi fa pensare che rientri nel profilo delle bambine ferite, o deprivate, non so esattamente come la definirebbe qualcuno che ne sa.»

«Mi sa che anch'io rientro in quel profilo, anzi ne sono certa», disse Eleonora, con un sorriso amaro.

«Ma tu compensi tutto con il tuo talento, la tua forza interiore. Tu hai avuto vicino persone che ti hanno amato davvero. Dimmi, piuttosto, come vanno gli esercizi? Quelli che devi fare con la scatola di essenze da annusare... sei costante?»

«Non sempre. Ogni tanto mi viene voglia di buttare tutto

nella raccolta differenziata. Esiste un vero e proprio corso di riabilitazione, se l'è inventato sempre lo stesso ricercatore. Ma comunque l'ho sentito, e mi ha dato un po' di consigli personalizzati. Ci sono degli aromi che devo annusare per un certo numero di secondi. Non è escluso che lo incontri. Ma ora devo occuparmi di altro e soprattutto voglio terminare il percorso di guarigione, semmai avrà luogo, attraverso le lettere.»

Chiacchierarono ancora un po', poi ognuno prese il proprio posto nel gran gioco del mondo: la chef titolare che aveva legato i suoi con un patto segreto e duraturo, e il giardiniere contabile che aveva sulle spalle entrate e uscite di Hamlet, nonostante non lo si potesse relegare a un semplice e unico ruolo. La giornata trascorse senza colpi di scena, come quasi tutte le giornate che si rispettino. Il ristorante marciava come una macchina ben oliata, sia in sala che in cucina. E arrivò la sera. Eleonora, a ristorante ormai chiuso, tornò a casa a piedi, gustandosi la città notturna. Evitava zone poco illuminate. La sera era diventata sua amica. Non vedeva l'ora di infilarsi tra le lenzuola, non perché l'aspettasse chissà quale principe azzurro, ma per gustare i pensieri dolci e profondi indotti dalle parole di Ernesta. Quelle lettere erano una magica camomilla.

Giunta a casa, mentre stava per prendere il bauletto impaziente del suo momento magico, le venne da dire ad alta voce: «Clark Gable, ecco a chi somiglia Étienne». E pensò che prima o poi *Via col vento* se lo doveva vedere sino alla fine. Le sembrò ben augurale, quindi, leggere il titolo della lettera successiva.

AMORE

Chissà da dove viene la parola «amore». Qualcuno la fa derivare da am, *che significa madre, altri da* a-mors, *senza morte. A lungo sono stata indecisa sull'includere anche questa parola abusata. Come non scadere nel banale?*
Ma ho immaginato che in qualsiasi momento della tua vita avresti avuto comunque bisogno di sentir parlare di amore.

Quale tipo di amore ti interessa sviluppare? Che amore ti manca, che amore elemosini? Amore per il prossimo, materno, sensuale, platonico, fraterno, per la patria, amore per il proprio lavoro? Mi è sempre piaciuto farmi raccontare storie d'amore. Invece delle grandi storie mi piaceva snidarne la presenza per strada o in treno: «Come vi siete conosciuti voi due?» chiedevo al cartolaio e a sua moglie, o ai due giovanotti che avevano ritirato il bar sulla Darsena.
Mi piacevano più raccontate guardandosi negli occhi che pescate dai social – mi assegno il premio di anziana digitale, non sono molti quelli della mia età che hanno confidenza con questi mezzi da giovani –, ma la rete era un bagaglio immenso. Pescavo anche dalle lettere sui giornali, o tra le pieghe di un racconto, dentro agli sguardi. Larry, il pastore tedesco che per settimane ha aspettato fuori dall'ingresso dell'ospedale il padrone ricoverato; i due ottantenni ospitati nello stesso ospedale, ma in reparti diversi, che si sono incontrati dopo trentotto giorni di ricovero: le loro mani nodose che si allungavano oltre le sedie a rotelle per intrecciarsi rimarranno impresse in me. Quanto avrei voluto invecchiare insieme al nonno Enrico. Mi sarebbe piaciuto vederlo ingobbirsi, chiedermi «cosa?» cento volte per non aver sentito, brontolare per tutto, abbandonare il PC *perché troppo complicato. E invece sono rimasta sola.*
Per me, ogni forma d'amore comincia col sentirsi amati. È di questo genere di amore che ho scelto di parlarti, cara Eleonora. Perché è il principio di tutto. Gli altri amori derivano da questo. Sentirsi amati è un piccolo grumo nero, che genera calore come il carbone, che dovrebbe accendersi dentro di te lentamente, man mano che cresci, per diventare una fiamma forte e viva che ti accompagna per sempre. Capace di non spegnersi mai, neppure se arriva una bufera. Spesso la fiammella non si accende e rimane solo il grumo nero. Sentirsi amati si può pensare anche come un prezioso fluido caldo ed energetico. Quando c'è, entra dentro, colma gli interstizi, pure i più lontani dal tuo centro. E scalda a lungo. Talvolta per sempre. Al contrario, se manca, uno

spiffero gelido ti rende fragile e incompleta, come un puzzle di cui è andato perso qualche pezzo. Io il mio grumo l'ho acceso tardi. Mia madre è morta quando avevo un anno, questo lo sai.
Il sentirsi amato lo spiego così.
Sei lì, dopo un abbondante pranzo domenicale in famiglia, e ti sdrai sul divano mentre le donne riordinano e vanno avanti e indietro per le stanze, affaccendate. I più piccoli sono in cortile o a giocare, ruzzolano felici. Tu sei fortunato e per qualche motivo dispensato dal lavorare. Stai lì, percepisci la tua sazietà come benessere e pienezza, anche di pensiero, e stai scivolando pian piano nel torpore.
Così dolcemente e lentamente che riesci ad avvertire con ogni fibra del tuo corpo appagato tutti i passaggi dalla veglia al sonno, e te li godi. Li assapori con calma, pregustando il minuto successivo. Stai lasciando la realtà con lentezza: il rumore delle stoviglie, il tintinnare dei bicchieri e gli acuti del vociare si fanno sempre più felpati, le urla dei bambini più fioche, e tu sperimenti uno stato vicino alla beatitudine.
Perché qualcosa di grandioso sei sicuro che sta per accadere. Si ripeterà, lo hai già vissuto. Un guizzo di pura e rarissima gioia sta per invaderti. Sai che in quell'istante che separa il sonno dalla veglia qualcuno, credendoti addormentato, prenderà una vecchia coperta che sa un po' di canfora e la dispiegherà amorevolmente su di te. Magia compiuta.
Qualcuno si è preoccupato che tu non prenda freddo, che la tua digestione non venga compromessa. E tu sei lì con le palpebre chiuse, ma ancora cosciente di quel gesto.
Ti senti amato. Stai immobile con il tuo ultimo millimetro di coscienza vigile e te lo godi tutto. Quell'ultimo barlume di lucidità ti abbandonerà proprio dopo quel preciso istante, e dopo aver ricevuto quel gesto supremo e antico ti consegnerai a un sonno imponente e ristoratore. Per anni ho voluto che qualcuno mi coprisse con una coperta, che mi avvolgesse, stendesse qualcosa su di me per non far andare via il calore. In fondo è lo stesso che accade se qualcuno ti copre con un piattino il caffè o la minestra, per non farli raffreddare. Io non ho avuto mai nessuno che

mi stendesse una coperta, che mi coprisse con il piattino la tazza di caffè.

Ecco, questo è sentirsi amati.

Cara Eleonora, io la coperta su di te la stendevo ogni volta che mi era possibile. E credo che la tua fiammella arda.

Ma se il grumo nero non prende vita quando sei piccolo, a volte si pietrifica, ed è difficile che la fiammella possa accendersi ancora. Visto che nella vita non ho ricevuto amore materno, ho imparato a farmi andar bene l'amore delle nonne. Loro hanno steso la coperta. Prima che venisse deciso con chi avrei dovuto vivere definitivamente sono rimasta un anno con mio padre e la sua fidanzata del momento. E lì ho rischiato che il mio focherello si spegnesse. Ricordo poco di quel periodo, ma una scena è ben impressa, anche dopo quasi sedici lustri. Pensavo che il meccanismo della memoria fosse stupido: a volte seleziona scene insignificanti. Con l'età ho capito che sono proprio quelle circostanze a determinare il tuo carattere, a condizionare la tua vita.

Era estate, mio padre aveva preso una casa in affitto in un'isola delle Eolie, mi pare Salina. Era il tramonto e alla nostra casa si arrivava dopo una ripida discesa di gradini in pietra lavica, che attraversava il giardino e l'orto.

Io stavo tornando a casa dal mare saltellando, quando proprio in mezzo a un gradino ho visto quello che per me era un mostro: un'enorme lucertola isolana. Oggi so che, poverette, sono in via di estinzione. O forse era un grosso rospo, chissà. Io, bambina lombarda, non avevo parole per descrivere né l'una né l'altro. Erano mostri, simili a quelli che avevano preso forma dentro di me, invitati dalla paura e dal senso di abbandono per la perdita di mia madre. Corro giù urlando come una pazza e vedo lei sulla porta di casa – si chiamava Fiorella –, la fidanzata di papà, che pensa bene di darmi uno sberlone. A scopo terapeutico, dirà a papà, che in quel momento era in paese. Ma anche chi non conosce nulla dell'animo infantile sa che una bambina terrorizzata sotto shock ha bisogno di un abbraccio, non di ceffoni. La signora in questione non era certo in possesso dei rudimenti della psicologia, ma un gesto di affetto

per calmarmi avrebbe dovuto sorgerle spontaneo.
E invece no. Non so perché rammento così nitidamente l'episodio. E neppure perché te ne sto parlando. Ma è così vivo, pulsa ancora di dolore, che certo ha avuto conseguenze sul sentirmi amata.
Quale compito posso darti? Cucinare qualsiasi cosa, anche spalmare di burro una fetta di pane tostato, richiede amore. Non voglio dire banalità. Ripensa solo a quei momenti vissuti con me. Noi non cucinavamo solo ricette, usavamo noi stesse come ingredienti. Tu sai bene cosa significa mettere sé stessi dentro salse, torte e timballi. Noi lo abbiamo messo in atto ogni volta che abbiamo invocato il potere soprannaturale che risiede in ogni materia commestibile.
Allora ti chiedo di mettere amore nella presunta semplicità di un piatto di spaghetti al pomodoro. Scegli il pomodoro più dolce, la pasta dalla trafilatura più pregiata, l'olio più intenso. E poi aggiungi qualche ingrediente della ricetta dell'Amore. Sarà il tuo viatico verso la felicità. C'è l'amore per la semplicità che è complessità risolta. In questo piatto c'è amore per l'armonia che racchiude, c'è amore per il tuo paese, c'è la sensualità del gesto per gustarli, quando si avvolgono voluttuosi alla forchetta. Sì, lo spaghetto al pomodoro è un esercizio perfetto.
Tu, mia cara Eleonora, forse non hai avuto genitori in grado di accendere una fiammella durevole. Ma io credo di aver dato il mio contributo affinché quel grumo non diventasse un cristallo di quarzo nero. Anche ora, con queste semplici lettere di carta, alimento il fuoco e cerco di farti sentire amata, pur se sono scomparsa dalla terra.
Di seguito ti scrivo la ricetta dell'Amore. Non perderla, e condividila con chi abbia l'avvedutezza di capirne il valore e la determinazione necessaria per scovare gli ingredienti.

Tua Ernesta

La ricetta dell'Amore

Ingredienti
1 confezione extralarge di Impegno e Responsabilità
1 mazzetto fresco di Baci&Abbracci
1 tubetto concentrato di Capacità di ascolto
1 barattolo di Progetti a lungo termine
2 fiale di Intimità e Passione (si trovano anche già miscelate)
1 tavoletta di Complicità
5 cucchiaiate di Amicizia
4 gocce di essenza di Fiducia
2 fialette di Pazienza
2 gocce di Rispetto
1 noce di Gelosia

Procedimento
La ricetta per cucinare l'Amore ha la forma di un biscotto dolce-salato. Impasta a lungo Impegno e Responsabilità, insieme ad Ascolto, aggiungi il mazzetto di Baci&Abbracci tritati finemente, fai un panetto e lascia riposare al fresco. Intanto prepara la glassa unendo Intimità, Complicità e gli altri ingredienti. La noce di Gelosia va trattata con cautela, come uno spicchio di aglio, si mette all'inizio della preparazione e poi si toglie. Mescola a fuoco basso. Dopo un'ora stendi l'impasto e ricava tanti cerchietti, perché il cerchio è la forma perfetta. Cuoci sino a che non saranno dorati e spennella la glassa sui biscotti. Difficile conservare a lungo l'Amore croccante: puoi tenerlo in una bella scatola di latta chiusa ermeticamente. Ma la scadenza non c'è, dipende solo da te mantenerlo in buono stato. Quando lo hai finito, devi ricominciare da capo, ma sarà sempre più difficile procurarti gli ingredienti. Meglio prepararlo pensando che debba durare a lungo. Per sempre. Attenzione: non dimenticare di aggiungere Passione, altrimenti esce la ricetta dell'amore fraterno e platonico.

23.

Per comprendere la Profondità di pensiero,
mangia carote e radici amare.

Si era addormentata pensando alla parola Amore, e così si era risvegliata. Improvvisamente una certezza la invase. Tutto tornava. Era come se Ernesta, con le sue doti divinatorie, avesse saputo che lei non era in grado di assaporare ricette vere, che probabilmente non sarebbe stata in grado di gustarle con i suoi sensi menomati. *E così si è ingegnata a lasciarmi in eredità ricette alte, allegoriche. Impossibili da realizzare e da assaggiare, se non con la mente. E ancora una volta da lassù riesce a mettermi in crisi. Quale esame di coscienza mi schiera davanti? Quanti ingredienti impossibili nella mia esistenza avevo perso per strada?* E fu naturalissimo rivolgersi a lei come in una preghiera: *Cara nonna, come potevi sapere che sarebbe stato inutile descrivere piatti che prevedessero veri ingredienti? Come immaginavi che avevo bisogno di ricette di vita, per lenire le mie ferite? È vero, tutti ne abbiamo bisogno, ma se sapessi quanto le tue ricette impossibili, metafisiche, sono salvifiche per me... Come potevi sapere che dovevi darmi da bere e mangiare solo ciò che posso assaporare in questo momento: parole e storie, pezzi di me e di te?* Ora era meno disperata: aveva un lumicino acceso in un angolo nascosto di sé, che non osava neppure nominare per paura che alitando si spegnesse, da tanto era fievole: si chiamava speranza. Eppure c'era, era acceso, e lei lo teneva ben protetto dalle correnti d'aria della rabbia e dalle acque morte della depressione. Era consolatorio sapere di riuscire a farlo. Il grumo di cui si parlava nella lettera lei l'aveva trasformato in fiammella, di questo era sicura.

Ma ancora una volta la chiamata mattutina di Sara interruppe i suoi pensieri. Eleonora la liquidò rapidamente e le diede appuntamento al ristorante. Voleva sondare un po' il suo atteggiamento guardandola negli occhi.

Decisero di fare due passi nei dintorni di Hamlet. E poi, dopo i convenevoli, Sara partì con un falso: «Mi dispiace tanto, poverina, non doveva succedere».

«Sto bene. Adesso sto bene. Sara, non credi che essere compatita non mi serva a nulla? Non pensi che sia molto più costruttivo cercare di fare nuovi progetti insieme per il bene di Hamlet? Voglio dire, indipendentemente dal mio problema. Hai interviste, invece che programmi televisivi da propormi? Ospitate? Finanziatori realmente interessati, non banditi profittatori? Se la risposta è no, ci riaggiorniamo. L'unico atteggiamento che non mi serve è proprio quello che mi stai mostrando: compatimento pietoso», disse Eleonora, visibilmente seccata. Le sembrò di avvertire, camminandole al fianco, una folata di terriccio misto a foglie marce. Era come se provenisse da lei, ma probabilmente il suo era un odore immaginario, una sorta di allucinazione olfattiva. Sapeva che esisteva anche questa possibilità. Se lo avesse saputo, sarebbe rimasta mortificata. Lei che era sempre troppo profumata. Amava profumi dolci, golosi, noti anche come profumi *gourmand*, creati sulla formula commestibile. Quei profumi che hanno al loro interno note di cioccolato, caramello, zucchero filato o vaniglia, che sono talmente invitanti da farti venire la voglia di abbuffarti. Ma che stancano subito. Non le disse nulla.

«Ma no, Eleonora, lasciami spiegare. Vorrei dirti che non potevo, non volevo giurare. Sembravate degli invasati, io sono fuori dalla brigata. Però vorrei restare con te, comunque.»

«Sara, non sei tu che decidi di restare con me, sono io che devo sentire di essere ben rappresentata da te. Vedi, io vi ho chiesto fedeltà. E tu? Tu, mi sei fedele?» L'ultima frase la pronunciò avvicinandosi al viso di Sara, messa spalle al muro.

«Ma Eleonora, cosa dici? Certo che puoi fidarti, lavoreremo insieme. Domani, stavo per dirtelo, ti ho organizzato un'intervista a Radio Food, nella fascia più seguita, in tarda mattinata. Poi, se vuoi, parliamo di progetti. Ma prima volevo darti un paio di indirizzi di professori che potrebbero aiutarti per il tuo problema», disse Sara, quasi pigolando. Indossava un soprabito di pelle nera con un collo di pelliccia, nonostante il clima tiepido.

«D'accordo per l'intervista. Ma non voglio vedere altri medici, ho le idee chiare sulla situazione. Grazie, comunque. Per il resto non ho voglia di pensare ad altro, devo lavorare e imparare a vivere in questo nuovo modo. Provvisorio o meno che sia.» Eleonora lo disse con amarezza, non avrebbe voluto provare quelle sensazioni negative ogni volta che si avvicinava a Sara. E le venne in mente che forse era proprio lei la ladra, che Arnaldo aveva ragione. Ma subito abbandonò questo pensiero. Decise di darle ancora una possibilità.

Al ristorante trovò un clima adrenalinico. I ragazzi sembravano più scattanti e produttivi del solito. In verità stavano brindando con una buona bottiglia portata da Rosolio, il quale annunciò che sarebbe diventato papà per la seconda volta.

«Ada è incinta. Sono passati tre mesi e ora lo posso dire. Ha fatto la visita. Tutto a posto. Vorrei tanto un piccirillo, un bel maschietto.» Valeria lo guardò con finto disprezzo e disse, tra il serio e il faceto: «Il solito maschilista fallocrate».

«Oggi sono felice, le cattiverie entrano da un'orecchia, escono dall'altra, Vale'. Chef, assaggerai che pane ti ho fatto oggi, un pane da resuscitare i morti. Se sei felice il pane viene meglio.»

Neppure quel giorno fecero riferimento al problema di Eleonora. I ragazzi erano uniti intorno a lei, ma le singole reazioni erano differenti. Arnaldo era fiducioso, sicuro che sarebbe guarita. Rosolio la trattava come se potesse assaggiare e apprezzare ogni piatto, dimenticando il suo problema. Simhala era paterno, le chiedeva in continuazione se stesse bene e le offriva tisane e bevande a suo dire portentose.

Valeria le chiedeva assaggi per ogni sfoglia o salsa, forse più di prima. Voleva farle sapere che per lei non era cambiato nulla. Che la stima per Eleonora era tale che non sarebbe stato necessario avere gusto e olfatto per essere la migliore. Henry, invece, non credeva alla diagnosi dei professoroni, non capiva perché Eleonora si fosse rassegnata. «Conosco un medico bravissimo», le disse, ottenendo in risposta il solito «No, grazie».

Nozomi era altalenante, come sempre affidava ai gesti la potenza delle emozioni. Dai fumi della griglia sumibiyaki, che velavano il suo bellissimo volto, o dal candido ripiano di marmo da cui sezionava il pesce si avvicinava a Eleonora e le stringeva forte un braccio. La nutriva di Amore, quello che si manifesta cucinando di cui aveva parlato Ernesta, come solo lei sapeva fare. Le preparava minuscole sfere di riso, avvolte in candidi lembi di ricciola e poi condite con uno sbuffo di salsa al jalapeño e yuzu, poi la imboccava con una dedizione da ancella. A volte erano rombi di ombrina, appena sporcata da olio di kombu affumicato, con un ciuffo di crema di ricotta e ginepro. Altre volte tirava fuori la spada-coltello più preziosa, ricavava un pezzetto di otoro trepidante e lo offriva a Eleonora come un dono votivo. Il meglio del meglio, la parte più esterna della ventresca del tonno. «Questa è la più saporita, quella più grassa, che lo difende dal freddo delle acque oceaniche. È di colore rosa. Ti ricordi a Losanna? Questo tonno ha il sapore della nostra giovinezza.» Lo adagiava sul palato di Eleonora come un'ostia dal potere benefico e santificante, e se ne tornava al lavoro.

Poi arrivava Rosario e le spezzava davanti al naso una pagnottella di farro e semi oleosi.

Invece Bibo non l'aveva presa bene. Non le faceva più provare i piatti, sosteneva che non sarebbe servito a nulla. Era rabbioso e negativo. Eleonora aveva capito che non era per sfiducia, ma solo perché la faccenda lo metteva in imbarazzo e gli creava ansia. Per questo le teneva il muso, non riusciva a reggere il fatto che lei non avesse più il gusto.

Qualche giorno prima di partire si era scagliato addosso a Rosolio, la mano alla gola. «Cosa le fai assaggiare? La prendi per il culo? Smettila, hai capito? Lasciala stare, *hijo de puta*. Anche voi: piantatela, cosa volete che mangi?» Gli altri erano rimasti impietriti. Tranne Nozomi, che con un movimento circolare di braccia e gambe l'aveva scaraventato a terra con tutti i suoi muscoli. Era una mossa di aikido, un'antica arte marziale difensiva giapponese, di cui Nozomi era maestra.

Più tardi Eleonora gli aveva parlato con dolcezza: «Bibo, cosa ti salta in mente di diventare così aggressivo? Lo so che lo hai fatto per proteggermi, ma chi mi fa assaggiare il piatto non mi sta prendendo in giro, anzi, mi stimola. Vi assicuro che sento il sapore dei piatti con la mia esperienza, con il mio senso di scorta, il sesto senso, molto acuito, ora che ne ho persi due». E aveva continuato: «Bibo, per favore, vuoi venire un minuto nel mio ufficio? Sapete come la penso: se la brigata non va d'accordo, il piatto se ne accorge. Voi continuate a lavorare».

Poi, una volta soli, gli aveva detto con voce ferma: «Cosa ti prende, Bibo? Vi ho insegnato a non accumulare rancori, a tirare fuori tutto, anche i pensieri più nascosti, le cose insignificanti. Tirare fuori i sassolini prima che diventino macigni. Ora ho scelto di tenere i migliori di voi, siamo una squadra. Siamo cresciuti, siamo maturati. Abbiamo assistito a litigate furibonde, ma violenza mai. Che ti prende, Bibo? Non posso creare un precedente. Lo sai che non può succedere un'altra volta. In quel caso sarei costretta a mandarti via».

«Hai ragione, scusa. Ti prendevano in giro, loro non capiscono come stai male. Non capiscono. Non so cosa mi è successo. Anzi una cosa è successa», disse Bibo paonazzo, mentre continuava a camminare avanti e indietro toccandosi la coda di cavallo.

«Ovvio che il segreto che vi ho confidato ha scombussolato tutti, lo so. Ma non giustifica la tua reazione.»

«Non è questo. È che mi ha chiamato mio fratello. Mia madre sta morendo, *es vieja.* E io devo raggiungere la famiglia.» Eleonora gli si era avvicinata, gli aveva stretto il braccio. «È una grande vecchia saggia e io voglio salutarla prima che se ne vada; vorrei prendere un aereo domani...»

«Tutto il tempo che vuoi, non ti devi preoccupare», gli aveva detto Eleonora. Sapeva bene cosa significava non poter dire addio come si deve.

«Sai perché sto male? Avevamo litigato, lei voleva che trovassi una moglie, una per fare un figlio. Mi sono arrabbiato con lei, e ora si è ammalata improvvisamente. *Es el corazón.* Sono distrutto.»

«Anch'io non sono riuscita a stare vicino a mia nonna Ernesta. Ma lei era fuori dall'ordinario, non l'ho mai pensata come un'anziana.» Aveva sistemato le ultime cose in cucina, salutato Arnaldo che stava finendo di fare i conti nel suo ufficietto e si era fermata a guardare la sua Darsena, con il cuore pieno d'amore. Entro la fine dell'anno avrebbe portato i ragazzi da un grande «tre stelle». Era un investimento che aveva in mente di fare dal momento del suo risveglio. Li avrebbe ringraziati così per la loro dedizione, per la loro pazienza.

Un'altra giornata volgeva al termine. Per Eleonora era arrivato il momento di preparare il suo cocktail speciale, con gli ingredienti dell'ultima ricetta: Amore. Non era il momento per gli amori passionali, ma avrebbe scelto alcuni elementi di cui sapeva di aver bisogno. Ormai erano una dozzina le bottigliette di acqua aromatizzata e colorata dotate di etichetta. Prese un bicchiere da gin tonic e lo riempì di grossi cubi di ghiaccio. Poi versò in parti uguali Progetti a lungo termine, Pazienza e infine Fiducia. Si preparò per la notte e mise il suo bicchiere sul comodino. Forse la nonna si sarebbe scandalizzata a vedere il suo rituale finire in un volgare cocktail. Scosse la testa: no, era troppo in gamba e creativa per tarpare le ali a un esperimento. Pensò a Étienne e ai suoi baffetti e al suo baciamano. L'ultimo pensiero lo rivolse a Bibo, in volo verso sua madre. Aprì la lettera successiva ed ecco, puntuale, l'appuntamento con il destino che Ernesta le fissava ogni sera. Vecchiaia. Avrebbe avuto il coraggio un domani di chiamarla così, senza eufemismi, senza tinteggiature di rosa, la sua, di vecchiaia?

VECCHIAIA

Miriam, fedele amica, scommetto che non hai fatto in tempo a confessare il tuo amore giovanile e segreto per il garzone della gastronomia. Aurora, forse te ne sei andata senza confessare a tuo figlio il nome del suo vero padre. Luigi, hai fatto in tempo a dire a tua nipote che avevi risparmiato per lei un gruzzoletto e lo avevi nascosto dietro lo specchio del salotto? Care amiche e

amici lontani, la vita ci ha fatto incontrare, ci siamo scambiati scampoli di intimità e poi ci ha allontanato. Sono stata la vostra confidente, colei che vi esortava a parlare con i vostri cari prima che fosse troppo tardi. La vecchiaia ha trasformato i vostri segreti in rimpianti o ci siete riusciti? Io per esempio, alcune cose che avrei voluto dire a te o a tuo padre, per vigliaccheria le ho lasciate sul bagnasciuga invece che affidarle alle onde impetuose delle vostre reazioni. Portiamo con noi nell'etere le cose e le parole che abbiamo rimandato di dire e fare all'infinito.
Anch'io non ho fatto in tempo a dirti tante cose, Eleonora. Ora sto cercando di rimediare così: scrivendoti lettere che per mia decisione leggerai dopo la mia scomparsa. Questa lettera è dedicata ai vecchi: ora non ho più alcuna remora a usare questa parola. IO SONO VECCHIA. Per anni ci hanno detto che era poco riguardosa e hanno inventato nuovi modi per parlare di padri e nonni. Ci hanno chiamati persino «diversamente giovani», eufemismo ridicolo. Forse è arrivato il momento di rivalutarli un po', questi vecchi, forse quando leggerai queste lettere lo sarai anche tu, ma comunque vada credo che il nostro Arnaldo te le avrò consegnate a tempo debito. E credo anche che qualche riflessione su questa parola ti servirà. Parlaci con i vecchi, non avere paura del loro odore, del loro sguardo. Non provare rancore per il fatto che sono uno specchio: ti ricordano come diventerai. Non è giusto, non ne hanno colpa.
Parlaci anche se non li conosci, anche se sono diffidenti, fatti raccontare la guerra da chi l'ha vissuta, gli amori, le avventure, i rimpianti. Quante cose avrei voluto dirti, ora me ne rendo conto.
Vogliate rispettarci. Molte di noi donne, ora vecchie, hanno combattuto per le altre donne. Siamo state le persone che hanno ricostruito dalle macerie, vissuto il boom economico. Con il sudore abbiamo riedificato dalle fondamenta la nostra patria, regalandovi benessere e insegnando il valore del risparmio. Penso a cosa avremmo potuto trasmettervi, ancora. Quali segreti ci siamo portati dietro? Io non piango solo i miei vecchi che se ne sono andati, piango anche i

vecchi che non conosco per quello che non hanno potuto raccontarci. La voce di queste mie lettere è una specie di appello. Parlo a te, cara Eleonora, ma è come se mi rivolgessi all'umanità intera. Parlate con i vecchi.
Se non avete pianto a sufficienza i vostri vecchi, fateli rivivere attraverso i ricordi che ne avete. Quanti di voi parlano dei loro padri e nonni, defunti da anni? Pochi. Invece l'unico modo per renderli immortali è ricordare le cose fatte insieme, le loro vite, parlarne alle nuove generazioni. Anche tu, Eleonora, racconta di me, di noi, dei ristoranti vissuti insieme, delle ricette preparate, delle risate, dei viaggi, delle lacrime.
Sapere di vivere nel ricordo di chi viene dopo di noi, questo ci fa sentire immortali. Ecco perché il compito di questa lettera è tirar fuori almeno qualche ricordo dei vecchi che se ne sono andati. Se non da Hamlet, dove la tua filosofia di cucina è contemporanea, fuori, racconti mai dei nostri pomeriggi culinari?
Per esempio le «cotolette impannate», come le chiamavi da piccola, anche se la panna non c'entrava nulla. Erano di fettine di pollo, passate in una panatura fine fine, quasi vellutata, per via del pane al latte che compravamo dal prestinaio migliore di Como e che per tradizione conservavamo in un sacchetto di tela. Perché in passato, le cotolette non si facevano quando se ne aveva voglia, ma quando il sacchetto era colmo di pane secco. E anche se noi non avevamo problemi economici, ci era rimasto questo costume. Noi al pane, grattugiato a mano, aggiungevamo un cucchiaio di formaggio grattato, qualche falda di cipollina tritata fine e un paio di foglie di salvia, anch'esse tritate finissime con un oggetto oggi quasi scomparso: la mezzaluna. Il tocco goloso che ho imparato da uno chef: aggiungere un paio di grissini frantumati grossolanamente, in modo che siano presenti due consistenze, quella vellutata del pane e quella più croccante del grissino. Poi sei cresciuta, hai imparato che le costolette vere, quelle con l'osso, quelle con la «s», mentre stanno cuocendo senza fretta nel burro si girano una volta sola. Ma soprattutto – eri una ragazza –

ricordo come ti colpì la prima costoletta gourmet della tua vita. Sarà stato il 2010: ti avevo portato dal Maestro Gualtiero Marchesi, che ne aveva rivisitato (verbo pericoloso) la classica ricetta. Si era chiesto cos'è che amassimo tutti della costoletta. La risposta era: la panatura. Ben dorata fuori con l'interno rosa, morbido e succulento. E così lui ha preso fette di vitello belle alte e le ha tagliate a cubi di due centimetri per lato. Le faceva friggere nel burro chiarificato ottenendo bontà su tutti e otto i lati. Geniale. Siamo tornate a casa e per una settimana hai fatto impazzire tua madre (e me), non ti sei data pace sino a che non sei riuscita a replicare il piatto. Ovviamente ci sei riuscita, merito della tua ben nota determinazione.
Ma quando si è vecchi?
Si invecchia con saggezza quando si prende distanza dalle piccinerie. Quando si pensa alla morte con naturalezza. Quando si abbandonano i rancori, quando si continua a fare progetti, quando si smette di parlare delle persone e delle cose ma si parla di idee. Quando si sta in silenzio a guardare il mare, si gode davvero l'attimo e non si dice questa frase come ogni frase fatta, senza convinzione. Si vive l'attimo perché potrebbe essere l'ultimo. Se si invecchia con saggezza si regalano beni e cose materiale a chi può usarle in quel momento, si restituisce ciò che si è assorbito da giovani. Se invecchi male, porti rancore, diventi noioso e nostalgico, Parli solo del passato e non ti godi il presente. Si invecchia male quando si trattengono le cose e non si restituisce nulla agli altri, quando si pensa di essere eterni. Quando si diventa odiosi e intolleranti con le persone più giovani, solo per nascondere la propria invidia per il fatto che vivranno più di noi.
Mi ricordo che tu – ne ero orgogliosa – mi presentavi come un'amica affascinante. Non mi chiamavi nonna, non rivelavi la mia età. Dicevi: c'è più energia e spirito vitale in un tuo mignolo che in una dozzina di trentenni. Non considerateci alieni, spesso siano rimasti ragazzi imprigionati in un corpo dolorante.
Una volta vecchiaia significava saggezza. Più vivi, più sai.

Non è così. Eccoli qui, un po' di pregiudizi che avrei voluto veder scomparire. Ma ci penserai tu a combatterli. Ci sono vecchi che non sono affatto saggi, ma solo egoisti e brontoloni. I vecchi non producono, non fanno circolare l'economia. Idiozia: spesso intere famiglie si sostengono sulle loro pensioni. I vecchi non sono tecnologici. Vai a vedere le statistiche dell'età su Facebook. I vecchi sono noiosi, forse perché non fate le domande giuste?
Le donne sono trasparenti molto prima di diventare vecchie e sfatte, nessuno più si gira al loro passaggio quando superano i cinquanta. Questo è un po' vero, ma non sempre. Fai che a te non capiti e diventa talmente ironica e brillante che la tua conversazione sarà richiesta sino a un'età veneranda.
Si collega la vecchiaia all'inutilità, e l'inutilità all'attesa della morte. E poi, basta con la retorica della giovinezza interiore. A nessuno importa un fico secco se sei giovane dentro, se sei bello dentro. La vecchiaia esiste, alla faccia della chirurgia, della medicina, della statistica. Solo che rispetto al passato si è spostata avanti di dieci anni. Ma poi arriva, inesorabile. E infine il più grande dei luoghi comuni: i vecchi non fanno sesso.
Lo sai che l'erotismo, il fascino, il sex appeal non derivano da come si appare, ma da ciò che si diventa? Dal carattere che hai forgiato, dalle risate che hai riso, dalle lacrime che hai pianto. La sessualità vera, poi, si compie lontana dagli scopi riproduttivi e diventa assoluta, perché fine a sé stessa, solo quando sei avanti con l'età. Quindi esalto la bellezza al contrario, quella delle carni tremule, delle carezze incerte. Difendo l'amore rugoso e acciaccato contro quello turgido e vitale.
Non aver paura di invecchiare: io l'ho accettato, anche se scherzavo con te e non volevo essere chiamata nonna. Penso a tutti i vecchi volati via con i loro ricordi e penso che ci vorrebbe una ricetta per non dimenticare. Perché noi siamo la nostra memoria.

Tua Ernesta

Ricetta per Non dimenticare

Ingredienti
3 cucchiai di Nostalgia
1 tazza di Ricordo d'infanzia
1 foto di Vecchi parenti
1 tubetto di un Bel sogno
3 lacrime di Riconoscenza per chi ti ha preceduto
2 lacrime di Dolore per una perdita
1 fialetta di Gioia

Procedimento
Questa ricetta ha la forma di sformatini. Prima di iniziare a cucinare metti la foto sul tavolo. Unisci tutti gli elementi in una ciotola tranne gli ultimi tre, che sono in forma di lacrime, mescola bene e lascia riposare. Aggiungi i liquidi. Distribuisci il composto nello stampino desiderato: può essere il volto di un amico o un parente caro, di un animale perduto o di te bambina. Oppure un essere mostruoso che ti ha sempre fatto paura. Sistema su una piastra. Cuoci in forno sino a che gli sformatini non saranno dorati. Cerca di assaporarne uno al giorno: quelli dalle sembianze buone portano serenità, gioia, e una lunga serie di dolcissimi ricordi. Se mangi quelli che ti fanno paura, acquisterai forza e coraggio.

24.

Per Purificare il tuo cuore, non ricorrere a trucchi,
piangi in abbondanza mentre affetti cipolle.
Ogni lacrima ha del bene in sé.

Aveva letto avidamente diverse volte le ultime due lettere, e decise che quella sera avrebbe preparato le costolette panate migliori della sua vita. Le prenotazioni per la cena erano scarse e avrebbero potuto fare a meno di lei, sarebbe comunque stata al ristorante per tutto il giorno. Il suo ospite d'onore avrebbe potuto essere Arnaldo. Aveva deciso che doveva parlare con qualcuno senza fingere, qualcuno che sapeva tutto e che la conosceva da bambina, e chi meglio di lui? Gli mandò subito un messaggio per invitarlo a cena. Oltre alle costolette, lo avrebbe stupito con una ricetta estremamente classica. Prima di uscire prese il suo piccolo ricettario e cominciò a sfogliarlo: aveva bisogno di un altro piatto evocativo, rassicurante. Ringraziò mentalmente sua madre, che in tutti quegli anni lo aveva conservato per lei. Trovò la ricetta di una torta di mele e leggendo la sua scrittura infantile, sfogliando qua e là, si commosse. Ai margini di una ricetta di polpettine di melanzane lesse: «Vi odio», e poi altre parole un po' scolorite, «Vorrei fare polpettine avvelenate e farle mangiare a...», e poi una cancellatura. Chi erano questi nemici veri o immaginari? Tornò alla torta di mele. Era una torta che richiedeva l'aiuto di un adulto e lei aveva scritto: «Mai assaggiato una torta di mele così buona e ho convinto la mamma di Agnese a darmi la ricetta». Questo le fece ricordare che l'aveva scoperta alla festa di compleanno della sua compagna di banco. Sì, era deciso, avrebbe cucinato quella torta. Ma nel suo appartamento, al sicuro, lontano da sguardi giudicanti. E si segnò di procurarsi la cannella, visto che la sua scorta era finita tutta a terra durante la sua sfuriata di qualche settimana prima.

Camminando verso il ristorante vide la solita donna ingolfata dagli stracci e dalle coperte sotto il primo ponte del Naviglio. Un ciuffo di capelli biancastri spuntava da una cuffia di lana scolorita. Eleonora aveva sempre distolto lo sguardo e le narici da quella vista. Chiamò Simhala: «Oggi a chi tocca preparare il pranzo per la brigata? Chiedi di fare un paio di porzioni in più». Gliele avrebbe portate più tardi.

Una volta arrivata, trovò sulla sua scrivania un pacco. «L'ha portato un corriere per te. Finisco di fare due conti e poi esco per una consegna importante. Grazie per l'invito, a stasera», disse Arnaldo, e tornò a rintanarsi nel magazzino. Eleonora osservò la scatola. Amava le sorprese, un leggero batticuore, emozione che aveva dimenticato. Non era uno dei soliti pacchi di fornitori che le mandavano assaggi. Il pacchetto aveva un'aria raffinata e un po' misteriosa. Per un attimo pensò a un brutto tiro di Mister Zero. Del contenuto, dall'esterno non si vedeva nulla. Era di un bianco leggermente rosato, con piccoli rombi in rilievo. La aprì e ci trovò un vasetto e un biglietto in tinta.

Ciao Eleonora. Ti lascio questa Escallonia Apple Blossom *come buon augurio della giornata. Abbine cura, perché ogni pianta racchiude un messaggio. Étienne.*

Era un vasetto fiorito, una massa di petali turgidi appena rosati, dello stesso colore della scatola. E doveva ammettere che quell'umile piantina la stava emozionando più degli imponenti mazzi di rose ricevuti in passato. Un tocco di classe. Finalmente un gesto di gentilezza. Un poco di terra era fuoriuscito. Che odore aveva? Aveva imparato ormai a cacciar via quei pensieri, ma aveva nostalgia dell'odore di terra. E subito dopo il sorriso, una smorfia di amarezza. Avrebbe mai più percepito il suo profumo?

Le ore trascorsero tra fornitori e una montagna di mail e corrispondenza che aveva accumulato per settimane. Nel tardo pomeriggio si fermò a comprare qualche mela e gli ingredienti per la serata. Fece una breve lista mentale e poi aggiunse alcune voci ideali, come le avrebbe scritte Ernesta. Una lista di ingredienti impossibili. Le sarebbero servite Pazienza, Condivisione, Empatia, Sincerità e soprattutto tanta Fiducia, per parlare con Arnaldo. Si sarebbe impegnata ad aggiungerle alle pietanze con tutta la concentrazione e il raccoglimento che meritavano.

Amava passare del tempo con il suo vecchio platano. Parlare come sapeva fare lui, dicendo cose profonde in parole semplici. Aveva ragione la Meyer, c'era qualche maledetta faccenda remota che influiva su di lei, ma restava impantanata, in attesa di una rete che potesse portarla a galla. Era un lavoro di scavo che toccava a lei.

«Mi sento divisa a metà», disse, mentre Arnaldo le versava da bere. «La Eleonora che trascorre momenti di sconforto e disperazione, l'altra Eleonora che vive ore di esaltazione e adrenalinica voglia di vivere rincuorata dalle lettere di Ernesta. La mamma la sento spesso, ora, e mi sembra sia più sciolta con me.»

«Io so solo che un mese fa eri in coma e di Eleonora non ne avevamo neppure una», disse lui.

«Sì, hai ragione. Infatti, sto meglio. Ma allora perché mi sento ancora così fragile?»

«Ne abbiamo già parlato, Eleonora. Hai dato per scontato il tuo fiuto e palato eccezionali, senza indagare le altre tue capacità. Non è che hai sopravvalutato la loro importanza? Noi stiamo scoprendo che ci piace molto anche una Eleonora così.» Un'osservazione acuta, quella di Arnaldo.

«Forse hai ragione, ma non mi rassegnerò mai a perderli definitivamente.» E lo abbracciò.

«Sai cosa ti dico? Queste cotolette sono la cosa più buona che abbia mai assaggiato di tuo.» Arnaldo si mise nel piatto un'altra porzione. «Lo so che non puoi farlo, ma dovresti metterle in carta da Hamlet.»

Eleonora rise amaramente. «Non ci crederai, ma è una ricetta uscita dal passato. Ma com'era Eleonora da piccola?» chiese, all'improvviso.

«Una bambina sensibile, forse troppo. Eri creativa, cantavi canzoni tristi sentite alla radio. Parlavi da sola o con tua nonna, oppure fingevi di essere la proprietaria di un ristorante e discutevi con un'immaginaria aiuto cuoca che sgridavi e tiranneggiavi. Cucinavi con ciò che trovavi in giardino, foglie e ghiande e petali. Anche allora avevi quello sguardo risoluto di oggi. A volte ci sbalordivi per la profondità delle frasi che riuscivi a tirar fuori. Amavi giocare da sola, anche se tua madre invitava altre bambine e vi lasciava in giardino per ore. In certi momenti, però, diventavi assorta e ti sedevi dietro il pino argentato e tra i cespugli di rose e...»

«Mangiavo i fiori...lo so», disse lei piano piano. «Un atto che è la conseguenza di uno stato di stress prolungato, ripetuto nel tempo. Diciamo che è un sintomo, non un trauma. Ma sento che deve essere accaduto un fatto preciso, che mi ha davvero scioccata e che ho rimosso, qualcosa che ha a che vedere forse con i fiori e il cibo. Ricordi un periodo quando ero piccola in cui ero triste o strana?»

«Non so, posso dirti che c'è stato un periodo piuttosto buio. Mi sembra che fosse alla fine delle elementari, la penultima primavera eri cambiata. Silenziosa e triste, poi all'improvviso ti prendevano raptus di collera e diventavi irascibile e rabbiosa. Avevi perso la gioia di mangiare e annusare. Al mattino, prima di andare a scuola, ti veniva una faccia da funerale. Avevi smesso di cantare, i tuoi genitori erano in crisi e forse non si erano accorti del tuo cambiamento. Una volta ti ho visto vomitare dietro a un gelsomino, sono venuto a consolarti e sei scappata via. Poi so che c'è stato trambusto in casa e alla fine dell'estate ti hanno cambiato istituto. Non ricordo altro.»

«Ascoltare è l'unico modo per capire ciò che l'altro non dice. È un proverbio in cui credo, e ascoltandoti riesco a scavare meglio nel mio passato.»

Quella sera avrebbe preso il bauletto e avrebbe affrontato la lettera successiva. Ma era pronta? Forse prima avrebbe riletto ancora una volta le precedenti. Un misto di desiderio e paura la pervadeva ogni volta che lo prendeva tra le mani. Ogni riga la metteva in discussione. Eleonora capì cosa intendeva la nonna quando le diceva che le lettere andavano digerite. Infine si decise a leggerne una nuova. Sbirciò il titolo e poi la ripiegò immediatamente. Chiuse gli occhi commossa: sì, era pronta a rinascere.

Qualche anno fa ho pensato di fare un orto in un pezzo di terra che fino ad allora non avevo neppure considerato. Tu eri a Parigi. Prima mi rispondevo come si risponde quando si cerca un alibi per non avere figli o quando ci si giustifica dall'accusa di leggere poco: «Sono sempre in viaggio, non ho proprio tempo». Alla fine mi sono decisa: siamo state travolte dagli eventi e non ne abbiamo parlato. Di certo, mi ricordo che avevo condiviso con te, almeno per telefono, la mia felicità per le prime lattughe. Ti ricordi quel pezzo di giardino dietro la mia casa, a est del parco, che nessuno aveva mai sistemato? Arnaldo non era disponibile perché già lavorava per te, così mi ha dato il nome di un ragazzo libanese. Siamo andati subito d'accordo, io e Talal. I lavori pesanti a lui, quelli che richiedevano meno forza e più dedizione a me. La gioia dei risultati a entrambi. Quello che era semplicemente un luogo dove abbandonare qualche secchio e l'erba falciata del giardino era diventato prezioso. Gli amici dicevano che mi sarebbe costato un mutuo: ti costerà più una foglia di insalata che fare la spesa per una settimana al negozio di frutta e verdura. Ma io, terminata la conversazione, mi rafforzavo nell'idea di fare l'orto. Non uso l'espressione coltivare un orto, mi piace proprio il verbo «fare». Un verbo che chiama in causa le mani e la mente. Rispetto al concetto dell'Attesa, implicito nell'azione di fare l'orto, c'è in più il contatto con la terra e l'esperienza della nascita della piantina o del frutto che si trasforma in cibo, quindi in energia. Quindi in vita. E tu, Eleonora, sei più tornata nel nostro giardino? Sei entrata nel mio piccolo orto, da quando me ne sono andata?
Ti ricordi come abbiamo commentato Michelle Obama che al grido «Zappa che ti passa» ci esortava a coltivare la terra? Sulla scia di quella moda sono nati gli orti urbani, anche sui tetti. Prendersi cura di un orto o di un fiore è far germogliare noi stessi; è lo specchio di come affrontiamo la vita, utilizziamo il nostro tempo, le nostre energie. Chi non ha provato sgomento alla vista della propria pianta o albero morti di sete perché non abbiamo avuto il tempo di

innaffiarli? Un detto zen suona così: «Quando entri in una casa osserva se ci sono piante, se sono assetate o meno, se sprigionano vita o no. Comprenderai subito l'energia che si respira in quella casa». Quando ci dedichiamo all'orto è come se entrassimo in un universo parallelo, che ci accoglie nel nome del silenzio, della riflessione, della curiosità, del miracolo della vita che germoglia. Anche della fatica.
Avere un orto fa meditare inconsapevolmente. Si medita mentre si agisce, ci si concentra, si rilassano mente e corpo. Si sviluppa il pensiero creativo. Si esercita il pensiero simbolico. Semino, raccolgo. Prendo le forbici, taglio le impurità e le piante infestanti della mia vita, elimino le foglie secche che tolgono energia alla pianta e non lasciano germogliare nuove gemme. Ecco, taglio via le presenze negative e i succhia-energia della mia esistenza. L'orto ti fa capire che bisogna saper tagliare i rami secchi al momento giusto, che bisogna fertilizzare per far nascere buoni raccolti. L'orto ti aiuta a sciogliere tensioni, a far galoppare idee, a vivere nella delicatezza. Insegna l'accettazione, quando la grandine porta via il lavoro di un anno.
L'orto ci insegna la lezione della fatica ricompensata. Maria, la mia amica, mi dice: vorrei ma non posso, non ho terra. Fai del tuo balcone il tuo orto; e se non hai un balcone, coltiva piante sul tuo piccolo davanzale. C'è poi Cristina, te la ricordi? Era scivolata in una brutta depressione in autunno, ne è uscita dopo il raccolto degli asparagi la primavera successiva. Entrare in sintonia con i ritmi della natura fa sentire meglio. Prendersi cura di un angolino di terra fa bene alla nostra autostima, a corpo e anima. A livello psicologico, occuparsi di dalie e lattuga fa abbassare gli stati ansiosi. Grazie all'orto, meno cortisolo e più serotonina. La lezione più importante dell'orto è la rinascita dopo la morte. Le piante e i frutti crescono, si sviluppano, poi muoiono, poi rinascono. In un ciclo continuo. E, a proposito di fatica ricompensata, Arnaldo mi diceva sempre: «La terra è bassa», c'è fatica e umiltà nel gesto di zappare. E quanto fa bene!
Vai a comprarti una piantina e inizia a prenderti cura di

lei. L'orto pretende amore, impegno, dedizione. Se hai un uomo o un figlio, saprai che richiedono le stesse attenzioni. Una piantina sola richiede pochi minuti al giorno. Non mi riferisco all'orto pensile nella veranda di Hamlet: so che se ne occupano Nozomi e Arnaldo. Comprati una piantina e portatela a casa. E se vuoi farmi felice, vai a farti un giro nel mio vecchio orto. C'è ancora la pianta di albicocche lentigginose? Tuo padre di certo avrà lasciato tutto com'era. È questo il segreto della cura della terra e delle piante: ripagare con frutti e fiori la fatica e l'impegno. Bisogna prendersi cura di qualcosa o qualcuno senza lasciare che muoia anzitempo. Ecco una bella lezione di Responsabilità da dare a un ragazzino. Se hai figli, fatti aiutare a curare la terra.

Mangiare un cibo autoprodotto, inoltre, fa assumere un valore diverso al cibo stesso: non è più solo nutrimento, diventa quasi sacro. L'orto ci porta sulla prosaica via dei minestroni. Doverosa conclusione culinaria di questa lettera. C'è una sinfonia per ogni stagione. Minestrone da servirsi in una ciotola, per meglio sprigionare volute di fumo ai sentori di sedano, zucca e rosmarino. Poi ci sono i minestroni estivi, tiepidi, odorosi di basilico e ricchi di legumi croccanti. Ricordi quelli che preparavamo insieme? È un buon esercizio zen e una ricompensa per il palato. In estate, inserivamo un cucchiaio di pesto, alla fine di tutto. In inverno, era obbligatoria l'aggiunta di rettangoli di croste di formaggio ben pulite. Come ci piaceva giocare a chi ne trovava di più. Sorbire una cucchiaiata leggermente brodosa, poi, all'improvviso, sorprendere il palato con il pezzo più coriaceo in un gioco di consistenza e picchi di sapidità.

Eleonora, mia cara, in qualsiasi parte del mondo ti trovi, crea il tuo orto. Germoglierà anche il tuo orto interiore. Ecco la ricetta della Rinascita, passaporto indispensabile per il Mondo Nuovo che ti aspetta.

Tua Ernesta

Ricetta della Rinascita

Ingredienti

1 confezione grande di Progetti vincenti (controlla la scadenza)
2 cucchiai di Capacità di rielaborare il lutto
1 fiala concentrata di Ambizione (da non confondersi con Avidità)
2 cucchiai di Forza interiore
1 confezione piccola di Ricordi di guerra
1 cucchiaio di Emozioni (attenzione che non siano in saldo)
1 bicchiere di Esperienze traumatiche
½ bicchiere di Lacrime di malinconia
2 gocce di Gioia (dal potere lievitante)
2 pizzichi di Sale della vita

Procedimento

La Rinascita acquista la forma di una torta salata. Prendi i Progetti e mettili a bagno in una bacinella con Lacrime, Esperienze traumatiche ed Emozioni. Lascia macerare. Prendi la confezione di Ricordi di guerra e riducili in briciole, aggiungili alla bacinella finché non si saranno disciolti. A questo punto si sarà formato un composto omogeneo, questo sarà il ripieno. Ora devi preparare la pasta per accogliere il ripieno. Unisci in un contenitore Capacità di rielaborare il lutto e Forza interiore, mescola aggiungendo le gocce di Gioia. Controlla il sapore, aggiungendo un pizzico di Sale della vita. Spennella la superficie della sfoglia con la fialetta di Ambizione e inforna.

25.

Per ricordarti che puoi sempre Rinascere,
metti i resti di un gambo di sedano in un bicchiere.
Presto vedrai spuntare radici.

Quella notte il suo sogno ricorrente prese un finale diverso e per la prima volta le regalò un risveglio promettente, dal sapore profetico. Sarà stata la ricetta della Rinascita?

A metà del viale si vide fermarsi di fronte a un cancelletto sgangherato e imboccare un viottolo laterale. Lei nei sogni era sempre bambina. Gli alberi intrecciavano le loro cime e la luce del sole non riusciva a penetrare sul sentiero, lasciando il terreno umido e oscuro. Le batteva il cuore, ma sapeva di essere coraggiosa: svoltò e si trovò di fronte un campo che assomigliava a un pezzo di giardino di casa. Ma era coltivato a orto, il più bello che avesse mai visto. Un'area rettangolare delimitata da sassi bianchi ben levigati, calle argentee e tulipani aranciati. Sul fondo un cespuglio di salvia e uno di lavanda spargevano i loro effluvi sull'intero terreno. I solchi ben curati accoglievano piante di pomodoro sorrette da canne di bambù disposte in simmetria perfetta. Accanto, una fila di melanzane rotonde e allungate. Peperoni dalle striature rosse occhieggiavano tra le foglie. Si sentì pungere un polpaccio, erano foglie di zucchina. Si chinò per raccoglierne una, poi guardò il cielo e allungò una mano verso un'albicocca punteggiata di rosso. Unica musica il ronzio di un'ape, il canto di qualche uccello e le cicale. Era felice, e con quella felicità, con quella beatitudine interiore, si svegliò, in bocca ancora il sapore mielato dell'albicocca.

Doveva rimettere in piedi l'orto di Ernesta, il sogno era di buon auspicio. Dopotutto, anche quello poteva essere un modo per trovare risposte ed eseguire i suoi compiti. Mentre il suggerimento indicato nella lettera, di prendersi cura di una piantina, era già svolto a metà: si sarebbe occupata della piantina che le aveva regalato Étienne. Quel mattino presto chiamò suo padre, era molto che non lo sentiva.

«Sto bene, sto bene. Papà, volevo chiederti una cosa. Sapevi che la nonna aveva ricavato un pezzo di orto nel giardino?» Eleonora al cellulare capì che suo padre aveva fretta, come sempre.

«Non sapevo nulla, o forse mi aveva detto qualcosa, ma diversi anni fa. Non vado da tempo in quella parte del parco. A proposito, in casa di Ernesta ci sono alcuni mobili piuttosto… di valore. Ti interessano? Vuoi portarli via?»

«Non ora, non saprei dove sistemarli, ci devo pensare. Per ora, mi interessa quel pezzo di terreno. Posso andare a vedere com'è messo? Temo sia in stato di abbandono.»

«Ma certo, Eleonora. Ti ho detto che potresti addirittura trasferirti a Como, nella casa della nonna. Non ho ancora deciso che cosa farne. C'è un gruppo immobiliare tedesco che mi sta corteggiando per trasformarla in resort, compresa la nostra villa: ormai io e tua madre ci passiamo davvero poco tempo.»

«Vuoi vendere la nostra casa?» Eleonora deglutì a fatica.

«Ho solo ricevuto un'offerta. Ma l'idea di comprarmi un appartamentino in centro a Milano non mi dispiacerebbe. Intanto dalla nonna potresti trasferirti tu: se anche andasse in porto con il gruppo immobiliare, si parla di due anni almeno, prima che inizino i lavori.»

«Non posso e non voglio vivere a Como. Voglio stare a Milano, vicino a Hamlet. Ma se mi dai le chiavi del cancello sul retro, potrei entrare nel parco e nel giardino senza passare dall'ingresso principale, senza disturbare nessuno.»

«Va bene, se è quello che vuoi te ne faccio avere una copia al ristorante.»

«Grazie. Senti, papà...» Eleonora fece una pausa interrogativa.

«Dimmi, cosa c'è?»

«Sei andato a trovare la mamma?»

Un interminabile attimo di silenzio, poi la risposta, con

voce melliflua: «Ma certo, Eleonora. Ci vado ogni domenica, perché me lo chiedi?».

«Perché sono un po' preoccupata. Prima andava a Villa Lodata solo ogni tanto, ora è praticamente diventata la sua casa. Ma se sapesse che vuoi vendere la villa credo che ne soffrirebbe», disse Eleonora, sconsolata.

«È tua madre che non vuole, dice che si è fatta delle amiche e che a casa – villa o non villa c'entra poco – si sente sola.» Poi fece una pausa e tagliò corto con il solito: «Ci dobbiamo vedere uno di questi giorni». Una telefonata di superficie, conversazione di rito, di quelle che si fanno a un conoscente che interroghiamo se ci incontra per strada. E non avrebbe neppure parlato di Marta, se Eleonora non avesse chiesto. Persino la notizia che suo padre stava pensando di recidere le radici con la loro villa e la casa di Ernesta a Como era stata detta così, con trascuratezza. Era pur vero che Eleonora non aveva fatto pace con quel luogo, ma avvertirne la svalutazione, il disinteresse emotivo nelle parole del padre, le provocò un dolore aguzzo, come quello di un ago che rovista per togliere una spina. Solo l'idea dell'orto di Ernesta la consolava.

L'intervista alla radio che Sara le aveva fissato e che aveva fatto prima di muoversi verso la Darsena era stata mediocre, domande banali. Il giornalismo applicato al mondo della ristorazione e del food, benché fosse un settore ambito e in espansione, era deludente: questa, almeno, era l'opinione di Eleonora, che aveva reale stima solo di poche firme. Il prossimo che le avesse chiesto «Cosa c'è nel suo frigorifero?» lo avrebbe ucciso. Sperava di terminare velocemente il servizio per potersene tornare a casa e godersi un'altra lettera di Ernesta. Ma adesso le aperture serali somigliavano alla Prima alla Scala: erano una festa, ogni volta la emozionavano. Non passò da casa, riuscì a cambiarsi e truccarsi accuratamente al ristorante, tirando fuori dal suo spogliatoio una divisa candida e una fascia di seta color geranio. Dal risveglio dal coma non si era mai presentata in pubblico senza qualcosa che coprisse la minuscola cicatrice sulla tempia. Minuscola per il mondo, gigantesca per lei. Era ancora sicura del suo aspetto fisico. Sapeva di essere bella, anche per via dei suoi «occhi da strega», ma la piccola cicatrice, poco più di una fuggevole imperfezione, la faceva sentire quasi sfigurata.

Eleonora aveva una buona clientela, composta in gran parte di gourmet curiosi. La minoranza, invece, di chi non sapeva apprezzare l'alta cucina. Eleonora cercava di educarla, con paziente disponibilità. Insieme a Henry avevano deciso di essere concilianti anche se un cliente chiedeva sale e pepe. Persino uno stuzzicadenti, che ovviamente non era contemplato. Ma da lei, commensali del genere – compreso qualcuno che pretendeva una carne ben cotta – erano sempre più rari. Camminava, salutando qua e là, godeva nel vedere i tavoli popolarsi man mano, i secchielli del ghiaccio tintinnare mentre si riempivano di bottiglie costose. I gioielli delle signore scintillare, il telefono all'ingresso squillare di buon auspicio, Arnaldo che quella sera rispondeva: «No, mi dispiace è tutto occupato». Eleonora, con il suo incedere ancora sicuro, ma meno altezzoso di una volta, annusava l'aria del suo ristorante. Come un monco che sente male al braccio perduto, lei si ostinava in quel gesto ancestrale: fiutare la serata per carpirne il destino. Sì, il ritmo giusto c'era. Era un elemento fondamentale. Mai troppo affannoso – i clienti si sarebbero sentiti solo numeri del fatturato – e mai troppo lento, indizio che nel sodalizio sala-cucina qualcosa era andato storto. Fu proprio mentre si aggirava fra i tavoli con il suo miglior sorriso dedicato ai clienti, esperti o meno che fossero, che scorse Clark Gable-Étienne con la bella Jasmine. Étienne la stava reclamando con un cenno della mano. Indossava un blazer blu e sotto una maglietta bianca, che nella sua semplicità appariva elegante come una camicia. Eleonora osservò meglio la combinazione rovinosa, irresistibile: capelli neri, occhi acquamarina, denti bianchissimi. Le sarebbe bastato accostarsi al suo orecchio mentre era seduto al tavolo, fingendo di non aver sentito bene, per capire il suo odore. Ma probabilmente la Eleonora di prima, più che l'identità olfattiva di Étienne, avrebbe annusato l'alchimia nascente tra lui e la sua accompagnatrice. Gli sguardi delle due donne si incontrarono guizzando in segno di sfida.

«Buonasera, Eleonora. Speravo di incontrarla», disse Clark Gable alzandosi di scatto. Jasmine, invece, si limitò a inclinare quasi impercettibilmente il capo, con un grissino spezzato in mano.

«Bentornati», disse Eleonora. Valutò se fosse il caso di accennare al piccolo cadeau floreale di Étienne, ma decise di non farne parola. Sarebbe stato un piccolo segreto tra loro.

«Ero giusto in dubbio sul piatto da scegliere. Siamo entrati nello spirito amletico del locale, no? Da chi potersi far consigliare meglio che dalla chef in persona? Ecco, sono in dubbio tra il piccione con sambuco sott'aceto e il rombo al vapore con burro affumicato.»

«È un vero piacere aiutarvi, Étienne. Sarà mia premura farvi arrivare un assaggio di entrambi i piatti. Non voglio incentivare il dubbio, benché sia la filosofia del nostro locale. Il dubbio è intelligenza, curiosità, sfida: tutto quello che ci piace ravvisare nei nostri clienti. Ma ora vado dalla mia brigata: il dovere mi chiama.» Eleonora stava per allontanarsi, ma Étienne la bloccò.

«Non prima di aver brindato con noi. Abbiamo ordinato un Puligny-Montrachet Village 2018, Domaine Alain Chavy. A proposito, complimenti per la cantina», le disse, cercando con lo sguardo Henry, che gli porse al volo un calice. Eleonora si trovò il bicchiere pieno in mano e non poté sottrarsi al brindisi. «Ricordo che io e lei c'eravamo già visti a Parigi, Eleonora, mi sembra di avergliela accennato l'altra volta», disse lui sfoderando il sorriso.

«Non eravamo passati al tu?»

«Tu, vero. Tu non puoi ricordare, ma venivo all'Élégie insieme a mio padre. Tu, Eleonora uscivi raramente dalla cucina, ma continuavo a leggere di voi, la coppia d'oro dell'alta cucina, su tutti i magazine parigini. Avresti dovuto vederli all'opera...» disse Étienne, rivolgendosi a Jasmine.

«Chi non conosce l'Élégie? Un tempio della grande cucina post-moderna», disse lei.

Eleonora ipotizzò di cambiare argomento, di tornare sulla questione delle erbe aromatiche dell'altra volta, quelle che aveva scoperto non essere fornite da Étienne, ma decise di mantenersene alla larga: sarebbe stato meglio per tutti, prima di tutto per lei. Eppure il momento del confronto era arrivato.

«Meraviglioso questo bouquet. Legno, pompelmo, burro e vaniglia, e cos'altro?» disse Jasmine alzando il bicchiere verso Eleonora.

«Signori, ora devo proprio andare. Vi prego di ordinare. Henry, prenditi la massima cura di questo tavolo.» E a sorpresa aggiunse, con un tono falsamente adulatorio: «Anche esperta di vino? Complimenti».

Di una cosa era certa: li avrebbe annientati servendo loro piatti superlativi, di cui sarebbe stata la regista. Tornò in cucina, controllò ogni dettaglio e una volta arrivati gli ordini si occupò personalmente di quei due commensali così speciali. Dispose la mise en place per una salsa di champignon ed estratto di sogliola che le aveva insegnato Yannick Alléno, a Parigi. «Ha una persistenza incredibile, resta sul palato cinque-sei minuti», le aveva detto il grande chef, amico di Marc. Poi fece cucinare a Bibo del rombo arrostito alla brace, coprendolo per un terzo, solo per un terzo, con una salsa cacio e pepe e burro affumicato. I ragazzi la guardarono stupita, ma non dissero nulla. Tranne Nozomi: «Non servi il rombo con la mia salsa?».

«No, voglio provare questa. A Parigi mi veniva benissimo. Faccio io, non preoccupatevi», disse, concentratissima, anche se nel suo Hamlet non l'aveva mai fatta. Conosceva bene la regola che «non è mai buona la prima». Valeva in cucina, nella scrittura e spesso anche nell'amore. Ma decise di sfidare il destino.

«Ma quei due al tavolo li conosco, anzi, mi fa piacere rivederli», mormorò Valeria. Le orecchie di Eleonora si fecero aguzze, la lasciò parlare.

«Che coppia, ragazzi, uno più bello dell'altra. E lui? Come si fa a non ricordare un sorriso così? È il proprietario di quell'azienda che ci vende piante, spezie e ingredienti rari. Prima mandava qui i suoi rappresentanti, ma l'altro giorno, cosa mai capitata, era a pranzo da noi, tutto solo. Si vede che si è trovato bene, per ritornare tanto presto. L'ho visto anche in foto, intervistato su una rivista di orti e giardini che ho trovato nella cassetta delle lettere, non so neanche perché peraltro, visto che non sono neppure abbonata. Ma in foto non aveva i baffi, che invece gli donano, e tanto», aggiunse. Anche chi non avrebbe dovuto, spinto dalla curiosità, fece in modo di sbirciare in sala dalla cucina a vista, per scoprire se Valeria avesse ragione. Annuirono tutti, tranne Bibo, che disse: «Lui niente di che. E lei sarà anche bella, ma è fredda».

«Rispettiamo i tempi», li richiamò Eleonora. «Valeria, controlla la cottura dei tuoi cappelletti di mare e ricordati di togliere il plancton dall'abbattitore. Dieci secondi in più fanno la differenza. Sai bene, anzi lo dovreste sapere tutti, che, come diceva Marchesi, in cucina un attimo è un'eternità, un grammo è una tonnellata.»

Stavano mangiando avidamente: Étienne aveva ordinato anche un piatto che sarebbe diventato uno dei suoi preferiti: mezza dozzina di grossi e carnosi scampi in salsa choron, la famosa salsa di Bocuse a base di purea di scalogno e aceto. Il tocco di Eleonora era l'aggiunta di qualche goccia di colatura di alici di Cetara. Doveva stare attenta. Indulgere a una quantità eccessiva di quella specie di garum, oppure tenerla pochi secondi di troppo sul fuoco, avrebbe rovinato il risultato, e l'avrebbe costretta a ricominciare da zero. Era concentrata al massimo, ma il grande contributo all'umanità della Francia non erano forse le sue salse? E lei le aveva imparate e messe al servizio della cucina italiana.

Li avrebbe conquistati con il suo stile e con la colta citazione di Bocuse. Ma sentiva che non sarebbe bastato, aveva bisogno di qualcosa di più. Di un pizzico di soprannaturale, di dare forza ulteriore ai suoi piatti. Sinora le boccette o scatoline che contenevano gli «ingredienti impossibili» li aveva sperimentati solo su di sé e Arnaldo. Man mano che procedeva con la lettura delle missive serali ed eseguiva i compiti, acquistavano sempre più potere curativo. Non aveva scelta, era arrivato il momento di verificare la sua capacità di trovare gli ingredienti impossibili. Aveva subito bisogno di Coraggio e Consapevolezza del proprio valore. Qualche giorno prima, si era ritrovata a guardare con aria delusa la sua collezione di profumi mignon che aveva iniziato quando era piccola, alcuni li aveva consumati, ed erano rimaste le preziose minuscole bottigliette. Ne aveva prese sei, le aveva fatte bollire, non tanto per eliminare un aroma che non avrebbe percepito. Quella bollitura in acqua, salvia bianca e corteccia di betulla e quella sterilizzazione avevano il sapore di un rituale, una doverosa cerimonia di purificazione e iniziazione. La fumigazione, una pratica diffusa da millenni in tante culture, un rituale capace di scacciare le entità negative. Si era messa con il volto sopra la pentola nella quale aveva immerso le bottigliette e aveva immaginato che i vapori fossero ancora carichi di profumi, così, con le mani aperte, aveva cercato di portare a sé le molecole.

Poi aveva lasciato le bottigliette alla luce del sole per un pomeriggio, come si fa per caricare le pietre di energia nella cristalloterapia. Dopodiché le aveva strette al cuore meditando a lungo sul loro significato e accompagnandosi con un *potes quod vis fieri*, cioè «tu puoi diventare quello che vuoi essere». Frase che si adattava allo stesso tempo a lei come persona in mutazione e al contenuto delle fialette. Poi, a mezzanotte, le aveva riempite di acqua aromatizzata. C'era la luna quasi piena, e ogni elemento le era sembrato propiziatorio. Anche i vegetali che crescono in superficie si piantano a luna crescente, quelli che crescono sottoterra, come le patate, il contrario. Lo aveva imparato da ragazzina, glielo aveva insegnato Arnaldo, il suo platano buono. E lei stava seminando la sua nuova vita, il suo Mondo Nuovo – come diceva Ernesta –, quindi la luna era perfetta.

Approfittando di un attimo di distrazione della brigata andò nel suo spogliatoio e prese tre gocce dalla boccetta di Coraggio e una di Consapevolezza del proprio valore. Quei due ingredienti erano per lei e se li versò in una tazza di acqua. Poi si mise in tasca Complicità e ne aggiunse una dozzina di gocce al sorbetto per Étienne e versò altrettante gocce di Altruismo e Umiltà nel pre-dessert di lei.

Non sapeva se offrire loro la cena per compensare i due piatti non proprio perfetti del pasto precedente, oppure far finta di niente. Sarebbe potuta sembrare una *captatio*. Poi decise: la bottiglia di vino più preziosa che avrebbero ordinato sarebbe stata a carico della casa, cioè a carico suo. E a giudicare dalla prima con la quale avevano brindato, si sarebbe dovuta dimostrare generosa. Le sembrò la soluzione migliore, e la tranquillizzò: quei due al tavolo le avevano procurato – inutile fingere con sé stessa – un senso di inquietudine che non riusciva del tutto a tenere a bada. Per il pre-dessert, aveva pensato di servire un sorbetto di nespole piacevolmente acido, che avrebbe pulito il palato. Poi – l'idea le venne all'improvviso, come succede in cucina, anche se i cuochi d'alto lignaggio amano attribuire tutto a scienza e controllo delle emozioni – decise di decorarlo con i fiori di *Escallonia,* la pianta che le era stata donata da Étienne, canditi con una polvere di stevia. Non amava i fiori in cucina, ma questo era un modo per ringraziarlo in maniera complice ed elegante, un modo che avrebbero capito solo loro due. Jasmine non avrebbe colto, a meno che lui non le avesse rivelato il suo gesto. Era la sua compagna? Sperava di no, ma si sarebbe informata.

I fiori canditi, ovvio, non vennero creati all'istante, con la bacchetta magica. Li aveva preparati come esperimento qualche giorno prima – dopo aver controllato che fossero edibili –, una sorta di omaggio a Étienne. Li aveva fatti assaggiare agli altri, che avevano approvato. Ma non avrebbe mai immaginato di usarli ora, e in un'occasione tanto perfetta. E con l'aggiunta dei due ingredienti impossibili. I suoi due ospiti vennero serviti e lei osservava dalla cucina le loro reazioni. Rispettivamente prima Étienne e subito dopo Jasmine iniziarono a sorriderle alzando il cucchiaino. Forse da quel momento le pozioni di Ernesta non le avrebbe più chiamate ingredienti impossibili, ma possibili.

Anche quella volta, decise di abbandonare il ristorante discretamente prima che i due avessero finito di cenare. Lo fece per evitare altri imbarazzi, o sarcasmi spiacevoli, al momento dei saluti, benché in cuor suo fosse curiosa di scoprire che cosa si fossero detti, dopo aver mangiato ciò che lei aveva preparato con tanta cura.

Incaricò Henry di scusarla. Avrebbe dovuto dir loro che la chef si dispiaceva, che era tornata a casa per un problema improvviso, del quale ovviamente lui, semplice latore di scuse, non sapeva nulla né era tenuto a saperlo. Tornando a casa in taxi, attraversando quartieri punteggiati di luce, la sua mente si accese. *Ti piacerebbe conoscere meglio Étienne? Forza, Eleonora, non mentire a te stessa. Desideri una nuova storia d'amore?* No, non era ancora pronta, nonostante fosse curiosa di conoscerlo meglio. Le ferite lasciate dalla scomparsa di Marc erano ancora sanguinanti, e tutto quello che era venuto dopo era stato la catastrofe.

Eppure non si era spenta. Una volta stesa a letto, il contatto con le lenzuola di raso le provocò dei brividi di desiderio. Si accarezzò, con un senso di sorpresa e vergogna, ma smise subito. Era la prima volta dall'incidente che si ricordava di avere un corpo. Anche se era un corpo morto, senza odore, un corpo senza respiro. Che aveva ben altro oltre a un naso e a una lingua. Non fermò l'immaginazione, ma era sicura che non sarebbe più riuscita a fare l'amore senza poter avvertire l'odore dell'uomo accanto a sé. Provò una bruciante nostalgia di Marc, del suo profumo, del suo odore di erbe selvatiche, di corteccia resinosa.

26.

Per tirar fuori l'Eros che c'è in te,
addenta un'albicocca matura e fatti suggere
il succo rimasto sul mento da un amante.

Ernesta non aveva mai evitato di parlarle di uomini e probabilmente aveva vissuto molti più amori di quelli che le aveva rivelato.

«Ho avuto tutti gli uomini che ho voluto. E anche quelli che non volevo.» Diceva che da come un amante cucinava e mangiava poteva capire la ricchezza o tirchieria tra le lenzuola. «Osserva questi dettagli», diceva. «Mette troppo poco olio e burro, non aggiunge salsa, cucina solo con l'acqua, è taccagno con gli ingredienti più cari? Significa che ha un'anima pidocchiosa. Con la scusa della leggerezza, mette nel piatto una vita al risparmio. E una cucina povera di ingredienti è propria di persone avare di sentimenti. Anche a letto quell'uomo non penserà al tuo piacere, ma solo a sé stesso.» Marc era proprio il contrario, non solo perché era chef di mestiere, e di vocazione. I suoi piatti – anche quelli che preparava solo per loro due, come l'orata infilzata nel mirto selvatico, cotta sulle pietre di mare a Favignana – erano essenziali, primitivi, e allo stesso tempo complessi e generosi. Come lui.

Capelli alle spalle sale e pepe, sempre scompigliati. Una bocca carnosa e un corpo muscoloso e compatto. Eleonora gli era complementare. Lasciava sfogare la sua prorompente vena creativa sino alle tre del mattino, poi aggiungeva il suo tocco: poteva essere un cambio di cottura, un dettaglio tecnico. *Ascoltavamo Rachmaninov, poi mangiucchiavamo bocconi dai piatti, e finivamo a far l'amore davanti a uno dei frigoriferi. Marc era come un direttore d'orchestra senza musicisti, provava le melodie dei suoi piatti in solitudine, l'unica ammessa ero io. Quante volte arrivava il mattino ed eravamo ancora lì, dalla fine del servizio della sera prima, a spiluccare e ad amarci tra pentole di rame, lastre di marmo e coperchi. Il giorno dopo trasmetteva alla brigata ogni scoperta e ogni sapore arrivati dalla notte, e io ero dispensata dal presentarmi sino alle undici.* Il passato tornava a visitare Eleonora, in un fiume di immagini, tra quelle lenzuola di raso senza odore. E lei opponeva una debolissima resistenza a quei ricordi che le facevano male, una tortura che una parte di sé agognava. La passione per Marc era così intensa che le aveva sempre fatto paura. Si chiedeva a cosa avrebbe detto no, se era lui a chiederlo. A nulla. Gli avrebbe concesso qualsiasi cosa. Marc era grande, bello, ricco e famoso. Aveva una ruga in mezzo alla fronte che si diramava tra le sopracciglia, e che gli conferiva un'aria sempre assorta e un po' risentita. Lei era assetata d'amore e con la voglia di fuggire. Lui era molto più grande, di quattordici anni. Se le avessero chiesto come erano l'amore e il sesso prima di Marc, li avrebbe paragonati all'inglese scolastico, balbettanti, bloccati. Con Marc, invece, tutto era diventato fluente. Ogni aspetto della loro vita era teatro, seducenti scene da film. Aveva rinunciato alla sua famiglia per lui.

Non aveva mai avuto niente di simile prima, mai l'avrebbe avuto. La prima volta che l'aveva coinvolta nel gioco erotico del vassoio umano, non aveva dormito per due giorni, per eccesso di adrenalina. Era stata la sua iniziazione al mondo dei sensi.

Le aveva detto semplicemente che una macchina sarebbe passata a prenderla all'ora di cena. L'autista l'aveva bendata e, una volta tolto il foulard che le copriva gli occhi, si era trovata in una sorta di hammam, probabilmente fuori città. Li aveva accolti Arifa, una berbera che – avrebbe scoperto in seguito – era stata la balia di Marc. L'aveva accompagnata in una sala con una fontana al centro. Dopo averla spogliata, si era presa cura del suo corpo, depilandola completamente. Poi era arrivato il momento del lavaggio. Eleonora si era lasciata strofinare forte con un guanto di crine e acqua pura, senza aromi. Il suo corpo nudo non doveva avere sentori di sapone, doveva sapere soltanto dell'odore naturale che scaturiva dalle membra, dagli anfratti intimi, dalla pelle. Eppure lei aveva fiutato attorno a sé un odore primordiale, che le richiamava quello del liquido amniotico, semmai l'avesse conosciuto. La sua silenziosa ancella sciacquava il guanto nell'acqua della fontana, a quel punto nella stanza aleggiava un vago odore di muschio. Poi l'aveva asciugata completamente e le aveva fatto indossare una vestaglia di seta color sangue di bue. I suoi lunghi capelli erano stati raccolti in una treccia. Nessuna delle due aveva detto nulla. Poi era stata condotta in un'altra sala: qui il sentore era leggermente canforato. Nel mezzo campeggiava un tavolo di marmo grigio venato, accanto un tavolino più piccolo, sul quale erano adagiati vassoi colmi di cibo e un secchiello brinato per il ghiaccio. Ma non aveva potuto osservare altro perché Arifa l'aveva fatta stendere sul freddo piano di marmo. Il suo cuore rimbombava, nel silenzio totale della stanza. La sua pelle chiara, quasi diafana, era arrossata ovunque. Arifa aveva afferrato un vasetto di terracotta e aveva cominciato a spalmarla con una crema lattiginosa e calda, le sue dita erano un po' ruvide. Eleonora si era guardata un piede – Arifa aveva cominciato da lì – e aveva notato un riflesso perlescente sulle dita e sulla caviglia. Lentamente, tutto il suo corpo si era fatto di madreperla. Una creatura lunare. Poi Eleonora aveva capito, la donna avrebbe distribuito cibo sul suo corpo, cominciando dal petto. All'inizio tremava dal freddo per il contatto con il marmo, anche se la stanza era riscaldata. Poi il suo corpo era diventato tutt'uno con la superficie gelida. Le sembrava di essere stata scolpita nella lastra stessa. La berbera aveva indossato dei guanti ed Eleonora si era accorta che sbirciava un foglio nella sua tasca, una specie di mappa. Seguiva uno schema. I suoi capezzoli erano diventati turgidi.

Le luci, calde, sembravano sprigionarsi da sotto il bancone di marmo, riscaldandola. Non poteva vedere, ma sentiva che sul suo corpo veniva adagiato il primo pezzetto di cibo, immaginava fosse sushi e sashimi. Arifa le aveva posato due doppie dalie color giallo pesca sui seni, piccole dune dorate. Poi due lunghe foglie verdi di bromelia screziate d'argento incrociate sul ventre. Sopra di esse aveva distribuito i singoli bocconi: oshi-zushi, futomaki-zushi, uramaki e sashimi di calamaro, di gamberi, di polpo, di sgombro, e così via, poi fiori eduli a pioggia. Il corpo di Eleonora, all'epoca poco più che una ragazza, era un quadro vivente da ammirare. Temeva che il battito forsennato del cuore potesse spostare il cibo dal suo seno, tanto era violento. Poi era entrato Marc, nudo, e aveva iniziato a servirsi da quel vassoio fatto di carne, cibo, fiori. Una volta finito, le aveva chiesto di unirsi a quel pasto, usando questa volta il suo petto come vassoio e sussurrandole all'orecchio: «Il tuo sesso è come il muso fremente e tumido di un delfino». E infine si erano amati, con lo stesso appetito con cui avevano gustato ogni singolo istante di quel banchetto. Li aspettava un bagno ai sali del mar Morto aromatizzato alla lavanda, preparato dalla fedele Arifa.

In seguito, aveva letto su un blog che il vassoio umano non era un'invenzione di Marc, come aveva creduto, ma una tradizione antica. Era una pratica che in Occidente aveva suscitato diverse polemiche, per le sue sfumature maschiliste. Eppure lei non si era sentita nemmeno per un secondo usata, forse perché alla fine Marc le aveva chiesto di invertire i ruoli.

Nozomi, poi, anni dopo, le aveva spiegato cosa significasse questo rituale nella sua cultura: «Siete voi occidentali che avete rovinato tutto. Nel vero Nyotaimori, la donna non è mero oggetto, ma diventa elemento metafisico, un tempio per il cibo più nobile. I commensali condividono, intorno a un corpo-altare, il cibo divino. È atto liturgico, un rito sacrificale, solo gli amanti più raffinati lo conoscono e lo sanno mettere in pratica». Ma a Eleonora interessavano poco l'origine e le polemiche su quella tradizione. Il suo ingresso alla vita erotica, al piacere sensuale, era stato raffinato, colto, intenso e soprattutto reciproco. Il suo ricordo era più vivo che mai.

Ci ripensò quella sera, ora che il suo corpo stava tornando in vita, anche se menomato. Provava tanta nostalgia di un abbraccio, e ancora una volta la lettera di Ernesta che teneva in grembo era profetica. Tra quelle righe trovava sempre le risposte che cercava, anche se a volte le facevano male. Si sentiva un albero di magnolia e desiderava sin dalle radici un uomo che potesse portare acqua in quel terreno spazzato dal vento, acqua e nutrimento per ridare linfa a ogni ramo. E farla di nuovo sbocciare.

NOSTALGIA

Ci sono parole di cui è bello andare a rivedere la storia. Nostalgia unisce due parole greche, nóstos, *che significa «ritorno», e* álgos, *«dolore». Un giorno sono passata da Hamlet. Ero ancora in forma, allora. Tu non c'eri, sono rimasta a parlare con Nozomi. Mi è sempre piaciuta quella ragazza. E chissà come, parlando, mi ha detto che «nostalgia» in giapponese si dice* kyōshū *e si scrive con due ideogrammi: il primo significa «villaggio natio», il secondo, «pensare con tristezza», «piangere qualcosa». È a sua volta composto da due parti: la prima è «autunno», la seconda è «cuore, mente». Quindi «il sentimento dell'autunno». La Nostalgia non è un sentimento negativo. È una risorsa esistenziale, uno sguardo al passato che dà senso al presente. Una parola di cui fare scorta nel Mondo Nuovo. Quanta nostalgia proveremo per il vecchio? La nostalgia ci serve perché fa da ponte tra ciò che eravamo e ciò che diventeremo. Ci regala la sensazione che la nostra vita abbia avuto un peso, un senso, una profondità. Ha una funzione protettiva nei confronti degli stati ansiosi. Le persone che hanno più dimestichezza con la nostalgia hanno maggiore consapevolezza dell'inevitabilità della morte e maggiore percezione della pienezza vitale. Pienezza nel rivivere il ricordo di ciò che è stato.*
E tu, mia cara Eleonora, cosa rimpiangi? Se mi leggi, significa che sei vulnerabile. Che le mie parole ti siano di conforto. Sei già entrata nella nuova te stessa o stai vivendo la transizione?
Eppure non possiamo stare senza nostalgie. Ci manca anche ciò che ci ha disturbato: le giornate caotiche, i momenti bui, lo squallore di certi risvegli abbacchiati e rivelatori, di fronte alla nudità del tempo che passa. Tutto ci manca, se è lontano nel tempo o nello spazio. A me manca la Milano del caos, sai che ci ho vissuto qualche anno. Mi mancano gli

sgarbi di certi taxisti, le insegne scintillanti, lo scorcio del Duomo da piazza Cordusio. Ho nostalgia dell'edicolante logorroico, del barista sotto casa, dell'ambulante che vende fiori davanti alla chiesa in San Babila. Ho nostalgia degli estranei, dei volti sconosciuti, più che di quelli amati.
Mi manca il fischio di mio padre. Della mia vecchia casa in campagna mi mancano le strade che percorrevo a passo svelto, costeggiate dai campi intirizziti di febbraio. L'unico sapore che ho dell'infanzia, dopo che morì mia madre, sono i pomeriggi pavesi al profumo di rose, nel giardino botanico con mia nonna. Il mio sapore ancestrale è il lattemiele: un semplice cono di panna montata con aggiunta di miele e cannella. Lo vendeva, in una vietta del centro, una signora baffuta. Mia nonna lo considerava il regalo da fine settimana. In maggio entravamo nel Giardino Botanico, tra i cespugli e i vialetti che dividevano i roseti. Mi appartavo per gustarmi il croccante della cialda odorosa di nocciola.
Il lattemiele che mi manca, la mia madeleine, per usare il povero Proust sempre tirato in ballo, sa di rose, panna, miele e cannella.
A pensarci bene, questo languore nostalgico ci accomuna ai migranti di ogni tempo e luogo. Ne esistono dalla notte dei tempi. Penso a chi ha lasciato l'Italia, tanti anni fa, per cercare fortuna nelle Americhe. Al popolo ebraico e alla sua diaspora, agli afghani, ai siriani, ai libanesi, agli ucraini e tante altre genti obbligate a partire. A tutti gli emigrati dalle identità frammentate che sentono la mancanza degli odori della propria terra, della propria casa, della propria cucina, che poi è la loro identità.
La stessa cosa sta accadendo a te, adesso. Se mi leggi, è perché sei in crisi, che nel suo vero significato vuol dire cambiamento, trasformazione. Devi emigrare dal Vecchio Mondo per trovare rifugio nel Nuovo. Ogni generazione ha voluto cambiare il mondo e tutti gli esseri umani, prima o poi, hanno avuto a che vedere con un Prima e un Dopo. Sta capitando anche a te. Mi auguro che, in futuro, i tuoi figli e nipoti saranno più indulgenti nei confronti di chi deve fuggire: basta immedesimarsi per comprenderne il dramma.

In fondo, quando siamo costretti dall'emergenza, siamo tutti migranti verso l'ignoto.
Se hai vissuto la Rinascita significa che sei in viaggio anche tu, cara Eleonora. Forse la tua meta è un'altra te stessa. Ma in questo viaggio ti chiedo di non ripudiare la bambina che è in te. Anche i giorni meno felici sono parte di ciò che sei diventata.
La nostalgia ha due facce. Ci rende tristemente felici e allo stesso tempo felicemente tristi. Scriveva Antoine de Saint-Exupéry: «Se vuoi costruire una nave, non radunare uomini per raccogliere la legna e distribuire i compiti, ma insegna loro la nostalgia del mare ampio e infinito». La nostalgia e sua sorella, la mancanza, sono ben personificate anche da Ulisse: l'eroe desidera sì il ritorno, ma soffre per ciò che non ha ancora conosciuto e gli è precluso. Ti lascio con alcune righe di Sei Shōnagon dal Makura no Sōshi, *in italiano tradotto come* Note del Guanciale, *il libro che mi ha regalato Nozomi:*

«Cose malinconiche.
Ornamenti di altee appassite. Gli oggetti del gioco delle bambole. Trovare in un libro, schiacciati tra le pagine, lembi di vesti di un tempo. Cercare una lettera che ci aveva profondamente commosse, mentre cade la pioggia e ci sentiamo stranamente tristi e annoiate. Il ventaglio estivo usato l'anno prima.»

Tua Ernesta

Ricetta della Nostalgia

Ingredienti
1 cesto pieno di Bei ricordi
1 tubetto di Fiducia nel futuro
1 confezione di Struggimento per chi è lontano nel tempo o in un luogo
3 cucchiai di Accettazione del tempo che fugge
3 cucchiai di lacrime di Tristezza per una perdita

1 cucchiaio di Dolcezza
1 cucchiaio di Mancanza
5 gocce di Saudade

Procedimento
Per la sua ambivalenza, il metodo giusto per servire Nostalgia è sotto forma di salsa agrodolce. Prendi i Ricordi, sbriciola un pezzo di Struggimento, trita tutto finemente. Aggiungi per condire gli altri ingredienti, unisci il tubetto di Fiducia nel futuro e mescola a lungo. Ricorda che senza Accettazione del tempo che fugge i ricordi non fermentano, trasformandosi in Dolcezza, ma rimangono asprigni. Non risparmiare, usa la vera Dolcezza e controlla le dosi, altrimenti si trasforma in mielosità. Si abbina ad amori tardivi o di lunga data. Da gustarsi da soli o al massimo in coppia, ascoltando la regina del fado, Amália Rodrigues.

27.

Se vuoi accogliere la Diversità,
metti nell'insalatiera lattuga, crescione, radicchio e cicoria.
Sono tutte foglie, ma ciascuna ha il suo sapore.

«Chef, non hai idea di come erano entusiasti della cena i due di ieri sera.» A pronunciare questa frase fu Valeria, che stava già lavorando in cucina. «Si capisce che sono veri foodiesh. Anche lei è un'intenditrice. Sai che dopo il dolce hanno ordinato un altro piatto dei miei cappelletti di mare? Solo un assaggio, eh, ma lo hanno preteso. A proposito, chiedi a Henry, si sono lanciati in lodi stratosferiche per il tuo predessert. E lei non smetteva di farti complimenti.»

«Davvero? Grazie. Era solo un'idea che mi è venuta lì per lì», disse Eleonora, esibendo modestia. Allora gli ingredienti segreti avevano prodotto il loro effetto. *Grazie, Ernesta. Le tue arti per rendere attivi gli ingredienti impossibili stanno trasmigrando in me? Ma il processo è molto lungo, lo so. Ti prometto che non smetterò di lavorarci.*

«Certo che quel monsieur de Potì, il tipo delle piante, è davvero un bel tipo. Se non fosse per il mio Mario...»

Eleonora si cambiò. Ma prima di prendere il posto di comando in cucina, faceva sempre una sosta nel suo ufficio, dove l'aspettavano le solite incombenze burocratiche, incubo di ogni ristoratore, soprattutto italiano.

Vide una scatola sulla sua scrivania. Dentro di sé sperava che fosse ancora qualcosa lasciato da Étienne. Era una scatola bianca, chiusa da un nastro di raso verde salvia. La aprì, c'era una piantina con piccoli fiori bianco fumo, il cui colore riprendeva quello del contenitore.

Il bigliettino recitava: «È un umile *Iberis Semperflorens*, abbine cura. Ieri sera cena magnifica, con un'attenzione personale che ho molto apprezzato. Étienne». Quella maniera di

Étienne-Clark Gable di attirare la sua attenzione cominciava a incuriosirla. Cercò in rete quale fosse il significato simbolico di quella pianta, ma sarebbe stato banale che Étienne volesse dirle qualcosa per via vegetale. Avrebbe scelto dei fiori, dal significato più chiaro, non piantine tutto sommato banali. Allora cosa volevano dire quei piccoli doni? E quei biglietti dal contenuto così scarno? Non sapeva come interpretarli. E lui era di certo un uomo interessante, ma l'aveva visto solo con Jasmine, che la faceva sentire ogni volta sotto esame. Ora le piante erano due, la nonna sarebbe stata contenta.

Casualità, al telefono fisso c'era proprio lui, glielo stava annunciando Arnaldo. "Che cosa vorrà? Non è per l'ordine, lo ha già fatto Nozomi al suo rappresentante", pensò Eleonora. E si negò, con un gesto della mano destra.

Arnaldo la guardò con aria interrogativa. «Dico di chiamare dopo?»

«Non ci sono neppure dopo. Punto.» E lui sparì. Mezz'ora più tardi, quando se ne presentò l'occasione, tornò nel suo ufficio e si premurò di dirle: «Senti, Eleonora. Voglio sapere il motivo per cui non vuoi parlare a Étienne. Intanto, se mi permetti, ti dico un paio di cose sulla famiglia de Potì».

«Perché, cosa sai?»

«Be', se non gli vuoi neppure parlare al telefono, perché ti interessa?» la stuzzicò Arnaldo, alzando le sopracciglia. Ma non aspettò la risposta, e continuò: «Conoscevo la famiglia de Potì da prima che tu aprissi Hamlet. Eri ancora a Parigi. Chi ama le piante rare, i vivai, i fiori commestibili, le spezie ricercate, conosce le loro serre. E non dimenticare che io ho fatto il giardiniere a lungo. Conoscevo il padre di Étienne, ora si è ritirato. La famiglia possedeva quel che era stato un marchesato a Digne, nell'Alta Provenza. A inizio Novecento, il trisnonno di Étienne iniziò l'attività, comprando serre al confine con l'Italia, e le cose andarono sempre meglio. Poi, nel dopoguerra, a fasi alterne, fino a un periodo di crisi. Per loro fortuna il marchesino Étienne», e accompagnò il titolo nobiliare sogghignando, «si è rivelato un mezzo genio. È riuscito a rilanciare l'azienda, insieme alla sorella Louise. Si è laureato in Botanica a Pisa e ha fatto un master alla Davis, l'Università della California. Ti chiederai come so queste cose di lui. In realtà, è una famiglia che ho sempre tenuto d'occhio perché quando tuo padre mi ha licenziato ti confesso che mi sarebbe piaciuto lavorare per loro. Insomma, Étienne è un ragazzo sveglio, intraprendente, con forte senso degli affari e tantissima voglia di lavorare. Per il fatturato, certamente, ma soprattutto per tenere alto il blasone della famiglia. Hanno un castellozzo – loro lo chiamano così – nei pressi di Ventimiglia, dove vivono in ali separate. Possiedono serre e terreni, nell'estremo Levante della Liguria e in Provenza, a cavallo tra due Paesi confinanti. Étienne è stato a lungo in Oriente e ora sta facendo il giro dei migliori clienti per spiegare di persona le sue nuove scoperte. Ha comprato casa a Milano. Tieni conto che la ristorazione è solo un comparto del loro mercato. La sorella resta in azienda per la parte operativa, lui si occupa di ricerca clienti e di scoprire nuove piante per la ristorazione. Non so altro, meno che mai pettegolezzi sulla vita privata.»

«Di quella non sai proprio nulla?» chiese Eleonora sempre più interessata.

Arnaldo sorrise. «No, so solo – ed è quello che conta di più – che importare o coltivare piante, pepi e spezie quasi introvabili ha fatto della loro un'azienda con i fiocchi. Lo so che si è accorto che abbiamo saltato un ordine. Ma come ben sai, i controlli sulle autostrade liguri hanno rallentato molte consegne e ho dovuto comprare da un suo concorrente, ma non capiterà più. Anche la tua cucina è in parte merito dei loro prodotti. Perché tu non voglia parlargli non è affar mio, ma ricordati che avete un rapporto di lavoro. Poi, scusami, ma mi sento di dirtelo, ti comporti come una donna corteggiata che rifiuta un ammiratore molesto. Probabilmente vuole solo parlarti di affari o complimentarsi per la bella cena, visto che non ha potuto salutarti di persona, perché – me lo ha detto Henry – sei andata via prima che terminassero di mangiare. E di bere le ottime bottiglie che hanno ordinato.» Come se la paternale non fosse sufficiente, Arnaldo aggiunse: «Vuoi forse comportarti come Sara, che vede un potenziale principe azzurro in ogni uomo minimamente potabile? Guarda che poi tu, con questo tuo comportamento, con un eventuale principe azzurro faresti terra bruciata».

Eleonora chiese: «Ma cosa c'entra Sara?».

«Nulla, ma da quando ha scoperto che Étienne è bello, nobile e soprattutto ricco, si fa trovare qui più spesso, sperando di incontrarlo. L'altro giorno si è seduta al suo tavolo e ci è rimasta mezz'ora. Poi mi ha detto che era lì per svolgere il suo ruolo di PR.»

Eleonora si chiese perché diavolo Sara avesse parlato con Étienne. Di sicuro aveva civettato come suo solito. Preferì cambiare discorso: «Arnaldo, per quell'altra faccenda del furto, nessuna novità?».

«Sono mancate altre due bottiglie, ho già informato Henry, che te lo avrebbe detto. Non ho ancora prove certe su nessuno però», disse, alzando gli occhi al cielo.

La giornata proseguì con ritmi frenetici in cucina. Eleonora pensò di mandare un messaggio a Étienne per ringraziarlo, ma poi decise che preferiva aspettare. Le prenotazioni andavano a gonfie vele, era soddisfatta e la sua idea di creare un delivery chic era cresciuto, premiando la qualità, fidelizzando i clienti abituali, ma anche ampliando il mercato. Tanto che lei si era quasi risolta a chiamare un paio di ragazze in prova, per la cucina e la sala. C'era un problema di personale che riguardava soprattutto il mondo della ristorazione, ma non si sarebbe certo arresa proprio ora. Ora che, eseguendo i compiti assegnati, stava mettendo in atto le sue armi: Accettazione e Tenacia. Il ritmo accelerato non lasciava molto tempo alla creazione di altri piatti nuovi, ma Eleonora era riuscita comunque a dare un input ai ragazzi: lavorare su terrine di ortaggi e quiche valorizzando ingredienti stagionali. Avrebbe potenziato e rimesso a regime l'orto della nonna e ne avrebbe utilizzato frutti e verdure. Perché non ci aveva pensato prima, quando Ernesta era ancora viva? Gli chef di tutto il mondo agognano ad avere un pezzo di terra da sbandierare per sentirsi parte della *green revolution.* E lei, che aveva a disposizione un bel terreno fertile e promettente, non lo aveva mai sfruttato. Ora era il momento. Le produzioni non sarebbero certo bastate al consumo del ristorante, per una quarantina di coperti ci vogliono almeno tre ettari e numerose braccia che ci lavorino, ma era la sua rinascita, e l'avrebbe curata. Così pensò di richiamare in servizio il giovane giardiniere di Ernesta, Talal. Una volta fatto il sopralluogo a Como – papà era stato di parola e le aveva fatto avere le chiavi – e se tutto fosse andato bene, a fine luglio avrebbe potuto servire da Hamlet la sua insalata di pomodoro e la sua giardiniera fermentata, la sua composta di mele, il suo pesto e così via. Avrebbe chiesto a Étienne, al «marchesino» colto e intraprendente – e okay che non era più un ragazzino, ma quel soprannome non le dispiaceva –, di procurarle specie arboree esotiche, erbe aromatiche antiche o in via di estinzione, rare e medicamentose, che nessuno dei suoi colleghi ancora possedeva. Avrebbe potuto anche – il sogno continuava – piantare qualche fiore commestibile. Eleonora non sapeva nulla di orti, ma si stava entusiasmando, avrebbe studiato. Stava ovviamente emergendo in lei il pensiero triste e raggelante che le sarebbero mancati gli odori. Come le mancavano il sentore delle foglie di pomodoro, di fichi spaccati caldi di sole, gli oli essenziali del mandarino che le schizzava negli occhi facendola piangere. Ma doveva andare avanti, non farsi prendere in trappola da quei pensieri bui.

Era stato un pomeriggio di immersione nella brigata. Soprattutto per tessere nuovi fili sempre più resistenti tra chi la componeva. Bibo era stato pochissimo a casa ed era già tornato, taciturno, assente. Rompeva il silenzio solo per raccontare agli altri le sue presunte avventure sentimentali. Ma aveva uno sguardo triste. Nozomi aveva annunciato che sarebbe andata in Giappone in agosto, in modo da non danneggiare eccessivamente la cucina: in quel mese, a Milano, ci si aspetta una minore affluenza. Simhala si era intestardito nel creare una salsa a base di daikon, cetrioli e barbabietola, e aveva chiesto a Eleonora il permesso, che gli era stato accordato, di fare prove nel tempo libero.

Le parole magiche di Ernesta nel dormiveglia notturno avevano fatto germogliare frutti concreti. L'avevano condotta a farsi molte domande, si era chiesta se stesse incoraggiando a sufficienza i ragazzi della brigata. Chi aveva più bisogno di lei in questo momento, forse Simhala? O magari Valeria, che appariva sempre incupita, distratta? Eppure era concentrata, stava lavorando a una tagliatella con farina di pisello e cercava una cremosità non scontata per condirla. «Hai provato con una crema di porri? Tutto bene, Valeria?» le chiese Eleonora, alla fine del servizio. "Rafforza la tua empatia con i ragazzi", si disse Eleonora.

«Mica tanto.»

«Dai, vieni a berti un caffè, cosa è successo?»

«Ho litigato con Mario. Dice che sono troppo gelosa.» Aveva uno sbuffo di farina sul mento che le regalava un tocco di monelleria, sembrava un'adolescente.

«E tu credi sia vero?» disse Eleonora, imitando la Meyer, che avrebbe parlato proprio così.

«Non lo so. Se gli faccio domande è perché lui mi fa diventare sospettosa. Se non mi dice dove va, c'è sotto qualcosa. Se sparisce per un giorno intero e so che non si sta allenando, cosa mai devo pensare?»

«Dimmelo tu», la incalzò Eleonora.

«Vuoi saperlo? Penso che esca con una tipa, una più magra di me», disse Valeria d'un fiato. «Credo di non piacergli più: sono ingrassata, sempre stanca. Per questo non vuole venire a vivere con me, trova mille scuse: la squadra, il mister, Milano che gli piace poco.»

Eleonora la abbracciò.

«Non mi viene da dirti niente che non risulti banale, ma sarò sincera. Se tu non ti senti unica e speciale, lui ti vedrà allo stesso modo. Tu sei in gamba e sei sexy. Queste cose non si pesano con la bilancia, okay? Nessuno può farti sentire inferiore senza il tuo consenso. Non mi ricordo chi ha detto questa verità ma per me è sempre stata una sorta di mantra: me la ripetevo quasi ogni giorno. Se Mario non lascia Parma, e se tu ancora non lo hai messo davanti a un bivio, significa che non siete pronti. Prenditi un po' di tempo libero. Non troppi giorni, eh... Se hai bisogno, io ci sono», le disse, sorpresa di essere così empatica e di saper dare consigli, quando lei era la prima a vivere nell'incertezza.

Camminò verso casa. Chissà che profumo aveva Milano a primavera inoltrata, e provò una stretta di nostalgia: nostalgia non di una persona o di un luogo, nostalgia dello stato di innamoramento. La solita voce interiore non tardò a farsi sentire. *Eleonora, non puoi andare avanti a isolarti in questo modo. Vivi tra la cucina di Hamlet e la casa, tra poco ci sarà l'orto. Non frequenti nessuno, tranne i tuoi dipendenti, vai a camminare al mattino e vai a letto presto la sera, a cullarti tra le parole. È vero stai entrando nel Mondo Nuovo prospettato da Ernesta, rinata. Ma che vita è la tua? Murata dentro al tuo segreto, sei diffidente e circospetta, ogni volta che qualcuno cerca di entrare un poco più a fondo nel tuo quotidiano ti ritrai.* Forse il processo di crescita che aveva intrapreso si doveva compiere in solitudine?

28.

Se vuoi imparare a controllare la Rabbia,
gira la polenta nel paiolo con energia
sino a che il tuo braccio non sarà dolorante.

Di certo il merito era delle ricette impossibili, ma le sembrava che anche i rapporti con i ragazzi in cucina fossero migliorati. Stava imparando ad accettare le cose che non possono cambiare e a cambiare le cose che possono essere migliorate. Loro, di certo, la stavano accogliendo anche nella sua versione più fragile. L'unico problema rimaneva quello di fondo: doveva accettare di restare per sempre senza gusto e olfatto oppure doveva continuare a sperare? Quale delle due alternative le faceva più male, ancora non era chiaro.

Ma quei giorni di alti e bassi, almeno, avevano una novità, cui lei non aveva ancora ben capito che ruolo dare: Étienne. Arnaldo le comunicò con serietà innaturale che si era rifatto vivo, voleva mostrare nuove essenze botaniche e spezie. La sensazione, quando entrava in Hamlet era che fosse lì per lavoro, eppure era così gentile, premuroso, quasi seduttivo. Il suo comportamento la destabilizzava: non era fidanzato? Cosa le avrebbe fatto annusare, assaggiare? Eleonora si sentiva menomata e restia, indifesa, insicura proprio nel campo in cui aveva primeggiato per tutta la vita. Il suo atteggiamento era altalenante. Incontrarlo o no? Paura dettata dal timore di farsi scoprire e desiderio di conoscerlo meglio combattevano dentro di lei.

Alla fine lo aveva ricevuto, invece di delegare come al solito Nozomi. Arnaldo, con la sua pacatezza, l'aveva convinta. «Che tu voglia incontrarlo o no, la cosa non mi riguarda», aveva detto.

Lei accettò. E si comportò in maniera orribile.

Étienne sembrava volerla studiare, Eleonora temeva proprio questo: essere esaminata. O forse questi erano pensieri paranoici che la visitavano ogni tanto dopo il risveglio.

Arrivò nel tardo pomeriggio con un sorriso smagliante, una giacca azzurra leggermente stropicciata e gli occhi luccicanti da valoroso cavaliere in missione.

Eleonora decise di accoglierlo da Hamlet in divisa da cuoca – più professionale, pensò. «Andiamo nel mio ufficio», gli disse.

Étienne volle vedere le piantine che le aveva regalato, era la prima volta che vi faceva cenno.

«Mi raccomando, prenditene cura», le disse chinandosi su di esse e accarezzandole. Aveva belle mani, curate ma virili. Eleonora aveva sistemato i due vasetti su una mensola del suo ufficio, in piena luce.

«Lo farò.» E con le dita si controllava la fascia gialla a pois che teneva legata dietro la nuca.

«Se stai pensando alla linea per la primavera-estate, potrei farti arrivare nuove essenze, ti saranno utili.»

«Avremo piatti nuovi, ovvio. Delle novità più eclatanti puoi parlare con me oppure con Nozomi», disse Eleonora, senza guardarlo in faccia. Ma perché si comportava così? Si odiava.

«*Comme tu veux.* Ma io ne voglio parlare con te.» Étienne cercava i suoi occhi, ma lei sfuggiva. Le sfiorò un polso con un tocco lieve.

« Che si dice, *dans l'univers des restaurants milanais?*» chiese lui, cambiando discorso per stemperare l'imbarazzo.

«Nulla di nuovo, gli affari girano. I milanesi in primavera sembrano impazzire, adorano uscire, bere e mangiare all'aperto. Ma cosa dico, era così anche a Parigi.» Eleonora era gelida, scarna come un tweet.

«Comunque è stata una bella serata, l'altra sera. Mi sono sentito, quasi... quasi stregato da alcune portate», disse Étienne, rassegnato a una conversazione rinsecchita. Avrebbe potuto anche lei parlare francese, era la sua seconda lingua, ma non voleva uscire dai suoi confini.

«Cibo al livello della compagnia, no?» gli chiese, tuffando lo sguardo nella tazzina di caffè, per nascondersi.

«Compagnia? Ah, Jasmine è una commensale davvero speciale.» Speciale? Perché non aveva aggiunto qualche informazione in più? Ma sarebbe morta piuttosto che cedere e fargli altre domande su quella donna. Fu tentata di sedersi dietro alla scrivania, ma l'avrebbe messa in una posizione di superiorità, quindi sistemò due sedie, una accanto all'altra. Lui aprì la sua valigetta, una misteriosa e raffinata borsa vintage di cuoio.

«*Et voilà*. Guarda un po' cosa ti ho portato...» E le sorrise con tutti quei denti bianchissimi e la malizia di Clark Gable. Buste di tela, scatolette con petali e piccole boccette in vetro erano sistemate in vari scomparti, e di certo da lì trapelava un qualche armonico effluvio. Lei, ovviamente, non sentiva nulla. Fingeva di essere interessata alle parole di Étienne, ma in realtà il suo unico obiettivo era intuire dal comportamento di lui se aveva percepito un sintomo della sua menomazione.

«Ascolta, Eleonora, ho controllato i tuoi ordini, ho notato che non mi hai mai chiesto dei fiori eduli. Anche i ragazzi della brigata si chiedono perché.»

«Perché credo che nella maggior parte delle cucine li usino per compensare impiattamenti un po' sciatti e per pura adesione a una moda.»

«Pensi che, conoscendo la tua fama e la tua filosofia, io ti proponga fiori modaioli? Non sottovalutarmi. Credo che la tua avversione nei confronti dell'uso dei fiori sia dovuta al fatto – perdonami – che tu non li abbia mai assaggiati con un maestro come si deve», e qui un altro sorrisone ammaliatore ma senza autocompiacimento. Come diavolo poteva dirgli che i fiori a lei ridestavano pensieri ambigui, tumultuosi e nauseanti? O forse quello era un altro segno del destino che la invitava a fare la pace con i fiori. Forse anche lei avrebbe cominciato a conoscere la personalità delle diverse specie per aumentare il piacere della convivialità e l'armonia di un piatto?

«Sentiamo», disse Eleonora come un compratore davanti a un commesso viaggiatore insistente. E si appoggiò allo schienale incrociando le braccia. Intanto entrò Henry, gli aveva chiesto di portare una bottiglia di Champagne. E proprio in quel momento Eleonora pensò che era stata stupida a non prepararsi un ingrediente impossibile delle ricette di vita di Ernesta. Perché non ci aveva pensato? Avrebbe avuto bisogno di un concentrato: Seduzione, Complicità e Femminilità.

«Rilassati, non voglio venderti nulla, voglio farti amare questi piccoli capolavori. Devi ribaltare il discorso. Non si aggiungono fiori a casaccio, si chiede ai fiori di aiutarci a dare un tocco al piatto sacrificando la loro essenza. Ciascuno ha il proprio carattere, e sei tu che li userai per conferire alle tue preparazioni una complessità e un equilibrio del tutto nuovi. E ricordati, nel futuro della cucina c'è una parola dominante: vegetale, vegetale, vegetale.»

Étienne continuò: «Per il salato segnalo *Atriples halimus* – vedi queste foglioline grigio-azzurro che appartengono alla famiglia del comune spinacio? Cresce sui litorali mediterranei, puoi usarla per regalare una sapidità eccezionale. In primavera, dalla Liguria alla Sicilia, le sue giovani cimette hanno un gusto fenomenale, perfetto nelle misticanze». Eleonora sentiva già che stava cedendo e pregò ingenuamente in cuor suo di non essere costretta ad assaggiarle. Non fu così. Lui prese una fogliolina tra le labbra e invitò Eleonora a fare altrettanto. Lei ubbidì, questa volta e anche in seguito. Assaggiò ogni petalo e foglia.

«Vuoi il dolce? Ecco la pianta che fa per te: è la *Lippia dulcis*, un'aromatica strepitosa il cui sapore potrebbe essere definibile come quello di una menta zuccherata. Puoi usare sia le foglie che i fiori. L'amaro, uno dei sapori che abbiamo perso perché ci ricorda ancestralmente veleni e cibi tossici, ma che ben dosato è un gusto da riconquistare, si chiama *Gynostemma pentaphyllum*, detta anche erba dell'immortalità: ingrediente complesso, ma l'amaro delle giovani foglie sa di speziato con una nota di liquirizia. Per l'aspro, oggi non dirmi che tutti gli chef, tu compresa, non hanno un debole per l'acido…»

«Vero, ma è molto utile, aumenta la salivazione e pulisce il palato.»

«Ecco qui un tocco di acido rubato alla natura, è la *Reynoutria japonica*, una pianta invasiva originaria del Sol Levante, oggi combattuta in tutto il Nord Italia. Dai suoi fiori si ricava un miele molto particolare e, in primavera, i suoi "asparagi" hanno un delizioso gusto acidulo che ricorda quello del rabarbaro. Ci sarebbe poi il gusto umami, per cui forse andrebbe bene *Paederia lanuginosa,* una curiosa pianta il cui aroma ricorda in tutto e per tutto quello del Camembert. Che ne dici?»

«Affascinante ma, scusa, ho i minuti contati. Mi hai convertito. Ti confermo tutto quello che mi hai fatto assaggiare o vedere.» Si alzò infilandosi una ciocca ribelle sotto la striscia di tessuto.

Lui tirò fuori un barattolo di vetro e depose un pizzico di polvere color ambra sul palmo della mano di Eleonora. Lei si irrigidì.

«Aspetta, Eleonora, un'ultima cosa, facciamo un gioco. Cosa ne pensi di questo? Lo hai già sentito, ma mai in questa versione *merveilleuse.* Mettine un pizzico sulla lingua. Dimmi, cosa ci sentono il naso e il palato più *extraordinaires* che conosco?» Eleonora cominciò ad agitarsi, le mani cincischiavano i capelli. Ma rimaneva zitta, mentre si annusava il palmo. Il suo labbro già avvertiva il pericolo.

«Ti aiuto, è usato nella cucina bengalese.» Lo osservò con attenzione. Si stava prendendo gioco di lei, sapeva qualcosa, o era autentico entusiasmo misto ad adulazione? *Ma no, Eleonora, non diventare paranoica.* E poi chi avrebbe mai potuto avergli rivelato il suo segreto, dato che ne erano a conoscenza solo pochissime persone? Forse Sara?

Eleonora si obbligò a stare al gioco, improvvisando: da quel barattolo per lei non proveniva alcun odore, una pietra lunare sarebbe stata più profumata. «Cumino», disse, arrossendo un poco.

«Okay, troppo facile. Poi che cosa avverti?»

«Mostarda?» Eleonora andava a tentoni, cercava di ricordare i blend di spezie che usavano a Parigi, con Marc. Poi una specie di nebbia nefasta la avvolse e perse il controllo. Era panico: «Scusa, ma mi stai facendo un esame? Ora devo proprio andare, okay? Mandamene un vasetto che ci inventiamo qualcosa».

«È un panch puran, mix composto da cumino, mostarda

nera, nigella sativa, finocchio e fieno greco. Te ne mando quanto vuoi, ma ti avviso che è molto caro», disse Étienne, facendole uno di quei suoi sorrisi che sprigionavano bagliori, capaci di spianare la strada anche ai suoi nemici più acerrimi. Lei si alzò, senza attendere che Étienne chiudesse la sua valigetta.

Lui era stato gentile e galante. La Eleonora distruttiva continuava a dirle che molto probabilmente era lì per concludere affari. Lei era soltanto un'acquirente, che con la sua fama di chef poteva creare un piatto unico che avrebbe contribuito ad accrescere ancora di più la fama dell'azienda Pensées Perfumées. Il vantaggio era tutto suo, ecco il perché di quei sorrisi, di quella gentilezza. Che peraltro, Eleonora ci avrebbe scommesso, Étienne riservava a tutti i potenziali clienti, come fanno gli uomini d'affari intraprendenti. Comunque, anche nell'ipotesi che la stesse davvero corteggiando, non era certo possibile iniziare nessun tipo di relazione, neppure di blanda amicizia, se questa si basava sulla menzogna. Del resto, lei era stata talmente odiosa che non si poneva il problema di un eventuale nuovo appuntamento.

Ma il barattolo di Étienne, quelle sue domande, la ferirono in modo particolare. *Eleonora, è inutile che fingi con te stessa, che ti dica che tutto finirà bene, che ti illudi di ritornare come prima.* La voce implacabile della verità si faceva sentire. *Puoi continuare a fare il tuo lavoro perché hai una brigata che ti appoggia. Ma poi? E per quanto tempo?* Stava lasciando Hamlet, avvolta in quelle amare considerazioni, quando intravide una scatola bianca sulla scrivania del suo ufficio. L'aveva lasciata prima di andarsene? Riconobbe lo stile di Étienne. L'aprì subito, immaginò l'effluvio di cui avrebbe potuto godere: erano mughetti, tra i suoi fiori preferiti. Li amava sin da ragazzina, ben prima di sapere che erano chimicamente riconducibili al corpo femminile, alla sua sensualità. Ma Étienne lo sapeva di certo, ogni professionista lo sa. Le stava mandando un messaggio. Voleva dirle che non era abbastanza seducente e femminile? Oppure era il regalo sadico destinato proprio a lei, una chef senza più l'olfatto?

Il biglietto, sempre scritto a mano, diceva solo: «È una *Convallaria Majalis*, più nota come mughetto. Abbine cura, perché di ogni piantina si può godere, ma anche leggere. Étienne». Era come se quei biglietti e quelle scatole contenessero una sorta di codice segreto, ma la sua era solo una sensazione. La cosa le piaceva, ovvio. Ma ancora le sfuggiva il significato. Arrivò a casa e diede un occhio ai messaggi, Sara, Arnaldo e un paio di fornitori che le chiedevano un appuntamento. Non aveva neppure voglia di rispondere. Ebbe la tentazione di chiamare la Meyer e fissare un appuntamento supplementare, ma si trattenne dal comporre il suo numero. Si ordinò una pizza per il puro piacere nostalgico di guardarla. Godere della sua rotondità. Scottarsi la lingua, sporcarsi il mento di sugo, arrotolare il filo di mozzarella sulla fetta. Era da prima dell'incidente che non lo faceva, se non si contava la focaccia con mortadella divorata con Arnaldo da Eataly. Odiava il delivery delle pizze, nulla le mortificava di più, arrivavano fredde e gommose. Ma la serata aveva preso una piega masochista e lei la addentò con le lacrime agli occhi. Si sentì sola e neppure l'idea di aprire un'altra lettera la sollevava. Poi però andò a prendere il suo bauletto, si mise a letto, si sistemò due cuscini dietro la schiena e cominciò a leggere.

ELOGIO DELLA SOLITUDINE

Mi sento sola senza di te. A dire il vero, il mio è un isolamento volontario, perché da quando ti sei addormentata ogni presenza mi sembra superflua e voglio approfittare di questi giorni tranquilli per scriverti. Nella prima lettera ho affermato che ero certa del tuo risveglio. Anche ora, che i giorni passano lenti e nello stesso tempo velocissimi, sento che la mia fede incrollabile nella tua guarigione si trasforma in nuova energia per te. È come se la mia speranza ti mantenesse in vita. Le mie lettere dovrebbero servirti a vivere questa fase di transizione. Dalla vecchia alla nuova Eleonora.
Conosci il «dilemma del porcospino», la metafora di

Schopenhauer sui rapporti interpersonali? Il filosofo dice che gli esseri umani si comportano come porcospini: di base hanno freddo e per non morire si stringono l'uno vicino all'altro. Ma in questo modo si feriscono con gli aculei, quindi sono obbligati a distanziarsi. Se si allontanano troppo rischiano di morire assiderati, se si avvicinano si feriscono. La tragedia umana è tutta qui.
È così anche per te?
Oggi mi sembra particolarmente attuale. Quali sono i nostri aculei? Paura, ansia, bombardamento mediatico, mancanza di fiducia, blocchi emotivi irrisolti. La salvezza consiste nel trovare il compromesso, la distanza giusta. Tutti noi abbiamo bisogno di socialità, di mani intrecciate, di gesti affettuosi per riempire la monotonia e il vuoto interiore. Ogni individuo ha qualità e difetti che, nel momento in cui ci si avvicina agli altri, vengono allo scoperto, causando rotture e allontanamenti. Il dilemma del porcospino. Ogni rapporto affettivo da una parte riempie, rende felici e scalda; dall'altro ferisce e porta dolore. Qualcuno sceglie di allontanarsi del tutto per paura di farsi male. Altri trovano la giusta distanza, in modo da scaldarsi senza pungersi. Conservare la propria individualità, senza annullarsi. Allontanarsi il giusto e poi ritrovarsi. L'idea di felicità nella quale abbiamo creduto è circondarsi continuamente di altre persone, comunicare, confrontarsi a tutti i costi, stare in mezzo alla folla. Ma come si può essere realmente felici se si è continuamente attorniati da persone, oggetti e avvenimenti? In questo modo, a ben pensarci, ci si allontana dalla vera essenza, dalla propria vera natura.
Quindi ben venga la buona solitudine, che ho riscoperto anche nei momenti di difficoltà. Senza confonderla, però, con l'isolamento. E tu, ti senti sola o ti sei isolata? Proviamo a riflettere un po' sulle differenze.
L'isolamento è una reazione che ruota intorno alla paura, non è dettato dall'amore per sé stessi e per gli altri. Nella buona solitudine si continua a essere aperti al mondo delle persone e delle cose, al desiderio, alla nostalgia. Ci si mantiene in una relazione significativa con gli altri, sia pur

mediata dal web o dalle care e vecchie telefonate. Tutto il contrario dell'isolamento, che si definisce meglio come solitudine negativa, in cui si è chiusi in sé stessi, perduti al mondo e alla trascendenza.
La buona solitudine è quando vogliamo scavare in noi stessi, l'isolamento è quando scappiamo da noi stessi. La solitudine non è negativa in sé, lo è il significato che le attribuiamo. Il mondo che verrà ha bisogno di persone che sanno vivere anche la solitudine, il fermarsi, il guardarsi dentro. Bisogna imparare a conviverci, con la solitudine. Meglio che ne diventi amica.
La solitudine per scelta è un momento d'oro da dedicare alla scoperta più profonda di noi stessi. Il tuo compito della settimana è ricavarti un giorno in solitudine assoluta. Non devi averne paura. Il momento in cui presti realmente attenzione a te stesso è quando sei solo. La solitudine ben vissuta ti rinforza e dà calore. Il futuro che ci aspetta ci obbliga ad accumulare una gran quantità di calore interiore, e solo facendo scorta di calore potremo sopravvivere. Il calore è la forza interiore creata dal piacere di stare da soli. Libertà è la scelta dell'isolamento. Sei libero se puoi allontanarti e scegliere liberamente se stare solo. E allora proprio perché tu sei importante, considerati l'ospite più atteso della settimana. Preparati una tavola impeccabile e cucina una cena sontuosa. Prepara una ricetta a piacere e dedicala a una persona speciale, a te stessa. Se sei in famiglia, mandali fuori. Se non puoi, scegli una stanza, un cantuccio tutto per te, e vivi la tua nuova condizione di solitudine positiva. Io preparerei un uovo al burro e ci farei cadere sopra una pioggia di tartufo bianco, oppure farei bollire una patata e ci tufferei dentro una noce di burro e poi una sontuosa porzione di caviale. Che ne dici di un vassoio di gamberi crudi di Santa Margherita o di Mazara del Vallo? Qualcosa di principesco, che ti piace veramente. Ingredienti eccelsi per un ospite speciale. Tu, solo tu.

Tua Ernesta

Ricetta della Buona solitudine

Ingredienti
3 cucchiai di Sé
1 litro di Autonomia (troverai in commercio autonomia finanziaria, ma scegli autonomia psichica, è più gustosa)
1 confezione di Conoscenza dei propri limiti
1 cucchiaio di Accettazione dei propri difetti
1 grande Passione per la lettura (o un'altra Passione a piacere)
1 goccia di Profondità di pensiero
2 cubetti di Libertà (lo so, costa, ma non badare a spese)

Procedimento
La Buona solitudine prende la forma di centrifugato. In un mixer raccogli tre cucchiai di Sé. Mi raccomando, non del suo surrogato Io, altrimenti esce la ricetta del Narcisismo. Aggiungi gli altri ingredienti tranne gli ultimi due, le Passioni possono essere le più varie, meglio quelle coltivate in privato e che puoi esercitare anche da vecchio, come la lettura. Ma valgono anche altre, come le collezioni o l'uncinetto. Frulla con allegria. Versa in un bicchiere e aggiungi una goccia di Profondità di pensiero, ma prima di assaggiare ripeti una volta: «Amo questa solitudine per scelta. Io semplicemente sono, conosco me stessa e scopro come e quando voglio stare in mezzo agli altri». Al posto del ghiaccio, usa due cubetti di Libertà che avrai messo nel congelatore in precedenza. Gusta il frullato fresco.

Quella sera la mente non voleva abbandonarsi al sonno. Poi, lentamente, come ogni sera, il riverbero calmante delle lettere la raggiungeva come un raggio di luna. Avrebbe lavorato per cercare gli ingredienti della Buona solitudine, e mentre si rivoltava nel letto si rivide bambina nella sua cameretta a Como.

Aveva chiamato Ernesta.

«Non riesco a dormire, nonna.»

«Pensa a qualcosa di bello.»

«Uffa. Non mi viene in mente proprio niente di bello. Dimmelo tu.»

L'ombra profumata si era avvicinata al suo letto. «Pensa che stai cavalcando un arcobaleno.» Ed Eleonora si era addormentata, cullandosi sul fascio di luce.

29.

Per ingannare le Regole e dare spazio alla Follia, intingi una patatina nel caffè.

«Ciao cara. Una notizia grandiosa, una giornata di sole. E anche una bella notizia personale che voglio condividere con te.» Era Sara, che con la sua immancabile telefonata delle nove non si faceva dimenticare mai. «Allora, ti ricordi che da un po' sono in contatto con quella televisione francese? Un canale molto seguito che porta lo stesso nome della testata, una specie di "Vanity Fair" in salsa d'Oltralpe. Ecco, mi ha chiamato ieri sera il direttore. L'idea è di girare una serie di video dedicati a Marc e chiedono se vuoi partecipare a due o tre puntate. In una prima fase verrebbero loro a Milano, poi andrai tu a Parigi. Si concorda tutto prima, sia le domande sia la ricostruzione della vita di Marc sia l'esecuzione di qualche ricetta che avete creato insieme. Non è magnifico?»

Silenzio.

«Sono stata brava?» chiese Sara.

«Sì, è una bella cosa, ma… delicata. Voglio dire, come ne uscirà la figura di Marc? Solo dopo aver parlato con gli autori ti dico se ci sto», disse Eleonora, che intanto teneva occupate le mani cercando di prepararsi la colazione sul balconcino.

«Okay, ma per noi sarebbe un'ottima promozione. Senti, ci sono alcune cose di cui devo parlarti. Pensavo di passare per l'ora di pranzo con un paio di giornalisti, okay?» disse Sara.

«Va bene, ma non ho molto tempo, abbiamo il ristorante pieno. Non so neppure a che ora arriverò. Non mi sembra giusto liquidare la faccenda del docufilm su Marc in questo modo. Se la produzione è francese anche l'ex moglie vorrà dire la sua», disse Eleonora.

«Non credo, lei non apparteneva al mondo della ristorazione. Il taglio è prettamente gastronomico. Ti faccio sapere non appena avrò la scaletta della prima puntata. Per quanto riguarda il pranzo di oggi, non preoccuparti, i giornalisti li tengo a bada io, tu ci potrai raggiungere per il caffè. E poi c'è un altro motivo per cui fisso volentieri appuntamenti da te. Indovina?» Il tono di voce di Sara cambiò, all'improvviso era tornata la bambina di sei anni. E come sempre aveva fatto una delle sue domande di cui non attendeva la risposta. «C'è un tipo che bazzica Hamlet e mi piace molto.» Eleonora pensò al solito amore immaginario di Sara, ma dovette subito ricredersi. «Lo conosci, si chiama Étienne de Potì, è nobile, ricco, bellissimo. Comprate le sue erbe aromatiche e le sue spezie dall'apertura di Hamlet, ma prima d'ora non lo avevamo mai incontrato perché era in giro per il mondo. Ora però ha preso casa a Milano. Quindi Étienne – ma tu lo hai visto, che sorriso? –, Étienne, dicevo, sta qui per metà settimana e poi torna a Ventimiglia, dove hanno un piccolo maniero. Hai presente i suoi occhi?»

«Sì, ho presente. Davvero molto carino e ha un bel modo di fare. Serve molti ristoranti *fine dining*, anche fuori dall'Italia.» "Sara e Étienne? No, non è possibile", pensò Eleonora; di certo era uno dei suoi soliti corteggiatori immaginari. Ma questa volta decise di darle corda e, anzi, di usarla per avere informazioni su Étienne.

«Carinooooo? È stupendo, e poi sai cosa ti dico? Secondo me gli piaccio. Sono a dieta stretta, ho già perso un chilo, anzi uno e mezzo. Mi ha regalato una fialetta di un pepe molto prezioso. Mi sembra un tipo brillante. Dai, ci vediamo più tardi, vado a farmi bella», disse Sara. Eleonora si sentì ingiusta, forse avrebbe dovuto dire a Sara che flirtare al ristorante durante le ore di lavoro non era professionale. Forse avrebbe dovuto farle capire che, per quanto ne sapeva, Étienne era così gentile con tutti. Ma non ne aveva la forza.

Si trascinava un po' malinconica dalla sera prima, proprio come si trascina una valigia troppo pesante. Voleva mantenere la promessa segreta fatta a Ernesta: avrebbe lavorato per rendere le lettere e le ricette metaforiche esperienze reali, vissute, assaggiate. Non poteva certo prendersi ventiquattr'ore da vivere in piena solitudine. Ma almeno la mattinata, sì. Sarebbe andata a fare visita all'orto di Ernesta, un tuffo nel passato che si stava trasformando nel presente. Stava diventando il suo quartiere del pensare.

Mentre guidava verso Como le fu impossibile non tornare con la mente al passato: la telefonata di Sara e la proposta della rete tv francese le avevano sbloccato un altro pezzetto di dolore. Sarebbe stato difficile, per lei, girare quei video sulla vita con Marc. Ma era un sacrificio che avrebbe dovuto affrontare per rendere onore a quel grande amore. Negli ultimi mesi trascorsi insieme, lui aveva preso l'abitudine di portarla a cena: nei giorni di chiusura di Élégie ma talvolta, cosa che per uno chef è segno del raggiungimento del successo, anche a ristorante aperto. «Uno chef imprenditore deve saper delegare», diceva. Uscite didattiche, così le chiamava.

«Stasera ti porto a cena e continuiamo con la serie dei grandi classici della cucina francese. Non con la boria della cucina ancien régime, ma classici con prospettiva, ecco come dovremmo chiamarli. Perché le basi arrivano da qui. Sono i ristoranti cui tutti noi della generazione dei quarantenni dobbiamo molto», le aveva annunciato una sera, con il suo italiano lento ma corretto ereditato dalla madre.

Aveva prenotato la cena al blasonatissimo L'Ambroisie in Place des Vosges. Lo chef Bernard Pacaud, in genere riservato e schivo, li aveva accolti come un padre. Bernard, piccolo e cicciottello, aveva cominciato a quindici anni dalla leggendaria Eugénie Brazier al Col de La Luère, regina e madre di tutta la prima sfilza di ristoranti onorati dai «macarons». Lei e Marc erano follemente innamorati di quella dozzina di tavoli, di quella sala arredata come un palazzo rinascimentale fiorentino. Era Marc a scegliere sempre per entrambi. Non era una forma di prevaricazione, ma di puro accudimento. Lui sapeva cosa ordinare. «La tua vita cambierà dopo avere assaggiato la poularde demi-deuil: lui ce l'ha in carta da oltre trent'anni, ma la ricetta di Mère Brazier è molto più antica.» Dopo il primo boccone avevano cominciato a luccicarle gli occhi dall'emozione. Era il piatto d'autore di Eugénie, che a sua volta l'aveva appreso da Mère Filloux, colei che le aveva insegnato le basi e i segreti della cucina. La ricetta consisteva nell'inserire strisce di tartufo nero sotto la pelle del volatile. Dopodiché la gallina di Bresse deve cuocere in una casseruola per ore, bagnata in un brodo di pollo. La salsa suprême che l'accompagna è una riduzione del brodo di pollame bianco, mantecato e arricchito con Porto chiaro, ridotto a sua volta. Eleonora ricordava di aver sbirciato il conto e di essersi sentita un'assoluta privilegiata: 160 euro in due, per un pollo. E ricordava anche la bottiglia di Champagne Jacquesson Extra Brut «Cuvée N° 739», offerta dalla maison. Si sentiva eletta non tanto perché si potevano permettere di pagare quel conto, ma perché era in grado di comprendere a fondo il valore incommensurabile di quello che stava assaggiando. Ecco dov'era la ricchezza. Trasformarsi in gourmet non è solo una questione di denaro, è soprattutto una questione culturale. La voce dei ricordi continuava a parlare. Da Alain Passard, all'Arpège, invece, erano di casa. Le piaceva Alain, era un uomo affascinante, si divertiva a civettare con lui. Marc una sera le tenne il broncio, spinto da una punta di gelosia. A volte facevano mattino parlando di jazz, passione di entrambi. Marc sapeva tutto dei grandi, e ci teneva a spiegarle un po' della loro vita. Quando vai in un ristorante è opportuno conoscere il più possibile chi sta in cucina. Capisci meglio i piatti. Era stato nel suo ristorante che Marc, tra gli asparagi verdi del Domaine des Roques-Hautes con pomelo rosa e cagliata di capra di Betz-le-Château e le lasagne di verdure a nido con cavolo cappuccio, le aveva chiesto, a modo suo, di andare a vivere insieme. La prima cosa che le aveva detto era stata che il suo aiuto nella cucina dell'Élégie era fondamentale e che non avrebbe rinunciato a lei facilmente. Poi aveva aggiunto: «Tra due anni sarai pronta per aprire qualcosa di tuo. Comincia a risparmiare, baby, avrai bisogno di tanti soldini». Se n'era andato sei mesi dopo.

Alla fine Eleonora arrivò alla villa in cui era nata e mise a tacere la voce dei suoi ricordi, in quel momento tanto invadente. Le violente emozioni di odio-amore che quel luogo suscitava in lei la riportarono subito alla realtà. Nel posteggio ufficiale c'era l'auto della nuova domestica che suo padre aveva assunto per tenere in ordine la casa durante la sua assenza, ma lei parcheggiò sul retro, superando la casa.

Aveva chiamato Talal, il giardiniere della nonna, e gli aveva chiesto di preparare il terreno, di concimarlo, occupandosi della terra nella maniera più naturale possibile. C'era già un cerchio di terreno piantato a fragole e anche qualche pianta di peperoncino. Sul lato a nord dell'antico terreno di Ernesta erano sopravvissute dal vecchio orto le erbe aromatiche che Eleonora amava sin da bambina: menta, salvia, rosmarino, borragine, santoreggia, timo, maggiorana, la sua preferita.

Forse avrebbe potuto approvvigionare Hamlet senza acquistare da Étienne, almeno le piante più usuali. Ci passò sopra le dita e le portò alle narici. Si sentì sprofondare in un'esplosione di luce: il ricordo di lei ragazzina che si inebriava di aromi era tanto vivo che ora le sembrava davvero di sentire qualcosa. Rise di gioia, ma appena tornò la Eleonora del presente si sentì spegnere sulle labbra l'entusiasmo. Se tutto fosse andato come previsto, sarebbe riuscita ad avere un primo raccolto a fine luglio. Avrebbe cercato di trasformare in realtà il sogno salvifico dell'orto. La vecchia Eleonora non si sarebbe certo scoraggiata, ma ormai quello spazio la stava tormentando, e pensare al sapore di pomodoro camone, condito come faceva insieme a Marc con scagliette di aglio rosa, origano raccolto sulle alture di Roquebrune, olio di Sciacca e sale di Maldon, stava diventando una tortura. Quel piatto era l'unione delle sue radici con la Francia, la sua seconda patria. Era il loro spuntino estivo dopo l'amore. Che nostalgia di Parigi! Ci sarebbe andata al più presto, in autunno. Poi ripiombò nella tristezza: andare nella capitale gourmet senza gusto e olfatto era come uscire per una corsa senza scarpe, come andare in barca senza remi. Era come essere Eleonora senza la sua vera essenza.

Iniziò a provare inquietudine, non capiva perché. Guardò le finestre della villa, quella della sua camera era sbarrata. Ecco arrivare la tachicardia e il tremore al labbro superiore. Ciò che l'aveva attirata lì era il desiderio di eseguire i compiti. «Il lago fa tristezza»: la frase banale che aveva sempre contestato ora le sembrava veritiera. Guardò il terreno dove sarebbe rinato l'orto e vide il vecchio innaffiatoio rosso scolorito, che ricordava in mano alla nonna in una foto di qualche anno prima. La invase una profonda tristezza, prese un tulipano fiorito da un vecchio bulbo e lentamente lo portò alle labbra, non lo annusò, decise proprio di masticarlo. Non lo faceva per paura, per ansia, come da bambina. Era come una missione, ora: pareggiare i conti con il passato prima che quella terra prendesse nuova vita. Attaccò un ranuncolo. Masticava piano, gli occhi velati come quando si è sul punto di piangere ma ci si riesce a trattenere. Sarebbe stata la sua ultima volta.

Stava per andarsene, ma il suo sguardo cadde su una zolla nella porzione di terreno appena seminata. Qualcosa di luccicante attirò la sua attenzione. Si chinò e, ricoperto di terra scura, si ritrovò tra le dita un medaglione argentato. La terra arata lo aveva riportato alla luce. Non era un metallo prezioso, probabilmente una lega. Su una delle facce era inciso un disegno, ne mancava un angolo. Un triangolo interrotto da una linea orizzontale, le sembrava di averlo già visto. E si ricordò: il foglio caduto fuori dal suo ricettario di bambina che le aveva consegnato la madre in clinica. Era un simbolo, evidentemente, ed era la seconda volta che tornava nella sua vita, probabilmente per dirle qualcosa. Frugò tra le zolle per cercare il pezzo mancante. All'improvviso si ricordò il vero significato della parola "simbolo", cioè mettere insieme, far coincidere. Nell'antica Grecia, era il mezzo di riconoscimento che si otteneva spezzando in due parti un oggetto, spesso un monile, in modo che il possessore di una delle due parti potesse in futuro farsi riconoscere facendole combaciare. Doveva trovare il pezzo mancante.

Il cellulare iniziò a vibrare ed Eleonora si ridestò, con la domanda sul significato di quel segno ancora conficcata nella testa. «Dove sei?» Un messaggio di Sara. Si era dimenticata l'intervista con i giornalisti. Si mise in macchina e dopo cinquanta minuti, in sfregio a qualsiasi limite di velocità, era da Hamlet.

La prima cosa che fece, varcato l'ingresso, fu non tanto unirsi a Sara e ai giornalisti, ma controllare se in sala ci fosse Étienne. Non c'era. Valeria le aveva detto che c'erano un paio di pacchi per lei. A pensarci bene, pareva quasi che Étienne giocasse con lei come il gatto con il topo, lasciando segni del suo passaggio. Era curiosa di vedere quali fossero. Ma prima raggiunse Sara a un tavolo appartato della sala per una breve intervista. Poi si ritirò nel suo ufficio: come previsto, sulla scrivania faceva bella mostra di sé la solita scatola elegantissima, cartone spesso dello stesso colore del fiore e un cordino di seta dello stesso tipo di verde delle foglie. Dettagli importanti di un pazzo o di un genio. Questa volta la scatola era azzurra con un cordino giallo. La pianta all'interno aveva fiori azzurri, con stami bianchi e gialli. Resistette all'impulso di avvicinare il volto. Il bigliettino, sempre scarno, recitava: «È una *Meconopsis Betonicifolia*, abbine cura. Ascolta cosa vuole dirti». Prese la piantina e la mise accanto alle altre tre. Le guardò con aria affettuosa, come si guarda una cucciolata. E si sorprese a mormorare: «Cosa volete confidarmi? Per il momento mi occupo di trattarvi bene. Controllo che prendiate tutte la stessa quantità di acqua e luce dalla veranda. Non si sa mai che Étienne mi chieda di venirvi a trovare, per vedere come state». In quel momento entrò Sara.

«Parli da sola?» chiese.

«No, con le piante. Non sai che fa bene?» rispose prontamente Eleonora. Sara rise. Era più truccata del solito. Indossava un giacchino in stile Chanel, bordato da una passamaneria argentata.

«Allora, come va con il tuo Étienne?» le chiese Eleonora con una punta di cattiveria.

«Oggi è passato, ma non a pranzo. Però è venuto al mio tavolo per pochi minuti, il tempo di presentarlo ai giornalisti», disse Sara, continuando: «Mi ha detto che starà a Milano ancora per qualche giorno, poi partirà. Deve andare a controllare i suoi terreni e le serre. Comunque è deciso: sono pazza di lui. E credo di non dispiacergli. Secondo te, perché non ha voluto lasciarmi il suo numero? Mi ha risposto: "Cara

Sara, trovi tutto sul nostro sito" e mi ha dato un biglietto senza il suo cellulare. Sai cosa penso? Che mi voglia lasciare un po' sulla corda, ma va bene così, è un gioco che mi piace. A ogni buon conto, il mio cellulare glielo avevo dato già la scorsa settimana. Mi sono informata, Étienne è considerato un gran buon partito. Molto adulato dalle donne, ma molto dedito al lavoro. Pare che il marchese abbia avuto una sola storia importante, finita anni fa. È famoso per il suo modo di corteggiare d'altri tempi, una cosa che piace a un certo tipo di donna. O è fantastico o è gay. Non so, te lo dirò».

«E quella bella donna che abbiamo visto al suo tavolo?» disse Eleonora.

«Non credo sia la sua tipa, ma il sospetto c'è.» Sara si guardava le unghie laccate. «Mi ha chiesto di te, quando venivi al ristorante, quali erano i tuoi interessi, e così via. Adoro quel suo modo di parlare, di metterci ogni tanto una parola in francese. Ora ti lascio, devo pensare a un piano per metterlo alla prova. Comunque i pezzi su Hamlet escono uno sul web e l'altro sul numero di giugno di "Travel&Restaurant". Se vuoi gli mandiamo due o tre tuoi virgolettati.» E con questo se ne andò, senza aspettare repliche. Prima di entrare in cucina, Eleonora controllò il biglietto da visita che Étienne metteva sempre dentro le scatole. Ricordava bene: riportava il suo cellulare scritto a mano. Ma loro non avevano mai comunicato con i rispettivi cellulari. Solo con le piante.

La giornata continuò in una cucina con la brigata a pieno regime. Prima di andare a casa, Eleonora passò in ufficio per ritirare alcuni documenti. Stava per gettare la scatola che conteneva l'ultimo regalo arboreo di Étienne quando si accorse che conteneva un'altra busta. Il colore era celeste, identico alla scatola. E ai fiori.

Ti va di risolvere un rebus vegetale? Prendi le piante in ordine di arrivo e mettile in fila. Ascolta e leggi. Ecco il rebus: 4, 3, 2? Étienne.

"Allora avevo ragione a pensare che racchiudete un segreto. Vediamo un po': tre numeri e un punto interrogativo", si disse Eleonora. Prese le piantine, le mise in fila sulla sua scrivania e cominciò a spostarle avanti e indietro. Aveva fatto rebus tanti anni prima, da ragazza, esercitandosi con la mitica «Settimana Enigmistica» rubata alla mamma. Niente. Poi pensò di mettere in fila non solo le piantine, ma i biglietti che l'accompagnavano.

4, 3, 2?

1 *Escallonia*
2 *Iberis Semperflorens*
3 *Convallaria Majalis*
4 *Meconopsis Betonicifolia*

Prese un foglio per riscrivere le lettere in sequenza. Mentre ci pensava, entrò Arnaldo.

«Credevo fossi già andata via», disse. Aveva uno sguardo stanco.

«Speravo ti fermassi qualche minuto», rispose Eleonora. Lo guardò con affetto, ma ritornò subito al suo rebus. Forse avrebbe dovuto consultare un libro sul significato dei fiori.

«Ti avrei chiamato domani, ma te lo dico ora. Non ho una bella notizia. È arrivata una sanzione dal fisco, ci avevano detto che avevi diritto a delle esenzioni, invece a un attento esame non sarebbero giustificate. Roba di qualche anno che si è accumulata. Ma non disperiamo, domani vedo il nostro commercialista, poi ti faremo sapere nei dettagli. Non ti nascondo che se non ci mettiamo una toppa ci costerà intorno ai ventimila euro.»

Arnaldo aveva delle carte in mano e parlava con calma. Era pronto a mostrarle a Eleonora, certo che lei avrebbe voluto capirne di più. Ma questo non successe, e lui ne fu soddisfatto. Del resto, aveva gestito la sua azienda con profitto, prima di vendere tutto.

«C'è la possibilità di patteggiare o altra forma di compromesso?»

«Certo, ma la cosa si farà lunga.»

«Okay Arnaldo, allora parliamone quando ne saprai di più, dopo il commercialista. Adesso non è proprio il caso.» In un altro momento avrebbe reagito con rabbia e preoccupazione, cercando subito di individuare chi avesse sbagliato:

si faceva vanto di pagare le tasse fino all'ultimo centesimo, in un paese dove l'evasione è un cancro diffuso. Erano forse state le ricette di Ernesta a farle affrontare il problema con tanta cautela? Forse. Di certo quella mattina, senza che nessuno lo sapesse, era precipitata in uno scombussolamento ben maggiore di quello relativo a un problema fiscale.

«Posso chiederti cosa stai facendo?» le disse Arnaldo, rassegnato a rimettere gli incartamenti in una cartellina di cuoio. Eleonora continuava a fissare le piantine e i biglietti. Decise di dirglielo. Quell'uomo sapeva tutto della sua vita. Appena gli raccontò del rebus vegetale, Arnaldo spostò una sedia e sedette vicino a lei.

Prese anche lui un foglio e scrisse «*4, 3, 2?*». E le disse: «Se è un rebus, proviamo a prendere le prime lettere dal nome della prima pianta. *Esc*...»

«Aggiungi la prima lettera della seconda pianta e siamo a *Esci*... Poi tre lettere della terza pianta, ovvero *Con*, e due lettere dell'ultima pianta: *Me*.» Eleonora si illuminò. La soluzione era tanto evidente.

«Esci con me?» sbottò sonoramente Arnaldo, con un sorriso che da tempo nessuno gli vedeva.

Ovvio che una volta fuori dal ristorante il pensiero di Eleonora ruotasse intorno a Étienne. Il suo gioco, così insolito, così deliziosamente démodé, era riuscito a incuriosirla, a distrarla perfino dalla brutta notizia di un'ammenda, che in quel momento di transito, mentre Eleonora si stava riprendendo, non ci voleva proprio. Si ripromise che a quest'ultima ci avrebbe pensato il giorno dopo. Ma in ogni caso si fidava di Arnaldo, e lui le aveva fatto capire che la sanzione poteva essere ridotta, e che non ci sarebbe stato bisogno di prestiti: Hamlet ce l'avrebbe fatta da solo. Questo pensiero la fece commuovere e fu invasa da un'ondata di vittimismo. Il tema era: povera ragazza sola con un ristorante da mandare avanti e una mutilazione da affrontare. Si diresse verso il parcheggio dei taxi, ma prima diede un'occhiata sotto il ponte del Naviglio Pavese. Lei, la sua clochard, era là che fumava, il volto illuminato dal cellulare. D'ora in poi Eleonora avrebbe fatto in modo che i soldi per la ricarica non le mancassero mai.

Rientrando in casa si guardò allo specchio, si vedeva sfinita. Si lasciò cadere sul letto e, conoscendo il subbuglio che quella lettura provocava in lei, pensò di saltare. Era stata proprio la nonna a raccomandarsi che le parole e le ricette impossibili andavano lasciate sedimentare. Poi, chissà perché, ripensò alla clochard sotto il ponte. In passato non le aveva mai rivolto la parola, a dire il vero non si avvicinava neppure. Ora un po' se ne vergognava. Improvvisamente si sentì pronta per una nuova missiva, per un nuovo compito, per una nuova caccia all'ingrediente.

COMPASSIONE

Ti ricordi le Olimpiadi del 2008? Tu non eri in Italia quell'agosto, e io non sono mai stata fanatica di sport. In genere, seguivo solo le gare di pattinaggio su ghiaccio delle Olimpiadi invernali, affascinata dai mulinelli di braccia e gambe, come volute di fumo. Ma quell'estate fui colpita da una notizia tra le righe, qualcosa che poteva sfuggire a una lettura veloce. Le copertine di tutti i giornali riportavano il primissimo piano della bella bimba cinese che aveva aperto i giochi, cantando l'inno con voce angelica. Leggendo i giornali attentamente, scoprii che quel canto sublime non apparteneva al volto che vedevamo in mondovisione. La bambina cinese con una voce bella aveva un problema. Non era bella, o almeno non secondo i loro canoni. E la bambina bella che le aveva prestato il volto, invece, non era dotata di voce melodiosa. Quindi una ha dovuto doppiare l'altra. Ero tentata dall'idea di scrivere un racconto dedicato alla bambina considerata brutta che cantava. Appeno l'ho scoperto sono diventata per due giorni lei, mi sono immedesimata. Ho vissuto empatia e compassione. Come si sarà sentita quella bambina scartata per il suo volto? Per anni si sarà portata dietro un pensiero ossessivo: non sono abbastanza bella per comparire e rappresentare il popolo

cinese. La immaginavo a scuola: «Ciao, sai che sono io che ho cantato quell'inno?». «Ma io non ti ho visto, perché?»
Cara Eleonora, scusa se mi dilungherò in questa lettera. È una delle ultime, il bauletto è quasi vuoto. Sento che il tempo che ho a disposizione sta per terminare. Se nella vita ho imparato qualcosa, è l'importanza della capacità di immedesimarsi. Una volta una tua compagna di classe, diciamo la tua migliore amica dell'epoca, è caduta nel parco della scuola e tu ti sei fatta tutta rossa. Poi, con una pietruzza, ti sei scalfita il ginocchio, esattamente nel punto in cui lei si era ferita. Eri una bambina molto sensibile. Non solo partecipavi al suo dolore per empatia, ma hai voluto immedesimarti sino in fondo, metterti nei suoi panni anche fisicamente. Mi hai dato una magnifica lezione di immedesimazione. Ecco, per me l'umanità si divide in chi sa immedesimarsi e provare compassione e chi non ci riesce. O non vuole o non è proprio in grado.
Un artista possiede capacità di immedesimazione e compassione. L'arte è mettersi al posto di. La letteratura è compassione. Come farebbe altrimenti uno scrittore a entrare nei personaggi? Come riuscirebbe a raccontare rabbia, passione travolgente o disperazione, senza averne mai fatto esperienza?
Compassione deriva dal latino cum patior, *«soffro con», ma ha a che vedere con il termine «empatia», usato per rappresentare il rapporto emozionante che nel teatro antico legava lo spettatore all'attore. Ma anche la capacità di immedesimarsi di chi recita con il personaggio portato in scena. La compassione è un passo avanti, un gradino in più. Non si sente solo ciò che prova l'altro, ma si agisce di conseguenza. La compassione è empatia elevata alla seconda. È soffrire insieme, come hai fatto tu con la tua amica d'infanzia. Non è pena, neppure pietà. A volte si utilizza pietas senza capirne il significato. Da qualche parte avevo letto che «pietà» pare brutto, pietas pare nobile.*
Io voglio partecipare al tuo momento di difficoltà. Compassione è anche quando cerchiamo di alleviare il dolore dell'altro. Provare compassione è l'unico modo che ci fa

smettere di guardare solo a noi stessi e lamentarci. Ecco perché non riuscivo a capacitarmi di come molte persone intorno a me, davanti a scene di guerra o stragi, potessero rimanere indifferenti a tutti quei morti. A volte guardiamo chi soffre con un senso di sufficienza, e ci sentiamo forti e invulnerabili. Ci sono persone incapaci di osservare e recepire la sofferenza altrui, perché questo smuove emozioni che non vogliono provare. Ci fa sembrare fragili. Ti ricordi quando parlavamo di tua madre che si comportava esattamente così? Il dolore degli altri potrebbe risvegliare ferite irrisolte dell'infanzia, quindi ci impediamo di entrare in empatia con la sofferenza. Come se entrare in contatto ci contaminasse con radiazioni nocive. La prima reazione umana è di rimuovere il dolore e la sofferenza. È il primo meccanismo di difesa. Una cosa mi fa male, allora la nego. Ma penso anche a chi, in mala fede, nega il male, una pestilenza, la guerra, l'olocausto. Il negazionista nega una realtà che non riesce ad accettare e comprendere. Il negazionista rimuove ciò che lo terrorizza, preferisce sostenere che non esiste. Il male è un complotto messo in atto da uomini cattivi, piuttosto che parte della natura delle cose. Diciamo che la compassione più matura ed evoluta si ottiene con l'allenamento. Il compito della settimana è prendere atto della sofferenza, propria o altrui. È il primo passo per provare compassione. Quante volte siamo per strada e ci imbattiamo in qualcuno che sta male. Potremmo fermarci per percepire quel dolore, invece di passare oltre, come se non avesse nulla a che fare con noi.

Se ti senti abbastanza forte, potrai leggere questa lettera fino in fondo. Se non lo sei, richiudila e aspetta. Ti scrivo qui, nella missiva dedicata alla compassione, alcuni episodi della tua vita che forse potranno scioccarti, ma credo ti serviranno. Non ti ho mai detto nulla quando ero in vita perché tutto sommato mi sembravi abbastanza serena, compatibilmente con la tua «infanzia infelice», come ci tenevi a definirla. O forse non ti ho parlato per vigliaccheria. O piuttosto perché non volevo risvegliare i fantasmi sopiti della tua fanciullezza. Ma sono certa che sino a oggi avevi rimosso episodi spiacevoli, e ora penso che il tuo inconscio avrà sepolto tutto per bene. Se mi leggi, significa che ne hai bisogno. Conoscere meglio te stessa non può che farti bene. O perlomeno conoscere questa parte di te. Mentre scrivo, questa frase mi sembra così banale… Un po' come il «sii te stessa». Come se l'avventura di conoscersi non durasse tutta l'esistenza. E poi, alla fine, ci si conosce soltanto di vista. Sento comunque che devo scriverti alcune parole, non posso portarle con me dove andrò. Sono troppo pesanti.

Un giorno sono venuta a prenderti a scuola, facevi la quarta elementare. Io viaggiavo molto, ma quando tornavo a Como era un piacere dedicarmi a te. Mi sentivo in colpa, quando ripartivo, a lasciarti a tua madre, così incapace e vulnerabile, così anaffettiva. E a mio figlio, un padre superficiale e assente. Mandarti dalle suore era stata una scelta di tua madre, tuo padre se n'era disinteressato. Io non ero così favorevole. Per fortuna, crescendo, potevi raggiungermi e viaggiare con me. Quel pomeriggio eri sconvolta, paonazza. Era quasi estate, ho dato la colpa al caldo. Appena superate le vetrate all'ingresso ho sentito spegnersi improvvisamente un sussurrio intorno a me. Le altre mamme e le insegnanti si sono zittite. Una sensazione fastidiosa, come un moscerino che non se ne va, come sabbia nelle scarpe. Ho sentito commenti sospesi nell'aria, poi tu mi hai distratto. Come sempre catturavi la mia attenzione. I tuoi occhi magici erano cupi, diventavano così quando eri turbata. Per diversi giorni sei stata agitata e piangevi spesso e non mangiavi nulla. Di giorno avevi scatti di rabbia e rispondevi male, nelle notti successive avresti ripreso a fare la pipì a letto. Tua madre si lamentava con me, non sapeva cosa cucinarti. Ci ho messo un mese per capire cosa ti stesse succedendo. Ogni volta che ti chiedevamo cosa ti turbava, rispondevi imbarazzata e arrossivi. Non ti piaceva mangiare in mensa. Emergeva la tua sensibilità, il tuo palato assoluto, il tuo olfatto sottile. La tua capacità di fare abbinamenti con il cibo, il tuo piacere nel mangiare ingredienti freschi, vari, esotici. Man mano che cresceva il tuo essere una strana

bambina gourmet, provavi insofferenza per la cucina delle suore.
Durante le vacanze estive, un pomeriggio prima di partire per il mare con tua madre, mi hai confessato perché odiavi mangiare a scuola. La mensa prevedeva penne al pomodoro due volte la settimana, a te facevano senso. E quel sapore dolciastro e nauseabondo te lo saresti portato addosso per sempre. Quel giorno ho scoperto che alcune sorelle, mosse a compassione, ti proponevano un piatto alternativo.
Ma se la madre superiora suor Gertrude se ne accorgeva, te le faceva mangiare lo stesso, le famigerate penne.
La rivelazione fu che spesso le vomitavi nel corridoio.
Ho saputo dalla bidella che, non di frequente ma più di una volta – non oso pensare quante –, qualcuna di loro ti obbligava a pulire, mentre urlava: «Alla signorina viziata piacciono le lingue di pappagallo? Come mai non ti piace la nostra pasta al pomodoro?». E per certo in una occasione – e spero solo una, ma temo non sia così – una mano d'acciaio ti ha spinto il volto dentro il vomito, sparso sul marmo immacolato e gelido come una tomba. Questo non mi fu mai confermato. Troppo disgustoso solo da pronunciare. Immaginavo la testa dentro a quella poltiglia, non oso pensare dentro sino a che punto. Normale che non volessi più andare in quella scuola. Che fatica ho fatto a non mostrarti quanto ero sconvolta e quanto mi sentivo in colpa per non aver capito. «Ci devo proprio andare, nonna?» Io ti dicevo solo di non preoccuparti. Armata di determinazione, dopo la scoperta, mi sono presentata all'istituto dopo aver sbollito la rabbia. Suor Gertrude ha difeso le sue protette, e forse sé stessa. A tua madre ho raccontato tutto: lei è impallidita, ti ha abbracciato, ha pianto insieme a te, ma poi non ha fatto nulla. Tuo padre ha sminuito la cosa, era di certo stata la tua fantasia di bambina a ingigantire la cosa. Ma sono riuscita a convincerli, ti abbiamo portato via da lì. Un istituto di impostazione laica e ben più lontano, ti ci avrei accompagnato io nei momenti in cui non ero in viaggio. Tu ne sembravi felice. Ma hai continuato a mangiare fiori, tutte le primavere.

Sei tu che dai fatti di quei giorni mi hai dato una lezione di compassione, tu che mi hai obbligato a fermarmi e a pensare: "Cosa ha provato, davvero, questa bambina?". Rispondere mi obbligava a immedesimarmi completamente in te, a soffrire con te.
E ora non posso fare altro che patire con te in questo momento che immagino essere difficile.

Tua Ernesta

Ricetta della Compassione

<u>Ingredienti</u>
1 scatola di Empatia
1 scatola di Solidarietà
1 tazza di Altruismo
1 mezza bottiglia di Pietas
2 cucchiai di Coraggio
1 cucchiaio di Sensibilità
5 lacrime di Sacrificio
1 mazzetto di Partecipazione
1 tocco di Bontà

<u>Procedimento</u>
La Compassione ha la forma di un tortello. Ottieni una sfoglia impastando Empatia, Altruismo e Solidarietà.
E non stupirti se dentro a quest'ultima ci trovi anche qualche traccia di Egoismo e Autocompiacimento. È normale. A parte, in una ciotola, unisci Pietas e gli altri ingredienti, tranne gli ultimi due. Stendi la sfoglia, distribuisci il ripieno a distanza regolare, ripiega la pasta e infine ricava una striscia di tortelli quadrati. Fai lessare e condisci con Partecipazione tritata fine fine. Finisci con un tocco di Bontà, ingrediente un po' in disuso che quasi ci si vergogna di acquistare. Ne troverai traccia in qualche polverosa bottega ben fornita di antichi valori.

9 maggio 2001

«Guarda le altre, vedi come corrono più spensierate? Lei invece ha un'ombra sul viso, la vedi?»

Dal prato Eleonora alzò la testa e vide alla finestra del primo piano due figure che guardavano giù. Erano Marta e la nonna, che avrebbe voluto anche Arnaldo partecipe a quel conclave, ma sua madre pensò bene di non farlo salire in casa. Come uno di famiglia, sì, ma rimaneva un giardiniere, avrebbe sporcato le scale di marmo. L'argomento di conversazione era la piccola Eleonora.

«Non voleva neppure uscire a giocare.» Marta ora si torceva le mani, lo faceva quando era inquieta. «Eugenio se la prenderà con me. Come fosse colpa mia se la bambina è strana.» L'ultima frase venne pronunciata sottovoce.

«Non se la prenderà proprio con nessuno. Eleonora non è affatto strana, è una bambina sensibile e molto dotata, e in questo momento c'è qualcosa che la turba e stiamo cercando di scoprire quale sia la causa. Piuttosto, sono preoccupata perché non ha voluto cucinare con me, e non si era mai rifiutata di farlo», aggiunse Ernesta. Scesero in giardino e trovarono Arnaldo nel dehors.

«Qualcuno è stato a scuola a sentire come si comporta?» Lui era sinceramente preoccupato.

«Sono andata io la settimana scorsa, dopo che ha preso il primo cinque», disse Marta. «Non hanno notato nulla di strano.»

«Nulla, tranne il fatto che si sente male ogni volta che va in mensa. Che è sempre di malumore, inappetente e piange per nulla», disse Arnaldo voltandosi a guardare il prato dove giocavano le bambine.

Il parco dei Blanck, in quella stagione, era rigoglioso. Davanti alla facciata, prato inglese, intorno una magnolia, pini, un platano, aiuole ben curate. A Eleonora non piaceva: troppo lezioso, quel giardino. Lei ci avrebbe messo qualche tocco selvatico o magari una pianta carnivora da nutrire e con cui fare amicizia.

Percorrendo il vialetto si scendeva al roseto che divideva la proprietà del figlio da quella di Ernesta. Le bambine si allontanarono dalla casa, Eleonora svogliata roteava nell'aria un ramo a mo' di frusta. Indossava jeans e una maglietta. La sua amica Sara, con un abito a palloncino, la seguiva mentre le altre giocavano a rincorrersi raccogliendo fiori spontanei. Sapevano che quelli nelle aiuole non andavano toccati, ma ogni tanto trasgredivano.

Eleonora era malinconica, dentro di lei un senso soffocato di rivolta si stava trasformando in rabbia. E ora, all'aperto, senza adulti nelle vicinanze, un rivolo di collera, di quel torrente tumultuoso poteva finalmente sfogarsi. Frustava un cespuglio con il ramo aggiungendo sempre più forza al braccio. E allargava l'arco di azione fino a imprimere vere e proprie scudisciate nell'erba. Sentiva in tutto il suo essere il potere liberatorio di quel gesto di prepotenza inutile.

Senza volere sfiorò un polpaccio di Sara che era dietro di lei. Una nuvola interruppe il gioco di luce tra i rami di un castagno creando un cono d'ombra su di loro.

«Ahi, stai attenta con quel ramo!» Sara si sfregò con il palmo la gamba arrossata. Era più grande di due anni, ma subiva, come tutte, la personalità dominante di quella bambina così diversa e speciale.

«Scusa», disse Eleonora senza convinzione. «Era mio quel vestito, lo sai?» Sara fece spallucce. Perché provava quel sottile piacere a dire cattiverie? Non era lei che parlava, era il suo pezzo intriso di rabbia.

Poi vide il mazzetto di pratoline nella mano dell'amica e ne prese una. Guardò il piccolo fiore e lentamente lo portò alle narici: il consueto sentore di mandorle e crisantemi. Lo mise in bocca e, masticando, fissava Sara negli occhi, senza distogliere mai lo sguardo.

«Adesso tocca te.» Sara la guardò incredula, ma quando si rese conto che non scherzava, cominciò ad agitarsi. Più Eleonora si capacitava dell'assurdità di ciò che stava accadendo, più quello spiffero malvagio usciva da lei diventando bufera. Più Sara cercava di rintuzzare, più lei incalzava.

«Mangiane una anche tu, avanti!» le ordinò avvicinandosi minacciosa e brandendo il ramo come una frusta.

Intanto, i frammenti di margherita masticata si espandevano sulla lingua di Eleonora. Lei conosceva bene quel sapore arcigno. L'amaro e l'acido, aromi di decomposizione. Sapori che avrebbero disgustato la povera Sara come tutte le altre. Il nostro bambino interiore non li ama perché il primo ricorda cose velenose o ammuffite, il secondo cose andate a male, come lo yogurt scaduto. Il palato di Sara non era come il suo, forgiato ai sapori maturi e adulti da coraggiose esplorazioni. Ecco perché provava piacere all'idea di sverginare quelle papille illibate ed elementari, che avevano memorizzato solo il dolce e il salato.

Sara, ammutolita, aveva avvicinato un fiore alle labbra, ma la voce di Ernesta ruppe la bolla incantata – o forse stregata – in cui erano racchiuse. La nube si spostò e il sole tornò a saltellare tra i rami.

«È pronta la merenda, ragazze, venite!» Eleonora gettò il ramo e corse verso casa, seguita dall'amica.

30.

Per coltivare l'Amicizia,
condividi il cornicione della tua pizza
anche se sei ancora affamato.

Era notte fonda, la cucina linda e silenziosa. Il Naviglio invece le parlava, e il suo sciabordio colmava i silenzi tra Eleonora e Arnaldo. Lo aveva convocato di nuovo. Le era utile per riordinare le idee. Più della Meyer, a cui avrebbe comunque raccontato tutto. Aveva lasciato passare qualche giorno per rielaborare il lutto della rivelazione. Era di Arnaldo che aveva bisogno, del suo sguardo mai giudicante, della saggezza di chi conosce l'imponderabile mano del fato.

«Tutte le sue lettere hanno smosso qualcosa dentro di me, ma l'ultima, l'ultima...» Erano seduti nella veranda e bevevano, lei per affezione nei confronti di quel gesto, lui per godersi le note caramellate di quel vecchio rum. Gli aveva letto la lettera *Compassione.*

«Appena finito di leggere mi sono precipitata in bagno a vomitare. Ovviamente non ho dormito tutta la notte, puoi immaginare. Perché non mi ha detto nulla, quando era in vita? Voleva proteggermi, ovvio. Ma quell'incubo legato alla scuola, questa cosa latente, irrisolta, me la sono portata dietro sino a oggi.»

«Credo che dovresti solo esserle grata per averti portato via di lì. Ora ricordo chiaramente quel periodo e quanto eravamo preoccupati per te», disse Arnaldo.

«Sì, lo so. Ha deciso di tirar fuori la faccenda in extremis. Tu però lo avevi detto che l'estate prima di cambiare scuola ero diversa e che la nonna era molto turbata.»

«Già, proprio in extremis, direi. Mi vengono spontanee alcune domande. Che senso aveva parlarti di qualcosa che ti avrebbe scioccato? Tu non ricordavi nulla, vero? Dobbiamo per forza indagare il nostro passato a tutti i costi?» chiese Arnaldo.

«In questo caso credo sia una cosa giusta. Ecco perché sognavo il vialetto e una figura oscura alla fine e solo da poco avevo visto le suore, soprattutto suor Gertrude, e ora so perché continuavo a sognarle, e ogni mattino mi svegliavo sudata e nauseata. Pensi anche tu che questo possa avere a che fare con il mio blocco di olfatto e gusto?»

«Credo di sì. Ma non sono nessuno per dirti come e perché. Penso che il contenuto della lettera ti possa aiutare a sgarbugliare un po' le cose.»

«Non sono così stupida da pensare di guarire dopo la rivelazione, anche se ti confido che mi sono alzata in piena notte e ho voluto mettere alla prova il mio palato con un pezzetto di pecorino che mi era rimasto in frigorifero... Per un po' ci ho creduto. Ci ho pensato tutta la notte. Però è chiaro che c'è una connessione tra quel dannato trauma infantile e la perdita del gusto e dell'olfatto.»

«Mi dicevi che, secondo la Meyer, a monte c'era qualcosa di più grave di due genitori anaffettivi. Del resto, il professor Mercalli non lo aveva escluso», ricordò Arnaldo.

«Un trauma non rielaborato può causare un blocco emotivo: è la base della psicoanalisi, non ci vuole un genio. Il ricordo rimane latente per molti anni, come i sintomi a esso legati. Uno shock, un periodo di forte stress, può portarlo a galla. La Meyer ha sempre detto che era una possibilità.» Eleonora annusava il liquido nel bicchiere. «Cado, entro in coma, mi ricoverano in ospedale. Mi sveglio e poco dopo mi accorgo che ho perso gusto e olfatto. Il medico dice che la causa è il trauma provocato dall'incidente. Ma dopo mesi il problema, chiamiamolo così, non scompare. Allora lo stesso medico ipotizza anche una remota causa psicologica», riassunse Eleonora d'un fiato.

«Posso provarci io», disse Arnaldo. «Perdi l'uomo che ami, poi hai un incidente ed entri in coma, poi muore la nonna, ed ecco che riaffiora il vecchio trauma causato dalle suore, che tornano anche nei sogni. Così il tuo inconscio colpisce proprio privandoti di due sensi, fondamentali soprattutto per chi esercita una professione come la tua. Eleonora bambina ha un gusto e un olfatto eccezionali, suor Gertrude e qualche altra suora un po' sadica lo capiscono e vogliono punire la bambina viziata che snobba i loro piatti. La obbligano a sentire sapori e odori sgradevoli, addirittura ripugnanti. Lei, Eleonora, reagisce e inizia ad affrontare le situazioni difficili mettendosi a mangiare la cosa più profumata che ci sia: i fiori. Poi, crescendo, se lo dimentica. Eleonora adulta cade, subisce un lutto e si dice: "Basta, non voglio gustare nulla, ho annusato e assaporato troppi sapori e odori disgustosi nella mia vita, ora basta".»

«Proprio così.»

Ma c'era altro, qualcosa che ad Arnaldo non poteva dire ma a sé stessa sì. Sapeva che nulla è casuale. Il nostro inconscio sa essere molto crudele e non usa mezzi termini per farci capire gli errori. Era convinta che la caduta sotto casa di Mister Zero fosse stata un modo di punirsi per essere stata così ingenua con lui.

«Eleonora?»

«Sì?»

«Hai deciso di accettare l'invito di Étienne?»

«Sì, penso di sì.»

«Volevo solo dirti che è saggio e comprensibile pensare che tu abbia paura di iniziare una relazione. Ma lasciati andare, goditela. Non sei obbligata a raccontare problemi medici personali al primo uomo che ti chiede di uscire.» Eleonora non rispose, pensierosa.

«Ti ringrazierò mai abbastanza?»

Quella notte si addormentò con le parole di Arnaldo in testa e stringendo il medaglione che aveva trovato nell'orto della nonna. L'aveva infilato in una sottile catenina d'argento, anche se ne mancava un angolo. Se l'era scordato in borsa per qualche giorno, poi era come se si fosse voluto far notare, cadendole rumorosamente a terra mentre saliva su un taxi. A quel punto non lo aveva più potuto ignorare. Un triangolo con una linea retta che lo attraversa, parallela alla base. Le erano bastate un paio di veloci ricerche su internet per capire che il mondo di riferimento era quello dell'alchimia, un'arte tanto simile all'alta cucina, capace di trasformare metalli in oro, in qualcosa di unico e prezioso. E quel simbolo, nello specifico, quel simbolo che le arrivava dalla sua infanzia e dalla sua storia familiare, era il messaggio perfetto per quel momento: aria. L'aria che libera le molecole, l'aria che conduce gli odori, l'aria che è respiro.

Il mattino dopo si sentì improvvisamente piena di una inspiegabile energia. Voleva rischiare con Étienne, anche la Meyer lo aveva detto: «Mica deve raccontare la sua vita, cartelle cliniche comprese, la prima sera che esce con un uomo». Del resto sperava che la richiesta di uscire, diciamo «per via botanica», non si traducesse in un invito a cena. Troppo impegnativo. L'ideale sarebbe stato un aperitivo. Un caffè insieme, del resto, lo avevano già bevuto, anche se il risultato si era dimostrato disastroso. Quindi l'escalation nel corteggiamento ideale sarebbe: caffè, aperitivo, cena, e se tutto va bene si passa al weekend. E poi si disse: "Eleonora, sei legata a vecchi schemi, la nonna era più elastica di te". Mentre saliva su un taxi al volo pensò che in ogni caso la prima cosa da fare sarebbe stata rispondergli, anche se usare banalmente WhatsApp le scocciava. Lui aveva avuto l'eleganza di non utilizzare il cellulare, pur avendo il suo numero, e così lei si sentiva obbligata a fare lo stesso. Ma come fare per non risultare banale? Gli avrebbe mandato un messaggio attraverso un piatto, sì, ottima idea: in fondo non era quello il linguaggio in cui si esprimeva meglio? Lui parlava con le piante e lei con i piatti. Cucinare per lui, ecco l'idea geniale. Avrebbe fatto recapitare il suo piatto/messaggio all'appartamento di Étienne, con un biglietto di accompagnamento e la risposta scritta di suo pugno.

Voleva farlo subito, quella sera stessa, ma per tutta la mattina non le venne in mente mezza idea che fosse originale. E fu presa da una serie di ansie. Doveva essere sicura che lui fosse in casa. Sara aveva detto che sarebbe tornato a Ventimiglia, ma esattamente quando? Chiamò Arnaldo: sapeva sempre come procurarsi informazioni.

«Devo sapere l'indirizzo milanese di Étienne de Potì e scoprire se stasera si trova in città. Non farmi domande», disse Eleonora. Alle sedici l'indirizzo lo aveva ottenuto, e così la certezza che fosse a Milano, ma le restava un dubbio: avrebbe cenato a casa? Doveva essere fortunata e non perdere tempo. Per un attimo pensò di rimandare al giorno dopo. *Ma no, deve essere oggi.*

Mentre si avvicinava alla Darsena, Eleonora chiamò Nozomi. La sous chef stava preparando sedano rapa, nocciole e tartufo nero dell'Oltrepò, un piatto locale in alternativa al pesce.

«Lo so che stai lavorando, ma ho bisogno che mi aiuti a creare subito qualcosa di sublime, un piatto per stasera. Deve essere unico, mai assaggiato, visionario e buonissimo, adatto a essere trasportato, quindi freddo. E non deve aver bisogno di essere composto dal destinatario, deve essere pronto da consumare. Lo manderemo non oltre le diciannove. Prendi il pesce migliore che hai a disposizione. Poi dobbiamo dargli la forma di un fiore, magari pensiamo a un carpaccio composto in forma floreale. Che non sia una rosa, per carità, voglio qualcosa di meno comune, di più chic. Sto arrivando, tu comincia a pensarci.»

In realtà aveva già in mente una forma: una ninfea bianca. Cercò sul cellulare, mentre il taxi si avvicinava alla meta, l'immagine da mostrare a Nozomi. Era la *Nymphaea Gonnere,* con petali carnosi doppi, bianca con pistilli gialli. Se in natura stava in un laghetto, il piatto pensato da Eleonora avrebbe previsto un fiore di petali di pesce galleggiante in una zuppa fredda. Una sorta di gazpacho, non con la solita salsa. Era eccitata. Voleva mostrare a Étienne che aveva risolto il rebus, che era un'artista, ma professionale, capace di rispondere al suo invito fuori dal comune. Ma aveva bisogno di prendere in prestito il palato di Nozomi e dei ragazzi, per portare a termine l'operazione.

«Potremmo usare queste capesante giganti tagliate sottili con il mio coltello santoku migliore e creare l'effetto dei petali. Poi all'interno mettiamo dei pistilli di... di...» Nozomi era elettrizzata, ma discreta e rispettosa. Non osava chiedere nulla. Ma quell'alone di mistero le piaceva, la stimolava a creare. Tolse le cuffie con Bach e si mise a parlottare con Eleonora. Bibo curiosava. «Per chi è questa meraviglia?» chiese, ma le due lo guardarono storto. Lui insistette: «Pistilli di ravanello oppure di cetriolo?».

«O tuorlo d'uovo marinato?» intervenne Valeria.

«Sì, proviamo. Sopra ogni pistillo mettiamo una goccia minuscola di uovo marinato, mischiato alla salsa a base di wasabi», disse Eleonora, convinta.

«Hai bisogno di un pane particolare?» domandò Rosolio, incuriosito.

«No, pane no. Useremo i tuoi grissini classici e leggerissimi al burro. Grazie a tutti per i suggerimenti. Abbiamo un'ora per creare un piatto nuovo. Qualcosa mi dice che verrà benissimo, potremo metterlo in carta. Valeria, cercami una boule di vetro. Ne ricordo una che somiglia a una boccia per pesci rossi, sarebbe perfetta. Intanto preparo la parte liquida, avrà il sapore di gazpacho, ma più aromatico e meno grezzo, più elegante.»

«Ma come fate a mantenere sollevato il fiore di capasanta? Non deve affondare nel liquido. Ho un'idea, ti faccio una specie di grata di biscotto salato, per tenerlo sollevato», disse Rosolio.

«Troppo complicato, non c'è tempo. Potrei rendere densa la salsa in maniera che il fiore galleggi. No, meglio che prepariamo il brodo fresco e freddo in un'ampolla a parte, poi scriviamo al destinatario del piatto che deve versarlo nella boule. Così sembrerà proprio una ninfea galleggiante nel laghetto. Simhala, dove abbiamo messo quelle ampolle fragili e delicate di vetro soffiato? Ne avevamo alcuni campioni, non è stato fatto l'ordine perché sono troppo care. Cercale. Ora servono, ci metteremo il liquido aromatico, il brodino sul quale galleggerà la nostra meravigliosa ninfea», disse Eleonora, che con il passare dei minuti vedeva realizzarsi il piatto che aveva immaginato.

«Sì, va bene, le cerco, penso di sapere dove si trovano. Ma che ne dite di aggiungere dell'acqua di coriandolo?» borbottò, fiero di partecipare a un piatto che sapeva importante, più dei tanti che venivano creati per aggiornare la carta delle vivande.

«Vacci piano con il coriandolo, lo sai che non piace a tutti», disse Rosario.

Tutti collaboravano, felici di veder nascere un piatto unico e perfetto in così poco tempo. Eleonora li obbligò ad assaggiarne ogni elemento. Le salse, il brodo, il pesce. Erano tutti commossi all'idea che la loro chef fosse in grado di fare la regia di un piatto così sublime, senza poterne apprezzare gusto e odore, nei vari passaggi. Si sentivano carichi di responsabilità: erano diventati, ora più che mai, il naso e la bocca di Eleonora.

«Ci vuole una scatola alta per inserire la boccia. L'abbiamo?» disse Valeria. Arnaldo avrebbe fatto la consegna. Erano le diciannove e quindici minuti. Nessuno osò chiedere per chi era quel piatto.

«Non dovrai ruotare la scatola neppure di due gradi, ma non puoi guidare e fare anche la consegna. Simhala, ti va di accompagnarlo?» disse Eleonora. Fece l'ultimo controllo e senza farsi notare dagli altri aggiunse la busta che aveva preparato: un bel cartoncino, con carta tagliata a mano. «Esci con me?» le aveva chiesto Étienne attraverso il rebus. Ora, scritto di suo pugno con la stilografica, in un inchiostro azzurro chiaro, lei rispondeva. «Sì. Perché ci sono uomini che ti regalano fiori e uomini che ti fanno fiorire. Eleonora.»

Le lettere erano quasi terminate, se ne rese conto quella sera mentre si stava preparando al rito della lettura e delle ricette magiche – così le piaceva pensarle. *Non sono pronta, nonna. Non ancora, non lasciarmi proprio adesso.* E arrivarono i pensieri color cenere, le nuvole che annunciano tempesta. Eleonora, per trent'anni, aveva annusato e assaporato la vita attraverso poesia e bellezza con la nonna, ma gli insegnamenti e le ricette di Ernesta con gli ingredienti impossibili si erano interrotti quando lei era partita per Losanna. Ora stava faticosamente portandoli in superficie come un pescatore che se ne sta sonnecchiando su uno scoglio: all'improvviso si imbatte in un pesce dalla taglia imponente e lotta per tirarlo su. Il bauletto, tolto dalla cassaforte dove lo conservava gelosamente, era quasi vuoto, aperto sul letto, vicinissimo a lei come un amante. E come un amante giaceva accanto a lei ogni notte. Non aveva il coraggio di prendere in mano la lettera seguente. Le preoccupazioni della sanzione da pagare fecero capolino, poi svanirono come un moscone fastidioso che trova la via di fuga dalla finestra. Riprese campo la disperazione di non recuperare più i sensi prediletti. Il pensiero di uscire con Étienne le sembrò folle. Uscire con un uomo che aveva basato la sua vita, il suo successo, su profumi, essenze, aromi. Uscire con un frequentatore di ristoranti, appassionato di vini pregiati. Proprio come lei. La rassomiglianza le sembrò evidente, per la prima volta. Da questo punto di vista sarebbero stati una coppia perfetta. Lui e la Eleonora di prima, però. Peccato che...

Forse la richiesta degli assaggi e le piantine erano un modo per abbindolarla e poi umiliarla. Forse sapeva della sua menomazione. E se non lo sapeva, quanto ci avrebbe messo a scoprire che Eleonora era un bluff? Che idea azzardata, recapitargli quel piatto! In ogni caso, se non fosse stato lui in persona a ritirarlo, Arnaldo l'avrebbe avvisata, l'avrebbe saputo. Ma nessuno l'aveva chiamata. Eleonora aveva paura, ecco. Paura che sua madre perdesse la ragione, che suo padre vendesse la casa. Paura di perdere il suo talento, di mandare in rovina Hamlet, di non essere più amata da un uomo per ciò che era, paura di non vivere più passioni travolgenti. Paura di svegliarsi un giorno sdentata, senza aver più annusato un tartufo o l'odore di un uomo, il sentore di un neonato.

Si ricordò il consiglio della Meyer: «Quando sente che sta per arrivare il panico, rompa la catena di pensieri negativi facendo qualcosa di pratico. L'azione spezza la cappa del rimuginamento. L'azione è come l'arrivo della tramontana, quando si è in bonaccia». Così si alzò, decisa a interrompere quella pioggia di vittimismo. I suoi capelli erano molto lunghi, pensò di andare in bagno a prendere la spazzola. Dall'incidente li teneva spesso raccolti, fermati da una fascia o un foulard. Per lei, farsi pettinare era sempre stato come una ninnananna. Era – non ne ricordava altri – l'unico gesto di affetto di sua madre. Un giorno, sui tredici anni, suo padre per punirla l'aveva obbligata a tagliarseli, così anche quell'unico gesto era sparito.

A Parigi capitava spesso che Marc, quando rimanevano soli, prendesse la spazzola per pettinarla, per coccolarla o aiutarla a sedare l'ansia di una giornata stressante. Non una spazzola qualsiasi, ma quella che le aveva regalato lui, una domenica piovosa di novembre. Una spazzola in argento satinato con setole di cinghiale bianco. La miglior cura per Eleonora era farsi pettinare dolcemente. I suoi capelli creavano una lunga striscia scura sulla seta color panna del copriletto.

Lentamente, colpo di spazzola dopo colpo di spazzola, Eleonora si calmò. Il respiro le tornò regolare, il naso prese aria sporgendosi dal tombino nel quale era precipitata. Nel dormiveglia vide il suo arcobaleno, vi salì a cavalcioni e iniziò a dondolarsi. Stava ritrovando il suo spazio. Stava scoprendo quali erano i confini della nuova Eleonora. A notte fonda si svegliò e aprì un'altra lettera.

SPAZIO E CONFINI

Quando sono stata ricoverata mi sono sentita improvvisamente alle strette. Non potevo neppure sfogarmi con te, tu sai in cambio di cosa avrei dato tutti i miei beni: stare all'aria aperta.
La natura mi ha sempre guarita, una passeggiata nel bosco per me valeva più di un farmaco potente. Mi sono alzata da un letto per guardare un cielo anche da malata, da convalescente, con una gamba rotta. Sempre. Ma questa volta non potevo neppure muovermi, anche se la mia stanza d'ospedale era molto luminosa, mi mancava proprio l'idea di stare all'aperto. Ho corrotto un infermiere per farmi aprire una finestra in ospedale.
Le nostre passeggiate in silenzio lungo il lago d'inverno, ricordi? Stavamo distanti e mute eppure tornavamo ancora più complici e ristorate.
Mai ho dato così tanta importanza a una finestra, un

terrazzino, un pezzo di cielo. La scienza ci dice quanto influisca sull'animo guardare l'orizzonte e quanto è deprimente un muro davanti a una finestra. Questo isolamento forzato in una cameretta d'ospedale mi ha obbligato a fare i conti con il concetto di spazio. Non quello che si misura in centimetri, ma quello interiore. Perché oltre allo spazio fisico c'è lo spazio mentale, lo spazio reale e lo spazio psicologico. Ovvio che la concezione dello spazio è un fatto culturale. Gli orientali associano il non- spazio alla bellezza e all'armonia. La tua Nozomi ha un appartamento semivuoto. I popoli dell'Europa settentrionale e del Nord America tengono solitamente distanze maggiori di quelli latini. Gli stati di crisi fanno emergere la parte animale, istintuale che c'è in noi. Proprio dal mondo animale abbiamo ereditato una reazione di rigetto di fronte all'apparire dell'altro. Gli entomologi la chiamano «fight or fly», combatti o fuggi. Anche noi ci comportiamo come insetti. Quando proviamo stress, tristezza, paura o preoccupazione, il nostro corpo è programmato per generare due tipi di risposta: lottare o fuggire dal pericolo. La differenza rispetto a un calabrone è che per gli umani la maggior parte dei pericoli sono nella testa. Mi ricordo quando lavoravo nel mio piccolo bistrot, tu lo sai bene, avevo diviso la cucina in territori e, se qualcuno sconfinava, erano scintille. Lo sai bene anche tu. Lo spazio troppo pieno, affollato di cose, persone, pensieri, ci fa male.

Eleonora, tu hai sempre chiesto di rispettare i tuoi spazi. Da bambina, quando organizzavamo per te un pigiama party e venivo a controllare a notte fonda, trovavo le tue amiche ammucchiate sul divano sfinite e tu in disparte, nel tuo letto beata. «Mi sentivo soffocare», mi spiegavi, la domenica mattina.

Dobbiamo allenarci al vuoto mentale, cioè al non-spazio, condizione per cui ogni esperienza sia pregnante. Bisogna infatti fare il vuoto nella mente, liberarla da costruzioni, schemi razionali, preconcetti e giudizi, per riuscire a vedere la realtà. Mi ricordo da ragazza, avevamo diviso una stanza a Milano per frequentare l'università. Ho dovuto andarmene.

Se sei costretto a vivere con altre persone in un luogo minuscolo ti senti invaso, frugato e violentato. Non ti resta che una possibilità: trovare il tuo spazio personale. È l'ansia a decidere quant'è grande. L'esatta collocazione del limite dipende però dallo stato d'animo individuale: quanto più si è ansiosi, tanto più ampia è la zona proibita.
Eleonora, sono in buona salute gli spazi reali e interiori in questa fase della tua vita? Hai stabilito quali sono i tuoi confini? Chi vive intorno a te sa rispettarli?
Se associo cibo e spazio non posso pensare ad altro che a qualcosa che lievita, a una piccola palla lasciata riposare sotto un canovaccio. Raddoppia, triplica il suo volume e si prende spazio, come l'universo in espansione delle teorie cosmologiche. Questo è il tuo compito della settimana. Penso a una magnifica focaccia ligure con le orme delle dita che vi affondano, in cui si annidano l'olio e qualche grano di sale. Parlare di spazio significa riappropriarsi del concetto di confine, ed è qui che vorrei fermarmi un attimo con te. Alcuni di noi hanno difficoltà a mettere i confini, soprattutto noi donne. Si teme di essere rifiutati e abbandonati, viene meno la famosa capacità di dire no e si teme di ferire i sentimenti altrui. Tutti abbiamo bisogno di confini: come faremmo a tener lontani i violenti, i manipolatori, i parenti e i familiari invadenti? Creare un confine personale non significa creare un muro dietro cui barricarci. Significa che ci stiamo prendendo cura di noi, che stiamo facendo qualcosa di sano nel rispetto di noi stessi. Non significa essere egoisti. Per il viaggio verso il tuo Mondo Nuovo potenzia lo spazio interiore e stabilisci confini in questo angolino della mente, tanto utile. A me piace paragonarlo a una casa sull'albero. Come quella che sognavi tu quando eri bambina. Quello spazio è l'ideale per elaborare gli insuccessi, gli errori o le delusioni e capire cosa abbiamo imparato. Trovare il proprio luogo è come rispondere alla domanda: «Che senso ha la mia vita?» «Cosa mi rende felice?».
È importante avere una ricetta per trovare uno Spazio interiore. Lì, sull'albero, possiamo rifugiarci e segnare i

nostri confini, quando abbiamo bisogno di capire, sanare, riparare, prendere decisioni coraggiose. Per cambiare, per crescere.

Ricetta per conquistare il tuo Spazio

Ingredienti
2 tazze di Coraggio di dire no
2 tazze di Voglia di Guardarsi dentro
2 cucchiai di Concentrazione
1 flacone di Dignità personale
1 fiala di Sentirsi amato
3 gocce di Silenzio (della tipologia Raccoglimento)
2 gocce di Autostima

Procedimento
Lo Spazio interiore ha la forma di una frittella con un ripieno prezioso. Trita finemente i primi tre ingredienti e uniscili in una ciotola, aggiungi le gocce di Silenzio e Autostima per dare la giusta consistenza e umidità. Forma con le dita pazientemente tante palline. Versa Dignità personale in un padellino e fai friggere sino a che le frittelle non saranno dorate. In una siringa per uso alimentare inserisci Sentirsi amato: è un fluido piuttosto caro, ma con questo ripieno le frittelle acquisteranno un che di commovente, un gusto intenso di joie de vivre.

31.

Se vuoi prenderti Cura di una creatura,
coprila con qualcosa di morbido
come faresti con l'impasto che deve lievitare.

A un certo punto Étienne aveva ceduto all'uso del cellulare: basta, almeno per il momento, con lo scambio di fiori e cibo. Una settimana prima le aveva inviato un messaggio secco, che non prevedeva esitazioni: «*Ti vengo a prendere venerdì alle 15. Portati un golf. Étienne*».

Quel «portati un golf» l'aveva tenuta occupata a lungo. Un consiglio paterno? Forse, ma le piaceva lo stesso. Pedante? Può essere. Se avesse scritto «portati uno spazzolino» il messaggio sarebbe stato inequivocabile. Ci sarebbe proprio voluta un'amica. Qualcuno a cui raccontare tutta la faccenda, dall'incontro al ristorante al rebus botanico, dal delivery a base di ninfea sino alla gita misteriosa con obbligo di golfino. A Nozomi non voleva ancora dire nulla. A Sara, nemmeno a pensarci: si era messa in testa, cosa priva di fondamento, che Étienne stesse corteggiando lei. E in ogni caso, ultimamente – aveva ragione Henry – era diventata un po' invadente e molesta. Forse, pensò Eleonora, andava definitivamente cancellata dall'elenco, ristretto, delle persone del suo primo cerchio. Il malessere che provava ogni volta che doveva avere a che fare con lei stava durando da troppo tempo.

Judith, la sua amica parigina, sarebbe stata perfetta per condividere l'emozione di un primo appuntamento, nato sotto pianeti favorevoli e inusuali. Avrebbe forse organizzato un pigiama party. Avrebbe preparato ogni bendidio da mangiare e un paio di bottiglie di Champagne. E, poco prima di mezzanotte, avrebbe detto: «Ora, ragazze, tutte a letto, altrimenti domani Eleonora avrà le occhiaie, e noi non vogliamo Eleonora con le occhiaie, vero?». Poi avrebbe tirato fuori una maschera al collagene per tutte e si sarebbe sintonizzata su Radio Jazz Saxophone, azzardando un passo di danza a piedi nudi sul parquet. Ma Judith non sapeva più nulla della sua vita. Era trascorso troppo tempo dall'ultima volta che l'aveva sentita, ma sembravano passate addirittura intere esistenze, universi. Erano diventate due costellazioni distanti. Non sarebbe bastata una telefonata per mettersi in pari.

Ci voleva Ernesta: avrebbe ascoltato e parlato poco, ma sarebbe andata in camera da letto e ne sarebbe tornata con il filo più luminoso delle sue perle giapponesi. «Metti queste, il tuo Étienne sarà blu di sangue, ma se lo è anche di modi le apprezzerà. Portale con nonchalance, mi raccomando. Magari con un paio di jeans.»

I giorni prima dell'appuntamento, Eleonora li aveva trascorsi in fibrillazione e nel segreto più assoluto. Solo una persona doveva sapere con chi sarebbe stata venerdì sera, ed era Arnaldo. Doveva dirglielo per ogni evenienza. L'aveva chiamata intorno a mezzogiorno.

«Ciao Eleonora, non sono riuscito a incontrarti. Devo dirti una cosa importante, stasera ripassi al ristorante? È una cosa di cui vorrei parlarti di persona.»

«Stavo per chiamarti io, Arnaldo. Stasera non vengo al ristorante, non mi vedrai. Esco con Étienne, però non so dove mi porta. Credo sia inutile aggiungere che la cosa è e deve restare top secret.» Eleonora tradiva una certa agitazione.

«Inutile», aveva detto Arnaldo, tombale.

«Ma cosa volevi dirmi?» Eleonora era già presa dai preparativi per l'appuntamento con Étienne. Mancavano ancora circa tre ore, ma era come se lui fosse già sotto casa sua, con la macchina accesa e pronta a partire.

«Volevo dirti che ho beccato la nostra cara Sara con due bottiglie di Champagne nella borsa. L'ho vista entrare nel magazzino, quindi l'ho aspettata per vedere quando usciva. Le ho detto, parandomi davanti a lei, che avrei voluto perquisirla. Lei prima si è messa a ridere e poi è arrossita. Infine si è messa a strillare, come se avessi voluto farle del male. Con quella sua voce stridula, davvero insopportabile.»

«Sara? Colta in flagrante? Sai cosa ti dico? Non sono poi

così sorpresa. Domani le parlerò, cercherò di capire.» Ora Eleonora voleva chiudere, il furto dello Champagne era la goccia finale, non c'era più alcuna possibilità di ricostruire una relazione di lavoro affidabile con una così. Ma non era quello il momento di parlarne con Arnaldo.

«Mi ha addirittura detto di avere il tuo permesso. Ho ribadito che tutto quello che esce dal ristorante, sia anche una forchetta, deve passare da me. Dice che vuole parlarti subito, io ho dovuto dirle che non sei a Milano, di aspettare il tuo ritorno, mi sembrava troppo agitata per mandarla da te. Lei ha detto che la tua agenda non prevedeva alcuno spostamento. Le ho fatto notare che dopo la sua reazione sul battello, dopo la confessione, i vostri rapporti si erano un po' raffreddati e che eri più autonoma. Senza aggiungere altro, ho chiuso. Altrimenti ti avrebbe aspettato per ore da Hamlet oppure, peggio, sotto casa.»

«Hai fatto bene. Se mi cerca ancora, dille che rimandiamo tutto a domani pomeriggio. Intanto, caso mai mi chiamasse al telefono, non risponderò. Grazie.»

«Eleonora...»

«Dimmi.»

«Non spaventarlo, goditi la serata cercando di non pensare ad altro», si era raccomandato Arnaldo.

Étienne arrivò in orario perfetto, con un'auto d'epoca azzurro cielo di Capri. Una di quelle auto che raccontano le storie e portano le impronte delle persone interessanti che hanno trasportato. Gente in gonne di seta plissé e grandi Panama Montecristi si faceva portare qua e là per il mondo, nei luoghi più esclusivi, in quell'abitacolo.

«È una Fiat 6000 Rendez Vous del 1956. Era di mio zio Gérard. Viveva a Lugano ed era appassionato di auto d'epoca Carrozzeria Vignale. Ti piace? *Entrez, vite!*» Étienne sfoderò il suo sorriso assassino.

«Non me ne intendo, ma è bellissima», disse Eleonora, sfiorando gli interni in pelle color banana.

Per un po' rimasero in silenzio. Ma non un silenzio di quelli imbarazzati, come quando non si sa cosa dire. Un silenzio pieno zeppo di cose, come gli zaini delle ragazzine in gita scolastica. Del resto, a Eleonora in quel momento il silenzio non dava fastidio, ne aveva di cose da fare per ingannare il tempo del viaggio. Per esempio, stringere tra le dita il medaglione della nonna, tentando di buttargli addosso tutto il suo nervosismo affinché questo se ne potesse volare via, con l'aria. E soprattutto osservare il profilo di Étienne fingendo di guardare il mare alla sua sinistra. Anche il suo naso era importante, ma armonico come la vela di un due alberi. Stavano procedendo lungo la costa da una ventina di chilometri, si andava verso il confine con la Francia. Poi soffermò lo sguardo sul suo anello. Si vedeva che era uno stemma nobiliare. Lo aveva notato subito, al loro primo incontro. Quando cominciarono a parlare fu una lusinga reciproca a proposito dell'originale maniera di corteggiarsi. Poi Étienne passò a complimentarsi per il piatto dall'equilibrio perfetto: la ninfea di capasanta.

«Come pensavate di chiamarlo? Perché lo metterete in carta, vero? Dimmi che lo metterete in carta», disse sorridendole, in un modo che ancora una volta richiamava Clark Gable. Eleonora si era vista qualche film con quell'attore, ultimamente, e poteva confermare che la somiglianza con Étienne c'era, eccome. Probabilmente lui stesso ne era consapevole, e ci giocava.

«Sì, pensavo di sì. Ora che tu hai dato il tuo beneplacito, sono ancora più convinta. Lo chiameremo "Ninfee", oppure...» disse Eleonora, con un attimo di sospensione. «Oppure "Tu mi fai fiorire". *Que dîtes-vous?*» Eleonora si stava godendo l'attimo, anche se temeva che lui portasse la conversazione su temi di cucina sempre più tecnici. Mentre lei era curiosa della sua vita.

Étienne indossava giacca e camicia, niente cravatta. I tessuti sembravano grezzi. Eleonora sapeva che quel modo di tingere un indumento, non prima, ma una volta confezionato, si chiama tintura in capo. Lo scopo è di farlo sembrare già indossato da tempo, pur se nuovo. Un dettaglio importante, perché lo stile di quella giacca racchiudeva il principio ispiratore della vita di Étienne.

Anche i gentleman inglesi fanno indossare le scarpe nuove ai maggiordomi, per conferire aria vissuta alle calzature. Étienne non lo faceva per snobismo o superiore distacco, ma per conformarsi allo spirito della *sprezzatura*, un atteggiamento antico da lui eletto a modello, prendendo in prestito il significato più nobile e interessante. Quello di cui parlava Baldassarre Castiglione, l'autore del *Cortigiano*: nella sprezzatura sono racchiuse tutte le virtù dell'uomo di mondo. Étienne ne era un tale sostenitore che aveva fatto realizzare una targa con incisa una frase del celebre letterato: «Una regola universalissima valida per tutte le cose umane che si facciano o dicano è usare in ogni cosa una certa sprezzatura che nasconda l'arte e dimostri ciò che si fa e dice venir fatto senza fatica e quasi senza pensarvi». E l'aveva fatta appendere al portone all'ingresso dell'ala del castellozzo nel quale viveva con la famiglia. La sprezzatura era anche la sua maniera di inglobare virtù e valori della nuova nobiltà.

Aveva una disinvoltura pacata nel raccontare che il suo marchesato risaliva al Duecento, che casualmente la sua famiglia possedeva ettari di boschi e serre e proprietà in Francia e, dalla fine del Cinquecento, in Madagascar, Guyana e in altre colonie francesi. Era stato Arnaldo a raccontarle che da quando lui aveva preso in mano l'azienda di famiglia il fatturato era raddoppiato; di questo, Étienne non disse niente. Per quanto riguardava i successi negli studi, tirò fuori qualche informazione, ma solo quando veniva punzecchiato da Eleonora. Aveva una piacevole cadenza francese, ma discreta. E, appena lei era salita in auto, le aveva consegnato un mazzetto di fiori di passiflora, legati con un nastro viola pervinca.

«Sai cosa significa il fiore di passiflora? Li chiamano fiori della passione e hanno una forte simbologia religiosa», le aveva detto.

«No. Ma tu conosci il significato di tutte le piante?»

«Figurati, ma mi piacerebbe. Mi mancano quelle della cultura orientale, soprattutto giapponese. Mi attraggono molto, in Giappone ci ho vissuto un paio di mesi. Dovrei chiudermi in casa e studiare tanto, ma non ho mai tempo, purtroppo *le temps passe vite.*»

«E quei baffetti? Non dirmi che nessuno ti ha mai detto che sei identico a Clark Gable…»

«Certo, me lo dicono le persone dai sessanta in su», e rise canzonandola. «Tu sei fuori target, ma è bello che conosca il grande Clark. In realtà era un attore mediocre, un approfittatore di donne ricche e potenti. Comunque un simbolo di stile. Questo taglio di baffetti, detto a matita, lo porto da un paio di anni. Ma non per omaggiare Clark Gable. Da quando ho trovato il ritratto, dipinto nel 1927, del mio avo Alfonso, ho deciso di ispirarmi a lui sino in fondo. Solo dopo che mi sono fatto crescere i baffi mi sono reso conto che somigliavo maledettamente a Clark. Mio nonno era semialcolizzato, ma era un artista, collezionava gusci di lumaca, ne aveva una torre intera. Li cercava in ogni paese del mondo, sono gusci tutti diversi, a saperli guardare raccontano un'infinità di cose. Devi sapere che tutti i maschi della dinastia dei de Potì collezionano qualcosa.»

«E tu, cosa collezioni?» Era troppo curiosa.

«Menu, precisamente i menu delle cene di gala nelle ambasciate italiane e francesi di tutto il mondo, dal 1859. *Vous découvrez des choses intéressantes, vous savez?*»

«Le donne della famiglia de Potì non contano nulla, oppure si tiene conto anche delle loro collezioni?» chiese Eleonora.

«Le donne non sono obbligate a mantenere la collezione, gli uomini sì. Le donne de Potì sono potenti e rispettate. A proposito di collezioni, la mia trisavola collezionava pomelli per cassettiere, di tutte le fogge e di tutti i materiali: porcellana, avorio, ebano, legno, persino cristallo e oro. Per fortuna l'unica cosa che non ci manca è lo spazio. Perché i de Potì sono obbligati a conservare tutte le collezioni accumulate. Comunque, io menu, e tu?» le chiese.

«Io colleziono parole, o meglio ingredienti impossibili.» Al suo sguardo curioso, Eleonora rispose scuotendo la testa. Fece così capire che non voleva approfondire. E lui, dopo un breve silenzio, cambiò argomento.

«Alfonso era diventato un'ossessione. Ho letto la biografia del mio avo e sono rimasto invischiato con il baffo, come se dall'aldilà mi avesse ordinato di farli crescere. Per un po' li tengo, poi vedremo. Una volta passeggiavo a Manhattan, mi ferma una signora molto elegante, mi dice che è un'impresaria teatrale e che mi avrebbe dato un bella cifra per partecipare a un suo spettacolo sui sosia. Ho gentilmente declinato. *Crois-tu?*»

«E così sei un giovane imprenditore, plurilaureato, colto, bello e dal sangue blu. Sembri uscito da un film, altro che Clark Gable», disse Eleonora.

«Sembra. Ma tu non mi conosci. Ho una doppia vita. Magari sono un serial killer. Comunque credo che se abbiamo una somiglianza con un avo o con un personaggio del passato, abbiamo in un certo senso il dovere di imparare dalle loro vite beneficiando delle fattezze che il destino ci ha regalato.»

«Io non assomiglio a nessuno», disse Eleonora, mentre Étienne prendeva l'uscita dall'autostrada.

«Non lo sai, ma ognuno di noi ha un sosia. Potresti scoprirlo inavvertitamente in un viaggio, oppure comprando vecchie fotografie o cartoline in un mercatino delle pulci. Magari passeggiando ti ferma qualcuno e ti dice: "Lei è identica a mia cugina Sofia". Ma nessuno può eguagliare i tuoi occhi, quelli sono unici.» Eleonora sorrise dentro e ringraziò.

«Chissà. Sai che la prima cosa che ho notato di te è il tuo anello? Cosa rappresenta?»

«Una civetta su una torre, la torre del Castello dei de Potì, a monte di Ventimiglia. La civetta è il simbolo della sapienza. Hai presente il detto "una generazione crea e l'altra distrugge"? Siamo stati alternativamente molto ricchi e molto poveri. Io sono arrivato dopo che lo zio Alfonso, appena dopo la seconda guerra mondiale, decise di cambiare la direzione degli affari. Scelse di optare per le piante aromatiche commestibili e le spezie. E non più solo quelle ornamentali, come prima, che continuiamo a tenere, ma per una quota non strategica del nostro business. Alfonso ha rimesso in piedi l'azienda. Ho una sorella, Louise, che si occupa della parte amministrativa. Io sono negato per i conti. Il mio compito è quello di viaggiare per il mondo, curare gli affari di famiglia e scoprire nuove essenze arboree, assaggiare spezie. E...»

«E...?»

«E trovare nuovi sublimi ristoranti governati da chef affascinanti. Ora sono in Italia da circa sei mesi. Ma ti dirò che mi piace. All'inizio mi lamentavo, mi mancavano i dieci voli intercontinentali all'anno. Adesso non più di tanto. E tu?» Étienne la guardò di sottecchi. La civetta, un simbolo che ritornava, altra coincidenza.

«Tu sai tutto di me. Mi conosci sin da quando ero a Parigi, no?»

«Eri una ragazzina, un *enfant prodige* della ristorazione. Così ti considerava il cerchio ristretto dei critici gastronomici parigini. Marc era pazzo di te, lo si sapeva.»

«Sin da piccola ho sempre voluto fare la cuoca, da questo punto di vista ho realizzato i miei sogni. Poi... il destino ci mette sempre lo zampino. Però sono qui, e Hamlet va abbastanza bene. Ma dimmi un po', Étienne, dove mi porti di bello?» disse Eleonora, sbirciandosi nello specchietto. Voleva distogliere l'attenzione dalla sua vita e restare sul generico. Aveva scelto una fascia turchese, della stessa tonalità della camicia di seta. E aveva ascoltato il consiglio immaginario di Ernesta: si era messa le perle, i jeans e un paio di stivaletti texani. Invece del golf si era portata un giacchino di pelle ocra.

«Vedrai. Ancora un attimo, come sai amo le sorprese. Parliamo ancora un po' dei tuoi occhi, non ho mai visto nulla di simile, due colori diversi. Ti rendi conto, che intensità il tuo sguardo? *Des yeux incroyables!*» disse Étienne, girandosi verso di lei.

«Grazie. Anche i tuoi non sono niente male.» Gli occhi di lui erano color acquamarina, screziati di un verde sottobosco. «I miei sono strani, vero? Ora mi piacciono, ma prima no. Da bambina li odiavo. Sai quanto sono crudeli i bambini: mi prendevano in giro per il loro colore diverso.»

Non smettevano di parlare, ora erano entrati nella macchia mediterranea. Poi Étienne all'improvviso diventò silenzioso. Un modo per dirle che voleva ascoltare quella canzone che gli piaceva. Era Maceo Parker, cantava *You don't know me.* Non era possibile che avesse calcolato esattamente la musica in quel preciso punto del viaggio, una traccia da sei minuti e ventiquattro. Proprio nel momento in cui il sole andava giù nel mare attraverso l'azzurro sporco di rosa del cielo. Non c'era nient'altro da fare se non cercare di fermare quel momento. E non c'era niente da dire, se non stare in silenzio, ascoltando le parole di quella canzone bellissima. «Tu non mi conosci.» Era vero per entrambi. Ma era vero per ogni essere umano che ne incontra un altro. Poi fecero una breve pausa per un caffè. Étienne ricominciò a parlare, come non si fosse mai interrotto, e calarono le prime ombre della sera.

«Non è facile invitare a cena una donna chef con palato assoluto.» Eleonora provò una fitta al cuore. «Ho pensato di portarti in questa casupola che si affaccia su una baia, siamo vicini a Ventimiglia. La sera fa fresco, ci sono correnti magiche che rinfrescano anche in agosto: un miscuglio di brezze marine trasportano gli spiriti buoni provenienti dalla boscaglia. C'è una specie di trattoria con tre tavoli, la conosco fin da bambino.»

«Adoro questo genere di posti segreti. Quando mi capita di trovarne sono sempre combattuta tra la voglia di raccontarlo a tutti, che ne ucciderebbe la magia, o tenere tutto segreto, anche a costo di far fallire i proprietari perché non ci va nessuno», disse Eleonora, che cominciava a inquietarsi all'idea della cena. Le avrebbe chiesto in continuazione cosa pensava dei piatti? Le avrebbe fatto una specie di esame? Le capitava sempre quando usciva con qualche conoscente: che ne pensi? Com'è questo piatto? Forse Étienne, da lì a poco, l'avrebbe messa di fronte allo stesso esame cui la sottoponevano gli insegnanti di Losanna: «Dimmi tutti gli ingredienti contenuti in questo piatto». Intanto, erano arrivati a uno spiazzo circondato da cespugli. Due cartelli indicavano la presenza di una costruzione. Un'insegna sbiadita recitava CORALLO. Una posizione incredibile. Il sentiero che conduceva alla porta principale faceva pensare a una semplice trattoria del primo entroterra ligure, ma a sorpresa, scoprì Eleonora, c'era un terrazzo affacciato sul mare.

Étienne entrò per primo con sicurezza, mossa prevista dal galateo. Poi la fece accomodare a uno dei due tavoli, nella posizione migliore: vedeva il mare, o meglio una massa che diventava sempre più nera, inquieta e fragorosa sotto di loro. Tutto era semplice e grezzo, ma pulito e accogliente. Tovaglie candide e un paio di candele rosate colanti dentro a vecchi candelabri di alpaca. Nessun altro seduto. Avevano anticipato l'ora di cena ed era appena tramontato il sole.

«Devo farti una premessa. Mi piace pescare, lo faccio sin da ragazzino. Sotto costa, nei torrenti, in Scozia, in alto mare. Ma preferisco una gara alla pari con il pesce: un amo e un'esca. Mi piace aspettare che accada. All'alba esco con la mia barchetta, che tengo in un piccolo porticciolo non lontano da qui. Una barchetta di poco valore, tutta scrostata, non mi decido mai a darle una mano di pittura: voglio farlo io, ma sono sempre costretto a rimandare. Però la uso appena posso. Allora, ho pensato di far cucinare un dentice da Maria questa sera: trenta ore dopo che è stato pescato dà il massimo, è alla giusta frollatura, come tu certamente sai. Maria è la patronne di questo posto. Lo servirà con una salsa a base di un mix segreto, che abbiamo messo a punto insieme. Da gustare a parte, ovviamente, per non rovinare la polpa di mare.» Maria arrivò con lo sguardo di chi sta in adorazione del sole dopo una settimana di tempesta, ma non disse nulla. Si vedeva che lo amava, lo venerava: certi amori devoti si nutrono di silenzio. Così Maria scomparve dentro l'abbraccio di Étienne, e svanì in cucina dopo aver rivolto a Eleonora un elegante piccolo inchino, senza dire nulla.

«È timida, ma sentirai i suoi ravioli. Ho scoperto che sono uno dei tuoi piatti preferiti», sorrise Étienne.

«Sì, è vero. Perché questo posto si chiama Corallo?» Eleonora era curiosa, voleva ascoltarlo e godersi l'incantesimo: lei, distratta dalla sua vita monca, e da un uomo che le piaceva sempre di più.

«Il padre di Maria è stato uno dei primi della provincia a viaggiare ai Caraibi. Faceva uno snorkeling prima maniera, con una semplice maschera subacquea. Quando tornò in Italia aprì questa osteria con la moglie. Poi il Corallo lo ha ereditato Maria, ora rimasta vedova. L'aiuta la nipote Loretta in sala e in cucina c'è una ragazza madre portoghese, Fernanda, e poi Ron, il giovane albanese che pesca e si occupa della campagna e dell'orto qui sopra. Sono solo due fasce, ma devi sentire che cuori di bue in agosto. Anche tu ti rilassi quando vedi due generazioni in cucina?» chiese Étienne.

«Sì, hai ragione, quando vai in una trattoria e c'è una nonna in cucina e nessuno che la guarda cucinare, a me viene una gran tristezza. Pensi allo spreco. Penso a quel sapere dietro ai gesti che andrà perduto.»

«Ecco i ravioli. Non amo particolarmente i crostacei come ripieno, mi sembra sempre di fare un torto alla perfezione di un gambero, in questo caso del gambero rosso. Sai che Sanremo e Ventimiglia se ne contendono la paternità? A noi interessa solo che sia buono, no? Maria lo usa crudo, sminuzzato a mano, con aggiunta di una cucchiaiata di prescinsêua e due foglioline di maggiorana. Poi condisce i ravioli con una salsa fatta con le teste dei crostacei ben ristretta e un pezzo di burro freddo alla fine, per lucidare. E non ti dico nulla della sfoglia: lei ci mette più tuorli, perché la mamma era di Asti. Ma non facciamoli diventare freddi.» Étienne era confidenziale, ma senza superare la barriera dell'invadenza. E la sera continuò così: conversazione sciolta, cibo perfetto nella sua semplicità. Si era fatta promettere da Étienne che le avrebbe rivelato il segreto della salsa che accompagnava il dentice. Anche se non ne sentiva il sapore, aveva sufficiente esperienza per capire che era straordinaria. Nel bicchiere un Pigato del Ponente e, alla fine, uno Sciacchetrà Riserva delle Cinque Terre – per non far torto alla Liguria del Levante – servito insieme al dessert: una fetta di ciambella con uno sbuffo di panna montata alla cannella e cardamomo. Una consistenza che non aveva mai assaggiato: di certo c'era lo zampino di Étienne. Per una sera, forse la prima dal momento dell'incidente, si era dimenticata il suo problema. Non si era sentita sotto esame nemmeno un secondo, com'era avvenuto nei loro incontri precedenti. Ma il tempo correva, si erano già fatte le ventidue. Étienne le fece capire che era ora di tornare in città, una cosa che stupì Eleonora: mai si sarebbe aspettata questo andare e tornare da un posto così lontano. D'altro canto, entrambi sapevano di non essere pronti a condividere la notte.

«Domani devo ripartire presto da Milano. Ho tanti impegni rimandati e ora lentamente sto riprendendo», spiegò Étienne. Eleonora pensò che fosse una scusa per andar via, magari per appartarsi nella macchia mediterranea. Salutarono Maria e gli altri del Corallo, salirono in macchina mentre la notte portava aria pungente, quasi fredda, in quel luogo nascosto della costa, che lei sapeva odoroso di resine e salmastro. Étienne le disse di coprirsi, mentre ascoltavano il boato del mare, spaventoso nella sua eternità. Le prese una mano come si fa con i bambini che hanno paura, poi la guidò verso l'auto. Parlarono della cena, poi Eleonora si addormentò. Inspiegabilmente si lasciò andare, come se avesse assunto una sostanza soporifera. O quando alla guida c'è un padre o una persona fidata. Perché si addormentò, questo non lo avrebbe mai capito. Certo era strano, non si può dormire al primo appuntamento. Forse lui l'aveva messa talmente a suo agio da permetterle di abbandonarsi al sonno, abbassando ogni difesa. Lui guidava nella notte, forando le gallerie e ascoltando Billie Holiday.

«Ops, mi sono addormentata, scusa.» Si svegliò a causa di una sirena. Parlò con un leggero imbarazzo, riconoscendo la periferia di Milano. Poi si accorse che qualcosa di morbido era adagiato su di lei, era la giacca di Étienne. Lui aveva pensato di coprirla perché non prendesse freddo. Era dai tempi di Marc che nessuno compiva quel gesto. La dolcezza che la invase durò poco. Era disarmante, in quel momento, non percepire alcun odore. Affondare il naso in quel capo di abbigliamento avrebbe potuto svelarle anche gli anfratti più intimi di quell'uomo.

«Sì, hai russato per oltre un'ora», si mise a ridere lui.

«Vergogna», sbadigliò Eleonora. «Scusa, ma è come se avessi preso un sonnifero, sono un po' intontita.» Si sentiva stupida. E poi avrebbe voluto chiedergli di Jasmine, ma oramai non aveva più senso.

«Colpa della salsa segreta. Scherzo, dai. *Allez, je plaisante*», disse Étienne.

La vecchia auto si fermò sotto casa di Eleonora. Lei aveva letto da qualche parte un consiglio per gli uomini che riaccompagnano a casa le donne, dopo il primo appuntamento. Se lei prende le chiavi di casa mentre è ancora in macchina, e le tiene in mano per metà del tragitto di ritorno, vuol dire che non ha nessuna voglia di baciarti. Chissà se anche Étienne ne era a conoscenza. Così Eleonora si guardò bene dal frugare nella borsa e tirare fuori le chiavi. Ma fu inutile, lui non la baciò. Scese, fece il giro dell'auto e le aprì la portiera. Le fece una leggera carezza sulla guancia, un gesto che, nella percezione di Eleonora, era più caldo di un bacio. Caldo ma fraterno. La vecchia Eleonora avrebbe preso l'iniziativa, gli avrebbe afferrato la nuca e l'avrebbe baciato a lungo, in profondità. Ma la nuova Eleonora era guardinga come un gatto.

«Domani parto e starò via per un po'.» Étienne sembrava quasi impaziente di andarsene.

«Un po' quanto?» *Ecco lo sapevo, mi sta scaricando. Eleonora: insieme a gusto e olfatto, hai perso anche la capacità di sedurre.*

«Al massimo un paio di settimane. Ma ti fisso già da ora un appuntamento per il giorno stesso del mio ritorno. Mi farò sentire. *C'était sympa, ce soir.*» Tornò al volante e non si mosse sino a che lei non fu entrata nel portone. «Fai la brava, eh...» disse sporgendosi dal finestrino, e le fece l'occhiolino.

Eleonora iniziò la scalata verso il suo appartamento. Inserita la chiave nella toppa, le parve di sentire una musica provenire dall'interno. Pensò ai ladri, ma decise di aprire lo stesso. La musica arrivava dalla sua camera da letto. Un'aria vagamente arabeggiante. C'era qualcuno, era certo. L'istinto animale ammaccato dal recente incidente le suggeriva di scappare via, ma una forza contraria e altrettanto potente la spinse a proseguire. Spalancò la porta e si trovò davanti Sara in sottoveste, che cercava di infilare un pantalone di seta a scacchi. Un capo che apparteneva a Eleonora. Si guardò intorno: sul letto il magnifico kimono oro e cremisi che le aveva regalato Nozomi, sul tappeto di fronte allo specchio due paia di sandali da sera dorati e una décolleté rossa di camoscio. Sulla poltroncina di pelle nera erano adagiati due suoi abiti lunghi da sera, uno color avio, l'altro nero coperto di strass. Le sembrò di intuire che Sara stava eseguendo una danza del ventre – alquanto approssimativa, forse, ma di certo una danza –, davanti allo specchio, cercando di entrare nei suoi abiti. Si fissarono per un interminabile minuto. All'inizio le venne da ridere, la situazione aveva un che di tragicomico. Poi realizzò.

«Cosa fai in casa mia?» C'era una rabbia controllata nelle sue parole. Era da qualche anno che Sara aveva le sue chiavi di casa, gliele aveva date lei, per sicurezza, prima di partire per un viaggio.

Lei la sfidava con uno sguardo diretto, una punta di malvagità le deformava il viso. Sembrò come sgretolarsi, insieme con il trucco. Eleonora per un attimo ne ebbe paura.

«Avanti, spiegami cosa stai facendo con i miei vestiti.»

«Ieri quando Arnaldo mi ha detto che eri fuori città sono venuta sotto casa tua per aspettarti. Volevo parlarti dello Champagne. E ti ho visto andare via con Étienne, direi che ha una macchina che dà abbastanza nell'occhio.» Sara stava cercando di rimettersi i suoi abiti, ma il bustino non voleva contenerla tutta.

«Quindi sono salita e ti ho aspettata in salotto. Poi, ho aperto il tuo armadio. Hai dei vestiti così belli che non ho resistito e...» Si sedette sul letto di Eleonora.

«Mi hai spiata?»

«Mi sono semplicemente seduta a un tavolino nel bar di fronte a casa tua: sai che fanno un magnifico Negroni? E poi sono salita, non ho fatto nulla di male, mi sembra.» Nonostante le sue parole, Sara era avvampata come una suora di fronte a un uomo nudo. Non era solo la vergogna di chi è stato smascherato, ma la certezza di vedere denudate le proprie fragilità. Eleonora osservò quindi l'infelicità, il rancore, l'invidia, stratificati negli anni, trasformarsi in lava che aspettava solo il momento giusto per esplodere ed espandersi. Così, dentro Eleonora svanì la rabbia, per lasciare il posto a un'immensa pietà. Senza le ricette fatte di parole magiche

che stava sperimentando e che l'avevano nutrita in quelle settimane, la sua reazione sarebbe stata aggressiva, rabbiosa, cattiva. Erano ben servite le tisane arricchite con Pietas, i caffè allungati con Tolleranza e Accettazione.

E invece, calma disse solo: «Perché? Perché hai fatto questo?».

«Perché? Tu mi chiedi perché? Perché io volevo essere te», disse Sara, che stava per mettersi a piangere.

«C'è qualcosa da invidiare nella mia vita? Sta precipitando tutto, dopo l'incidente.»

«Dopo l'incidente mi sono presa cura di te: eri così fragile e inoffensiva... Ma ora stai tornando più forte di prima e io non lo sopporto. Tu hai sempre avuto tutto, lo sapevo sin da quando venivi a casa mia con tua madre, e mi guardavi con quell'aria di superiorità. Mi portavate i tuoi vestiti smessi e giocattoli di seconda mano. Peccato che i tuoi abiti nemmeno mi andassero bene. La bambina viziata Eleonora crescendo aveva tutto: ricchezza, bellezza, amori travolgenti. E a me cosa restava? A me cosa è rimasto? Niente. Qualche vestitino slavato che mia madre doveva allargare.» Eleonora la guardava, ammutolita e sconvolta. Come diceva Emerson, la verità è sempre la somma di punti di vista diversi. Sara continuò: «Anche Étienne mi corteggiava e stava per iniziare una relazione con me, ma tu me lo hai voluto portare via. Sei ingenua, mi è bastato seguire Arnaldo, l'altro giorno, per capire che quel piatto fatto in fretta e furia, come se lo avesse ordinato un sultano e fosse una questione di vita o di morte, era destinato a Étienne. Tu sapevi che quell'uomo mi piaceva, e che io piacevo a lui. Te lo avevo detto. Invece me lo hai soffiato. E questo non te lo perdono. Anche se, a giudicare dal tuo rientro, forse ti ha scaricato.» La rabbia di Eleonora era svanita, ma il suo tono rimase tagliente.

«Tu hai bisogno di aiuto, Sara. Hai la salute, sei bella, hai un lavoro bellissimo che potevi svolgere con gioia. Avevi la nostra amicizia. Étienne non si è mai sognato di corteggiarti, credimi.» Ma mentre finiva la frase capì che era inutile. «Domani Arnaldo farà i conti per darti ciò che ti devo e lasciarti libera. E gli dirò di non metterti in conto le bottiglie di

Champagne che hai rubato da Hamlet. Se vuoi un consiglio, vai a parlare con qualcuno di tutto questo», disse Eleonora.

«Certo che me ne vado», rispose Sara, e si mise a raccogliere le sue cose. Ancora una volta la sua infelicità le arrivò dritta, il rancore seppellito, l'invidia stratificata negli anni. Ricompose gli sguardi, le frasi, lo Champagne rubato, i vestiti nei quali voleva entrare.

«Se anche nascesse qualcosa, Étienne non ti servirà a nulla. Voglio dire, cosa può darti? Non è mica uno famoso come era il tuo Marc, che ti ha insegnato tutto. Non ti sarà utile professionalmente frequentarlo. Di cosa mai parlerete quando ti farà annusare una sua pianticella? Povera illusa che sei.» Sara ormai era vestita e sprizzava perfidia.

«Le persone non si frequentano perché sono utili a ottenere qualcosa, lo so che questo fai fatica a comprenderlo. Ora vai, hai oltrepassato il limite.»

Ma oramai Sara non si fermava più. «Sono da arrestare perché sono entrata in una casa con la chiave? E per quanto riguarda le bottiglie che nel tuo delirio ti avrei rubato: le ho usate per promuovere il tuo Hamlet, come ho detto ad Arnaldo. Non è per questo che mi paghi?» E uscì dalla porta a testa alta, ancheggiando, certa di aver padroneggiato una situazione incresciosa.

Eleonora era troppo turbata per gli eventi di una giornata che sembrava infinita. Decise di uscire di nuovo, farsi una camminata di un paio di chilometri, per riflettere. Non aveva paura, anche se era notte fonda. Strinse il suo medaglione, istintivamente. E poi aveva con sé il suo coltello a serramanico, lo teneva sempre in borsa. Prima però spalancò tutte le finestre. Funzionava sempre, l'aria portava via tutto, le emozioni, i fantasmi. Non le andava, in quella notte di sorprese, di restare lì, dentro quella camera. Le sembrava che una presenza estranea avesse violato il suo letto. Erano quasi le quattro di mattina, quando prese a costeggiare la cancellata del parco a passo veloce.

Mentre camminava ben avvolta nel suo giacchino – la notte era ancora fresca – si delineò nei suoi esatti contorni la deludente figura di Sara. Tutte le dimostrazioni d'affetto che aveva ricevuto da lei negli anni erano false? No, non era possibile. Ed era falso l'entusiasmo di lavorare con lei, di lavorare per Hamlet, e la stima che dichiarava di provare? Non lo credeva del tutto, solo che i sentimenti ambigui nei suoi confronti ora erano esplosi. Sara era un caso da manuale: chi invidia vive nel risentimento provato per la felicità e il successo altrui. Una volta aveva letto che la parola invidia significa «guardare contro». Ricordava bene lo sguardo di Sara ragazzina, mentre osservava la sua casa delle bambole. L'invidioso agisce in modo meschino e subdolo, aspettando ogni occasione giusta per attaccare l'altro e la sua reputazione. Solo per il piacere di vederlo ridicolizzato. Più lo denigri, meno diventa irraggiungibile. Lo scopo è ridurre il proprio senso di inferiorità, nascondere la bassa autostima, assumendo un atteggiamento pessimistico e di vittimismo. Sara ne era l'esempio vivente. Quando Eleonora era stata distrutta dal lutto o da problemi di salute, lei si era sempre dimostrata solidale e presente. Non appena tornava a rinascere e la sua personalità rifulgeva, ricominciava a sentirsi inferiore e diventata meschina. Ma perché si comportava così? Poteva essere una donna gradevole.

Decise di tornare a casa, mentre sferragliavano i primi tram e la città era sul punto di risvegliarsi. Si addormentò sul letto senza spogliarsi, tra il kimono e altri vestiti abbandonati da Sara. Quella notte non lesse neppure la lettera successiva, la penultima.

32.

Per difenderti dall'Aggressività,
pulisci i carciofi a mani nude:
la vita punge, ma alla fine ha un buon sapore.

Alle dodici aveva chiamato Arnaldo, preoccupato. Era dal giorno prima che non si sentivano. Eleonora si rendeva conto che era l'unica persona a sapere davvero tutto di lei. Suo padre dov'era? Si sentivano al telefono, ogni tanto, ma solo per recitare il solito copione.

«Devo preoccuparmi, Eleonora? Hai fatto le ore piccole. Sei stata rapita o hai deciso di fuggire per tua volontà e di mandarci tutti a quel paese?» Arnaldo era in ansia per lei. Si era appena svegliata e già viveva il conflitto di sentimenti: si sentiva circondata dal suo affetto e tradita da un'amica.

«Sto bene, non preoccuparti. Mi sono addormentata che saranno state le cinque di mattina, ma non per il motivo che puoi pensare tu. Fermati, non fare battutacce. Étienne non c'entra nulla. Tra meno di un'ora sarò al ristorante e ti racconto tutto. A dopo», lo rassicurò.

Giunta all'Hamlet, venne accolta da Simhala che, con aria furtiva, voltò la testa a destra e a sinistra, per vedere se ci fosse qualcuno. Poi le bisbigliò in un orecchio, tirando fuori una piccola ampolla da dietro la schiena, a mo' di prestigiatore.

«Eleonora, ho scritto a un'anziana zia di mio padre. Anuprabha vive in Bangladesh e compirà presto novantatré anni. Le ho spiegato il tuo problema e mi ha dato una ricetta, un cocktail per te. Si dice porzione, vero?»

«Pozione. Una pozione magica per me? Grazie, Simhala.» Eleonora gli sorrise.

«Ho fatto fatica a trovare gli ingredienti, ma tu non chiedere, tu non devi chiedere cosa contiene.» Lei lo fissò preoccupata, e gettò lo sguardo sull'ampolla di vetro.

«Quando mi hai chiesto di cercare un contenitore per la salsa di ninfea, mi sono ricordato della fiala magica. Sai che il Bangladesh è il secondo esportatore di spezie al mondo? Zia Anuprabha faceva questo di lavoro. Le ho spiegato il tuo problema. Mi ha detto cosa fare. Ci sono dentro un po' di ghul e di paan. Non è droga, sono piante, ma tu non devi sapere. La devi bere il mattino, fa effetto entro trenta ore. Devi fidarti.» Simhala cercava di essere più convincente possibile.

«Va bene, mi fido», finse Eleonora, prendendo in mano l'ampolla.

«Non devi prenderla oggi. Quando te lo chiede il tuo cuore, allora la bevi. Ora tienila in frigorifero. Okay?» Poi Simhala sparì in cucina. Il liquido nell'ampolla sottile, chiusa con un tappo di sughero, era color rosso sangue. Quella fialetta sembrava uscire direttamente dal film di *Biancaneve*. Nel frattempo arrivò Arnaldo. Eleonora gli raccontò della brutta sorpresa di Sara a casa sua, trovata come una ladra nel cuore della notte.

«Ti confesso che mi fa paura. Tu dici che potrà farmi, che potrà farci, del male? Racconterà tutto e danneggerà Hamlet e la nostra squadra? Io voglio rimanere in buoni rapporti, poi il rancore passerà», chiese Eleonora.

«Non credo che voglia danneggiarti, anche se l'invidia procura molti guai. Le parlerò io, con fermezza, senza entrare nel dettaglio. Per non incattivirla. Le dirò che se non riga dritto metterò in giro la faccenda del furto di bottiglie. Capirà che so tutto, che non può farla franca. Ma che non userò quello che so contro di lei. Ti avevo avvisato che ronzava intorno a de Potì, attirata come un'ape dal miele. Sapere che sei uscita con l'uomo sul quale aveva messo gli occhi ha fatto straripare la diga. A proposito, come è andata la tua gita blasonata? Non voglio sapere tutti i particolari, dimmi solo sì o no.»

«Sì, ma...» rispose Eleonora. Era il loro modo di comunicare. Sin da quando, ragazzina, tornava a casa dopo un compito in classe o dopo un primo appuntamento. Oppure durante le brevi telefonate che lui le faceva mentre lei stava a Parigi. La domanda iniziale era sempre «Sì o no?», non aggiungeva altro. Significava: «Sei felice? È andato tutto bene?».

Arnaldo riportò il discorso su Sara.

«Ovviamente devo studiare bene il contratto, ma credo che dovremmo pagare a Sara tutto l'anno, anche se la licenziamo ora. Non ci voleva questo, oltre alla grana della sanzione. Ma tu non farti problemi, ci penso io, tranquilla.» Sapeva sempre come sollevarla dalle questioni pratiche. Ma Eleonora aveva bisogno di ulteriori rassicurazioni.

«Ti prego, dimmi che non dovrò chiedere un prestito a mio padre o alla banca. Per il resto sono disponibile a fare sacrifici. Dimmi solo che non dovrò rinunciare ad alcuno dei miei ragazzi», disse, sinceramente preoccupata. E Arnaldo la tranquillizzò, con poche parole.

Nel tardo pomeriggio, anche il resto della brigata sembrò intenzionato a prendersi cura di lei. Lo fecero con cibi e vini squisiti. La parola d'ordine in cucina rimaneva invariata: comportarsi con Eleonora come se le sue papille gustative non fossero minimamente cambiate, ma performanti come prima. Henry si presentò con una superlativa bottiglia e una terrina di foie gras. Arrivò con aria furtiva, come Simhala.

«Lo so, ormai il foie gras è considerato droga impronunciabile per la sua bassa eticità. Questo però viene dalla Patería de Sousa in Extremadura, esempio unico di allevamento sostenibile di oche e anatre. Sai che Bibo ci tiene. Ne abbiamo fatta una terrina, volevamo viziarti. Questo è un bicchiere di Friulano. Tu rilassati e pensa che in questo bicchiere c'è mandorla, mela, pera susina, pesca, fiori di campo e ginestra. Te li indichiamo, così li puoi ripescare dalla tua memoria. Ah, dimenticavo: il pan brioche di Rosolio fa letteralmente resuscitare i morti. Poi, visto che siamo partiti dal foie gras, abbiamo creato un piatto, anche se ti sappiamo contraria a questo ingrediente. Ci appelliamo al tuo lato francese, abbiamo pensato a una scaloppa accompagnata da una mela scavata e riempita di frutti rossi e frutta secca. Le abbiamo assaggiate insieme, sono perfette: la freschezza e l'acidità della frutta compensano la grassezza del foie gras e puliscono bene il palato.»

Le aveva preparato una scatola da degustare, come se fosse una cliente pronta a portare via il piatto appena acquistato. Era il loro modo per dire "siamo qui".

Prima di iniziare il servizio, Nozomi e Valeria prepararono insieme una lasagnetta di crostacei, una specie di evoluzione del raviolo aperto di Marchesi. Crostacei misti appena spadellati in olio profumato all'aglio e rosmarino, il tutto adagiato su una sottile sfoglia al farro. La parte emulsionante era composta da una salsa leggera a base di coulis di scampi e agar agar. Un piatto antico, per i loro giovani palati, ma rassicurante. Misero tutto in una teglia in pirex e lo portarono a Eleonora. Avevano saputo della sanzione fiscale, e pure che Sara non avrebbe più lavorato per Hamlet. Era Cucinoterapia.

«Eleonora, è il nostro regalo per te. Ti vediamo stanca, stressata. Vai a casa e portati via quello che ti abbiamo preparato.» Ma cosa avevano, tutti? Forse pensavano che quella sera avrebbe avuto un ospite a cena? No, nessuno avrebbe assaggiato quelle prelibatezze con lei. E l'unica persona che avrebbe desiderato vedere, con la quale avrebbe voluto condividere quei piatti della consolazione, sarebbe ricomparsa dopo chissà quanto tempo.

Si gustò con gli occhi le cose buone e cariche di affetto che la brigata le aveva preparato. Anche il suo tatto era migliorato, e mangiare con le mani le procurava un sottile piacere compensatorio. Si sentì nutrita e gratificata, nonostante la cena solitaria e senza profumi. Le venne in mente Sara. Forse la notte prima, dopo averla sorpresa nella sua casa, avrebbe dovuto abbracciarla, con quell'abbraccio contenitivo che si regala alle persone che compiono gesti inconsulti.

Ci sarebbe voluta una tisana dedicata al Perdono, si ricordava vagamente che l'aveva bevuta con Ernesta, ed ecco di cosa parlava la penultima lettera.

Se facessimo il gioco dell'associazione di parole, a Perdono risponderei Pane. Pensando al pane dei Promessi sposi. *Per scriverti queste righe sono andata a riprendermi la mia copia ingiallita del più grande romanzo italiano, la mia memoria è dispettosa.*
Ludovico, figlio di un ricco mercante e impulsivo paladino dei deboli, per un banale diverbio si trova a duellare con un nobile arrogante. Il maggiordomo di Ludovico, Cristoforo, interviene in sua difesa, ma viene ucciso dal nobile. Vista la morte del fedele servitore, Ludovico si avventa sull'avversario, lo uccide, scappa e si rifugia in un convento di Cappuccini. Qui prende i voti e il nome di Cristoforo, in ricordo del servitore. Ecco che arriva il momento del perdono. Fra Cristoforo va nel palazzo dove abita il fratello del nobiluomo che aveva ucciso. Per farsi perdonare con grande umiltà. Dopo la rappacificazione, il nobile, che ha predisposto un banchetto, offre cibi costosi al frate, ma lui li rifiuta. E chiede: «Si degni di farmi portare un pane, perché io possa dire di aver goduto la sua carità, d'aver mangiato il suo pane, e tenuto un segno del suo perdono». Arriva un maggiordomo con una pagnotta su un vassoio d'argento, padre Cristoforo se ne ciba. Alessandro Manzoni ci dice che «ne risparmiò un tozzo, e lo ripose nella sporta onde serbarlo come ricordo perpetuo».
E lo ha conservato davvero, in «una scatola di legno ordinario ma tornita e lustrata con una certa finezza cappuccinesca», dice lo scrittore. Un po' come la scatola in cui ho messo le mie lettere per te, Eleonora. Ebbene, Fra Cristoforo poi regalerà il pane conservato a Renzo e Lucia, e dirà loro: «Serbatelo, fatelo vedere ai vostri figlioli, esortateli a perdonare sempre tutto. Ci vuole forza di volontà nel perdonare e umiltà nel chiedere perdono».
C'è una bella parola dimenticata legata al perdono: misericordia. Se togli questa aura religiosa, misericordia è il traboccare di sentimenti in un atto di soccorso, in un aiuto concreto rivolto a ciò che suscita pietà. Non conosco il motivo per cui ti sono state consegnate le lettere, ma di certo il nostro

platano avrà deciso per il meglio. Probabilmente è accaduto qualcosa di traumatico nella tua vita. Ogni volta che succede, in qualche modo si ha a che fare con il perdono. Perciò ho voluto darti la ricetta per cucinare questa parola. C'è qualcuno che devi perdonare? O da cui devi farti perdonare?
Il perdono è una scelta libera, non significa giustificare, dimenticare o riconciliarsi a tutti i costi. Va oltre. Non è nemmeno un atto di bontà legato a una fede religiosa. Non è una forma di altruismo, anzi, concederlo provoca compiacimento. Perdonare non è un atto immediato. È un processo lento, un sentiero tortuoso. Il momento finale di una serie di mutamenti sofferti attraverso i quali l'offeso diventa sempre meno motivato a vendicarsi. La volontà di rivalersi nei confronti di chi ci ha fatto del male dovrebbe stemperarsi, con il passare del tempo. Anch'io ho fatto fatica a perdonare le violenze di mio marito, ma non tutte le persone ci riescono, non siamo tutti uguali. La ragione di ciò risiede nella credenza per cui perdonare sia una forma di debolezza. A volte, invece, provoca una soddisfazione narcisistica nel ritenersi superiori agli altri. Odiare ci sottrae le energie, l'entusiasmo, la speranza. Chi è debole, in genere non riesce a perdonare, quindi si vendica. Chi è più forte, perdona; chi è davvero risolto addirittura si dimentica del torto subìto. Insomma, la faccenda è complessa, non voglio salire in cattedra, ma come sempre le mie ricette impossibili devono essere per te uno spunto di riflessione, perché ti obbligano a rispondere alle mie domande.
Ora che ripenso al mio passato e alle situazioni in cui ho dovuto perdonare, mi rendo conto che ogni volta ho dovuto fare i conti con la mia rabbia. Come sai, perché ne abbiamo parlato più volte, anche per lettera quando vivevi a Parigi, il punto è riconoscerla, la rabbia. La difficoltà è tutta lì. La rabbia va gestita, incanalata; non le va dato rifugio e non va repressa. Si tratta piuttosto di appianare il conflitto del risentimento, di togliere un po' di strati alla rabbia, un po' di intensità alla disperazione e al blocco che impedisce di respirare. È necessario smettere di odiare chi ci ha ferito.

Bisogna essere coraggiosi per abbandonare il rancore che ci consuma dentro, del quale siamo prigionieri, e accettare ciò che è successo per andare avanti.
C'è qualcosa che devi perdonare a te stessa?
Forse involontariamente hai commesso un atto che ha danneggiato qualcuno. Di certo proverai emozioni negative verso te stessa: collera, colpa, vergogna. Se una persona perdona, giudica il comportamento dell'altro sbagliato, ma lo accetta. Non condivide, riconosce il suo valore intrinseco nonostante l'offesa. Eleonora, promettimi di non cadere nell'atteggiamento «il mondo è ingiusto»; non diventarmi pessimista, non sviluppare sentimenti persecutori. Sappi che, se hai deciso di perdonare, il lavoro non è concluso, sei all'inizio. Perdonare è un sentiero in salita. Non dobbiamo obbligarci a sentire vicinanza o pietà per chi ci ha fatto soffrire. Il perdono ha una sua logica che non ci impone di comprendere le ragioni dell'altro. Perché il perdono fa bene soprattutto a chi lo concede. In un certo senso potrebbe essere considerato un atto di superiorità. A meno che non si accompagni da vero pentimento come per il nostro Cristoforo. Lo so che ti ho già chiesto di prepararti il pane, ma non è colpa mia se questo cibo dei cibi incarna mille significati, sfumature e riflessi. Non è colpa mia se preparare il pane cura tanti mali. Prepara il tuo pane del perdono, come lo chiamava Cristoforo, spezzalo e condividilo con chi vuoi. Accompagnalo con una fumante tisana, l'abbiamo sorseggiata una sera di fine estate, tanti anni fa. Ti eri persa nel bosco durante un temporale e dovevi farti perdonare. Forse hai scritto la ricetta sul tuo libricino. Fruga nella tua memoria e, se non riesci a procurarti tutti gli ingredienti – e per tutti sai cosa intendo –, lavoraci su come hai fatto per tutte le altre ricette.

Tua Ernesta

Ricetta del Perdono

Ingredienti
3 cucchiai di Rabbia
5 cubetti di Dolore
1 fiala di Vendetta
4 cucchiaini di Risentimento
1 cubetto di Sentimenti Negativi
3 gocce di Rancore
2 confezioni di Comprensione
1 pacco di Misericordia
2 buste di Accettazione
Mezzo bicchiere di Generosità
Sale e Pepe della Vita

Procedimento
La ricetta del Perdono ha le sembianze di un vassoio di ortaggi al vapore. È un piatto che non provoca gioia, sembra dietetico, lascia dietro di sé un po' di amarezza, ma ha un alto potere purificante e a lungo andare procura un senso di benessere. Prima di tutto metti a bollire un grande pentolone, prendi Rabbia, Risentimento, Vendetta, Rancore e Sentimenti negativi e versali all'interno, poi fai evaporare per bene.
Ora, in quel liquido purificato, aggiungi a grossi pezzi Comprensione, Misericordia e Accettazione. Porta a cottura, scola bene e condisci con un condimento a base di Generosità, Sale e Pepe della Vita. Il Dolore non va dissolto perché, come quello del corpo, è protettivo, ci avverte che qualcosa non funziona. Quindi pareggia i cubetti di Dolore e falli lessare, mantenendoli al dente.

Poche altre lettere lasciarono Eleonora in crisi come questa. Era giusto che fosse sul fondo del bauletto, non sarebbe stato veloce né semplice eseguire i compiti: cucinare per bene il Perdono. Prima difficoltà: come riuscire a far evaporare la Rabbia nei confronti del Destino che l'aveva privata del suo dono.

E il desiderio di vendetta nei confronti dell'uomo che

l'aveva ingannata. Come perdonare suo padre senza procurarsi una buona dose di Accettazione? Aveva perdonato Marc per averla abbandonata lasciando questo mondo? Sé stessa per non essere stata più vicina a Ernesta negli ultimi anni? Per non avere difeso e salvato sua madre dall'ombra della follia? Quando sarebbe stata pronta a condividere il suo pane del perdono? E la nonna, come aveva potuto perdonare l'uomo che la picchiava?

Quella notte si addormentò con un pensiero dolce. Un ricordo arrivato nel dormiveglia. Lei poco più che una bambina, la casa natia, un temporale, una sgridata, un arcobaleno, odore di funghi talmente intenso che in fondo sapeva di acciughe. Ora si ricordava bene, la tisana e i crostoni del Pentimento che una sera di fine estate aveva preparato insieme con Ernesta, il giorno che si era persa nel bosco per cercare il suo profumo. Ricordo struggente di quell'infuso che avevano bevuto insieme davanti al camino. Cosa conteneva? Melissa, tiglio, cardamomo e semi di melograno essiccati.

33.

Per trovare il Piccante della vita, non limitarti
a sgranocchiare ravanelli e rucola.
Cercalo in chi ti sta vicino.

Le sere a seguire, sola nel suo letto, rileggeva le vecchie lettere chiedendosi quali risultati aveva ottenuto nel reperire gli ingredienti impossibili. Un esame di coscienza severo lo avrebbe fatto alla fine di tutto. Era rimasta una sola lettera nel bauletto, e alla fine la prese con mano tremante.

DONNE

A mia nipote.
«Cara Ernesta, ti ricordi il retrobottega della cartoleria dove trascorrevamo ore di intense chiacchiere tra amiche? Che nostalgia… Mio marito fa sempre il muratore e Pietro ora ha dodici anni. Credevo di avere una vita quasi perfetta. Sono stata obbligata a chiudere il negozio per motivi burocratici e perché non mi rendeva più. Ti racconterò. La conseguenza della chiusura è che mi sento come se quasi cent'anni di storia del femminismo si fossero cancellati di colpo. Mi sono ritrovata casalinga come dieci anni fa, obbligata a stirare, cucinare, aiutare mio figlio a fare i compiti. Mio marito, che mi è sempre stato devoto, improvvisamente è diventato sarcastico, infantile, aggressivo. Sparecchia di malavoglia, brontola che non c'è niente di buono in tavola, mi dà ordini. Mio figlio fa lo stesso. Lo so che è colpa mia se mi trattano così. Sono io che glielo permetto, ora mi è tutto chiaro. Non li ho mai resi autonomi, preoccupandomi di tutto, facendomi in quattro. Pensavo si rendessero conto che vivevo per loro. Poi ho avuto problemi di salute e questo ha provocato una

profonda crisi in noi. Invece di essere solidali con me, hanno moltiplicato le richieste. L'altro giorno mio figlio ha osato rispondermi, dopo che lo avevo sgridato perché non tiene in ordine la sua camera: "Mamma, fallo tu, tanto ora non lavori e non hai nulla da fare. Tocca a te". Gli uomini di casa considerano normale essere serviti, accuditi, coccolati, aiutati a gestire l'ansia e le preoccupazioni economiche. Ma a me chi pensa?»

Ho ricevuto questa mail da Giovanna, una conoscenza quasi dimenticata iniziata durante una vacanza sulla costiera amalfitana. È arrivata da tempo, ma l'ho tenuta lì, per l'ultima lettera, la lettera più importante. La condizione delle donne è migliorata e io lo posso ben dire, ma dobbiamo fare tanta strada. Le donne di potere sono poche, quasi assenti. Avere donne nei luoghi in cui si prendono le decisioni importanti significa favorire la ripresa economica e, nel contempo, puntare a una crescita più sostenibile, perché una donna sa come prendersi cura e proteggere ciò a cui tiene. Non voglio entrare nella retorica dell'ambiente e delle quote rosa a tutti i costi, conosco delle emerite incapaci che hanno ottenuto posti di responsabilità. Non sarebbe ora di valutare un candidato per le sue capacità reali? Anche noi meritiamo un'opportunità.

Come Giovanna nel mondo ce ne sono molte. Donne emancipate, madri premurose, affannate, mogli in cerca di una carezza. Forse non ho fatto molto per insegnare il rispetto per le donne a mio figlio maschio, a tuo padre, ma mi ricordo che da bambino era rimasto basito a una mia risposta. Mi aveva chiesto: «Perché ci sono meno pittrici e meno scrittrici che pittori e scrittori?». Io gli avevo risposto che la storia dell'umanità è costellata dalla frase «Silenzio, bambini, che papà sta lavorando», ma raramente accadeva il contrario. Una cosa mi ha colpito in quella lettera, una frase che sento ripetere spesso: «Pensavo si rendessero conto che vivevo per loro». Eleonora, un essere umano deve trovare in sé il senso della vita. Basare la propria esistenza sui figli, sugli uomini, è scorretto e anche ingiusto nei loro confronti.

È sbagliato anche dirlo, perché dietro c'è una enorme valenza aggressiva e ricattatoria.
Sono aumentate le disuguaglianze e i deboli sono sempre più deboli, e di conseguenza viviamo una regressione dell'emancipazione femminile. Su una cosa tutti concordano: in un mondo impoverito dalle guerre e dalle emergenze climatiche, energetiche e sanitarie, le disuguaglianze sociali sono destinate ad aumentare. Chi era fragile lo sarà di più, chi viveva in modo precario vedrà aumentare la propria precarietà. Ci sono paesi in cui milioni di donne sono senza lavoro o con un reddito talmente basso da non potersi permettere di acquistare contraccettivi. Da non potersi permettere di studiare, quindi di essere libere, perché a te l'ho sempre detto che è solo la cultura che rende liberi. Fallo capire bene ai tuoi figli, se ne avrai. Ci sono milioni di donne obbligate ad abortire per non perdere il lavoro. Ci sono duecento milioni di donne che vengono mutilate per privarle del piacere. L'infibulazione è ancora diffusa. Sai che in Africa, in Asia e in alcune isole del Pacifico ci sono ancora donne condannate a morte perché accusate di stregoneria? Sembrano mondi lontani, ma basta prendere un volo per assistere allo stiramento del seno. È diffuso tutt'ora in Camerun e in altre regioni dell'Africa: la pratica si compie mediante bendaggi o materiali roventi su ragazzine adolescenti, allo scopo di rendere i loro corpi meno attraenti per gli uomini. Ancora sono vive, anche se ottantenni, le testimoni del Loto d'Oro in Cina e Mongolia. Erano piedi di bambine di quattro anni fasciati e modificati attraverso la rottura delle ossa e bendaggi per restare piccoli. Però alla fine c'era una ricompensa, le donne camminavano barcollando con la grazia del fiore di Loto. In Albania c'è tuttora una ventina di vergini giurate, si chiamano Burnesh. Nelle famiglie senza figli maschi una femmina si doveva sacrificare e diventare uomo. Potevano fumare, bere alcolici, vestire da uomo con il seno reso invisibile. L'alternativa era aspettare di sposarsi, chinarsi a lavare i piedi al marito o aspettare che si alzasse da tavola per finire i suoi avanzi.

Voglio dirti che c'è tanta strada da fare. E vorrei che tu aiutassi le donne in difficoltà.
Ci saranno sicuramente uomini virtuosi, ma io penso alle tante vittime di quelli che non sanno arrendersi al distacco, alla separazione. La casa che dovrebbe essere un rifugio, spesso è teatro di una convivenza forzata con il proprio aguzzino. Ora sono vecchia e stanca, ma avrei dovuto fare di più per aiutare le donne più deboli. Qualcuna l'ho accompagnata dai carabinieri per denunciare il marito violento. Ma poi, chi ha il coraggio di tornare a casa? Qualcuna l'ho ospitata perché, come un ergastolano fuggitivo, non sapeva dove andare. Ma non idealizziamo la solidarietà femminile. C'è, esiste, ma è rara. Negli ambienti di lavoro, quelle che si professavano più attiviste sono le stesse da cui ho ricevuto le principali cattiverie. Mi ricordo quando, quarant'anni fa, ho collaborato a un importante quotidiano. Al vertice c'erano diverse donne, ma le cattiverie e i pregiudizi che ho vissuto non li ho mai ricevuti dal più rozzo dei maschi. Il maschilismo delle donne, se si può dire così, è proverbiale.
Per strada, avrei dovuto riconoscere gli sguardi disperati di Luisa, di Mary, di Jennifer, di Jamal. Portavano scritto in fronte: sono vittima di violenza, sono vittima di discriminazione. Avrei dovuto riconoscerli perché anch'io sono stata vittima di violenza domestica, so bene di cosa si parla. Della vergogna nel raccontarlo e dell'inconscia convinzione di meritarselo, perché si ha qualcosa da espiare, perché non si è poi così brave ragazze. Conosco l'umiliazione di dover nascondere un ematoma, un occhio nero, un dito fratturato. Conosco il batticuore che ti assale, quando senti sulle scale il tuo uomo tornare a casa, dopo aver fatto tardi con gli amici. Conosco bene l'odore della paura quando si osa alzare la voce e ribadire i propri diritti per ricevere in cambio un ceffone. Le mie orecchie hanno udito molte volte le parole: «Stai zitta». Conosco bene le finte scuse dei compagni violenti, i «non lo farò mai più» e i periodi idilliaci che seguono le notti di violenza. So cos'è l'attaccamento emotivo al carnefice, quanto tempo ci vuole per decidere di dare un

taglio. Non chiederti mai "Forse è colpa mia, non sono una moglie e madre adeguata". Anche se tu non lo fossi, nessuno merita la violenza fisica, e una costola incrinata non ti renderà una compagna e una madre migliore. Non dirti mai "Forse lui cambierà", perché in un angolino del tuo cuore sai che non è così. Nessun vittimismo, né risentimento per l'universo maschile. Ma occorre una buona dose di coraggio e fermezza nel dire basta.
Se mi leggi significa che sei in difficoltà, e spero che non dipenda da un uomo. Spero che non dipenda dal fatto che sei una donna vittima.
Il compito della settimana non può essere che questo: fai qualcosa per te. Solo per te. Ne hai il diritto. Noi che siamo un po' streghe e un po' fate, un po' sante e un po' trasgressive, un po' sagge e un po' folli: solo accettando tutti questi pezzetti dentro di noi, troveremo quell'interezza, quell'accettarci intere. Il tuo Mondo Nuovo non dovrebbe interrogarsi sulla parità, ma valorizzare la diversità di genere. Soffermarsi sulle specificità, sui bisogni e sui diritti. Le condizioni di partenza per il mondo femminile non sono tra le migliori: il tasso di occupazione femminile è il più basso in Europa e con salari inferiori rispetto agli uomini, con le donne occupate soprattutto nei settori meno pagati. Non so dopo quanti anni, o forse mesi, dalla mia scomparsa tu leggerai le mie lettere, ma spero che le donne saranno in prima linea, protagoniste di un cambiamento della condizione femminile che dura secoli. A differenza di quanto accaduto sinora. Tu non combattere per l'uguaglianza, combatti per il tuo diritto a essere diversa. Sii padrona della tua vita. Ribellati. Ricorda: sono le tue abitudini che guidano le tue azioni, non i tuoi desideri. Non combattere solo per le quote rosa, combatti affinché siano sempre di più le donne all'altezza di certi ruoli.
Mi sento molto debole, Eleonora. Da questo momento in poi, faremo finta che ogni lettera che ti scrivo sia la mia ultima. In attesa che tu ti risvegli. Perché tu ti risveglierai. Sento le forze che mi abbandonano. Ma io continuerò imperterrita a scriverti «l'ultima lettera» per tenerti compagnia mentre ti

stai riposando. Ogni giorno da oggi scriverò la mia ultima lettera.
La dedico a tutte le donne del Mondo Nuovo e a mia nipote. Perché sento che avrai una bambina, benché rispetti, e lo sai bene, chi decide di non avere figli. Ma anche se decidi di non aver figli e un marito non giustificarti, sorridi e vai avanti. Non sarai per questo una donna meno completa.
Come non essere banale quando si parla della questione femminile? Sappi solo che tutti i temi, dalla lotta per l'emancipazione alla libertà di abortire, dalla violenza domestica alle molestie sul lavoro, dalla discriminazione salariale al mobbing perpetrato dagli uomini e dalle donne sulle donne, tutto questo l'ho vissuto sulla mia pelle. So cosa significa sentirsi strappare via un pezzo di sé.
Io ti mettevo in guardia, da bambina, te lo dicevo che non dovevi fare questo lavoro se non ci credevi davvero. Gli uomini della brigata nella quale hai fatto la gavetta ti hanno bullizzato, ma ora il capo sei tu e fai in modo che non accada. Non potrai fare figli, se non intorno ai quarant'anni, quando ti renderai conto che le tue chance si sono dimezzate. Non farti chiamare «cheffa», non urlare in cucina, fatti rispettare. Guadagnati la stima con uno sguardo e con l'agire, con l'impegno e il rispetto per gli altri.
Io te lo dicevo. Bisogna stare attenti a ciò che si desidera. Ma tu eri determinata, e oggi sei diventata una cuoca e un'imprenditrice in gamba. Non desidero vivere un giorno in più di quello che mi tocca in sorte. L'unica cosa che vorrei è riuscire a salutarti, ma pare che il mio cuore non sia d'accordo.
Spero di averti accompagnato in queste settimane in cui avevi bisogno di me. Promettimi di rileggere queste lettere ogni volta che ti mancherò. Parla di me ai miei nipoti, e se non avrai figli, ma non ci credo, parla di me alle bambine e ai bambini curiosi. A mia nipote – ripeto, sento che avrai una figlia – non dire mai «Sii te stessa» o banalità del genere. Noi due lo sappiamo bene che essere sé stessi implica sapere chi sei e quale sarà la tua impronta nel mondo. Una

domanda che il più delle volte non ha risposta. La sfida più grande è capire che ci fai qui.
Se leggi, significa che hai un problema. Se leggi, probabilmente hai una situazione difficile da affrontare. Hai due possibilità: accettare o rassegnarti. Accettare significa trovare l'equilibrio nonostante quello che ci tocca vivere. Vuol dire trovare un compromesso tra quello che vorremmo e la situazione reale. Vuol dire cercare di risolvere ciò che si può, migliorare e adattarsi. Vuol dire comprendere le cose per come sono, rimanendo parte attiva, ovvero prendere decisioni che possano condurre al cambiamento. La rassegnazione è più che altro smetterla di combattere prima di aver iniziato. Vuol dire affrontare la situazione con la passività della sofferenza. Vivere rinunciando a priori a cercare una soluzione. Imparare ad accettare vuol dire imparare a cambiare.
Ti ho detto che la cultura regala libertà, ma c'è un'altra cosa che rende liberi. È l'autonomia, e l'autonomia vera è quella psichica, che ci fa dire: «Taglio il cordone perché ce la farò da sola», quella che molti maschi adulti stentano a conquistare. Ma anche l'autonomia economica aiuta. Che tu non debba mai trovarti come me da ragazza, senza aiuti, senza affetti, senza mezzi.
Così, la tua vecchia nonna pazza ha pensato di farti un regalo, un altro piccolo colpo di scena. Un regalo che se ne stia lontano dai notai e dalle tasse di successione, un regalo simbolico e scintillante. Ora io ti immagino sdraiata nel tuo letto, avvolta da cuscini e profumata di viole nel tuo pigiama di seta, con la lettera in mano e forse sul punto di piangere. Immagino che il bauletto con le lettere sia vicino a te, o sul comodino, oppure per terra. In qualunque luogo sia, assicurati di essere sola nella stanza, alzati, prendi il bauletto e sistemalo su un tavolino sotto una buona luce. Ora capirai perché ho fatto foderare tutto l'interno con velluto nero: cerca sul fondo una linguetta, dovresti trovarla proprio al centro del lato più lungo. Ora sollevala. Hai scoperto il doppio fondo. Illumina bene, vedi quei puntini luminosi sullo sfondo nero? Sono dodici piccoli diamanti taglio brillante e marquise, i miei due preferiti, sono piccoli

ma hanno una luce di categoria molto alta e taglio perfetto. Saranno per te come stelle pronte a illuminare un cielo nero. Saranno come minuscole lacrime scintillanti, ma di sollievo. Saranno gocce di rugiada su un terreno arido. Servono per raggiungere una delle tue autonomie.

Ti chiederai anche cosa sia quel pezzo di metallo sul fondo. È la parte mancante di un ciondolo vittoriano, lo avevo comprato in un mercatino dell'antiquariato a Notting Hill per te. È il simbolo dell'aria, le molecole che tu sapevi catturare con la tua maestria. Era un regalo per Natale, ma tu quell'anno non sei tornata. Il tuo amore ti ha tenuto a Parigi. Allora l'ho portato io al collo, quel piccolo gioiello è diventato il mio portafortuna per anni, anche quando se ne era staccato un angolo. L'aria è anche il mio elemento preferito. L'ho conservato, lo troverai accanto ai diamantini, sul fondo. Un giorno, mentre ero in giardino, ho perduto il ciondolo e non l'ho più ritrovato.
Sono passati anni, c'è un infinitesimale possibilità che tu lo abbia trovato passeggiando nei terreni intorno alla mia casa, ma io e te non abbiamo mai pensato che l'impossibile non possa avverarsi. Se lo avessi trovato, allora significa che anche il Fato vuole che ci ricongiungiamo. Se incollerai i due pezzi si riunirà il simbolo della nostra unione. Sarà come se le nostre mani si sfiorassero in un intreccio complementare.
Se non lo hai trovato, forse accadrà in futuro, in un'altra vita, e cercarlo ti farà amare ancor più la terra.
Tutte quelle cose sono per te. Per mia nipote, per chi vuoi.

Tua Ernesta

Ricetta del Femminino

Ingredienti
2 scatole grandi di Forza interiore
1 tazza di Coraggio e Spirito guerriero
1 tazza di Intraprendenza
1 tazza di Sicurezza di sé (nascondi la confezione, però,

potrebbe creare crisi di Inadeguatezza nei commensali maschi)
5 cucchiai di Intuito
3 fiale di Indipendenza e Autonomia psichica ed economica
5 cucchiai di Irrazionalità
1 scatola di Audacia
1 soffio di Intuito femminile (infallibile, ma impossibile da spiegare)
1 mazzetto di Autoironia e Sense of humour (spesso venduti insieme)
1 ricordo della Bambina interiore
3 gocce di Creatività
1 vaso di Dolcezza
4 cucchiai di Fermezza
1 vasetto di Lealtà/Sincerità (li vendono miscelati)
5 gocce di essenza di Sex appeal (diffidare delle imitazioni)
5 fiale di Fiducia in sé stessa
3 pizzichi di Emotività

Procedimento
L'eterno Femminino prende la forma di grandi barattoli di conserva in vetro. Porta a ebollizione Fermezza, Forza interiore, Spirito guerriero e Dolcezza, a metà cottura aggiungi Audacia e Intraprendenza. Taglia a bastoncini e rondelle Sicurezza, Sense of humour, Irrazionalità e Lealtà. Fai asciugare su un canovaccio. Poi aggiungi tutti gli ingredienti alla salamoia iniziale. Distribuisci nei vasi. Raccogli in una ciotola tutti gli ingredienti sotto forma liquida: Creatività, Sex appeal, Indipendenza, Fiducia, Emotività e otterrai un fluido molto potente. Aggiungi per ultimo il ricordo della Bambina interiore. Con un contagocce distribuisci questo liquido prezioso nei vasi. Prima di chiudere ermeticamente, aggiungi un soffio di Intuito femminile, e conserva al buio. Il vero Femminino dura a lungo, non bisogna temere che appassisca con l'età.

34.

Per accordarti con l'Anima Universale,
canta la ninna nanna al rametto di rosmarino
che hai spezzato e portalo alle narici.

Le settimane trascorrevano ed Eleonora passava le giornate fortificandosi nel corpo e nella mente.

Il caldo torrido avvolgeva in vapori mattutini le acque dei Navigli e riempiva di afrori maleodoranti le narici di turisti e avventori alla ricerca di cibo. Solo Eleonora continuava ignara a passeggiare, protetta dalla sua assenza di gusto e olfatto, alla quale si stava un po' abituando.

Ogni tanto, giusto per provarci, si metteva a fare esercizi con le essenze di Crippa e la sua scatola magica contenente le fialette di aromi per rieducare i due sensi. Faceva i compiti come una brava scolara: annusare per un minuto il rosmarino, un minuto l'essenza di agrumi, un minuto la rosa. Ma ormai sapeva che la soluzione al problema non stava lì, ma in lei. Aveva quindi deciso di riprendere il principio della Sensory Box, ma di inserirci anche gli odori da lei amati, che le ricordavano momenti del passato. Cose come l'Époisses, un formaggio tanto grasso quanto odoroso, che lasciava per ore a temperatura ambiente in modo che si squagliasse a dovere. Oppure si preparava crostoni di pane caldi ben spalmati del burro dei Bordier, gli artigiani di Saint-Malo che lo producevano ancora manualmente, e poi ci adagiava un'acciuga bella polposa. Il mattino si sgranocchiava le nocciole salate di Langa, essiccate all'aria, e ci beveva un bel caffè filtrato, seguito da fette di prosciutto crudo orlato di grasso candido e dolce. Del caffè rimpiangeva quei chicchi di Santos coltivati nelle pianure ondulate del Sud del Brasile, con il gusto di cioccolato al 70 per cento e frutta cotta. Insomma, se non usava gusto e olfatto, godeva della vista e del ricordo di quei sapori. Non si arrendeva.

Era la prima estate senza vacanze vere e proprie. Non ne sentiva il bisogno. Era la prima estate del suo Mondo Nuovo, come lo chiamava Ernesta. Del resto, da quando aveva confessato il suo segreto alla brigata, i ragazzi la rimpinzavano di cibo e altre forme di accudimento. Sempre tenendo fede al patto sottinteso di non parlare del problema. Nozomi era partita, ma si sentivano quasi tutte le sere. Non era una fuga, la sua, e le sue parole erano sempre rassicuranti. Eleonora aveva riconquistato un paio di chili e questo le donava, le sue occhiaie non erano più profonde e bluastre; aveva ricominciato a dormire. I capelli a ricrescere intorno alla ferita in una lanuggine impalpabile. Di certo, il merito era anche di tisane, decotti e infusi serali arricchiti con Autostima, Ironia, Partecipazione, Resilienza, Sense of humour, Fiducia: parole amiche che prendevano vita attraverso le etichette che aveva incollato su barattoli e piccole bottiglie mignon. Proprio come gli ingredienti che, mischiandosi gli uni agli altri, germogliavano in vere e proprie alchimie sensoriali, lei stava sbocciando in una nuova Eleonora. Sorseggiava quelle miscele come fossero elisir di lunga vita.

Ma non era così facile, non era così scontato. Non era matematica. Se vuoi un po' di Coraggio di vivere basta che ne versi due gocce nella tazza del tè. No, non funzionava così. Gli ingredienti per quelle ricette così inusuali bisognava guadagnarseli, crederci, soffrirseli, desiderarli. Morire un po', come aveva fatto lei. Bisognava dedicarci del tempo lento e silenzioso sognando il risultato finale, come si fa per un ricamo complicato. E lei era solo all'inizio. Per questo, a parte la cena del primo incontro con Étienne, non voleva usare i suoi ingredienti sugli altri. A volte, nelle sue fantasticherie, pensava che forse un domani sarebbe riuscita a raccogliere tutto il necessario per cucinare Amore, e poi l'avrebbe sparso nei piatti dei suoi clienti. Ci sarebbe voluta troppa Generosità, e lei non ne aveva così tanta a disposizione.

Ogni tanto, la sera, usciva a cena con qualche vecchia conoscenza, scelta proprio perché estranea al mondo della ristorazione, che sapeva non l'avrebbe messa in imbarazzo con domande dettagliate sul cibo. Avrebbero toccato argomenti neutri, oppure avrebbero camminato in silenzio per una sorta di tacito accordo. I suoi gesti erano gli stessi di una volta, ed erano simili a quelli usati dai critici gastronomici di professione: annusava il pane prima di spezzarlo – ah, quanto le mancava quel profumo! – e centellinava ogni boccone, prendeva qualche appunto, faceva domande sulla provenienza del cibo, si informava sui fornitori. Smetteva di parlare ogni qual volta qualcosa incontrava il suo palato: un modo per acquistare consapevolezza e concentrarsi sul cibo. Oppure andava a farsi una birra con Henry o con uno dei ragazzi della brigata. Faceva lunghe passeggiate notturne e solitarie, quando l'asfalto milanese smetteva di sputare calura. La sera, prima di addormentarsi, aveva preso l'abitudine di rileggere qualche passo delle lettere di Ernesta. E ogni volta le parole acquistavano un significato più profondo, inaspettato, come se andassero a frugare dentro di lei in modalità sempre nuove, toccando interstizi sperduti. Come se gli ingredienti, l'impasto e la cottura richiesti dalle ricette magiche trovassero dentro di lei il luogo ideale per trasformarsi in altro, compiersi. Con il passare dei giorni, il ricordo della sera trascorsa con Étienne cominciava a ingiallire nei contorni, come una vecchia foto in bianco e nero. Ma il risuonare del tocco della mano di lui di fronte all'oscurità rombante del mare ancora le provocava la pelle d'oca. Per giorni si era chiesta come fosse possibile che la sua capacità seduttiva e di intuizione avesse preso un abbaglio così gigantesco. Dove era finita la Eleonora che con un solo sguardo magnetico e asimmetrico scatenava proposte, inviti a cena, colpi di fulmine e corteggiamenti indefessi? Come era possibile che la perdita di quei due sensi avesse mutilato anche il suo fascino, la sua carica erotica, la sua aura dorata? Era stata costretta a insabbiare la faccenda Étienne come aveva archiviato l'*affaire* Mister Zero. Del resto, non era facile replicare una passione folle e fatale come quella per Marc. Forse doveva farsi bastare un solo grande amore nella vita. In ogni caso, Étienne continuava a mandare regolarmente la merce a Hamlet, ma non si era mai più fatto vedere di persona. Il suo rappresentante su Milano, Xavier, diceva che era molto occupato e spesso in viaggio. Arnaldo rimaneva il suo platano esistenziale. Le sue fronde dense la proteggevano dalle intemperie della vita. E lo faceva restando sempre un passo indietro senza invadere il campo, ma osservandola a debita distanza. Era riuscito anche a far quadrare i conti zigzagando tra le spese impreviste.

Eleonora non aveva comunque smesso di andare dalla Meyer, ma senza quel senso di urgenza e allungando gli intervalli tra un appuntamento e l'altro. Avevano superato la tempesta ed esplorato gli abissi, ora navigavano vicino alla costa. Il sogno ricorrente di Eleonora non era più tale e aveva smesso di svegliarsi nel cuore della notte per un conato di vomito e il volto di una suora a pochi centimetri dal suo naso. Sognava di viaggiare in un'automobile decapottabile come la vecchia Fiat di Étienne, che d'un tratto prendeva il volo e virava di fronte a cumuli di nubi basse, bianche e soffici, per poi invertire la rotta sui Navigli. E lei nel sogno era felice perché sentiva folate di odore che distingueva con certezza: profumo di vaniglia del Madagascar, foglie di pomodoro, pasta frolla. Poi entrava in una nube scura e densa che puzzava di muffa e il muso dell'auto puntava all'improvviso verso terra scendendo in picchiata. Si svegliava spaventata, è vero, ma le bastava bere un sorso di tisana di Amore e Buona solitudine che teneva sul comodino per riaddormentarsi. I diamanti trovati nel piccolo forziere erano stati venduti da Arnaldo, che aveva condotto le operazioni con l'usuale discrezione. Il ricavato aveva permesso a Eleonora di risolvere qualche problema contingente ed era il *quid* in più per addolcire le tisane notturne. Se ne era tenuti solo due, che aveva fatto montare su un paio di orecchini. «Voglio qualcosa di semplice. Solo due punti luce che possano piacere anche un domani a mia figlia», aveva detto all'orafo, in onore dell'ultima lettera di Ernesta.

La cosa più difficile di quel periodo era stata liquidare Sara. La sua addetta alla comunicazione non si era arresa facilmente e per giorni aveva cercato di mettersi in contatto con lei: messaggi e pedinamenti erano all'ordine del giorno. Ma

Eleonora era stata irremovibile. Non voleva rompere completamente con lei, ma ormai lavorare insieme sarebbe stato impossibile. Era piena estate e avrebbe avuto tutto il tempo di trovare una sostituta. Aveva chiamato per un'intera settimana gli amici chef e i colleghi imprenditori che fino ad allora aveva tenuto volutamente a distanza per timore che scoprissero il suo segreto. Ora si sentiva più tranquilla e sicura di sé, aveva finito di sentirsi sempre sotto esame. Una sera andava a cena da uno, il mattino all'alba si faceva accompagnare al mercato del pesce da un altro, e così aveva iniziato a stilare una lista di possibili candidati al ruolo di ufficio stampa e comunicazione.

Un giorno le avevano presentato Sebastien. Era di qualche anno più giovane di Eleonora, padre italiano e madre argentina. Intelligenza brillante e occhi profondi e vellutati. E, soprattutto, una gavetta con i fiocchi in un avviato studio londinese che seguiva solo tri-stellati. Sino ad allora aveva escluso l'idea di avere un assistente maschio, adesso non le sembrava più tanto strana. «La seguo da qualche anno e trovo la sua cucina la più fulgida espressione della ristorazione contemporanea», le aveva detto appena conosciuta. Eleonora aveva deciso di farsi cullare dalla sua adulazione. Del resto, era anche molto efficiente, servizievole, abile nel trovare soluzioni, e la cosa la tranquillizzava. Aveva eliminato le ospitate nei programmi televisivi nazionalpopolari, concentrandosi sulle testate internazionali: esattamente ciò che voleva Eleonora.

Non riusciva ancora a mettere piede nella grande villa natia di Como, ma avvicinarsi non le faceva più male. Era anche entrata nella casa della nonna per cercare la vecchia stilografica in osso caricata a inchiostro verde. Le piantine di Étienne erano state trapiantate nel giardino e godevano di ottima salute. Nell'orto, invece, le dolci e tenere trombette e i pomodori Camone erano rigogliosi, così come i cuore di bue e le piccole melanzane viola dalla forma allungata. Eleonora ci tornava spesso, esercitandosi a indovinare i profumi al culmine dell'estate. Ci andava all'alba o al tramonto, per poter innaffiare e togliere foglie rinsecchite, eliminare gli insetti nocivi, staccare i germogli di pomodoro. Accudiva e veniva accudita da quel pezzo di terreno che le stava regalando tante soddisfazioni e lezioni di vita.

Proprio un mattino lui la trovò accucciata nell'erba intenta a legare alcune propaggini di trombetta a un paletto di legno. Teneva le fascette di carta nella tasca di un corto camicione bianco, un vecchio Panama ben calzato in testa. Non tanto per ripararsi dal sole ancora basso, ma per tenere a bada i capelli, arrotolati sotto. Camminando con il passo attutito di un gatto, le si avvicinò silenziosamente di spalle. Si inginocchiò accanto a lei, le mostrò due bicchierini di carta e le sussurrò nell'orecchio: «Ti andrebbe un caffè?». E poi le spiegò, di fronte al suo sguardo interrogativo, che il giorno prima l'aveva cercata da Hamlet.

Lei sobbalzò, e d'istinto afferrò il medaglione della nonna come per aggrapparsi. La Eleonora di prima avrebbe fiutato il vento e riconosciuto il suo odore, non si sarebbe lasciata sorprendere. Scacciò quel pensiero. Se era qui, era perché davvero voleva trovarla.

«Arnaldo mi ha detto che eri qui. Come stai, Eleonora?» Étienne aveva il volto incavato e i suoi occhi colore dell'acqua sembravano ancora più grandi. Indossava una camicia bianca con le maniche rimboccate e un paio di pantaloni in lino blu scuro. Si era tolto i mocassini.

«Sto bene. Sei stato in viaggio e hai da propormi qualcosa di interessante?» Eleonora gli guardò i piedi nudi e sorrise di tenerezza.

«*Je voulais te voir,* volevo vederti», ripeté. Prese i polsi di Eleonora e la fece alzare. Le tolse i guanti da giardinaggio, raccolse da terra un termos d'acciaio e le versò un caffè caldo. «C'è una cosa che devo dirti.» Il tono era abbattuto.

"Anch'io", pensò Eleonora, e respirò profondamente per rallentare la tachicardia. Decise all'istante che gli avrebbe parlato. Sarebbe stato il mattino delle confessioni. Fosse anche stato per motivi professionali che si trovava lì accanto a lei, in quell'orto ancora fresco di rugiada, Eleonora tremava comunque dall'emozione. «Grazie del caffè. Riesci sempre a sorprendermi.» E poi abbassò il capo, nascondendo gli occhi sotto la tesa del Panama. «Sei... sei sparito.»

Lui la indirizzò verso il muretto a secco che delimitava il campo. Si sedettero l'uno accanto all'altra. Étienne titubava e dopo una lunga pausa disse: «Senti, Eleonora, tu mi piaci molto, ma davvero molto. Ma io non potevo amarti. *Je ne pouvais pas t'aimer*». Raccolse uno stelo di erba e se lo infilò tra i denti.

«Cosa significa?» Eleonora guardava di fronte a sé, la casa padronale dell'infanzia e, in fondo, il lago immutabile.

«Dovevo chiudere una faccenda.»

Eleonora adesso lo guardava, non c'era bisogno di parlare, ogni molecola del suo corpo diceva: "Spiegati meglio, c'entra Jasmine". E Étienne spiegò.

«Sì. Ti sembreranno abitudini ridicole, costumi d'altri tempi. Ma da quando sono nato i miei genitori davano per scontato che mi sposassi con la figlia di una coppia di amici di famiglia, proprietari terrieri. Lo so, ti verrà da ridere, sembra una faccenda medioevale di matrimoni combinati, ma... a volte, tra famiglie nobili funziona ancora così.»

«Guarda che non mi sembra affatto ridicolo. In molti paesi del mondo tante spose bambine hanno un destino preordinato dai genitori. E in quel caso non si tratta di sangue blu...»

«Lo so, Eleonora. Vedi, nessuno mi ha mai esplicitamente detto che Jasmine avrebbe dovuto essere mia moglie. Ma il non detto unito alla mia devozione alla casata dei de Potì hanno fatto sì che la frequentassi e mi innamorassi di lei. Dopotutto, non era difficile: hai visto anche tu che donna affascinante. La relazione rendeva la mia famiglia felice. Ma da un anno la cosa non funzionava e...»

«E...»

«Ho chiuso. *J'ai mis fin à la relation.*»

Ora toccava a lei parlare. Gli raccontò tutto. Lui passò dalla sorpresa allo sconforto per poi finire nell'accettazione fiduciosa. Esattamente lo stadio in cui si trovava Eleonora dopo molti mesi dall'incidente.

«Ti confesso che qualche sospetto lo avevo avuto. E adesso

capisco quegli strani discorsi che mi ha fatto una volta la tua assistente su un tuo momento di défaillance come chef.»

«Ho paura di non tornare come prima, Étienne», disse Eleonora, ignorando volutamente il riferimento a Sara. Questo la confortò, aveva fatto bene ad allontanarla.

«Non so come eri prima, ma a me piaci moltissimo così.» Si baciarono, lì, appoggiati al muro del capanno degli attrezzi, mentre il sole cominciava a infilare le foglie con i suoi aghi di luce. Poi si staccarono temendo di rompere l'incantesimo creato da un benevolo dio degli orti.

35.

Se vuoi conoscere la magia dell'Universo,
osserva con stupore la geometria perfetta di un cavolfiore.

«Mi piacciono le sorprese, ma cosa ti inventerai al nostro decimo appuntamento?»

Eleonora era arrivata un poco in ritardo, era la loro seconda uscita, escludendo l'incontro all'orto di Ernesta. Ora erano in macchina che viaggiavano veloci, sempre verso il mare. Dopo il mattino delle confessioni, erano trascorse altre due settimane nel silenzio ed Eleonora aveva iniziato a pensare a una seconda sparizione. Questa volta non era come la prima, questa volta a Étienne ci aveva pensato tutti i giorni. C'era stato un bacio. La cosa più intima che esista. Cosa avrebbe dato per sapere che sapore aveva. Forse latte di mandorla. Lei era in svantaggio, in questo caso lui avrebbe potuto sapere tutto di Eleonora, annusandola. Che alchimia poteva nascere tra due esseri viventi, quando uno dei due non può annusare l'altro? Nulla. Deserto dei sensi, quindi deserto di piacere. Così Eleonora si girava nel letto arrovellandosi, pensando a quell'unico bacio insapore che si erano scambiati. Di giorno si curava, cucinando la ricetta dell'Amore. Finalmente, dopo un paio di settimane, era arrivato da Hamlet un mazzo di fiori di campo legati da un nastro di raso color pervinca. E un biglietto. *Venerdì alle 11? Étienne.* Ed ecco che tornavano gli appuntamenti misteriosi.

Étienne le aveva chiesto di tenersi libera dal mattino perché voleva farle vedere qualcosa con la luce naturale. Così le aveva detto. Eleonora si era completamente dimenticata nel frigorifero la pozione di Simhala, era lì dal giorno successivo al loro primo appuntamento. Pensò di provarla, ma poi cambiò idea. Non avrebbe tollerato di vivere nel dubbio, le emozioni che avrebbe provato dovevano essere pure e autentiche.

«Ne sei convinta, che non ti saprò stupire per sempre? Non sottovalutare la mia capacità creativa. Riuscirei a lasciarti senza fiato in ogni caso. *Je suis un artiste, après tout*», disse Étienne mentre guidava. Chiese a Eleonora se ci fossero novità sul fronte del gusto e dell'olfatto.

«Credo che tu debba tenere la notizia riservata. Mi sono informato e in genere il problema rientra, possono volerci anche molti mesi», disse Étienne.

«Certi giorni la speranza si affievolisce», mormorò Eleonora. «Comunque la riservatezza è esattamente quello a cui ho sempre puntato, e continuerò a farlo. Sara non lavora più per me, ho cercato un sostituto. I ragazzi e Arnaldo mi stanno vicino e riusciamo a lavorare ancora insieme. L'accordo è non parlarne e comportarsi come prima. Ogni giorno mi sollecitano facendomi assaggiare qualcosa. Le mie papille gustative non sono certo a corto di stimoli.»

Étienne le sfiorò un ginocchio con la mano destra, in segno di vicinanza, lasciando un attimo il volante. Eleonora indossava un vestino corto di stoffa leggera a fiori e un paio di stivali estivi.

«Devo prevedere un futuro in cui ci vedremo a singhiozzo?» chiese Eleonora, anche se si stava odiando per quel suo tono di rimprovero.

«Sono stato molto impegnato. Poi capirai.» E la guardò in tralice, togliendo lo sguardo dalla strada.

«Raccontami un po' di te», disse lei, così dal nulla.

«Dopo la specializzazione in Botanica ho cominciato a viaggiare e approfondire le spezie. Sai, prima la mia famiglia si occupava di piante ornamentali, è solo dal secondo dopoguerra che abbiamo cominciato a servire tutti i migliori ristoranti, prima di Francia e Italia, *dans le monde entier*. Diciamo che sono diventato un gourmet per via del lavoro. Accompagnavo mio padre e prima ancora mio nonno Hermes nei migliori ristoranti, i nostri clienti finali.»

«Infatti io conoscevo il vostro marchio, Pensées Perfumées, ma non sapevo che dietro ci fossi tu. Non so nulla di spezie, conosco solo quelle utilizzate dagli chef. E non è molto. E poi ultimamente avevo delegato Nozomi a occuparsi di questo comparto. Raccontami a cosa stai lavorando, parlami di aromi, non preoccuparti. Non mi fa stare male.» Eleonora si stupì di sentire la propria voce pronunciare quella frase. L'ansia si attenuava a ogni chilometro.

«Non è vero che non sei preparata, ne sai più della maggior parte dei tuoi colleghi. La competenza che hai rimane, che tu recuperi o meno l'olfatto. E poi è per quello che esistiamo noi, farvi provare nuove miscele, stimolarvi. Ed è quello che farò con te, *si tu me donnes la chance.*»

«D'accordo», disse Eleonora. «Cominciamo?»

«Per esempio, la mahalab, magari l'hai sentita come mahleb. È prodotta dal seme del *Prunus*, o ciliegio di Santa Lucia. È una varietà di alberi che cresce nell'Europa meridionale, nella regione mediterranea e in Medio Oriente. Inizialmente ingrediente per profumi, è stata poi utilizzata in cucina. Vediamo se riesco a spiegarti il sapore: è una combinazione tra quello di una ciliegia e quello di una mandorla.»

«Vai avanti, Étienne», disse Eleonora, godendo della sua voce.

«Mi sto specializzando in tisane e beveroni curativi. Sai come mi sono curato durante una malattia che non riuscivano a diagnosticare? Naturalmente anche con la medicina tradizionale. Ma poi con la mia pozione dall'azione tonica generale, ricostituente e anabolico-stimolante, un mix di arancio, cacao, caffè, dente di leone, pepe della Giamaica, peperoncino, frassino, rosmarino, rucola, salvia, santoreggia, sesamo e zenzero. *Si tu veux je t'en prépare une.* Oppure ne preferisci una stimolante per la memoria? Noce moscata, chiodi di garofano, cardamomo, cannella, galanga.» Ora il suo tono era un po' canzonatorio.

«No, grazie. Anch'io mi curo con tisane speciali, ma te ne parlerò al momento opportuno. Vai avanti.»

«Allora ti faccio sognare con il pepe di Penja, pensa che è tra le spezie più richieste da chef blasonati e ristoranti di pregio. Strano che tu ancora non lo conosca. Arriva dalla valle Penja, in Camerun, di formazione vulcanica. Ci sono stato, lì i terreni sono coltivati a piante di pepe, perché si vende anche a trenta dollari al chilo. Tutto merito del suolo vulcanico che regala aromi complessi e muschiati, caldi e pungenti *comme une nuit africaine.*»

«Lo voglio, mi sembra che non lo abbiamo mai comprato da Hamlet.»

«No, non ancora. Oppure ti proporrei il tanaceto, è una pianta perenne selvatica, appartiene alla famiglia delle Asteraceae, la più grande nel mondo vegetale: ne esistono circa ventiduemila specie. È un'erba dalle foglie sfrangiate, verde intenso. Profuma di camomilla con fiori simili a bottoni gialli. *Le goût est très persistant.* Le sue foglie sono alla base del liquore tipico Arquebuse, diffuso anche nel Sud della Francia. Ti consiglio questa pianta per aromatizzare purè d'erbe e salse verdi, per rafforzare il gusto selvatico. È importante non eccedere, potrebbe facilmente sovrastare altri sapori. Puoi provare a metterlo in un apparentemente banale purè di patate viola, aggiungendo un'inconfessabile quantità di burro», disse con un sorriso sornione. D'un tratto si fece serio e rallentò la vecchia Fiat, sino ad accostare in una piazzuola. Avevano da poco lasciato l'autostrada.

«Ora ti devo chiedere una cortesia», disse Étienne.

«Aspetta, prima ti chiedo una cosa io. Cosa c'è al primo posto nella tua vita?» Eleonora cercò il suo sguardo e lo trovò, la macchina era ferma e l'attenzione di Étienne era tutta su di lei. Lui si fece serio in volto.

«Prima di tutto per me c'è lo stemma, ciò che rappresenta: la mia famiglia, il blasone portato con dignità e la nostra azienda. *Tout d'abord ma famille.* Li metto tutti sullo stesso piano, al primo posto. Ora Eleonora ti chiedo se posso bendarti, che sorpresa sarebbe senza occhi chiusi?» Eleonora pensò subito che una benda avrebbe rovinato il suo trucco viola sugli occhi. Però annuì, e rimase colpita nel vederlo eccitato come un bambino al luna park. Étienne la fece scendere dall'auto, prese una striscia di seta nera, la piegò in due e la legò sugli occhi di Eleonora. Lei sentì le sue mani nervose, ma ferme, legare la stoffa lucente intorno al suo volto. Sentì sbattere la portiera e avvertì una mano che stava afferrando la sua.

«Ora cammina piano, meno male che non hai i tacchi alti, c'è dell'erba, e un sasso qui, attenzione. *Marche doucement.* Siamo quasi al confine con la Francia, c'è un pianoro qui, non è molto grande, ma era una superficie sufficiente per la mia sorpresa», disse Étienne, con un tono impaziente.

Eleonora sentiva il terreno sconnesso sotto i piedi e l'emozione che saliva. Le sembrò di avvertire il rumore di un corso d'acqua in lontananza. Poi la mano di Étienne, fredda, la strinse un poco e la tirò verso destra. Eleonora non parlava, trovava sciocco ribellarsi, e il desiderio di andare avanti era più forte.

«Siamo arrivati. *Fais attention.*» Eleonora avvertì il rumore di una porta aprirsi. Étienne, con calma esasperante, sciolse il nodo della fascia e la liberò. «*Voici la surprise pour vous.*» Ciò che si presentò ai suoi occhi era uno spettacolo mai visto, neppure mai immaginato.

Dovette sforzarsi di chiudere la bocca, rimasta aperta per la meraviglia, o avrebbe fatto la figura della sciocca. Étienne aveva fatto costruire una serra immensa a forma di cupola, precisamente una mezza sfera gigante e trasparente. Poi l'aveva riempita di terra e ci aveva piantato centinaia di varietà di fiori, piante e aromi. L'altezza al punto più alto le sembrava quasi venti metri. Davanti all'ingresso un sentiero di ciottoli bianchi e splendenti di cristalli di rocca segnava il percorso verso il centro della cupola, dove una fontana argentata zampillava goccioline di acqua aromatizzata al neroli e lavanda, le disse lui. Le pareti a nord si affacciavano su un bosco, ma lasciavano trasparire la luce solare in modo da creare l'illusione di raggi di luce divina.

La parte più alta della cupola era semovibile. Quando entrarono, si scoperchiò quella piccola porzione, dando vita a un via vai di stormi di rondini, cinciallegre, tortore color caffelatte. Il pavimento era completamente ricoperto da aiuole leggermente rialzate verso il centro. Era come un immenso ventaglio steso a terra, dove ogni raggio era dedicato a un colore e a tutte le sue sfumature. Uno spicchio era composto da fiori dal rosa al magenta e al fucsia, un altro dalle tonalità che andavano dal giallo sino all'arancio, un altro ancora dal viola cupo al lilla glicine, un altro da fiori completamente bianchi, bianchi in cento modi diversi.

Il centro della serra, intorno alla vasca d'argento, era occupato da due spirali dedicate esclusivamente alle piante verdi e aromatiche, una piantina dopo l'altra di alloro, venti tipologie differenti di basilico, di cerfoglio, di dragoncello, tre di erba cipollina, otto tipologie di maggiorana, tre di melissa, sei di menta, origano, ortica, prezzemolo, rosmarino, cinque specie diverse di salvia, otto specie di timo... E dentro a quella spirale un'altra spirale interna con piantine di sei tipi differenti di aglio, tre di anice stellato, due di cardamomo, coriandolo, cumino, finocchio selvatico, ginepro, liquirizia, otto tipologie di pepe, tre di vaniglia. Poi camomilla, curcuma, zenzero, ginepro, maggiorana, peperoncino, semi di sedano, senape bianca, sesamo, mate, zenzero, agnocasto, noce moscata, chiodi di garofano, galanga, paprika, zafferano, cerfoglio.

Étienne non parlò per alcuni minuti, voleva godersi ogni minima reazione di Eleonora. Il suo roteare lo sguardo a destra, a sinistra, e sopra, verso il volo degli uccelli, poi a terra, per tentare di riconoscere qualche specie botanica.

«Il motivo per cui sono sparito è anche tutto questo. *Me pardonneras-tu maintenant?*» Eleonora lo guardò con trasporto. «Avevo disegnato questa serra a forma di cupola con la fontana al centro già da un anno, ma era tutto fermo a metà. Poi, tu mi hai dato la spinta che mi serviva, in poco tempo l'ho fatta terminare dai miei collaboratori. Ogni sezione del ventaglio è occupato da una piantina, vedi? E nell'insieme, per coprire l'intera superficie della serra, ci sono volute cento piantine per ogni spicchio, e gli spicchi sono dieci. Le due spirali al centro contengono trecento diversi tipi di erbe aromatiche e piante profumate. Questa, Eleonora, sarà la tua palestra olfattiva. Potrai venire ogni volta che desideri, sono certo che qui i tuoi sensi riprenderanno vita.» Étienne la guardava sorridendo, era elettrizzato, felice di averla stupita.

«Sarà dura tornarci, visto che mi hai bendato. Come troverò la strada?» disse Eleonora per sdrammatizzare.

«Ci torneremo insieme, ogni volta che vorrai.»

«Oltre agli uccelli, ho voluto altri esseri viventi ad abitare la volta. Sulle spirali di erbe e sulle aiuole a spicchio volano insetti impollinatori, api, farfalle dalle ali arancioni punteggiate di nero, calabroni, afidi, coccinelle, e ci vanno in processione le formiche. Così questo pezzo di terra, *on le dirait un vrai paradis*», spiegava Étienne, con fervore creativo.

«Non riesco a parlare, sono sopraffatta da tutta questa bellezza. Come hai potuto avere una visione così, così...» disse Eleonora.

«*Pas besoin de parler.* Devi soltanto goderti questo momento. Ho riunito qui tante specie di piante, le più profumate, ce ne sarebbero migliaia di altre. Ho fatto costruire un sistema di aerazione che attraverso quei condotti raccoglie le molecole di tutte le essenze arboree presenti, ne moltiplica l'intensità aromatica e le reimmette in circolo, sotto forma di pioggia fluviale. Devi metterti proprio al centro, vai sotto la fontana. Lasciati bagnare dalle goccioline odorose.» Eleonora obbedì, si tolse la giacca e iniziò a camminare sul sentiero tappezzato da cristalli di rocca. Tolse le calzature, i suoi piedi su un tappeto di muschio, capelvenere e felci basse. «Vai al centro della cupola, io chiuderò il tetto, in modo che tutti gli aromi si concentrino all'interno. Vai, non dire nulla. E *respire profondément,* respira almeno per un minuto.»

«Vieni qui anche tu.» Eleonora chiuse gli occhi e si concentrò sul suo respiro. Ma non resistette, raccolse ai suoi piedi una manciata di fiori di elleboro e li mise in bocca, cominciò a masticare mentre le lacrime si mischiavano a quelle gocciole di natura che cadevano dal cielo. Allora Étienne la raggiunse al centro delle spirali, le mise un braccio intorno alla vita, poi lentamente le levò il foulard di seta che portava sempre, dal giorno dell'incidente, per nascondere la cicatrice sulla tempia. Le sfilò l'unica molletta che raccoglieva i capelli, li sciolse sulle spalle e ci passò le dita aperte, come per sbrogliare una matassa. L'abbracciò forte da dietro. La girò, le tolse dalle labbra i petali e la baciò di un bacio profumato che solo lui poteva avvertire. Nessuno dei due aprì gli occhi. Bisognava centellinare tutta quella bellezza. Quei fiori e piante avevano riempito a tal punto gli spazi della mente che gli occhi bisognava farli riposare. Poi Eleonora, ancora più bella con i capelli sciolti che si stavano bagnando sotto il pulviscolo di goccioline, ricominciò a respirare profondamente. Come da tempo non faceva. Il tempo, respiro del mondo, si era fermato.

«Étienne?»

«Dimmi.»

«Origano, può essere?» disse Eleonora.

«Certo che può», disse Étienne, e si illuminò in un sorriso.

Rimasero così, al centro della cupola, per un tempo indeterminato. Mano nella mano a testa in su, madidi, imbevuti della bruma odorosa che si sprigionava dalla fontana. Immersi in un bailamme di colori, corpuscoli, volteggiare di petali e batter d'ali. Poi, Eleonora aprì le braccia, come per danzare, e una farfalla Greta dalle ali di vetro le si posò sul polso e rimase immobile qualche secondo, ignara della pioviggine e simile a un monile medievale.

Il secondo profumo che ho avvertito è quello dei cespugli di lavanda che costeggiano l'orto.

Non sono guarita, ma qualcosa è sbocciato dentro di me. Vedo il futuro venirmi incontro.

Non porto più la fascia tra i capelli, neppure quando esco con lui.

Qualcuno dei ragazzi se n'è andato, ma non mi sono sentita tradita. Non sono più terrorizzata all'idea che le persone spezzino il cordone che le tiene legate a me. Ho capito che mi piacciono le persone che ne hanno passate di tutti i colori e, nonostante questo, continuano ad avere fiducia.

Amo chi dopo la lotta si è affezionato alle proprie debolezze, non alle vittorie. Ho capito che tutti portiamo dentro nascosto in qualche anfratto un dolore che non passa mai. E che possiamo imparare a conviverci. Ho iniziato a tenere un diario e ho scritto la prima vera ricetta della mia vita, la ricetta della Speranza.

E tu, lassù, non avertene a male se non sarò alla tua altezza, so di avere ancora tanto da imparare. Le tue lettere ormai le recito come preghiere serali e mi sento pronta per tentarne una tutta mia. Ho cercato a lungo gli ingredienti necessari.

Ho imparato una lezione: ogni volta che vedo un mondo che non mi piace, anziché scoraggiarmi, scelgo di avere fiducia. La cerco in me stessa e in chi si sforza di fare la propria parte per trasformarlo in un luogo migliore. Sino a ieri avrei guardato con sufficienza chi pronunciava queste parole. Ora per me queste non sono parole vuote e la mia piccola tragedia mi ha fatto rinascere attraverso un cammino che tu mi hai indicato.

La speranza non è desiderio, non è attesa passiva di un mondo migliore, ma l'esito di un intenso lavoro su sé stessi. È una spinta motivazionale. La speranza si nutre di fiducia.

Di speranza me ne serve in abbondanza. La uso per alimentare la fiducia nelle mie possibilità di cambiare.

Voglio essere in grado di sperare. È un rischio che voglio correre.

Ho capito che la speranza è frutto di una semina, va fatta crescere, nutrita e protetta, non dispersa. Me la immagino come un piatto che si compone giorno dopo giorno.

Ti invoco, speranza, tu che – come dice Neruda – dai nuove ali ai vecchi sogni.

La ricetta della Speranza

Ingredienti

1 litro di Impegno
1 scatola di Tenacia in fogli
2 cucchiai di Fiducia in sé stessi
2 cucchiai di Fiducia negli altri
1 calice spumeggiante di vera Allegria (che non sia un fondo di magazzino, tipo Malinconia celata)
2 cubetti di Pazienza
1 fiala di Spirito Vitale
1 cubetto di «ciò che valgo»
1 pizzico di Trascendenza (di norma, si reperisce in luoghi isolati e silenziosi)

Procedimento

Questa ricetta ha le sembianze di un tiramisù o una lasagna, va costruita a strati. In una ciotola, monta con una frusta i due tipi di Fiducia con Allegria e Pazienza. Aggiungi il composto a Impegno e, per ultimo, unisci Spirito Vitale, e mescola il tutto, deve risultare fluido. In una teglia inizia a fare gli strati, alterna i fogli di Tenacia al composto preparato sino a che non hai esaurito gli ingredienti.

Abbonda con la crema di Impegno, senza la parte umida il composto risulta stopposo da mandar giù. Poi sbriciola bene il cubetto di «ciò che valgo» mischiato al pizzico di Trascendenza, e cospargi tutta la superficie.

Uno degli elementi centrali del romanzo sono le ricette speciali per l'Amore, la Speranza, la Rinascita e tante altre. Da dove è nata l'idea?

Quando, negli ultimi anni, il mondo intorno ha iniziato a impazzire per tante ragioni ho pensato di scrivere la ricetta del Mondo Nuovo e mi sono sforzata di essere positiva, nonostante tutto. Ho scelto parole intrise di valore e le ho usate come ingredienti per creare ricette speciali utili ad aiutare le persone a guardarsi dentro. In seguito, mi sono resa conto che quelle stesse ricette avrebbero potuto essere utilizzate in ogni altro momento di cambiamento o difficoltà. Ciò mi ha incoraggiato a continuare. Ho pensato a qualcosa che mi mancava. Ho sempre avuto un problema: non sapevo aspettare, volevo tutto e subito. Mi sono detta: perché non scrivere una ricetta dedicata all'elogio dell'Attesa? E l'ho fatto. Poi ho capito quanto fosse stato importante nella mia vita tumultuosa resistere. Perché non imparare la ricetta della Resilienza? E così via.

Lei ha una sua personale ricetta speciale?

Nessuna. Sarei presuntuosa se pensassi di poter dare ricette di vita, perché sono anch'io alla continua ricerca di ingredienti impossibili. Anche se qualcosa ho già messo in dispensa. Ho fatto un profondo lavoro su me stessa, oggi so quali sono gli ingredienti su cui devo concentrarmi. Sono impulsiva, disordinata, troppo analitica. A volte spietata nel giudicare gli altri e me stessa. Le ricette di Ernesta mi hanno aiutato molto. In questo momento di pienezza della mia vita, per esempio, mi voglio focalizzare sull'*hic et nunc*. Un ingrediente che purtroppo deperisce in fretta, dura un istante, ma davvero prezioso.

Eleonora, la protagonista, si rapporta al mondo attraverso gli odori e i sapori. Da chi ha tratto ispirazione?

Durante una vacanza in un albergo termale, nell'estate del 2019, feci amicizia con una signora elegante e malinconica: pranzava e cenava sempre da sola, nel tavolo più appartato. Non fu facile entrare in confidenza, ma ci riuscii: una scrittrice è sempre curiosa degli altri, affamata di storie. Una sera, dopo le tisane, la mia nuova amica mi confessò tra le lacrime che per cause sconosciute sei mesi prima aveva perso completamente gusto e olfatto. Quella vicenda mi colpì al punto che ne presi nota in un quaderno, uno dei due quaderni su cui da oltre vent'anni annoto le storie vere che mi piacerebbe inserire in un racconto o in un romanzo. Nel 2020 la stessa sorte – perdere gusto e olfatto – è capitata pure a me, per fortuna solo per una settimana. Ma è bastato per rendermi conto della tragedia che sarebbe stata, per un critico gastronomico o un cuoco, non avere più quei due sensi. Significa perdere il lavoro e una parte cruciale del piacere della vita: i ricordi, le associazioni mentali suscitate da gusto e olfatto. La mia reazione mi sorprese: non lo dissi a nessuno, neppure alle persone più vicine. Tenni il segreto sulla mia mutilazione, come aveva fatto l'amica alle terme, che si era aperta soltanto con me, in fondo un'estranea. In quei giorni presi molti appunti sui miei stati d'animo ed è nato il personaggio di Eleonora. Sono sempre stata attratta da chi ha un olfatto e un palato assoluti. Uno studio recente condotto in Germania dalla Dresden University of Technology ha messo in evidenza l'intricata relazione tra depressione e olfatto e di conseguenza gusto. È dimostrato quanto quei sensi possano essere direttamente correlati all'umore e al piacere stesso di esistere.

Eleonora in un momento di crisi sente tutto crollarle attorno, ma sua nonna le viene in aiuto. Quanto sono importanti per lei i legami e le tradizioni familiari?

Credo profondamente nell'importanza della condivisione, ma il senso della famiglia per me non risiede nei legami di sangue più stretti. Una delle figure più importanti della mia formazione è stata una zia che mi ha lasciato una casa in Liguria. Avverto tuttora, che non c'è più da anni, la sua presenza e i suoi influssi benefici. Mentre scrivevo questo romanzo mi sono documentata nella sua ricca biblioteca e ho avuto l'impressione che fosse lei a guidarmi nell'aprire un libro, nello scoprirne un altro nello scaffale più scomodo, che addirittura ci fosse il suo intervento quando un volume, un repertorio di simbologie dei segni, mi cadde su un piede, precipitando senza motivo dalla libreria. Quella zia mi ha insegnato l'amore per il teatro, per la lettura, mi ha insegnato a credere in ciò che non è tangibile, mi ha insegnato a non avere paura dei morti, a prendere nota dei sogni e a guardarmi dentro. Lei e mio padre sono state le uniche due persone che hanno visto in me, ragazza, una futura scrittrice, perché uno lo è, anche se non pubblicasse una sola frase in tutta la vita. Quando frequentavo la quinta ginnasio, una sera mio padre è rincasato con un regalo: una fiammante Olivetti Valentine rossa. Mia zia mi disse: «Dentro di te hai tanti personaggi, raccontali».

Nel romanzo c'è un affresco del mondo della ristorazione, che lei da critica gastronomica conosce bene. Quanto c'è di vero?

Molto, non potrebbe che essere così. Si dice: scrivi di ciò che conosci. Mi è sembrato naturale ambientare questo primo romanzo in un mondo che frequento da trent'anni. Molti dei temi di cui ho scritto li tratto nei miei corsi di formazione professionale, primo fra tutti il master in Critica gastronomica.

Che significato ha per lei cucinare?

Sono la rappresentazione vivente della Cucinoterapia. Ho sempre cucinato per un motivo. Il cibo è un mezzo, non un fine. Cucino quando voglio mostrare quanto è importante un legame per me, ho cucinato per sedurre, per rappresentanza, per amicizia, per consolare, per combattere l'ansia e la paura. Ho trangugiato cibo per paura e per cacciare l'ansia. Cucino come leggo, in maniera bulimica e sino allo sfinimento. Ho smesso di cucinare per dire a un uomo che era finita e ho ripreso per fare la pace. Il cibo è un linguaggio universale.

E che valore dà al mangiare?

Ho costruito il mio lavoro di critica gastronomica sull'atto di andare al ristorante, cosa che amo da sempre. Ogni uscita a cena è una rappresentazione teatrale, dal grande ristorante blasonato al pic-nic su una panchina. Ai miei figli ho insegnato a capire quanto sia bello ritrovarsi per festeggiare. Quasi tutto nella nostra famiglia si celebra a tavola, palcoscenico di emozioni. Devo dire senza alcuna modestia che le mie cene natalizie sono attese tutto l'anno e sono diventate leggenda.

Che rapporto ha con i fiori e la natura?

Non amo i fiori recisi, tenerli in mano, vederli sfiorire. Amo guardarli nel pieno della loro vita, studiarne i nomi e le leggende, avvertirne i profumi, apprezzarne i colori. Ma più dei fiori in sé, non potrei fare a meno del contatto con la natura. Ne sono diventata dipendente, non posso restare lontano a lungo da un bosco, una spiaggia, una pineta, un parco. Per questo ho deciso di passare più tempo in Liguria, tra gli ulivi e con il mare all'orizzonte. Nella vecchia casa della zia che per rispetto a lei cerco di cambiare il meno possibile.

Il romanzo è anche un omaggio a Milano. Come mai ha scelto questa città?

Sono nata e ho vissuto a Crema, piccola e nobile città lombarda. Da circa quindici anni però vivo a Milano, la Grande Calamita, dove tutto (o quasi) succede. Cerco di starci con l'occhio della turista, mi piace scendere a caso dai tram storici che l'attraversano e scoprire angoli ancora sconosciuti. Milano, in fondo, non è solo una città, ma uno stato d'animo. Dopo un po' di Liguria, mi manca, e devo tornare per rituffarmi nel ritmo metropolitano. Il mio romanzo è ambientato a Milano anche perché è il teatro in cui va in scena il grande spettacolo competitivo dell'alta cucina, fatta di mode e genialità, con i suoi miti e i suoi eroi.

È già al lavoro su una nuova storia?

Certamente, è arrivato il momento di tirar fuori i quaderni con gli altri spunti, tracce di storie da sviluppare, mondi da creare. Il prossimo romanzo, al quale sto già lavorando, avrà altre protagoniste femminili. Posso dire che nelle trame dei miei libri a venire, sarà centrale il rapporto con il cibo. Perché il cibo accomuna tutti: a tavola possono nascere intrecci, svelarsi segreti, crearsi alleanze o curare ferite che addolorano l'anima. A tavola non si può mentire.

Finito di stampare nel mese di settembre 2023
da Grafica Veneta s.p.a., Trebaseleghe (PD)

Questo libro è stampato col sole

Azienda carbon-free

Certificato PEFC

Questo prodotto è realizzato con materia prima da foreste gestite in maniera sostenibile e da fonti controllate

PEFC/18-31-226

www.pefc.it